I0718709

愛在暹羅（繁體字版）

LOVE IN THAILAND (A NOVEL IN TRADITIONAL CHINESE CHARACTERS)

B杜

Copyright © 2019 by B杜

All rights reserved.

No part of this book may be reproduced in any form or by any electronic or mechanical means, including information storage and retrieval systems, without written permission from the author, except for the use of brief quotations in a book review.

British Library Cataloguing-in-Publication Data. A CIP catalogue record for this book is available from the British Library.

ISBN 978-1-913080-19-8 (ebook)
ISBN 978-1-913080-18-1 (print)

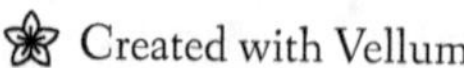 Created with Vellum

For my Family

第一章/泰國之行

飛機一抵達素萬那普機場，一股熱浪便迎面襲來，我正想著該不該把一身臃腫給卸了？耳中傳來"沙瓦迪卡"的招呼聲。我轉過頭去，那是個約14歲的少年，有清亮的眼睛及黝黑的皮膚，襯托出一口潔白的牙齒。

"沙瓦迪卡。"我也學他雙手合十，這是來泰國之前事先學好的打招呼方式。

在印度支那半島上，這個由"暹國"和"羅斛國"組成的國家，被古代中國稱爲"暹羅"，主體民族爲泰人，信奉上座部佛教。自開國以來，它先後經歷了素可泰、阿瑜陀耶、吞武里、曼谷四個時代，而我⋯⋯正在這個充滿異域情調的國度裏。

"言言小姐，瑪妮太太要我過來接妳。"少年說得很慢，腔調有些怪，但我聽懂了。

看來一路上的提心吊膽終於可以放下，我笑著請他帶路，順便問他是怎麼認出我來的？

他揚了揚手中的照片，說是瑪妮太太給的。

我探頭一望，那是畢業服裝展時，我以設計師的名義壓軸出場的照片，兩旁跟著前突後翹、臨時被抓來當模特兒的學妹。

"你好眼光，一眼就能在人群中找到我。"我說。

少年答不是他好眼光，而是我唇邊的痣洩了密，讓他找到要找的人。

哎～真不知該說什麼好，那顆痣是我的心頭痛，就長在嘴角邊，還黑不溜丟的，經常被誤會是芝麻或巧克力渣，我也順理成章成了"吃相難看"的人。

"我叫巴頌·宗拉維蒙，妳可以叫我巴頌先生。"他邊走邊自我介紹。

"好的，巴頌。"我心不在焉地答。

"不是巴頌，是巴頌先生。"他糾正我。

呵！一個十來歲少年也配得上稱呼"先生"？果真"非我族類，其心必異"呀！

也罷，既來之則安之，還是"入鄉隨俗"要緊，於是我問巴頌"先生"，鄭瑪妮女士的家遠嗎？

他答不遠，睡個覺就到了。

～

我，季言言，二十三歲，畢業於中國某個牛逼大學的服裝科系，學的是設計。相較於走在時代尖端的創意型同學，我的路線無疑是端莊、典雅的，這是比較保守的說法，講得難聽點兒，就是不思進取地照本宣科（這是我的指導教授給出的評語）。可想而知，我的大學生活過得有多慘淡，若不是對服裝設計還保有熱情，我早早打包回鄉下做保育員了。

~

當一個個模特兒踩著貓步在伸展台上搔首弄姿時，我躲在簾幕後偷看，除了幾張打著哈欠的大嘴巴外，我還看到前排教授們的面無表情，這還不算太糟（畢竟看不出好壞），但我的指導教授"適時"接了個電話，然後很自然地離場，那才叫個心塞，原來我的作品這麼不值，還抵不過一通電話。

"季大師，怎麼了？"安卓走過來，" 我的模特兒可沒得罪妳，她們一個個都像維秘天使般地走秀。"

安卓是我們這所牛逼大學的高材生，學的是理工，愛的是時尚，他自告奮勇地擔任此次畢業服裝展的模特兒經理，不僅指導走台步還拉來廣告贊助商，所得捐助弱勢團體，算是對社會雪中送炭,也替學校錦上添花。

" 她們沒得罪我，是我不好，再怎麼努力還是個大草包！"我感到悲傷，眼看就要淚流成河。

" 拜托啊！我的小祖宗，千萬別哭，"安卓趕緊將我的下巴擡高，我不得不盯住天花板，"最後一個模特兒就要上場，眼看就該妳了，一場好看的秀不能敗在妳手上，忍住，千萬得忍住，來，深呼吸。"

他放開我的下巴，自己先深呼吸一口氣再吐氣，並且示意我跟著做，我聽話地依樣畫葫蘆。

" 太好了，妳是我看過做深呼吸做得最棒的一個，"他看了一眼陸續上場的模特兒，語氣轉爲急促，"快，跟著琪琪和小雨上台。"

安卓在我身後用力一推，兩個高大的學妹便押著我上台，一左一右，彷彿左右護法，這才有了巴頌手上的那張照片。

~

鄭雇主的家在湄南河邊，如同巴頌所說，離機場並不遠，但壞在此時處於交通高峰期，車子一駛進市區便動彈不得。

"真的不遠，再過五個十字路口就到了。"那孩子給我希望。

沒想到過一個十字路口花了十幾分鐘，長到足夠讓出租車司機翻兩頁報紙。既然閒著也是閒著，我問巴頌他的普通話跟誰學的？

"學校。"他從副駕駛座上轉過頭來，"雖然我媽是第二代台山人，但只會說一點兒粵語和普通話。由於瑪妮太太不會說泰語，我媽在家工作偶爾需要人翻譯，加上現在是中文熱，所以我選它當第二語言。"

"在家工作？"

"我們住在拔達逢家，我媽是廚子，她的中餐和泰餐都做得好，西餐也行。"他答。

拔達逢家？我以爲我的雇主嫁給華僑。

巴頌解釋泰國女性結婚後一律冠夫姓，外國新娘也一樣，所以瑪妮太太的全名是瑪妮·拔達逢，還反問我中國不這樣嗎？

我告訴他當代中國女子早已不冠夫姓，也許少數台港的豪門還有。

"其實冠不冠夫姓差別不大，通常我們直呼其名，不太記姓氏。"他說。

難怪他稱我言言小姐而不是季小姐，且以瑪妮太太替代鄭女士或拔達逢太太。

"中泰聯姻的現象多嗎？"我想起我的雇主嫁的正是泰國人。

他答是有一些，但不多，還說乍侖先生很疼老婆，瑪妮太太是第四個。

"天啊！我不知道雇主老公是回教徒，可以娶四個老婆。"

"不，不，不，"那孩子趕緊否認，"乍侖先生是佛教徒，他很可憐，前面的三個老婆全死了。"

這麼慘？

"一連死了三個老婆，他本人大概也已老態龍鍾，可惜了鄭女士這朵美人花。"我無限感慨地説。

"不，不，不，"那孩子又否認了，"乍侖先生只有一點點兒老，樣子還是很好看的。"

一點點兒老？那是什麼意思？是齒搖髮落還是行動遲緩？不管怎樣，運氣這麼背的男人還真不多見，難怪他疼老婆，因爲"得來不易"啊！

"快到了，"巴頌指著前方約五百米處的現代豪宅，"乳黃色那一棟。"

" &@#%*£……"出租車司機順著巴頌手指的方向望去，感歎一句。

我問巴頌，司機說了什麼？

"他說那是女明星帕特里夏的房子。"他翻譯。

我想司機肯定是熱昏頭了，這是我未來雇主的家，不是什麼女明星的家。

没想到巴頌卻說是帕特里夏的房子没錯，她是乍侖先生的第三任太太。

我不是泰國的戲劇控，所以不知帕特里夏究竟爲何方神聖，但能擁有那麼一棟價格不菲的豪宅，肯定是位成功的演藝人員。

那孩子答我猜對了，她不僅演技好，人也長得漂亮，是很多男人的夢中情人呢！

這下子我更好奇了，乍侖先生的第一任、第二任太太是誰尚未知，但根據後兩位的長相，她們都是傾國傾城之姿，這乍侖先生簡直是美女的吸鐵石。

"乍侖先生是位紳士，還是個大慈善家，他給貧困兒童發放生活費，還開了好幾處養老院，免費照顧孤寡老人。"巴頌像讚美神一樣地讚美那位神秘男人。

一點點兒老、長相好看、紳士、心善、死了三個老婆......這就是目前對乍侖先生的描述。

然而正是這樣一位貌似正常，甚至值得爲他掬一把同情淚的男人，讓自己的老婆飄洋過海到中國找私人的服飾搭配師，只因她穿不出一身品味？

怎麼說都說不通。

"瑪妮太太很美，就是太容易憂鬱，我經常看見她哭。"巴頌繼續報料。

我正想問爲什麼哭？那孩子忽然要我待在車內別動，自己則跳下車對著豪宅的對講機說話。

當白色電動大門慢慢打開，我也跟著下車，把巴頌交待的事拋在腦後。

第二章/走馬上任

"巴頌～"

我一跨進前院便喊那孩子的名，没想到他因此受驚，手上的繩子一鬆脫，一隻土黃色大狗便像出了閘的猛獸般，眼露凶光地向我奔來。我下意識往回跑，但已太遲，它的利齒死死咬住我的左腳踝，我還能聽到"嗑呲"一聲，疼痛迅速爬上全身，我能感受到從微痛到巨痛的整個過程。

" Dui,Dui,……"巴頌大喊，並且隨手扳斷樹枝，趕來擊打狗的頭部。

這是非常危險的動作，因爲狗被激怒了，現在它的攻擊目標轉爲巴頌，從狗鼻發出的氣息判斷，那孩子就要大難臨頭了……

還好千鈞一髮之際，一位風韻猶存的中年婦女適時趕到，她將手上咯咯咯叫個不停的雞投向無人的空地，大狗迅速飛撲過去，一口咬住雞頭，當場血流如注。

我還在爲英勇救人的雞哀悼，踏踏踏的腳步聲從屋內趕來，幾名壯漢聯手將狗制伏，而那隻可憐的雞只留下一地慘烈的雞毛。

“妳還好吧？言言小姐。”巴頌關心地問。

“不好，腳很痛。”我答，淚水已爬滿臉龐。

“她的腿吾好……醫院……針打先。”那婦人對巴頌說。

還好出租車司機尚未開走，我搭上原車離去，躲過交通高峰期，車子不到十分鐘就抵達醫院，靠著巴頌居中當翻譯，醫生很快幫我清洗傷口、上藥及打狂犬疫苗。

“妳應該去拜四面佛，祂會保佑妳平安。”巴頌看著我的傷腿說。

我告訴他自己不信教，今天的事純屬意外。

“隨便妳，前些日子家裏來了個馬來工人，不小心把腿給砸傷了，我建議他去拜四面佛，他說他信奉真主阿拉，沒多久他就去見阿拉了。”

我花了幾秒鐘才弄明白巴頌的意思，嗯……來到異國還是得拜一下當地的神祇才行，我可不想年紀輕輕就去見上帝。

“好吧！等我的腿好了，請你帶路，OK？”我說。

巴頌聽了很開心，大概因爲我認同他們的神。

這是一棟擁有五間臥室的別墅，由木頭和水泥混合建造，既有西方的現代化設備，也有傳統的泰式風情。全屋採用拋光木地板，牆壁貼上無紡布壁紙，四面採光，聽巴頌說二樓家庭房甚至開了天窗，大概夜晚也能數星星。

還有還有，庭院花木扶疏，草坪上到處是表情各異的紅瓦泥雕像，池塘邊甚至有個尖塔造型的亭閣可供乘涼。

我的房間被安排在樓下，它原本是個書房，現在加了張單人床及椰木做的衣櫃。

"動作好快呀！我什麼事都不用做。"我拄著拐杖進入，很是欣喜。

瞧！行李箱已被擱在床架下，衣服全進了衣櫃。

"我媽的動作是很快，她有強迫症，東西不擺放整齊不安心。"那孩子說。

我問他的母親在哪裏？來了還沒跟她打招呼呢！

"其實妳已經見過她了。"

"難不成是把雞奉送給惡犬的那一位？"

"正是，她現在忙著做午餐，瑪妮太太大概快起床了。"

已近中午，我問瑪妮太太都是這個時候起床嗎？

"嗯！她吃完午飯又接著睡，然後準下午五點醒來梳妝打扮，因爲乍侖先生快回家了。"

這麼說待會兒吃飯就能看到鄭女士，隔了半年未見，不知她的容貌變了沒？

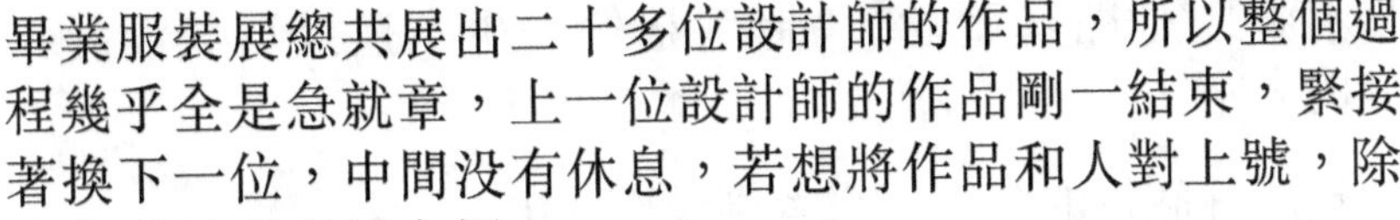

畢業服裝展總共展出二十多位設計師的作品，所以整個過程幾乎全是急就章，上一位設計師的作品剛一結束，緊接著換下一位，中間沒有休息，若想將作品和人對上號，除非有過目不忘的本領。

換衣間也一團亂，模特兒下台後馬上扒掉衣服，一時春光無限、惹人遐思。如果把她們想成海邊著比基尼泳裝的女人倒也沒什麼，只是難爲了安卓，必須有紋風不動的過人定力才行。

"錯，"那人馬上否認，"一個女人輕解羅衫，男人的內心可能還會波動，但當一群女人都光著身子時就沒胃口了，跟吊在屠宰場上的牲畜沒什麼兩樣。"

太可惡了！竟然把學妹比喻成牲畜，我問他是否忘了當初是怎麼涎著臉請人上台，否則就要切腹自殺了。

"妳真沒幽默感，難怪設計出來的衣服毫無新意，一件件彷彿是民國時期的作品，激不起熱情的浪花。"他說。

這是第一次我從非專業者的口中知道自己作品的好壞，不禁洩了氣。原來我一點兒天份也無（不是我以爲的"懷才不遇"），當初就不該選擇這個專業，既勞民又傷財。

安卓安慰我，甲之蜜糖，乙之砒霜，也許有人就喜歡我這個調調兒。

我正想問有誰會喜歡，琪琪走了過來："言言學姐，魏教授找妳。"

找我？完了，肯定又是一頓批評，我硬著頭皮走出去……

"言言，快過來，給妳介紹個貴賓。這位是鄭女士，我告訴她，妳是我的得意門生，她可喜歡妳的作品了。"

得意門生？喜歡？我用力眨一下眼，想確定這不是夢境。

"那個……我是季言言，季—言—言—"怕魏教授張冠李戴，我趕緊報上名來。

"呵呵！"他略顯尷尬，"瞧我這個學生，還以爲我沒記住她的名字。"

相較於魏教授的多話，來者倒像座冰山。

"妳叫季言言？"鄭女士開口問。

我答是。

她又問我潑墨畫的圖案設計是不是我的原生構想？

"嗯！我喜歡古代服飾，它有一種含蓄之美，就想將古今結合在一起，換種穿法試試。"

不久前，我的創意剛在魏教授那裏吃了閉門羹，他說我是封建時代的產物，腦子食古不化，既得不到傳統的精華也趕不上時代的腳步，真不知我是如何考進這所大學，簡直是佔著茅坑不拉屎……

"這麼多設計師，我就喜歡妳的作品，其他都太另類了，估計穿在身上都會引人側目，以為是哪裏來的怪物。"她說。

我看見魏教授的臉青一陣紫一陣，煞是好看。

"時尚需要時間去接受。"我的指導教授反駁。

"我没時間，現在就要。"鄭女士毫不留情面地馬上打臉。

原來那個顏質爆表的美女是某個突然崛起的土豪之女，大概天生少了對美的搭配能力，嫁到泰國的上流社會後，馬上被批衣著無品，趁著回國探親之際，她想攜個服飾搭配師回泰國。

"妳想幫我做也行，不想做代買也可，實報實銷，沒有上限。"她對我說。

別看鄭女士的口氣很豪爽，問到薪水，她只願給25000泰銖，折合人民幣5000元左右，包吃住。

"不了，我想留在國內發展，畢竟成爲品牌設計師才是我的夢想。"我毫不猶豫地拒絕了。

那個遙遠的國家對我而言不過是地理上的一個名詞罷了，我對它很陌生，它對我也不冷不熱，加上薪水一般，缺乏吸引力。

沒想到夢想很豐滿，現實卻很骨感。畢業後我在一家很小的作坊找到設計師的職位，月薪¥3000，不包食宿，又因在郊區，還倒貼了不少交通費，幾個月下來根本入不敷出，更要命的是我的工作竟然是拷貝大師們的作品。

"山寨懂不懂？做出有品位的山寨來。"我的老闆腆著大肚腩吸劣質煙，噴出的煙霧嗆得我半天緩不過氣來。

對於這份"雞肋"，我早已不太想啃，偏偏交往兩年的男友也在這時候"忘了我是誰"，還是接到小三的來電，我才知道他腳踏兩條船多時。

"你怎能這樣？我每天起早貪黑爲了啥？還好意思出軌，狗日的，你的良心何在？"我義憤填膺地責問他。

誰知那個渣男忝不知恥地表示我們每天見面的時間比同住的二房東還少，如果他的良心被狗吃了，也是我造成的，有哪個男人願意看著畫報上的女郎打飛機？

好呀！欲加之罪，何患無辭？我抓起桌上的水杯便往他頭上砸，他沒閃躲（可能是故意的），額頭因此劃開一道口子。

從醫院回來後，我們和平地分手，我帶走分期付款買的電視機，他則留下生日時我送的蘋果電腦，然後在一個陽光燦爛的午後，我瀟灑地坐上回故鄉的火車。

行屍走肉地過了大半月，某天母親說巷子口的幼兒園缺保姆，她已經口頭幫我答應下來，我這才發覺事態嚴重，非得做出改變不可，於是一個禮拜後我坐上飛曼谷的班機。

巴頌來喊我吃飯時，我剛好發出報平安的郵件，一封給家人，一封給安卓。没錯，就是那個理工男，他說他考完雅思，正在申請國外大學，女朋友也是。

我祝賀他，又說自己已不在國內，早一步到國外就業了。

不知他接到郵件時是驚亦或喜？反正事情已走到這一步，只能咬緊牙關往前衝。

"言言小姐，午餐時間到了。"巴頌説。

我答知道了，待會兒就去。

"不，妳不能讓瑪妮太太等，現在就得走，而且……穿短褲是不敬的，妳得穿長褲或長裙。"

其實本來我是穿長褲的，因為被狗咬，牛仔長褲被醫生剪開，成了五分褲。

"好的，我馬上更衣！"

關上房門，我抓來最喜歡的雪紗紡長裙，誓讓我的雇主眼前一亮。

第三章/月已西沈

厚重的紅橡木餐桌上早已擺滿了令人垂涎欲滴的美食，有冬蔭功湯、青木瓜沙拉、炸魚餅、打拋肉及菠蘿炒飯。

我正襟危坐地等待雇主到來。

没多久，我聽到笨重的腳步聲從樓上傳來，越來越靠近也越來越清晰，到了底層，步伐聲戛然而止，那人好像不知該往哪裏走，試了幾次，終於走向餐廳。

"鄭……鄭女士好！"

我之所以猶豫了一下，是因爲來者和腦海裏的鄭女士形象完全對不上號。蓬鬆的亂髮、黃蠟蠟的膚色、無神的雙眼、乾燥的唇……這哪是我認識的鄭女士？加上身上的睡袍及腳上的棉拖鞋，我還以爲是哪個邋遢的女人正準備就寢呢！

鄭女士對我的招呼聽而不聞，她逕自坐了下來，喝了湯、吃了沙拉，然後抓了兩塊魚餅起身。我問她去哪裏？她答她的貓肚子餓了。

"妳吃飽了嗎？"我又問。

"吃飽了，妳可以把飯菜收一收。"

我一時迷惑，她該不會以爲我是女傭吧？！

"瑪妮太太，"廚子忽然出現，大概不滿意自己的勞動成果留下大半，"乍侖先生說......吃飯。"

"我吃了，吃了很多，不信妳問......"鄭女士的眼光終於落在我身上，"妳叫什麼名字？"

她果然沒認出我來。

"季言言，我叫季言言。"我說了兩遍。

"來，姓季的，趕緊告訴Ann，我吃了很多。"

這真令人爲難，事實擺在眼前，湯還剩大半碗，青木瓜動了一些，魚餅倒是少了兩塊（還抓在手裏）。

"嗯......瑪妮太太喝了湯、吃了沙拉，也許待會兒會吃魚餅。"我小心作答。

"聽！我真的吃了。"鄭女士很滿意我的回答，笑得像個孩子似的。

誰知巴頌的母親根本不買單，她把女主人重新按回座位上，然後說了幾句泰語。

"聽不懂、聽不懂、聽不懂、"鄭女士捂住耳朵，"早告訴妳，我聽不懂泰語。"

"乍侖先生說吃飯......瘦......不好......生病......"Ann轉而說普通話，聽得出來那不是她的強項。

沒有爭吵，面對Ann盛過來的滿滿一碗飯菜，瑪妮太太選擇大口大口地吃，彷彿和誰賭氣來著。

"好。"Ann看了，很欣慰地走人。

我們安靜地用著餐，沒多久，瑪妮太太忽然停止咀嚼，問："妳是誰？"

我嚇出一身冷汗：「季⋯⋯季言言。」

「季言言？這名字聽起來很熟。」她又開始吃飯，很專心的樣子。

「那個⋯⋯我是妳請來的服飾搭配師，記得嗎？」我小心翼翼地問。

她答她記得，我是魏教授的高徒。

噓～還好她記得，不然月底真不知找誰要薪水。

「白天我的記憶力不行，晚上好多了。」鄭女士彷彿有心電感應似地做出解釋。

我答這個可以理解，有人是夜貓子，越夜越精彩。

「沒錯，」她忽然來勁，「我覺得自己是夜行動物，白天得養精蓄銳，否則晚上會沒電。」

呵呵！真幽默。

鄭女士三兩下扒完飯後匆匆起身，她說自己得充電去。

「別忘了妳的貓肚子餓了。」我提醒。

她隨手抓起兩塊魚餅，對我巧笑倩兮。

啊！雖然不施粉黛，但美人一笑，我也醉了。

電影《國王與我》說的是家庭教師安娜和暹羅國王拉瑪五世的故事，通過安娜，國王接觸到西方文明的精華與內涵。起初這兩人是劍拔弩張的狀态，後來惺惺相惜，原以爲從此將相安無事，沒想到又起齟齬，因爲新王妃愛上別人，被國王施以重刑⋯⋯

我拄著拐杖回到房內，正是炎炎午後，落地窗迎來的清風很受用，本來想看本書或上網查資料，最後還是在懶散面前投降，打算先眯個眼再說，沒想到這一眯，我沈沈地進入夢鄉……

"我的女人只能愛上我，若有二心，殺無赦！"國王穿著傳統泰服背對我（好可惜，我以爲能看到他的尊容）。

安娜氣沖沖地走了。

"國王陛下，湯已煮好，現在喝嗎？"一位女僕畢恭畢敬地跪了下來。

"好的，呈上來！"

沒想到湯裏有三個人頭載浮載沈，看著像是女人，都留著長髮。

"國王陛下，請趁熱喝了。"女僕擡起頭，邪惡地笑了。

天哪！那女僕竟然是Ann，我嚇得從夢中驚醒。

巴頌開門進來時，我還一臉狼狽相，他問我怎麼了？

我實話告訴他，自己剛才做了一場可怕的惡夢（當然沒說他媽是劊子手）。

那孩子隨即上下打量我的房間，眼光很快落在鐵架床上，他恍然大悟地說："睡覺時頭不能朝西，因爲西邊是火葬場的方向，難怪妳會做惡夢。"

我笑他迷信。

"隨便妳，反正做惡夢的是妳。"他無所謂地答。

有句話"存在即合理"，既然在泰國有此忌諱，肯定不是空穴來風，我遂不恥下問："那麼頭朝哪個方向睡最好？"

巴頌答朝東好，東方是日出的方向，代表活力與希望。

在我的拜託下，那孩子幫我挪了床位。

“太感謝了，若不是腳受傷，我會自己挪。”

“没事，幫忙是應該的。對了，差點兒忘了，瑪妮太太要妳到她房裏，今晚她不知該穿哪件衣服好。”

我低頭看錶，原來已經五點多了。

“好的，這就去！”

巴頌說瑪妮太太的房門門把是金色的。

“記住，是金色的，不是古銅色，古銅色是乍侖先生的房間。”他提醒我。

原來拔達逢夫婦不同房，這還算夫妻嗎？總不能因爲房間多就任性吧？！

懷著疑問，我一拐一拐地上到二樓。

二樓有五間房，每間的門把顏色都不一樣，我很快找到金色門把。

“進来。”是鄭女士的聲音。

我打開門，看見落地鏡的倒影，那曲線完美的身段上無一絲長物，我趕緊退了出去。

“怎麼不進來？”她喊。

我只好又硬著頭皮進去。

“下午好，鄭女士。”我的眼光落在地板上。

“不好，”她像個擁有太多玩具的孩子，“這麼多衣服，叫我怎麼選？”

我没忘記我的任務。

“別擔心，我會幫妳挑件合適的。”我邊說邊往裏走。

這是我看過最大的衣帽間，大概有四十平米大，分門別類地擺放了衣服、鞋、襪、包、珠寶……樣樣齊全，光把所有的東西都瀏覽一遍就花了我不少時間。

"到底好了沒？"我的雇主很沒耐心，聲音粗巴巴的。

"好了，好了。"我胡亂抓了件。

回到房內，這才發現鄭女士連內衣褲也脫了，我又回到衣帽間選了紫色前扣式半透明胸罩及同色丁字褲。

著裝完畢，鄭女士原地打個轉，問我好看不？

我答好看。

是真的好看，淺綠的絲質緊身衣襯托出她玲瓏的曲線，顏色討喜，有春天的氣息，加上她臉上精緻的妝容，比起午餐桌上的人兒不知好看多少倍。

"可惜脖子空蕩蕩的。"她撫著細長的脖子說。

於是我找來深綠色的瑪瑙墜子。

"抽屜內還有瑪瑙耳環及手鐲，那是一整套的。"瑪妮太太提醒我。

我告訴她不是非得把一整套都戴在身上才算美，有時"畫龍點睛"會有更好的效果。

"是嗎？"她半信半疑。

"戴上這個吧！"我遞給她兩枚不比圓形飯粒大多少的鑽石耳釘。

"這麼小？戴跟沒戴一樣。"

沒想到往鏡子前一站，她的高雅氣質馬上顯現出來。

"如果想再貴氣點，我建議妳戴上伯爵表。"我幫她把附有黑色皮帶的鑽表戴在手腕處。

這次鄭女士沒說話，大概認同這樣的搭配。

"鞋呢？"她忽然想起。

我趕忙提著Jimmy Choo的黑色素面高跟鞋前來。

"我有選擇困難症，既然雇用妳就相信妳的眼光不會錯，我走了，不能讓我的灑咪等太久。"她接過我遞上去的Burberry銀色信封包後說。

灑咪？我問是貓的名字嗎？

"不是，"鄭女士笑了，"泰國女人稱老公爲Sami,這是我學會的少數泰語中的一個。"

"那麼今晚妳和妳的灑咪去哪裏？"

我的雇主答今天是小週末，她的灑咪隔天不上班，所以今晚他們上船狂歡玩通宵。

"那好，祝你們玩得愉快！"我說。

我一個人孤獨地用著晚餐，Ann除了送餐時露過臉外，再也没回到屋子裏。

據我的觀察，巴頌和他母親不住在大屋內，也許就住在庭院的某個角落吧？！我看到幾棟和房子格調明顯不搭的小木屋就藏在大樹後面。

"Ann……巴頌……"

我的呼喊聲在大屋裏回蕩，像擊出去的球，没有回音。

食不知味地吃完晚飯，我回房，同時反鎖房間。

鄭女士說他們夫妻要徹夜狂歡，代表今晚我得獨守空屋。

天哪！這是小女子我來到泰國的第一個晚上，尚來不及跟各路鬼神打好交道就被扔進黑暗之中，叫人情何以堪？

還好床已經挪好方位，但願今晚能睡個好覺。

我關了床頭燈，屋外的貓頭鷹正咕咪咕咪地叫，月已西沈……

第四章/錢就是力量

耳中聽到雞鳴聲，讓我一時以爲回到了故鄉，那個雞犬相聞的小鎮上。然而氣息是騙不了人的，我還是聞到空氣中飄浮的香薰味道，那是介於木蘭和白茉莉之間的淡淡香氣。

我用力睜開眼睛，看到滿櫃子的書和灑滿一地的陽光。不，這不是我故鄉的家，味道不對，擺設也不對，我刷地回到了現實世界。

想起昨晚的擔憂，也許床的方位對了，加上舟車勞累，我一夜無夢地睡到天亮，各路牛鬼蛇神都没打擾到我，真是萬分感謝！

"扣、扣、"

"請進。"

那人試了幾次都推不開門，我才想起昨晚把門給反鎖了，遂跳著腳去開門。

"言言小姐，再次提醒妳，早上7:00，中午12:30及晚上 6:00是用餐時間，請提早十分鐘到，別讓主人等。"巴頌身著白上衣黑長褲的學生校服，一早就來敲我房門。

我問他怎麼星期六還上學？他答他上的是夜校，晚上6點到１０點上課，週末則上整天。

原來如此。

"你吃早飯了沒？"我又問。

"在廚房吃過了，"他看了一眼腕錶，"妳的動作得快一點兒，我聽到樓上有淋浴的聲音，乍侖先生應該馬上會下來用餐。"

"乍侖先生？他不是徹夜狂歡嗎？怎麼一大早就起床？"

"這我不清楚，反正他若在家，三餐從沒缺席過。"巴頌又低頭看了一眼時間。

瞧他心急的樣子，我趕緊放他去上學，耽誤孩子學習是罪大惡極的事。

說來慚愧，昨晚我和衣而眠，連澡都沒洗，想著待會兒要見男主人，總不能一身汗臭，遂拿上換洗衣服往洗澡間走去。

洗了個戰鬥澡，頭髮還是濕的，但我顧不上了，穿好長裙就進餐廳，沒想到乍侖先生動作這麼快，他已經開始吃了。

"沙瓦迪卡！"我雙手合十，順便偷偷打量他。

那是個約四十歲上下的男人，符合巴頌說的"有一點點兒老"，同時還是個好看的男人。他的好看不只因五官端正、身材勻稱，還來自本身的世故與自信，和我認識的媽寶男有很大的不同。

那男人回禮，順便說了幾句泰語，讓我一頭霧水，還好Ann在場，她好溫柔地幫我回答了。

泰國女人一般都不急躁，此時的Ann更甚，幾乎在發嗲，雖然我聽不懂泰語。

"請坐，言言小姐。"男主人終於開口，說的還是普通話，讓我鬆了一口氣。

"謝謝！"

想著還是挑遠一點兒的位子坐比較安全，於是我選擇坐在桌子的另一端。大概這是不合乎禮節的，很快我便被Ann架起坐到男主人的左手邊，呈L型，這下子連呼吸聲都聽得到。

"放心，我不會吃了妳。"

說完，乍侖先生給我迷人的一笑，然後用力咬下一口烤麵包，吧滋吧滋的聲音讓我忽然腰子疼，感覺他吃的是我。

"蛋...豆...肉...幾個？茶...Coffee？"Ann問。

我將她的問話放進腦子裏回鍋再回鍋，依然有些懵。

"還是我來吧！"男主人終於把烤麵包吃完，有時間解釋Ann支離破碎的普通話，"我留學英國，喜歡英式早餐，不外烤麵包、煎蛋、茄汁豆、香腸、培根......等，飲料一般是熱茶，但我太太喜歡喝咖啡，所以多了這個選項，妳想吃什麼告訴Ann。"

別看我瘦卻很能吃，尤其是早餐，於是我怯怯地問能否給我來一整套，咖啡和茶都要。

乍侖先生聽了哈哈大笑，他說難得遇見好胃口的女生，相信Ann會很樂意做，因為把食物吃光光是對廚子的一種讚美......

他轉而用泰語對Ann說了幾句，我看見後者羞紅了臉，像個新娘子似地走開。没多久，她捧來一大盤吃食，光看顏色和冒著的熱氣就讓人食指大動，我毫不客氣地大快朵頤一番。

男主人邊喝茶邊看著我的吃相，他的盤底已朝天。

"妳的腳怎麼了？"他還是好奇一問。

我答被他家的狗咬了，害我現在連門都不敢出，怕被它再咬上一口。

"那隻狗的確凶猛，連我都害怕。"

連主人都害怕的狗爲什麼還養？

乍侖先生說錢是罪惡，會引來災難，有隻惡犬在旁守護，也算是買了份保險。

"富人有富人的煩惱，窮人有窮人的自在，誰都別笑話誰！"我有感而發。

"說得太好了！"他鼓掌，"言言小姐，如果讓妳選，妳會選擇當富人還是窮人？"

這個嘛……說想"一窮二白"未免太假清高；說愛錢又太功利了……

我陷入苦思。

"呵呵！不想回答没關係，我說我的，如果讓我選，我會選擇當有錢人，而且越有錢越好，因爲錢就是力量，很少人會對錢說不。"

這倒是真的，我不也是？如果在中國能找到薪水夠多的工作，何苦飄洋過海到異國謀生活？

乍侖先生安慰我別難過，他相信我會在泰國收獲很多這輩子想都想不到的東西……

我苦笑，一個月25000泰銖的薪水，即使全數都存起來，一年也不過六萬元人民幣，買個名牌包都買不起，還是別做夢了！

他問我是不是喜歡名牌包？

"也不是啦！只是打個比方。"我趕緊危機處理，怕雇主的老公誤會我在抱怨薪水少，"其實我應該感恩，以我的條件，在中國掙不了那麼多。"

"妳是值得獲得更多，"他忽然拿起餐巾擦我的嘴角，"妳的嘴邊有殘渣。"

我躲開他的好意，期期艾艾地解釋那不是殘渣而是痣。

"痣？"他很驚訝地再次確認，"真的是，我没看過那麼性感的痣。"

"性感？不會吧？"

乍侖先生笑了，他没回答我的問話，反而說自己吃飽了，請我慢用。

他走了，留下一個謎給我。

我邊撫摸嘴角的痣邊思索他的話，也許他是爲了安慰我才故意這麼說，誰願意有那麼一個礙眼的痣？一定是這樣的，肯定没錯！

我又重新回到自卑裏。

~

中午和瑪妮太太用餐，她又是一副邋遢樣，不見乍侖先生，我記得雇主曾經說過老公今天不上班。

我忍不住提醒她化化妝，否則不知乍侖先生看了會怎麼想？

"知道他今天出門打高爾夫球，所以省了這個麻煩的步驟。"瑪妮太太有氣無力地答。

看她一副精神不濟的樣子，我建議她把作息時間調整一下，熬夜很傷身的……

"妳以爲我想這樣？我的灑咪是個精力充沛的人，白天工作再怎麼累，夜晚照樣能玩到凌晨，如果我的作息不日夜顛倒，估計兩人一天都見不到面。"

“那麼今天晚上有活動嗎？”我吃了一口青檸葉炸牛肉，牛肉的鹹香和青檸葉的獨特味道很搭，吃起來非常爽口。

“有，”她突然有些愁容，“幫我挑性感點兒的衣服。”

這是今天我聽到的第二個“性感”。

“太性感恐怕妳的灑咪不會太高興。”我開著玩笑。

“不，”瑪妮太太突然變臉，聲音也粗巴巴的，“一定得性感到讓所有的男人都血脈賁張，聽到沒？！”

我一時難以招架，雇主怎麼說翻臉就翻臉？誰禁得住？

“其實妳可以換一種方式說話，聽起來比較不逆耳。”我說。

話甫歇，她憤而將餐巾往桌上一扔，說我若不想幹就別幹，她雇人不是為了照顧對方的心情，然後很沒風度地離席。

經過幾分鐘的沈澱，我才真正面對自己的憤怒，雖然她是我的衣食父母，但也不能這麼羞辱人。哼！“此處不留人，自有留人處”，當下我決定打包回中國。

等我把行李箱從床架下拉出來，又把衣櫃裏的衣服全折好放進去，萬事俱備，只欠登機時，這才發現自己囊中羞澀，若買了回國機票，下機後連坐長途客車回家鄉的錢都沒有。

想起臨行前母親曾塞給我一個信封袋，我死活不收。

“到了泰國，我會住在大房子裏，每天山珍海味，薪水可以全部存起來，根本用不到什麼錢。”

當時我是這麼跟母親說的。

沒想到才過了兩天，我就受不了雇主的氣，打算打道回府，這算什麼？我就這麼脆弱嗎？

我頹然地坐了下來，心裏懊惱到不行，如果我是有錢人就好了，誰的氣都不必受。

想起乍侖先生說過的話—錢就是力量。没錯，只要有錢，我也能像瑪妮太太那樣說話有底氣。

爲了這個"任重道遠"的計劃，我暫時放下自己的傲氣，衣服歸了位，行李箱也重新回到床底下。

"等瑪妮太太睡完午覺，我要幫她找一件性感無比的衣服，如她所說的，讓所有的男人都血脈僨張。"我心想。

第五章 / HAPPY NIGHT

傍晚我把鄭女士送出門，剛好看見巴頌從門前走過，他跟女主人行完禮就要離開，我將他喚住。

"去哪裏？"我問。

"乍侖先生說把狗送走，我正要通知家裏的工人幫忙，光憑我一個人的力量是辦不到的。"

"把狗送走？爲什麼？"

"乍侖先生說狗嚇到妳，害妳不敢出門，只好將它送回狗場。"

知道男主人如此體貼，我對他的好感瞬間上升好幾個檔次。

"其實也不光是爲了妳，狗已經誤傷了好幾個人，只是以前乍侖先生都不表態，這次不知爲什麼，突然就決定不養了，我倒有些不捨，没陌生人時，狗挺乖的。"

也許說者無意，但我聽者有心。

"都是我不好，若不是自己誤闖禁區，它也不致於被遣返。"

没想到巴頌反過來安慰我，他說這種狗本來就是鬥犬，是爲了打鬥而生，回到狗場反倒逍遙自在些。

聽他這麼一解釋，我的愧疚感減輕不少。

"瑪妮太太今晚很漂亮，"那孩子望向出口處，可惜倩影已走遠，"就是裙子太短了，這樣不好，最近有流感。"

巴頌觀察入微，裙子本來沒那麼短，是我找來利剪和針線改的，爲了能讓所有的男人都血脈僨張……

"没事的，天氣很悶熱。"我替自己的不當行爲找到藉口。

"但是Go Go Bar裏的空調可以把人凍成冰棍。"他說。

Go Go Bar? 那是哪裏？

"Barsong～"一個小伙子在遠處喚巴頌，我只好放人。

巴頌說晚餐六點開始，想著今晚又是我獨自用餐，所以躲在房裏慢悠悠地回覆郵件。安卓說他想申請美國大學，因爲女友嚮往那個自由的國度……

"美國好，祝你和女友成功到達彼岸。"打完字，我起身去用餐。

"乍……乍侖先生？"

一踏入餐廳我就怔住，男主人怎麼在這裏？他不是應該和瑪妮太太在Go Go Bar 嗎？

相較於我的驚訝，乍侖先生卻是一臉淡然地和我打招呼。

"沙瓦迪卡～"我也雙手合十。

今天Ann準備了香茅蝦、咖喱蟹、西米肉酥丸、炒雜菜和香米飯，甜點則是香蕉餅。

甜點往往是最後才上，我之所以知道甜品爲啥，是因爲乍侖先生已吃完飯，正在吃香蕉餅。

“對不起，我以爲今天餐桌上只有我。”我尷尬極了。

“没事，妳是新來的，不知道今晚是我太太的Happy Night.”

Happy Night?

乍侖先生解釋平常他工作忙，即使帶太太應酬也經常因生意上的交流把她晾在一旁，爲了讓婚姻能走得更長遠，他認爲有必要讓被忽視的一方徹底放鬆，所以每個星期六的晚上明定爲瑪妮太太的Happy Night，想上哪兒玩就上哪兒玩，他不干涉，當然也不會如影隨形。

“那你呢？你有Happy Night 嗎？”我邊把蟹肉從蟹腳抽出邊問。

乍侖先生聽完呵呵笑，他說每晚都是他的Happy Night，他甚至覺得自己是爲了夜晚而生。話説回來，白天的泰國實在太熱了，讓人昏昏沈沈的，政府有必要將工作時間做個調整，規定從晚上九點到清晨五點爲上班時間，這樣白天就能用來睡大覺。

這次換我哈哈大笑，哪有那麼無厘頭的規定？要有，全亂套了。

“我喜歡看妳笑，太可愛了，像沙漠裏長出花來。”没想到乍侖先生會在毫無預兆下說出令人驚心動魄的話來。

本來我還心情大好，現在再也笑不出來，趕緊低頭扒飯，此時Ann走了進來，手裏捧著切好的各色水果。

“言言小姐，六點吃飯。”她對我說，臉色不太好看。

我答知道了，下次一定準時。

Ann不再看我，轉而熱情地對男主人說了一長串的泰語。

乍侖先生用"Dai"回答她，接著他倆聯袂上樓，連水果也帶走了。

我無聊地拿著叉子翻弄盤子裏的菜餚，突然沒了胃口。我以爲乍侖先生會喜歡看我吃飯，像今天早上一樣。

～

我從夢中驚醒，因爲聽到蹬、蹬、蹬的撞擊聲，然後又是什麼東西哐啷一聲。

這是怎麼回事？

睜著惺忪的雙眼走出房外，甩東西的聲音仍持續著，中間夾雜一個女人歇斯底里的怒吼聲。

"乍侖先生真是好脾氣，完全没回嘴，只有瑪妮太太在唱獨角戲。"我心想。

站在樓梯口好一會兒，我決定還是不介入，都說夫妻"床頭吵，床尾和"，吃瓜群衆還是各自散了吧！

～

由於昨晚没準時到餐廳用餐，今天一大早我就報到，怕自己成了拔達逢家最不受歡迎的人，可惜七點一到，還是没看到那個好看的男人。

"乍侖先生今天去清邁了。"

Ann難得說了一句完整的普通話，而且看得出來心情很好，邊給我上西式早餐邊哼歌。

"kob kun ka"這是我臨時惡補來的泰語，意思是"謝謝"。

Ann答不用謝，這是她應該做的。

"巴頌呢？"我問。

"上學。"

哎～我真迷糊，怎麼又忘了？

"瑪妮太太哭嗎？昨晚。"

Ann突然一問，讓我有些吃驚，她是不是也聽到什麼了？

"不知道，也許有。"我答。

我以爲身爲僕役的她會擔心，沒想到她的眼神飄向樓上，嘴角有微微的笑意，倒像是競技場上獲勝的一方。

早餐過後，Ann問我想不想和她上菜市場？我求之不得。

要想深入地了解一個國家，菜市場是條捷徑，可惜來泰國三、四天了，我連大門都還沒邁出。

Ann帶我逛的菜市場離拔達逢家不遠，就在湄南河附近，顧客大部份是本地人。

太好了，這才接地氣！

逛了一圈後，我發現肉和蔬菜的價位幾乎與北京齊平，本地水果倒是廉價，一個巴掌大的芒果也就5塊錢人民幣，至於海產……大概因爲泰國是個半島國家，一撒網就能滿載而歸，所以海產特別便宜，人民幣一百元可以買一大袋的基圍蝦。

Ann買了魚、買了肉、買了青菜、又買了榴蓮和山竹，而我們卻兩手空空，因爲市場裏有勞役，付個100泰銖能幫你送貨到家。

如果你以爲這只是單純的購物，那就太小看我了，雖然Ann的普通話不咋地，但我還是問出有用的信息來。

先說Ann吧！第二代台山人，母親是泰國人，出生在曼谷，會講一點兒粵語和普通話，算是比較偏向泰國的中國人。

再說乍侖先生，祖先可追溯到吞武里王朝，據說他的母系與當時的華裔國王鄭信沾了點兒親戚關係，後來世代交替，到了乍侖先生的祖父這一輩已經徹底沒落了。

"乍侖先生……很棒……有錢。"Ann說。

看來是乍侖先生讓他的家族又興盛起來，而以他"漢化"的程度，我把他歸爲偏向中國的泰國人。

"瑪妮太太呢？"我問。

"不知道，帕特里夏太太死了，乍侖先生喜歡……"她答。

帕特里夏是乍侖先生的第三任太太，一個有名的女明星。

我還想順著竿子往上爬，把第一任和第二任太太也給挖出來，奈何Ann在市場裏遇到熟人，兩人嘰嘰喳喳地聊起天來，我只好把從水果攤上買來的小菠蘿拿出來，在污水橫流的市場裏吃了起來。它們個個只有拳頭大小，但甜得沁口，像在吃蜜一樣。

ANN喚了很久，鄭女士才心不甘情不願地下樓來，兩隻眼睛腫得像核桃，明顯哭過。

她安靜地用著餐，吃得很慢，但很專心，像在辦一件例行的公事。

"昨晚玩得開心嗎？"我問。

"還行。"她把三色粉捲納入口中。

"乍侖先生說每個星期六的晚上是妳的Happy Night."

沒想到尋常的一句話卻踩了地雷，她擡起頭，惡狠狠地看著我："他還說了什麼？"

"沒……沒什麼，就……就這些了。"我嚇得雙腿發抖。

好半天，瑪妮太太才像說別人家的事一樣地說：“我的灑咪去清邁了，要很久才會回來。”

我安慰她這樣很好，夜晚不用出門，她能睡個好覺。

她聽了噗呲一笑，彷彿我說了個天底下最好笑的笑話。

第六章/ GO GO BOY

我的確說了個笑話，没有男主人的日子，瑪妮太太簡直就像脫繮野馬，不僅夜夜笙歌，有時我還能在清晨蹚見偷偷摸摸從樓上下來的男人，他們個個像健美先生一樣壯碩，而且看著都像南部泰國人，膚色偏黑。

我突然同情起乍侖先生，自己在外打拼，老婆在家也不省心，一天一頂地給他戴綠帽。

"季言言，這不關妳事，還是讀好妳的雅思吧！"內心的我提出忠告。

由於安卓，我也開始想到未來，年紀輕輕的總不能光靠給人打扮過日子吧？！

我没忘記自己的夢想，那就是成爲有名的品牌設計師，既然在國內没找到出路，我想著何不到時尚之都充電？紐約的NY時裝學院就是個好選擇，但首先得把不上不下的英語水平給提升上來。

"我也想學英語，這紙醉金迷的生活，真他媽的受夠了。"瑪妮太太一聽說我的計劃，不請自來地加入陣營（當然，我没說學好英語是爲了離開她）。

"我問過了，團體課200泰銖一個小時。"我說。

没想到鄭女士豪爽地說上什麽團體課？把老師請到家裏來，錢她出！

少了這部份的開支讓我欣喜若狂，當下就給補習班打電話，考慮到瑪妮太太的生理時鐘，約了下午三點到五點上課。

"替我準備校服，我想再當一回學生。"我的雇主對學習充滿了熱情。

爲了滿足她的願望，我拎上錢包出門，聽巴頌說暹羅大學附近能買到各年齡段的校服。

泰國女中學生的校服一般爲白衣黑裙，白襯衫是緊身短袖式樣，能將飽滿的胸部烘托出來；黑裙子則爲低腰迷你褶裙，腰線剛剛及胯，裙邊則短到大腿中部。爲了走路方便，迷你裙的斜側面還特意開了叉，是我看過最性感的校服。

我把校服買回家，瑪妮太太忙不疊穿上身，要我說，那真是別樣的風情，難怪有人會說"制服誘惑"。

"上課老師恐怕無法專心上課了。"我實話實說。

"哈哈！捉弄老師是天底下最快樂的一件事。"瑪妮太太調皮地答。

～

下午三點，屋外豔陽高照，正是昏昏欲睡的時刻，偏偏補習班送來一位滿頭銀髮的老外，還是個女的，連讓人"精神爲之一振"的機會也没有。

我的雇主收起她的春情蕩漾，努力做好一個學生的本分，奈何底子不好，被老師糾正了幾次發音後，失去了學習興致。

"I ...... toilet."她說想上廁所。

老師當然放行，沒想到這一去便不復返。

"老師讓我來喚妳，她怕妳掉進馬桶裏了。"我行動不便地上到二樓，瑪妮太太正呈大字型躺在床上。

"不去，"她翻了個身，"無聊死了。"

我就知道她的懶病又犯，可是一期三個月的學費已經付了，怎能這麼任性？

聽完我的指責，她頗爲厭煩地答付了就付了，誰規定非得兩個人上課不可？

說的也對。

我的英語雖然不好，但和雇主比，一個是重量級，另一個是蠅量級，根本不在同一個水平上。既然瑪妮太太不願上課，我算撿了個大便宜，省下高昂的補習費。

"那妳安心入睡，我不吵妳了。"關上房門，我高興地下樓去。

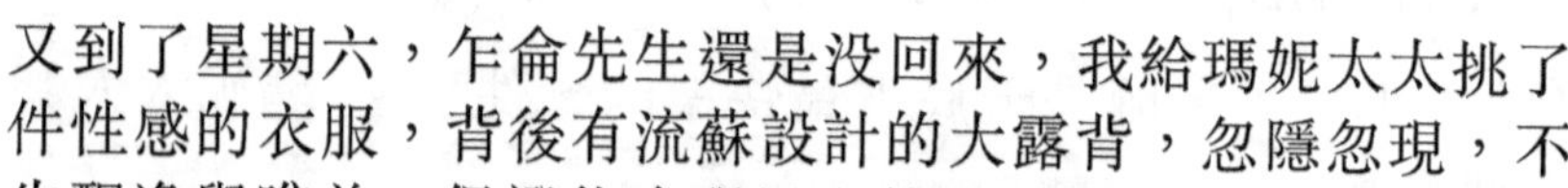

又到了星期六，乍侖先生還是沒回來，我給瑪妮太太挑了件性感的衣服，背後有流蘇設計的大露背，忽隱忽現，不失飄逸與唯美，保證能喚醒男人的原始慾望。

"哪裏買的？"面對落地鏡，瑪妮太太左顧右盼，很滿意的樣子。

我答在百麗宮買的。

爲了買到合適的衣服，這幾天我逛了不下十幾處商場，連帶路的巴頌都對我的"敬業精神"嘖嘖稱奇，殊不知這項工作滿足了我長久以來的購物慾，尤其現實生活中，那些美麗又昂貴的服飾是多麼的遙不可及。

“今天還去Go Go Bar嗎？”我遞給她珊瑚耳墜，紅得像雞血。

瑪妮太太嗯了一聲，沒多說話。

等我拎來這季流行的驢蹄鞋時，她開口問我要不要跟她一起去Happy？

我不知道Happy具體指的是什麼，但能見識一下曼谷的夜生活，倒也是不錯的體驗。

爲了不和雇主的露背裝撞衫，我選擇露肩的一字領黑色連衣裙（這原是買給她的禮服，還好她不吝借給我穿）。

“妳的鎖骨很消魂，今晚一定很精彩。”瑪妮太太說。

拔達逢家的司機是老司機，上車後，女主人什麼話也没說，他便將車子開往Soi Pratoochai，整條小巷裏有20來家Go Go Bar。

下車後，操著普通話、廣東話、日語、韓語、英語的人便一擁而上，不外“不帥不要錢”、“先看再買票”、“都是小鮮肉”地推銷著，煞是熱鬧。

瑪妮太太熟門熟路地帶我走進一家叫“T吧”的店，中央有個小型表演台，台子周圍是觀衆席。

一開始是人妖諧星搞笑秀，中間穿插一些雜耍，倒也没啥特別的，直到中場休息時間才有些許不同。數十名Go Go Boy穿著小三角褲上台，一一向客人拋媚眼，我看見瑪妮太太給了媽媽桑400泰銖，點名要5號的肌肉男。

“妳看中哪一個？”我的雇主没忘記我。

其實我誰都沒看中，但來到聲色場所卻端出聖母樣的確惹人厭，於是我選18號，那個有酒窩的小熊維尼看起來比較“安全”。没多久，那兩人各端一杯酒前來。

5號顯然是瑪妮太太的老相好，一上來就給她來個熊抱，順便埋怨上星期她選了1號，是不是不愛他了？

“愛，所以今天回來找你。”鄭女士拿出細長的煙捲，5號馬上哈腰點火，用的還是都彭打火機，“啪”的一聲，很是清脆悅耳。

看他們兩人挨得那樣近，近到成了連體嬰，小熊維尼也想有樣學樣，被我一把推開。

“ This is for you. Please go away.”我給了他200泰銖，請他滾遠一點兒。

那個胖胖的男孩沒囉嗦，拿錢走了。

見我落單，幾名Boys立馬粘了上來，嚷著要我請喝酒，我像趕蒼蠅似地將他們全轟走。好不容易等到燈光暗下來，Boys才陸續回到後台，大概下半場的節目就要開始。

我正想著Go Go Bar也太小兒科了，不過是花錢陪聊天，有啥稀奇的？沒想到下半場火力全開，不僅有SM還有“人獸大戰”，最不可思議的在後頭，所有的Boys全脫光，站成一排打飛機，那氣勢真讓人瞠目結舌。

瑪妮太太果斷把最後一個發射成功的Boy帶走，臨走前問我是不是留下來看第二場秀？我答是（其實是爲了避開和她買來的Boy同坐一車回去的尷尬）。

“ 那好，妳自己打車回去，別玩得太晚 。”她丟給我幾張票子。

我數了數有5000泰銖，足夠帶一個Boy開房，但我沒那麼做，而是把錢折好放進口袋裏，然後在下一位Boy騷擾我之前，默默離開Go Go Bar.

～

雖然凌晨才就寢，但我輾轉難眠，一夜都沒睡好，原因無他，一个大活人就在我面前沈淪，讓人感慨萬千。

瑪妮太太不過長我幾歲，人又那麼漂亮，家境還殷實，真沒必要這麼作賤自己……

我突然有了將她解救出來的使命感，只是一時還没有任何頭緒。

" ＊€+%¥#……"聽到乍侖先生的聲音，我嚇得心臟差點兒跳出來。

樓上的Boy還没走，男主人這麼一聲不響地回家，看來瑪妮太太就要倒大霉了。

"沙瓦迪卡～"顧不得自己臉没洗、頭没梳的醜相，我在乍侖先生上樓前抓住他打招呼。

"沙瓦迪卡，妳起得真早。"說完，他往前跨出一步。

"哎、哎喲～"我彎腰撫住被狗咬的傷口，一副痛苦的模樣。

乍侖先生問我怎麼了？我答被狗咬的腳又疼了，大概爲了跟他打招呼，走路急了點兒的緣故。

趁他無語的當口，我問他能否扶我到客廳坐會兒？

乍侖先生"當然"没拒絕，他小心地扶著我進客廳。我剛一坐下，就看見一個人影快速從樓上下來，然後一溜煙地跑走了。

"真奇怪，腳現在不疼了。"没等乍侖先生提議帶我看醫生，我先給自己解套。

"不疼了？"他問。

"不疼了。"

"真不疼了？"

"真不疼了。"我對他微笑，心裏有種勝利的感覺。

没想到乍侖先生非但没離開，反而像看車禍現場一樣地看著我，讓人很不舒服。

"What?"我還是問了。

"言言小姐很令人費解啊！"他答。

我說這没什麼，我偶爾也會牙疼或頭痛，都是毫無預兆的……

"他走了，對吧？"

"誰……誰走了？"我故作無知但紅了臉頰。

男主人大笑著離開，蹬蹬蹬的上樓聲像打戰鼓，讓人心驚肉跳。

第七章／唐傑森

日子像打卡似的一日復一日。

由於瑪妮太太的作息日夜顛倒，除了幫她採買衣物外，我有大把的時間好揮霍，於是又回到我的老本行—服裝設計，期待日後申請學校或找工作時能有拿得出手的作品來。

"哪裏可以買到便宜的畫具？"我問巴頌。

雖然我有服裝設計專用的Cad軟件，可以重複上色及修改，非常方便，但軟件是計時收費的，對於囊中羞澀的我來說，頗有壓力。考慮再三，我決定還是"土法煉鋼"，因爲手繪更能如實反映個人的專業素養和設計水平，同時減少開支。

"藍康恒24巷就有，因爲是給學生用的，所以價格很便宜。"巴頌答。

真是太好了！正合我意。於是吃完中飯，我趕在英文老師來到前，央求巴頌帶路。

在美術社裏我買了美工鋼筆、鉛筆、圓珠筆，水性筆、馬克筆、彩鉛以及水彩，同時爲了處理細節，我還買了德國製的

○.5自動繪圖筆，紙則選了描圖紙，這樣上色錯了，還可以再複印一張。

"乍侖先生也喜歡畫畫，他的畫室裏有很多畫具。"

聽巴頌這麼一說，我對那個好看的中年男人更感興趣了，原來他還是個藝術家，難怪氣質非凡，與一般的商人不同。

"他都畫些什麼呢？"我們站在街頭等出租車，我問。

"什麼都畫，小貓、小狗、樹、花、昆蟲，還有……漂亮的女人。"

知道他畫的是實物，不是抽象派或形而上主義，我忽然很想參觀一下他的畫室，是哪一間呢？樓上有五個房間，肯定不會是瑪妮太太的房間，現在只剩四選一了。

誰知全被巴頌給否定了。

"乍侖先生的畫室在陶瓷島，離曼谷市區約半個小時車程，他一有空就會過去。瑪妮太太只去過一次，回來後還和乍侖先生大吵一架，把家裏能砸的東西全砸了。"

"噢！爲什麼？"我太好奇了。

巴頌沈默地低下頭去，顯然不願多說，加上一輛粉紅色出租車正向我們駛來，這個話題也就無疾而終了。

~

我的英文老師是英國人，有很重的倫敦腔，嘴裏像含著一粒小球，讓我學起來倍感吃力，但一想到這是"貴族"口音，再怎麼著也得堅持下去（可不是每個人都有這樣的好運氣）。

然而事情不是我想堅持就能堅持下去，才上了不到兩個禮拜的課，我的老師便打退堂鼓，因爲她的心臟支架出了點兒問題，得"返廠維修"，補習班會另外派老師過來。

"Oh no！"我唉聲嘆氣。

"He might be a handsome boy."那個滿頭銀髮的老太太笑著說也許新老師會是個英俊小生。

嗯……這個可以有。

我立馬精神百倍。

~

今天Ann難得煮了娘惹菜，空氣中有非常濃厚的香料氣息。

娘惹菜是由中國菜和馬來菜融合而成的馬六甲菜餚，集合了甜酸、辛香以及微辣，所用的醬料往往由十種以上的香料所調配而成。

此時桌上擺著辣椒螃蟹、亞三香辣魚、大樹菠蘿焦糖燉蛋、娘惹參巴羊角豆和咕嚕酸甜雞。

"*€+¥%#……"乍侖先生說了幾句泰語，Ann紅了臉，喜滋滋地走了。

"行啊！就知道四處留情，連家裏的廚子也不放過！"瑪妮太太雖然聲調平緩，但看得出來心情不佳。

"瞧妳說的，Ann準備了一桌子的好菜，總得嘉獎一下，才有動力繼續努力，"乍侖先生忽然轉頭向我，"妳說是不是？言言小姐。"

"呃……嗯……是的。"我低下頭去，不確定自己是否說對話了。

我們三人突然安靜下來，靜到只剩下嘴巴咀嚼食物的聲音。幾分鐘後乍侖先生才開口，他說今晚約了M公司的高層打橋牌，問瑪妮太太去不去？

"去，怎麼不去？不去你們就無法無天了。"她答。

乍侖先生尷尬地笑了笑，不再說話。

我爲我的雇主選了注入運動風的波西米亞長裙，是今年最流行的穿法。

"太怪了，皮夾克配長裙？我可不想被批衣著無品，畢竟我是付了錢的。"她有些忐忑。

我要她放心，這可是今年巴黎服裝週的主題，誰敢說不好，那就out了。

瑪妮太太又在落地鏡前蘑菇了一會兒，才勉爲其難地接受我的專業建議，最後腳踩平底羅馬鞋走了。

終於拔達逢家又只剩我一人。

我把描圖紙拿出來，聚精會神地繪了一款銀色風衣，利用暗扣，它分分鐘能變成馬甲，等於一衣兩穿。

畫好的描圖紙被我擺進十公分厚的資料冊裏，算一算，已經有七張了，等到全塞滿時，大概也到了和泰國道別離的時候。

由於老太太說也許補習班會派一個帥哥前來，讓我的平淡生活又有了期待，心想即使不帥，也千萬別送來一個怪叔叔才好。

沒想到好運一來擋都擋不住，來者不僅是個大帥哥，還長著一副華人臉孔，讓人好生親切。

" Hi, my name is Jason. How do you do ?" 叫 Jason 的老師向我問好。

" Fine, thank you. And you?" 我把從老太太那裏學來的會話應用上。

傑森很好奇我有倫敦口音，我答原來的老師是倫敦人，所以……

" Sorry，我是ABC,一個出生在美國的華人，所以無法給妳倫敦口音。"

"沒關係，美國口音也可以。"

第一堂課總是那樣，先自我介紹再進入課題，當Jason知道我是個服飾搭配師，爲了進入NY服裝學院而努力學習英文時，不禁對我肅然起敬。

" I wish you will be the next Vivienne Tam."他說。

Vivienne Tam是世界知名的華裔服裝設計師，作品融合中西方元素，浪漫中不失優雅。

雖然我不認爲自己有朝一日能向大師看齊，但仍微笑著說：" Thank you. I hope so."

由於有帥哥加持，兩個小時很快就過去。離去前，Jason介紹他的中文名叫唐傑森，目前在文華酒店實習，年底才回美國繼續大學未完成的課程，希望到時能與我在紐約相見……

"當然，如果能夠如願進入NY服裝學院，肯定和你約了見面，但……爲什麼文華酒店的實習生會來教英文呢？"我太好奇了。

他解釋他上的是大夜班，從晚上十點到隔天早上六點，如果不給自己起床的理由，半年後他對泰國的印象將只停留在文華酒店和宿舍之間，而他不想虛度光陰。

嗯……這個解釋倒是不牽強，可以接受，只是這樣倒時差太辛苦了。

他答一點兒也不，因爲他喜歡動，不喜歡靜。

“對了，上完課到晚上十點前，妳都做些什麼？”他問。

我答吃完晚餐，幫雇主選衣飾，如果沒突發事件，剩下的大半夜會用來畫圖，我已經畫了好幾張設計稿了。

“哪天我們一起吃飯如何？我知道有家好味道的海鮮餐廳。”他說。

呃......我問這是約會嗎？

“不，不是的，”他笑了，“就是正常的社交活動，各付各的。”

雖然從雲端回到地面，但心裏還是歡喜的，畢竟在異國交朋友也不是那麼容易，尤其對方還是個會說普通話的小鮮肉。

“好，明天給你答覆，因爲我的雇主剛起床，頭腦不太清楚。”我說。

傑森聽了有些懵，但沒多問。

“那拜了。”他笑了笑，往屋外走去。

第八章/邂逅

今天早上我們喝粥，是用茉莉香米、豬肉及豬內臟熬煮而成，最後加入香菜、生薑和半熟蛋，另外還附上一大盤的油條，只是油條淋上了煉乳，更像甜品多一些。

"妳白天都做些什麼？"乍侖先生問。

我答除了幫瑪妮太太採買衣物外，有空就學習英語及繪畫。

他說我真有上進心，已就業了還不忘學習。

"哪裏，就是因爲出社會還感覺有不足之處，所以正在亡羊補牢。"

"掌握另一門語言很重要，等於開啓了另一扇門。"乍侖先生把筷子伸向油條，"對了，妳都畫些什麼？我平常也畫幾筆。"

我想起巴頌說的，乍侖先生在陶瓷島有間畫室。

"正確地說是設計，我又開始服裝設計了。"我答。

乍侖先生把嘴巴裏的油條嚥下肚後說："希望有機會能看到妳的設計稿。"

“它們都是很不成熟的作品，我怕你看了會見笑。”

那個好看的男人立馬發誓絕對不會取笑我。

這真令人爲難，我不過是一時興起，畫的真的很一般，毫無天份可言。

他說有沒有天份，一看就知道，何況他也作畫，也許能給我一些技術上的建議……

哎！話都說到這個份上，我再推拖就太矯情了，於是起身到房間把資料册拿出來。

“畫得真好，”乍侖先生很用心地看著每張設計稿，“假以時日，妳一定會是個有名氣的服裝設計師。”

“謝謝！你太仁慈了。”

“不，我是說真的，妳很有才氣，不繼續深造太可惜了。”

既然伯樂在眼前，爲了表示自己也有鴻鵠之志，我告訴他想申請美國的學校，只是時機尚未成熟，學費也還没攢夠……

“讀研究生要幾年？學費多少？生活費多少？”他問。

我一一答覆。

他聽完作沈思狀，大概也同意這是筆不小的支出。

“窮人的孩子就是這樣，老想做不切實際的夢，呵呵！”我趕緊給自己找台階下。

“下個月五號，我要參加一個重要會議，晚上有宴會，妳幫我做一套合適的禮服吧！”他忽然話鋒一轉。

下個月五號？不到一個月的時間，我說我怕達不到他的要求。

“不試試，妳怎麼知道自己有多大的潛力呢？”他用餐巾擦拭嘴巴，起身，“我得上班去了，妳慢用。”

乍侖先生走後，我才想起還未幫他測量尺寸。

"算了，等設計稿出來再量吧！搞不好他不喜歡我的設計。"我如是想。

今天我們上英文的未來式。

" Will you go out with me tonight?"傑森問我今晚跟他出去嗎？

" Yes, I will."我的答案是肯定的。

昨天幫瑪妮太太繫上腰帶時，我順便告訴她今晚打算外出。

" 有約會？"我的雇主邊注視鏡中的自己邊問。

我答不是約會，只是和一個剛認識的人吃頓飯，各付各的。

" 妳要注意安全啊！人生地不熟的，萬一有個什麼，我也麻煩。"她不帶感情地說。

我心裏老大不高興，明明可以把話說得婉轉些，偏偏一出手就刀光劍影，讓人如鯁在喉。

" Really? "我的英文老師再次確認，" Are you sure we can go out after the lesson ？"

我微笑著點頭，對接下來的社交活動充滿期待。

不過是回房拿了個包，出來時就撞見瑪妮太太，她正站在樓梯口和傑森說話。

" 原來換老師了，妳也不吭一聲。"看見我來，鄭女士說。

我趕緊解釋老太太的心臟支架出了點兒問題，換老師是昨天的事，今天是第二天上課，還沒來得及告訴她。

“換老師好，尤其新老師看著……很和氣。”她笑得很嫵媚，“不知道新老師願不願意多收一名學生？”

傑森答補習班曾告訴他這是一對二的課程，如果瑪妮太太想加入，他歡迎之至。

你有沒有面對一盤美食正想大快朵頤時，某個人過來問都沒問一聲就挖走一大半的經歷？

我目前的心情便是。

雖然傑森和我是師生關係，但瑪妮太太的強盜行爲還是惹怒我，直到服務員上呈一盤又一盤的美食，我才又展歡顔。

“太好吃了，哪裏找的？”我啃著蟹腳，雙手沾滿醬汁。

“我的同事帶我來的，他是泰國華僑。”

這是一家華人開的海鮮餐廳，排了半小時的隊終於吃上，點的咖哩蟹、泰式烤魚、蝦球、炒空心菜、菠蘿炒飯，沒有一道是敗筆，連芒果冰沙也好喝得不得了，不禁豎起大拇指讚揚，誰知道……

“妳的老闆看起來很和善。”

聽他這麼一說，我的食慾瞬間減少了一半。

“還可以啦！她對所有的帥哥都很和善。”我答。

傑森相貌堂堂，人也高大，像是來自好家庭的優質男孩，跟Go Go Bar裏的Boy完全不同（雖然後者也有好看的），難怪瑪妮太太會像饑餓的狼看到油汪汪的肥肉般，口水流了一地。

“其實……我見過她，在文華酒店裏。”他說。

“誰？瑪妮太太嗎？”

“應該是她沒錯，穿著一身血紅色的晚禮服參加酒店派對。”傑森進一步說明。

我想起來了，那件晚禮服還是我準備的，爲了腰際的那朵玫瑰，我們起了爭執。我說拆了會更優雅，她偏要留下俗麗，我只好妥協了。

傑森證實衣服的腰際的確有朵玫瑰，可見瑪妮太太的美有目共睹，否則參加派對的人這麼多，傑森如何記住一個驚鴻一瞥的人？

我的英文老師不否認紅衣女郎的美麗，但讓他印象深刻的原因卻不是這個，而是瑪妮太太問他酒店提不提供保險套？

"啥？她真的什麼都敢問。"我咋舌。

"我猜她記不住自己說過什麼，因爲那時的她已經醉得路都走不穩，還好旁邊有個高大的男士陪著。"

原來是乍侖先生，他們夫妻可真夠奢侈的，明明可以回家，卻到五星級酒店開房。

傑森說的確奢侈，訂的還是頂樓套房，一晚要價40000泰銖。

"這……這麼貴？我的月薪不過25000泰銖，連一晚的套房都住不起。"我唉聲嘆氣起來。

"季小姐，妳真可愛，連薪水多少都誠實交待了。"傑森難以置信。

我答這沒什麼，因爲在曼谷拿那麼低的薪水也沒那個誰了，不怕他奪財害命。

他聽完哈哈大笑，接著喚來服務員買單。

我從包裹拿出700泰銖，這是我應該付的。

"算了，這次由我付吧！等妳肥了，我再來奪財害命！"

"呵呵！要等我肥恐怕得中彩票才行。"

我謝了他的好意，仍把錢上繳。這年頭誰都不容易，我不能佔人便宜。

～

"昨天妳和他去哪裏了？"午餐桌上，瑪妮太太問我。

這個"他"指的不會是別人。

我答沒去哪裏，吃完飯，逛一下商場，時間就到了，他還得趕著去文華酒店值班。

"文華酒店？"瑪妮太太擡起頭來，嘴裏尚咬著雞爪。

我只好把老師的背景交待一下，強調他還是個大學肄業生，比我小一、兩歲。

"這麼說是弟弟囉！"她說。

本來這也沒什麼，弟弟就弟弟，我從來不對自己的年齡遮遮掩掩，倒是瑪妮太太有點兒幸災樂禍的樣子，讓人生厭！

"没錯，是我的弟弟也是妳的弟弟，如果他喊我一聲姐，那麼妳就是大姐。"

"什麼大姐？！"瑪妮太太明顯不高興，"我看起來也就二十多歲，走在大學校園裏，一點兒也沒有違和感。"

好吧！我承認永遠也別想改變一個女人的自戀情結，二十多就二十多，愛咋咋地！

"今天下午我要穿上女學生制服上課，妳沒把衣服丟了吧？！"她突然問。

我搖頭。

"那好，吃完飯記得燙衣服，必須平平整整，没有一點兒折痕才行。"瑪妮太太說。

第九章/參加派對

" Mini, could you tell me what's your favorite food?"傑森問。

Mini 是瑪妮太太的英文名，老師問她最喜歡的食物是什麼？她答"香蕉"。

" Why?"

" Because I like shay."瑪妮太太這一回答，讓我和傑森一頭霧水。

通過肢體語言，我們才明白她想說的是：" Because I like its shape."，翻譯成中文就是"因爲我喜歡它的形狀"。

我不禁翻了個大白眼。

瑪妮太太把課堂當作Go Go Bar, 竭盡挑逗之能事，不僅衣著暴露，言語還曖昧，這讓老師如何上課？

" Yanyan, how about you?"老師將同樣的問題拋給我。

我答我喜歡所有的食物，除了香蕉之外，因爲我討厭它的形狀。

" It's interesting."傑森說我的回答很有趣，然後投給我意味深長的眼神。

顯然這樣的反擊不具任何意義，因爲瑪妮太太根本聽不懂，她無聊地玩著桌上的橡皮。

爲了照顧後者的能力，老師把上課速度放緩，而且字彙回到最簡單的小狗、小貓之類。這一調整，瑪妮太太是開心了，但我不開心，感覺自己退化了，成了五、六歲的孩童。

好不容易挨到下課，傑森終於能用普通話和我們交談。

" 我認爲還是分開上課比較好，你們兩人的英語能力不在同一個水平上。"他說。

我求之不得，沒想到瑪妮太太也鼓掌，並且很快分配好上課時間。

" 一、三、五我上，二、四她上。"我的雇主說。

無端少了三堂課，但我無法抱怨，因爲出錢的是大爺。

" 季小姐，妳同意嗎？"傑森問我。

我有什麼資格不同意？只能無奈點頭。

晚餐桌上，乍侖先生問我瑪妮太太怎麼沒下來一起用晚餐？我支支吾吾地答她買書去了。

" 買書？買什麼書？"乍侖先生皺起眉頭，顯然不相信自己的老婆會看書。

" 買⋯⋯買英文書，她又開始和我一起上英文課了。"我解釋。

今天分配好上課時間後，瑪妮太太追問老師待會兒去哪裏？傑森答去書店買書，《哈利波特》的作者出了本新書《杜鵑在召喚》，評價不錯，他想買來看看。

然後我的花癡老闆就屁顛屁顛地跟了過去，還要我傳話：“今晚不跟老公應酬了。”

“真是糟糕！”乍侖先生聽完很懊惱，“說好的今晚攜眷參加，我若隻身前往，那有多尷尬？！”

的確尷尬。我善心地提醒他，瑪妮太太大概十點前會回來，也許還來得及……

之所以說十點是因爲傑森十點上班，但轉念一想，萬一我的奇葩雇主在文華酒店叫上一杯咖啡陪小鮮肉，那也不無可能，於是匆匆補上一句：“我猜的。”

“即使十點也來不及了，派對八點開始。”他說。

我看了一眼牆上掛鐘，六點半了，的確來不及。

“言言小姐，妳能陪我參加派對嗎？”他問。

“我？爲什麼是我？”

乍侖先生嘆了口氣說抓我去應酬實屬無奈，這樣吧！他會另外付我錢。

“不用付費，臨時出狀況我能理解，就權當增廣見聞吧！”我說。

那個好看的男人顯然很滿意我的回答，他欣慰地笑了笑，然後把糖醋排骨丟進嘴巴裏。

我連一件像樣的禮服也沒有，乍侖先生說我可以穿瑪妮太太的衣服，但她的骨架比我大，我只好找來針線幫忙。

一下樓來，乍侖先生就對我發出一長串的曖昧口哨，那是對性感尤物的讚賞，我不禁紅了臉。

“今晚的妳將會是派對上最受矚目的女神。”他說。

派對在一艘豪華遊輪上舉行，華燈初上，夜晚的景色非常迷人，兩岸的著名景點（如：鄭王廟、大皇宮、三寶宮、聖玫瑰教堂等）在燈光的照射下更顯璀璨。

我拿著香檳站在乍侖先生身旁，他正和一群打扮光鮮的男人高談闊論，泰語、英語交雜，我的耳朵嗡嗡作響，一句都沒聽懂。

" You must be the lucky girl for tonight."一位身穿露背吊帶長裙的金髮女郎轉頭對我說。

我不明白她爲什麼說我是今晚的幸運女孩，請她解釋。

" Never mind."她笑了笑，懶得解釋。

還好我的男伴注意到我受冷落，提醒我長條桌上有小點心，我可以過去取用，還有，船上的女人多半是名媛，我應該找機會認識一下，對我以後的事業會有幫助。

說的也是，與其像個木偶似地站著，倒不如藉機認識新朋友，於是我拿著香檳走了。

～

繞了一圈也沒能成功打進圈子裏，首先語言就是道關卡，我不會說泰語，英語也一般，很快便黔驢技窮，只能一旁傻笑，不過這倒有利我的觀察。

乍侖先生說我將會是派對上最受矚目的女神，其實他言過其實了，派對上商賈輻輳、美女如雲，我甚至還看到藝伎打扮的女伴。可想而知，我的小清新很快便淹沒在人群裏，成了一道最不起眼的風景。

"Hi, 妳是中國來的吧？！我注意妳很久了。"一個穿著全白褲裝，蓄短髮，耳垂掛著刀片耳墜的亮麗女孩向我走來。

驟然聽到鄉音，我立刻精神百倍，總算遇上同胞了。

"妳也是中國人吧？！哪裏的？來泰國多久了？"我問。

她答她也是中國人，哪裏的就別提了，小地方，說了我也不清楚，她來泰國已經五年了。

"五年？夠久的了。"我喝了一口香檳，"爲什麼待在泰國？讀書還是就業？"

"算就業吧！我是職業小三，妳也是吧？！"

聽得我差點兒把已下肚的香檳全給吐出來。

"不，不是的……當然不是。"我微慍。

"哎！我還以爲遇到同行了，想交換一下情報。"她拿出包裏的細長形女煙，熟練地點火，"我的雇主對我已經不感冒了，我得在他厭倦之前找到下家。"

"雇主？"

她指了指前方那個大腹便便的男人："就是他，癖好太多，應接不暇。"

我没料到那個癖好多的男人竟然在這個時候轉過頭來看我們，我趕緊背對他，彷彿做了什麼醜事。

俏女郎見狀，拉我走向船尾，那裏有一排沙發座。

"妳看著也不像是好出身的名媛，我說對了没？"一坐下，她問。

我告訴她，自己的專業是服裝設計，目前幫闊太太做服飾搭配的工作，因爲雇主有事，今晚被她老公抓來參加派對……

"有一技在身就是好，不像我，學歷不高，只能靠原始本能賺錢。"

我說現在有很多培訓學校，只要有心，學一門技術不難。

"是不難，但我需要快錢。"她仰天呼出一團白煙，"父親工傷，母親弱智，還有兩個未成年的弟弟和妹妹，妳叫我們怎麼活？"

哎！一家有一家的難處，我無法用道德綁架她。

"收入好嗎？如何交易？"我問。

她答雇主想怎麼玩就陪他玩囉！很簡單，時間有長有短，看個人魅力。收入算不錯，六四分，也能接私活，但不保證安全，所以有利也有弊。

"言言小姐，原來妳在這裏。"乍侖先生大踏步向我走來。

我站起身，正想介紹身旁剛認識的人，沒想到她驚慌失措地跑開，讓我很錯愕。

"是妳的朋友嗎？"乍侖先生望著遠去的背影問。

"算不上，今晚初識，還不熟。"

"以後這種垃圾少接觸為妙。"他嚴肅地說。

沒想到一向溫文儒雅的乍侖先生會批評一位陌生女子為"垃圾"，讓人很不解。

"快，"乍侖先生轉頭看著不遠處的一群人，"我介紹個貴婦給妳認識，她是曼谷服裝協會的會長，對服裝這一塊有獨到的見解。"

聽他這麼一說，我趕緊小跑步跟上。

第十章／插翅難追

瑪妮太太知道我做了她的工作，非但不感激，反而給我小鞋穿。

"這麼醜的衣服妳也好意思拿給我穿？"

"紅配綠，狗臭屁，聽過沒？"

"讓我穿恨天高，想摔死我嗎？"

"胸針太小。"

"戒指太大"

"耳環不夠亮眼。"

"項鏈太重。"……

我再也受不了了，衝下樓去，就想鑽進被子裏哭泣。

"言言小姐，妳怎麼了？"乍侖先生擋住我的去路。

“没……没什麽，”我把盈眶的淚水給逼回去，“瑪妮太太不喜歡我的搭配，我……我没理由再留下來，還是回中國去吧！”

乍侖先生一臉慈祥地說他不認爲我的搭配有任何問題，倒是清楚地知道自己的老婆天生缺乏對美的感悟能力，所以需要我的幫忙，何況他還等著我幫他設計禮服，所以我絕對不能走。

看到乍侖先生熱切的眼神，我投降了。都說“士爲知己者死”，受到他如此的肯定，我怎好拍拍屁股走人？

“好吧！如果瑪妮太太不再讓我難堪的話。”我退而求其次。

也許後來乍侖先生說了什麽，隔天瑪妮太太像没事似的：“昨晚的搭配還行，大家都說好看，妳……繼續努力。”

上完課，我問傑森書買到了没？他答買到了，瑪妮太太也買了一本，是中譯本，她說看完後兩人可以一起討論。

“真好，可以開讀書會了。”我酸溜溜地說。

“給，”他從包裹拿出一本書遞給我，“文字是艱深了點兒，慢慢讀，也許哪天我們可以用英語討論。”

我拿著這本黃藍色封面的書發愣，上面的書名《The Cuckoo's Calling》正在召喚我。

他爲什麽送我東西？莫非……

“因爲明天是妳的生日，所以提前送妳禮物。”他彷彿有心電感應似的，適時回答我的疑問。

生日？我想了想，是呀！4月1日的確是我的生日，我問他是怎麽知道的？

“妳忘了？第一天做自我介紹時，妳說妳的生日是愚人節，最怕有人在妳生日時惡作劇。”

我想起來了，自己的確曾說過這話。

“有空嗎？我們出去慶祝。”他緊接著問。

“這個邀約該不會是惡作劇吧？！”

傑森聽了哈哈大笑，發誓絕不是，不過這倒提醒他，明天得做點兒特別的。

“我警告你，別拿爬蟲類嚇我，我有恐懼症。”我先挑明了說。

他答放心好了，他不會做這麼低級的舉動，頂多請我吃老鼠肉。

泰國人喜歡老鼠，他們稱呼晚輩或小孩爲“努”（泰語“老鼠”的意思），因爲老鼠聰明伶俐、小巧可愛。不過喜歡歸喜歡，泰國人普遍認爲吃老鼠肉能強健體魄，所以它並沒有擺脫被烹煮的命運。

既然這道“佳餚”在此處是存在的，我認爲傑森開玩笑的成份大大降低了。

“不，絕對不能有老鼠肉，I am not a cat.”

他聽完噗呲一笑，雙手弓起來扮貓相，喵喵喵地叫，即使我把他關在屋外，還能聽到此起彼落的貓叫聲。

～

我的生日很幸運在週六，沒有英文課，加上雇主白天睡大覺，只要晚餐時間趕得回來幫她挑選衣飾，我能瘋玩近十個小時，怎不令人雀躍？

“有什麼開心事？一大早就聽到妳在哼歌。”早餐桌上，乍侖先生問。

我笑著宣佈今天是我的生日。

“真的？那麼得好好慶祝一下，晚上我帶妳去吃米其林大餐。"他說。

今晚是瑪妮太太的 Happy Night，所以乍侖先生有空帶我出去，但是怎麼辦？傑森把難得的休假日給了我，我不能辜負他的安排。

"對不起，我有約了。"

"男朋友？"

我答不是，是英文老師，美籍華人。

"凡事小心點兒總沒錯，別把每個人都當好人了。"

知道乍侖先生關心我，我向他道謝，並且說自己會當心，危險的地方不去。

"嗯！"他低頭吃河粉，不再說話。

傑森說想去參觀大皇宮，一早叮嚀我得穿有袖上衣及長裙，不能穿拖鞋。我很快抓起白色T恤、紅色長裙以及水藍色帆布鞋，乍一看好像把泰國國旗裹上身了。

我乘坐公交船至Tha Chang碼頭，下船走沒五十米就看到傑森。他穿著白色Polo衫和橘色修身長褲，腳登黑白兩色的布洛克鞋。走近一看，頭髮剪了，是歐美流行的偏分頭；黑超戴了，是圓形雙樑的款式。

天啊！他怎能這麼好看？

"妳怎麼了？好像看到鬼似的。"他問。

我說我以爲他是來拍照的平面模特兒，差點兒認不出他來。

"謝謝，我將妳的諂媚視爲一種讚美。"他答。

大皇宮是泰王室規模最大的宮殿建築群，位於湄南河東岸，始建於1782年，曾一度是暹羅王國的皇室居所，現在只用於少數慶典活動，平日對外開放。其主要建築是4座各具特色的宮殿，從東向西一字排開，綠色的瓷磚屋脊、紫紅色的琉璃瓦加上鳳頭飛檐、三頂式屋頂結構，可說是集泰國數百年建築藝術之大成。

雖然大皇宮非常富麗堂皇，很有可看性，但天氣實在太熱了，我有點兒吃不消。

"天氣熱就該喝冰啤。"傑森說。

我無異議，於是他招來Tu-Tu車，我們轉戰考山路酒吧街。

曼谷的考山路是背包客的聚集地，兩旁既是夜市也是食市，還有很多酒吧，走在路上都能感受到重金屬音樂帶來的震撼。

坐在酒吧裏，我們的身旁坐著一對來自德國的情侶，他們聊家鄉、聊足球、聊曾經去過的城市，巴巴拉、巴巴拉……直到他們吃完飯走人，我的耳朵還轟隆隆作響。

"嘟……嘟嘟……"

Oh no! 誰會打給我？就不能讓人安靜地吃會兒飯嗎？

"言言小姐，妳在哪裏？"竟然是乍侖先生。

我答我在考山路，正在喝冰啤、吃烤翅。

"我剛打完高爾夫球，正在考山路附近，妳的烤翅好吃嗎？"他問。

"還行。"

他緊接著又問我是哪一家？我告訴他，他很快掛上電話。

沒多久，手機聲又響了，這次不是我的。

傑森在電話裏哼哼呀呀的，說的還是普通話。

掛上手機後，我問他是誰打來的？他答瑪妮太太。

"瑪妮太太？她打來幹嘛？"

“她問我是不是和妳在一起？我答是，然後她說她也要加入，我猜想她正在趕來的路上。”

搞什麼？今天是我的生日，他怎能問都不問一聲就讓別人加入？

傑森做投降狀，他說Ok, 現在就問，聽好了，瑪妮太太可不可以加入慶祝的行列？

我想都不想，直接給No。

“那還等什麼？”他站起身來。

“去哪裏？”

“轉移陣地去逛東南亞最大的週末市場，在Chatuchak，有十個足球場那麼大。”

想到瑪妮太太來了撲個空，我快活地想原地打轉，正要起身時，忽然看見一個熟悉的身影。

“乍……乍侖先生……”我太驚訝了。

他看見我，很高興的樣子，一坐下，馬上要了啤酒。

“天氣熱，喝冰啤最好。”他說。

傑森只好又坐了下來。

“你……怎麼來？”我問。

“來看和妳約會的小伙子是不是殺人魔王？”他轉向傑森，“呵呵！開玩笑的，別介意。”

冰啤來了，乍侖先生很快喝上一口，嘴巴上還糊著泡沫：“天氣熱，喝冰啤最好。”

他忘了他已經說過同樣的話。

～

桌上除了冰啤及吃成一堆渣的雞翅外，現在又多了春捲、烤魷魚、堅果、炒飯和薯條。

趁著乍侖先生正在大快朵頤，傑森的嘴巴一張一合，我能讀出他的無聲唇語，問的是：這是怎麼回事？

我聳聳肩，表示自己也不清楚。

"言言，妳怎麼不吃？"乍侖先生忽然問我。

我還沒來得及回答，另一道亮麗的風景不請自來。

"你的動作倒滿快的，"瑪妮太太直盯著自己的老公，" 讓我插翅難追。"

乍侖先生笑了笑，樣子很尷尬。

第十一章／乍侖先生的畫室

這真是一個冷暖自知的生日。

我和傑森原本應該上週末市場買個陶瓷小碗或精美銀飾，卻因乍侖先生和瑪妮太太的意外加入而變調了。

在酒吧裏，我的雇主說女孩都喜歡名牌包，既然生日總得對自己好一點兒，她提議到Emporium逛逛，那裏有Gucci、Prada……等，都是正品，沒有假貨。

"不，不用了，我喜歡我的包。"

我有個韓國製的棉麻帆布包，非常結實好用，可以放進不少東西。

瑪妮太太不苟同，她說我是她的服飾搭配師，得注重形象，手上提著幾百元的便宜包，連出租車司機都不願搭理我……

既然雇主發話了，我再推辭就顯得造作，於是無可無不可地同意上Emporium逛逛。

～

服務員把新貨全拿出來，瑪妮太太一個個地看，又一個個地批評，最後推薦紅色的全皮壓花貝殼包，是今年的流行款，連美國歌手阿黛爾也有一個。

我翻看了一下價錢，乖乖，56000泰銖，是我兩個月的薪水，沒想到雇主對我這麼好。

“怎樣？喜歡吧？”她問。

我微笑點頭，這將會是我的第一個名牌包。

由於看的是女包，乍侖先生和傑森自然而然地站在店門口聊天，已經聊了有好一會兒了。

瑪妮太太交待完服務員打包後，也走向門口，加入那兩位男士的談話。

“刷卡還是付現？”那個會說普通話的服務員好有禮貌地問我。

我轉頭看站在門口處笑得花枝招展的瑪妮太太，敢情她是讓我自己買花戴？我頓時陷入兩難。

如果買了包，代表存款又將歸零，我不知能否支撐到下個月的薪水入賬，畢竟偶爾也有私人物品要買；如果不買包，面子往哪兒擱？我們已經在這裏耗費了半小時，我可不想看服務員的白眼……

正當我不知如何是好時，傑森轉過頭來，一和我的眼神對接上，立馬知道something wrong.

“怎麼了？”他走過來。

我要服務員讓我們獨處一下，接著快速告訴他這起詭異事件。

“這是愚人節開的玩笑嗎？”我憂心忡忡。

“沒事，我來解決。”

只見他大踏步地走向瑪妮太太並且低語幾句，後者摀住嘴作驚訝狀，然後轉身走向收銀台結賬。

"謝謝！"我拿著新買的包走在傑森身側。

" Never mind."他笑了，讓人如沐春風。

乍侖先生提議到有米其林三星美譽的藍象餐廳用晚餐。

這家餐廳位於曼谷市中心，是一座鵝黃色的百年老宅，原爲泰華商社舊址，是一棟具有中葡殖民時期風格的建築。

推開白色玻璃鑲嵌的大門，左邊木質牆面上掛滿一幀幀鑲著照片的相框，展示著餐廳的發展歷程、獲獎記錄以及榮譽。原來藍象餐廳的女主人是一名地道的泰國人，其父是泰國王室宮廷御廚，所以承襲了極少數人才知道的皇家食譜，也替藍象餐廳抹上了一層神秘的色彩。

雖然這家餐廳的外觀是典型的歐式建築，但室內格調卻充滿泰國風情。瞧！古典的水滴狀吊燈、木質的百葉窗、精緻的銀雕、芬芳豔麗的鮮花，加上窗外迷人的蔥鬱翠色，在在營造著寧靜而優雅的用餐環境。

我、傑森、瑪妮太太都是外國人，想當然爾點菜的任務就交給具有泰國血統的乍侖先生。

他翻看一下菜單，又諮詢服務員的建議後，點了醬鵝肝、咖喱大蝦、焦糖醬薑海鱸魚、酸奶椰汁雞以及冬陰功湯，順便還叫上一瓶產自法國的桃紅起泡酒。

"這種酒具有蜜餞和覆盆子的風味，不僅不會掩蓋泰國菜中羅勒葉和蔬菜的味道，反而起到中和辣味的作用。"乍侖先生説。

菜是按照西餐順序一道道上的，每上一道菜，服務員都會自報菜名並介紹食材的來源和烹調方法。

用餐的氛圍甚好，我們四個人都保持"和顏悦色"。中途，乍侖先生曾離席一小會兒，我猜大概是上洗手間了。沒想到飯一吃完，穿泰服的服務員就用小車子推來一個粉色花籃造型的蛋糕，上面有鮮奶油擠成的各色玫瑰。

是傑森先起的頭，他唱："Happy Birthday to you, Happy Birthday......"，然後整個餐廳的人都爲我唱生日快樂歌，讓人既驚喜又有些許尷尬，因爲我很少有機會成爲衆人矚目的焦點。

"沙瓦迪卡！"我雙手合十，感謝這一切的安排。

服務員問我們要不要來壺熱茶？乍侖先生答那就泰式紅茶吧！於是我們就著紅茶吃蛋糕，我的心情大好，已經許久許久沒這麼開心過。

離開藍象餐廳，乍侖先生載傑森回宿舍，瑪妮太太載我回家。

沒想到這是個錯誤的安排，瑪妮太太一路就沒給我好臉色看，所謂的"冷暴力"也不過爾爾。

我心情鬱悶地回到房裏。

沒多久，乍侖先生回來了，他輕手輕腳地開門，輕手輕腳地上樓，然後......

我又聽到歇斯底里的哭喊聲，大意是她受夠了，這種貌合神離的生活再也過不下去了。

爭吵最終在玻璃破碎聲中結束，乍侖先生氣沖沖地離去，留下瑪妮太太呼天喊地。

奇怪，吃晚餐時瑪妮太太的話雖不多，但沒說危險的話，樣子也很平和，沒想到一回家就什麼都不對了。

哎～這真是個難忘的生日，我倒寧願它是愚人節開的玩笑。

今天是週日，少了乍侖先生，早餐桌上感覺有些冷清。

我的嘴巴正吃著烤麵包，忽看見巴頌從窗前走過，忙叫住他。

"去學校？"我問。

"沙瓦迪卡。"那孩子不忘向我雙手合十，"我正要上學去，麻煩的是中午還得給乍侖先生送畫具，還好我有摩托車。"

我忽然想起他幾歲？可以騎摩托車嗎？

他答這裏的中學生幾乎人手一輛，曼谷的警察只查外國人，不查本地人。

"不行，太危險了，我反正沒事，中午你回來一趟，由我騎摩托車載你去。"

明白人都聽得出我的話裏漏洞百出，但巴頌只是偏一下頭，沒反駁。我趕緊催他上學去，又提醒他中午一定得回來一趟。

我對乍侖先生的畫室有難以解釋的好奇心，加上今天是休息日，不做點兒什麼太對不起自己了。

巴頌在12:45左右回家，他按了兩聲喇叭。

我走出去，氣定神閒地問他吃飯了沒？

"吃了，"他遞過來一頂安全帽，口氣很急躁，"快，下午1:30我有考試。"

聽那孩子說有考試，我趕緊戴上安全帽坐到後座，忘了自己曾說過因爲他不足齡，由我騎摩托車載他之類的話。

巴頌像開救護車似地在車陣裏蛇行，換作我，根本是mission impossible.

不到二十分鐘，我們來到一個渡輪口。

"妳坐渡輪過去，上岸後租個自行車，主幹道只有一條，往北騎，乍侖先生的畫室面向一座金佛，妳不會錯過的。"他交給我一個麻袋，裏面有瓶瓶罐罐，"我得趕回去考試，這已經是第二次補考，再不過，我媽會殺了我。"

難怪今天早上巴頌的笑臉不見了，我還因此納悶了好一會兒。

"你走吧！祝你考試順利！"

他跟我擺擺手，露出今天欠缺的笑容。

湄南河是泰國首都曼谷的主要水上交通要道，由於河道彎曲阻礙了運輸速度，所以早在300多年前就開鑿了人工運河，不斷拓寬的工程還硬生生切出了一座河中島，目前島上居住著近6000名來自緬甸的移民後裔，多以製造陶瓷製品爲生，難怪被稱爲"陶瓷島"。

上岸後，我依著巴頌的建議租了一輛自行車往北騎，途中經過大片的棕櫚樹、稻田和竹林，感受到緩慢而舒服的生活節奏，無怪乎乍侖先生要把畫室設在這裏，離開曼谷的喧囂與吵鬧，藝術家的潛能更容易被激發出來。

在經過一間小學及兩座寺廟後，我終於看到金光閃閃的大佛，就在河對岸。

"乍侖先生的畫室想必就在附近。"我心想。

將車停下後，我環顧四周，馬上鎖定一棟上下兩層的純木造房子。它的門窗緊閉著，屋頂瓦片也有缺損，但和附近的鐵皮屋一比，簡直就是豪宅。

直覺告訴我，那就是乍侖先生的畫室。

我牽著自行車走過去，一隻黑貓突然從路旁的神龕跳下來，嚇了我一跳。

待驚魂一定，我注意到神龕上有貢品，除了水果及飯菜外，竟然還有紅色美年達，煞是有趣。

"快上來，我正等著畫畫。"

聽到乍侖先生的聲音，我趕緊往上瞧，他正撫著往外推去的百葉造型窗戶衝著我笑。

"好的，這就來！"我高興地說。

第十二章／偷窺

這棟木造房子說是兩層，其實是一層，因爲底層被架空，放了些雜物和工具，角落還有一個露天的簡易廚房。

我踩著柚木製的樓梯上到二樓，乍侖先生笑嘻嘻地站在門口迎接，他說巴頌先生已經打電話告訴他有個美女會送畫具來，果真是個大美女。

我把手中的麻袋遞給他：“送畫具是真的，大美女就免了，頂多只是中等美女。”

“呵呵！請進。”他引我進屋，“我睡覺時有關窗戶的習慣，剛剛才打開，所以空氣有點兒悶。”

聽乍侖先生這麼一說，我才發現敞開的房間裏有張大床，被褥很凌亂，像剛睡過。

屋主人也意識到這一點，趕緊走過去將房門閤上，大概被瞧見了隱私，有點兒難爲情的樣子。

我在桌子的一端坐了下來，這張桌子真大，足足可以坐下 10 個人，佔據起居室一半以上的空間。

"我習慣將畫攤在桌上畫，所以需要一個大桌面。"他邊解釋邊把麻袋裏的瓶瓶罐罐拿出來放在桌上。

我同時也注意到桌上擺著一張畫布，畫了一半，像是神話故事裏的人物。

"這是迦樓羅，是佛教和印度教典籍中記載的一種神鳥，以人面鳥身、鳥面人身或全鳥身形像出現，是忠心的象徵，泰國國徽上就有迦樓羅。"

聽他這麼一解釋，我想起泰國的公家機關的確都有這麼一個logo.

"畫得真好，"我誠心讚美，"畫好的畫怎麼辦？賣嗎？"

"不，我只送不賣。懂欣賞的，我送；不懂欣賞的，就算求爺爺告奶奶，我也不給。"

果真是藝術家脾氣，還好他不靠賣畫爲生，不然早餓死了。

乍侖先生同意我的說法，如果不是遇見第一任太太，他可真成了餓死的畫家。

"第一任太太？誰？……噢！抱歉，我太好奇了。"

他笑了笑說："她是銀行家的女兒，也是我的學生，爲了和我在一起，不惜與家裏決裂。兩年後，她父母才勉強接受我，可惜後來出車禍死了，我繼承了她名下的所有財產，爲此她父母沒少和我打官司。"

顯然乍侖先生勝訴了，否則如何過上現今的優渥生活？

他答是勝訴了，但也付了不少律師費，正因如此才認識他的第二任太太，一個律師事務所的合夥人，大概覺得從他這裏撈走太多，不好意思，只好下嫁，呵呵！

乍侖先生開玩笑，我卻笑不出來。

"你的第二任太太是怎麼死的？"我試著剝絲抽繭。

"她沒死，而是患了精神分裂症，現在在療養院裏，錢還是我付的。"他將顏料加入松節油調色，"我是法盲，律師事務所後來給了我一筆錢，算是買斷我太太的位置。"

哇噻！又賺了一筆，那麼女明星帕特里夏又是怎麼回事？

乍侖先生擡頭看了我一眼，表情複雜地問我怎麼知道帕特里夏的事？

我答第一天抵達曼谷時，出租車司機認出別墅原來是帕特里夏的。

"没錯，"乍侖先生給迦樓羅的喙塗上綠色，"她在浴室裏自殺了，流了一缸子的血。別人建議我把房賣了，但出了事的房子有誰會買？我倒不在意鬼魂之說，帕特里夏若有靈，也不會回來嚇我，因爲我和她的死毫無關係。"

浴室？我問該不會是我每天洗澡的地方吧？！

"不，不是的，她的房間在二樓，有獨立衛浴。"

聽他這麼一答，我終於放下心中的大石頭，否則從此不敢洗澡了。

"妳是不是想著我的財富又因此增加了？"他問。

顯然，在寸土寸金的曼谷擁有帶地皮的臨河大別墅是多麼奢侈的一件事。

"你繼承的數額之多不在話下。"我說。

"我没空去想這些，既然是自住，居住的功能大於其他。"這次他給迦樓羅的翅膀塗上深灰色。

我想起他的現任老婆。

"聽說瑪妮太太的父親是中國土豪。"

"嗯！還上了福布斯的中國富豪榜，"他停筆審視自己的畫，"妳現在是不是想著乍侖先生是個十惡不赦的連環殺手，瑪妮太太這下子危險了，該給她通風報信，對吧？"

"哪……哪有？你……你不是連環殺手……吧？"我打著哆嗦問。

"我？"他放下筆走向我。

我感覺自己瞬間石化，在座位上動彈不得。

"我……不是。"他附在我耳邊低語，呼出的氣息很具誘惑力。

"呵呵！太好了。"我站起身來，"畫具送到，任務完成，我也該走了。"

門一打開，我被門外站著的人給嚇到了。

"沙瓦迪卡！"那個皮膚黝黑但長相清秀的女孩說，手裏捧著一個托盤。

乍侖先生對她說了幾句泰語，那女孩便脫了鞋進屋，把托盤往桌上一擱就離開。

"天氣熱，吃點兒水果再走吧！"乍侖先生說。

托盤上有蓮霧、蛇皮果、菠蘿蜜、無花果和紅毛丹。

"我……我還是回去吧！家裏也有水果。"我囁嚅地答。

乍侖先生沒有挽留我。

我把在拔達逢家遇到的怪異現象告訴安卓，他回覆我小心點兒，別成了人家的第五任太太。

"別瞎說，乍侖先生的老婆們非富即貴，我一個窮女孩，要油水沒油水，要長相沒長相，人家憑什麼看上我？"

安卓說我有沒有油水，他不知道，但論長相，我和今年走維秘秀的C模特兒很神似，只可惜她沒有我的迷人之痣。

我要他別奚落人了，難看就難看，別拐著彎罵人。

"天地良心，我什麼時候罵人了？妳不知道妳的那顆痣把大部份的女性都甩到身後好幾條街？"

呵呵！very funny，如果不是後來他提到想和女友趁著開學前到泰國玩，順便拜訪我（所以有足夠的理由諂媚奉承），我差點兒就信了他的鬼話。

"你們打算住哪裏？我的雇主不是開民宿的。"

"那可麻煩了，我們都是窮學生，付不起高昂的住宿費。要不，妳問問雇主能不能讓我們在庭院裏搭帳篷？我保證收拾乾淨。"

我要他洗洗睡，早點兒面對現實為宜。

下了線，我真打算洗洗睡，遂拿上乾淨的衣服走向屋外的洗澡間。

瑪妮太太的房間有個大浴室，按照乍侖先生的說法，帕特里夏的房間也有，唯獨我住的一樓只有客用廁所而無浴室，害我每次都要"外出"洗澡，非常的不方便。

浴室在廚房旁邊，用鐵皮屋隔起來。大部份的時間裏，廚房沒人，浴室也沒人，因為這是女士專用浴室，而拔達逢家的女員工只有我和Ann兩人。

按下小廚寶的開關後，我開始卸妝，根據以往的經驗，5～10分鐘後才有熱水，趁著這個空檔卸妝正好。

等卸妝完畢，水也熱了，我開始脫衣服。泰國天氣熱，衣服穿得少，我三兩下便把身上物脫個精光，就著熱水，我洗了個舒服的澡。

"呲呲、呲呲、"

什麼聲音？我轉身面向花灑。

“呲呲、呲呲、”

這次我明顯聽到奇怪的聲音，是壁虎嗎？

泰國有很多壁虎，分土黃色和灰色兩種，以昆蟲爲食，通常潛伏在隱秘的地方。

我擡頭看天花板，沒有，又低下頭看地板，還是沒有，遂轉向通風口。那個通風口離我很近，稍一伸手就能夠著，此時百葉片上依舊沒有壁虎的蹤跡，倒是有一隻眼珠子直盯著我瞧，眨也不眨。

“啊～”我驚叫出聲，裹上浴巾便往外跑，連衣服都忘了拿。

是誰這麼噁心偷看人洗澡？我想起拔達逢家的工人，是有那麼幾個猥瑣相，難道是他們當中的變態狂？或者是……巴頌？No.No.No.他還是個孩子，而且看我的神情一直很正常，那麼……是乍侖先生？不，那更不可能，他還在陶瓷島的畫室裏……

沒想到此時厚重的足音傳來，聽著很熟悉，蹬蹬蹬地上樓去了。

乍侖先生竟然回來了？離我被偷窺的時間點相差不過幾分鐘，難道是他？

我陷入隱隱的不安之中。

第十三章/無解

拔達逢家的每個男人都被我列入嫌疑犯名單內，草木皆兵的結果，我開始有了抑鬱傾向，人也萎靡不振。

“怎麼了？這兩天看妳很沒精神的樣子。”上完英文課，我的老師問我。

本來不想講的，但傑森是唯一不具備“作案”時間的男人，不找他談更待何時？

“妳有可疑人選嗎？”他聽完後問。

我答也有也沒有，不好說。

“其實偷窺是人的本性，每個人都有偷窺的慾望，堵得了這個，堵不了下一個，還是把心力留在亡羊補牢上吧！”他給出建議。

我的確也亡羊補牢了，用塊布把通風口嚴嚴實實地蓋住，但心裏仍發毛，總覺得身邊有個猥瑣男正虎視眈眈地看著我，而我甚至不知他是何方神聖。

“要不，搬過來和我一起住？我的房間有獨立衛浴。”傑森說。

我問他是不是開玩笑？

他笑笑没回答，轉而提醒我將作業完成，五百字作文，必須有過去式、現在式以及未來式等時態。

今天晚餐我們吃火鍋。

泰式火鍋可說是南洋火鍋的代表，特點是添加了天然植物香料，以酸辣口味爲主，紅紅白白的湯底看起來很誘人。

“怎麼了？這兩天看妳很没精神的樣子。”乍侖先生涮了一下牛肉片問。

我答没什麼，大概雨季到了，哪裏都去不了，在家很無聊。

“無聊就幫我做件新衣裳，那些買來的衣服越來越没新意了。”瑪妮太太抱怨，她的碗裏只有涮好的蔬菜。

“好的，我問巴頌哪裏可以買到布料。”我意興闌珊地答。

乍侖先生問我打算在哪裏做衣服？

“還能在哪裏？當然是房間裏。”

“妳有工具嗎？”

這倒是個問題，小東西就不說了，大的物件我需要縫紉機、熨斗和人台，一張長桌子也是必備的，而我的“小”房間顯然不足以應付。

於是乍侖先生善心地讓我搬到樓上住，樓上還有三間空房，都很寬敞，而且有獨立衛浴。

這真是一場即時雨，同時解決了工作及洗澡問題，我高興地想飛起來，没料到……

"你這是把員工寵上天了，我絕不允許自己的生活空間被打擾。"她轉身向我，"季小姐，妳能做就做，不能做就拉倒，我可以另覓合適的人選。"

說完，瑪妮太太起身離開，看樣子今晚的火鍋不合她的胃口。

"別理她，她心情不好，不是針對妳。"乍侖先生安慰我。

哎！人在屋檐下，怎能不低頭？看來也只能打落牙齒和血吞，誰讓我需要錢呢？

隔天吃完早餐，巴頌就來敲我房門。

"乍侖先生讓我帶妳去買布料。"他說。

没想到那個中年男人如此體貼，我對他的好感又加深了。

巴頌帶我去的帕胡拉市場位於中國城內，給人的感覺更像身處孟買而不是曼谷。瞧！那一排排露天的商店正出售著來自印度的熏香、碟片、神像雕刻、紡織品、廉價首飾、茶葉......等。

比較了幾家的質量和價錢後，我向一位眉心有紅點的印度婦人買了三捲布料。布料很沈，巴頌自然而然成了搬運工。

" &%#*+&......"那孩子用泰語問了幾句。

印度婦人指了指太陽升起的方向，嘴巴唸唸叨叨。

離開店舖後，我問巴頌問了什麼？

"乍侖先生說妳還需要縫紉機、熨斗和人台，我問她哪裏有賣？"他答。

買完大包小包，我們招了輛出租車，沿途的景觀有些熟悉，但絕不是回家的路。

"這是去哪裏？"我問。

"乍侖先生說把買來的東西放在畫室裏？"

畫室？我問爲什麼？

"因爲乍侖先生的畫室有一張長桌子，而妳工作時需要長桌子。"顯然這也是乍侖先生說的，巴頌只是轉述。

没錯，我是需要長桌子，但可不是乍侖先生的，我若用了他的長桌子，他怎麼畫畫？

巴頌答這他不清楚，也許我待會兒問主人。

"等等，你的意思是乍侖先生現在在畫室裏？"

"是的，"巴頌笑了，"妳馬上就能見到他。"

我們抵達畫室時，剛好遇上那個皮膚黝黑但長相清秀的女孩，她捧著一盤空心菜從角落的簡易廚房走出來。

"沙瓦迪卡！"她微笑著和我們打招呼。

通過巴頌的介紹，我知道女孩的名字叫Namu，就住在附近，是乍侖先生的家務員。

這一介紹，我忽然發現Namu和巴頌很相配，年紀相當不說，外形也登對，都有黝黑的皮膚及清亮的眼睛。

巴頌聽了呵呵笑，說我亂點鴛鴦譜，他們兩人的年紀是差不多，但Namu已經有男朋友了，他在馬來西亞幫人蓋房子，賺的錢比很多人都多，等攢夠買房子的錢，他倆就要結婚了......

結婚？她才幾歲就要結婚？

但一想到落後地區普遍有早婚現象，得尊重地方的風土人情才行，遂不再多言。

待Namu把菜送上樓，我們也尾隨其後，只是東西太多，爬樓梯有點兒吃力。

~

Namu和巴頌很快離去，我站在門口不知所措。

"坐，一起吃中飯，Namu的廚藝不錯。"

我看見桌上除了那盤炒空心菜外，還有腰果雞、羅非魚和椰子飯，份量都不多，只夠一人吃飽。

"不了，瑪妮太太等著我用午餐。"

"那麼坐下來吧！妳站著，我食不下嘛。"

我只好乖乖就座。

乍侖先生邊吃邊問我東西買全了沒？我答該買的都買了，估計可以幫瑪妮太太做兩到三件衣裳，順便又問了困擾在心的問題。

"因爲妳需要個工作室。"他答。

"我是需要工作室，那你呢？不畫畫了？"

"畫，當然畫，除了賺錢之外，這是我唯一想做的事。"

那麼……

乍侖先生說畫油畫不需要很大的空間，有畫架足矣。

我問他爲什麼要這麼不嫌麻煩？

"爲了保住妳的飯碗，而且妳答應幫我做禮服，也需要地。"

我沒忘了這個承諾。

"那麼……謝謝了，可惜今天沒帶設計稿來，不知你會不會喜歡我的設計。"

"不，千萬別讓我看設計稿，這樣就不新鮮了，"他微笑，"我喜歡驚喜。"

乍侖先生站得筆直，我依序量了頸圍、肩寬、衣長、袖長、胸圍和腰圍。

量最後兩項時，我和乍侖先生挨得很近，他呼出的氣息直接噴在我臉上，酥酥癢癢的。這還不打緊，當我蹲下來量大腿根部的圍距時，那才叫個尷尬，皮尺得繞過乍侖先生的胯下襠部處，我故作鎮定但心中小鹿亂撞。

"好了，量好了，你自由了。"我邊記錄邊讓自己的聲音聽起來很正常。

"我……我認為胸圍得重量，剛剛……我閉氣了，數據可能會有些許差異。"他說。

其實閉氣與否影響不大，但我還是重新拿起皮尺。

"這次我不閉氣，妳慢慢量。"他像個高度配合的客戶，然而……

乍侖先生是不閉氣了，但他身上發出的體味，讓我意亂情迷，像服了天龍八部裏陰陽和合散一樣，不做點兒男女苟且之事就會肌膚寸裂、七孔流血而死……

"言言小姐，妳怎麼了？"

大概我的靈魂出竅過久，身體像被點了穴道似地動也不動，乍侖先生忍不住一問。

"没，没什麼，"我慌忙報告，"閉氣和不閉氣都是106.7公分。"

"那好。"他說。

其實我不知道好在哪裏，但還是"嗯"了一聲，回覆他的話。

回到家，果然沒趕上吃午餐，看桌上空無一物，我垂頭喪氣地回房。

午後的房間很悶熱，尤其看著又要下雨，氣壓低得讓人喘不過氣來，我遂將空調開到最大，然後躺在床上望著天花板出神。

乍侖先生給了我畫室的鑰匙，他說自己除了星期日固定報到外，平常偶爾才會過去，至於他太太……晝伏夜出的，所以只要時間安排得宜，她不會發現我不見了。

"你的意思是別告訴她我在畫室裏工作？"我問。

"隨便妳，想說就說，只是我不確定說了之後會不會比較好。"他答。

隱瞞此事好嗎？而且孤男寡女的，雖說乍侖先生偶爾才會過去，但難免有交集，他若在，工作還能專心嗎？

我還在思索，忽然聽見傑森進大門的聲音，今天是瑪妮太太上課。

想到又得聽她的嬌柔造作之聲，我用雙手緊緊摀住耳朵，靠冥想遠離現實……

第十四章/西西弗斯

每年的6-10月是泰國的雨季，通常爲午後陣雨，下雨過後，燥熱的天氣會變得涼爽，算是弊中有利。

這一天吃過中飯，瑪妮太太照例上樓睡午覺，我在房間裏蘑菇了一會兒，決定還是開工。

“凡事都有第一次，何況今天不是星期天，不會那麼狗屎好運和乍侖先生踫上面。”我爲自己打氣。

臨出門前，我還多看了屋外一眼，很好，萬里晴空，估計半小時內不可能“風雲變色”。

没想到大雨來得這麼快，像有人打翻了水盆，我没來得及閃躲，幾秒鐘就成了落湯雞。

待我兩眼迷離地跑上畫室二樓，開門後倒叫人進退兩難，往前走肯定把地板全弄濕，但也不能原地不動像個傻子似的。琢磨再三，兩害相權取其輕，我決定還是先把濕衣服換下，回頭再把弄濕的地板擦乾。

主意一打定，我往前邁去。

在起居室裏没找到乾衣服，我走向主人房間，那扇門虛掩著，像一個開了口的黑洞，還好門後一切正常，我看見一張雙人床、一個衣櫃、一排書架、一張書桌、一把藤椅以及立於藤椅旁的畫架，這就是全部。

我果斷走向衣櫃，選了一件白襯衫穿上，衣長剛好蓋住屁股，轉身再將換下的濕衣服曬在窗台上。待雨停後，只需兩個小時的陽光曝曬，衣服就能全乾。

做完這些，我應該立刻回到起居室幹活，但是……

傑森說得對，偷窺是人的慾望，何況眼下天時地利人和，能讓我“明目張膽”地探索乍侖先生的私人世界，這種機會不常有，於是……

我在金色床罩覆蓋的大床上坐下，床墊軟硬適中，極富彈性。

“床罩是金色的，那麼床單是什麼顏色？”我邊想邊掀開床罩。

原來下面的床單是白色的，連同枕頭也是白色的。眾所周知，白色容易彰顯深色物，這可不，上面的褐色直髮無處遁形，我小心翼翼地將它撿起。

顯然，這根長髮絲不可能是乍侖先生的，當然也不會是瑪妮太太的，因爲後者留著大波浪的捲髮。

難道是Namu的？也許她換枕頭套時不小心留下的。

我將頭髮重新擱回去，再蓋上床罩，然後起身走向書架。書架是松木製的，上面有好幾十本書，我皆不感興趣，倒是最頂層的相框吸引了我，總共三個，裏面分別立了三位風姿綽約的女子，根據氣質的不同，我很快分辨出前後任。那個不食煙火的，想必是淪爲輪下鬼的癡情女學生；那個一臉幹練的，想必是得了精神分裂症的律師老婆；那個明豔動人的，想必是留了一缸子血的女明星。

其中當然没有瑪妮太太的，因爲她還未故去。等等，那是什麼？我把角落平躺的木製品拿下，發現它竟然是個相框，但裏面是空的，似乎在等待一張照片的到來……

我緊張地拿不住手中物，讓它直線落下跌個粉碎。

糟糕！

我手忙腳亂地把分屍了的相框放回去，然後倒退好幾步。乍侖先生的前後任三位老婆正輪流向我拋媚眼，耳朵還能聽見她們銅鈴般的笑語，我害怕極了，轉身想跑，不料卻撞上畫架，上面的畫框應聲倒地，我趕緊彎腰拾起，這才發現畫裏的迦樓羅不見了，取代的是一位女子的畫像，只完成了 1/3，分辨不出是誰，因爲畫的是側臉。

把畫框擺正後，我慌張地回到起居室。

雖然驚魂未定，但我不願灰溜溜地跑回拔達逢家（才第一天就舉白旗，夢想如何實現？），何况乍侖先生已經在這個屋子待了一段長時間，若真有什麼，他早逃之夭夭了。

想至此，我將布料攤在長桌上，鎮定地拿出畫粉及長尺，開始裁剪第一塊布……

當鬧鐘響時，我知道時間到了。爲了不讓瑪妮太太起疑，定時回家是必須的。

我將東西一一整理後歸位，再到乍侖先生的房間將自己的衣服穿回。果然雨停後陽光依然發揮餘熱，我的濕衣服早乾透了。

穿好衣服，我瞥見放在床上的白襯衫，總不能再將它掛回去吧？！上面肯定有我的氣味。

我把它拾起往鼻子一送，果然有我的味道和……乍侖先生的味道。那混合的味道是如此吸引人，我索性將頭埋進衣服裏吸了又吸，除了兩人的味道外還有洗衣皂的味道，是哪個牌子的？給我來一打！

"叮鈴……叮鈴……"

還好我按了十分鐘後續響的鬧鐘裝置，否則以我易忘的個性，恐怕又得在這屋裏耗上半個小時以上。

我依依不捨地將白襯衫重新掛回去，也只能這樣了，現在洗等於告訴乍侖先生我偷穿他的衣服，解釋起來很麻煩，只好"粉飾太平"了。

回到家剛好趕上吃晚餐，今天Ann準備了西餐，我看到桌上有濃湯、沙拉、牛排和薯條。

瑪妮太太像外科醫生一樣，熟練地用刀劃開三分熟的牛排，瞬間流了一盤子的血。

"Toomtam先生今晚開制服派對，我有迷彩裝，妳有沒有制服可穿？若沒有，穿運動服也行，可以喬裝運動員。"乍侖先生對自己的老婆說。

我馬上搶答瑪妮太太有女學生校服，穿起來可迷人了。

"校服更好，沒看過我老婆穿校服，今晚終於能大開眼界了。"

誰知那個脾氣陰晴不定的女人馬上表示頭疼不想出門，還要我代她出去玩玩。

我一時犯迷糊，上回越俎代庖，代替瑪妮太太參加攜眷參加的派對，她還因此給我小鞋穿，沒想到這次主動讓位，讓人百思不得其解。

鄭女士像有心電感應，她即刻解釋上次是她不對，所以這次做彌補，又強調他老公很會玩，什麼花樣都有，讓他帶我玩，我肯定開心……

乍侖先生略顯尷尬，他要瑪妮太太別嚇壞我，讓我誤以爲他是花花公子。

“你不是嗎？只要是女的，來者不拒，即便是條母狗，你也……”

“夠了！”乍侖先生忿而把餐巾往桌上一扔，起身，“妳想鑽牛角尖，請便，我没空陪妳！”

他怒氣沖沖地離席，經過我身邊時丟下一句：“我在車上等妳。”

這下好了，我是去還是不去？

我和瑪妮太太各懷心事地用著没有男主人的晚餐，她慢條斯理地吃完後，不帶感情地說：“校服燙一下再出門，別丟了拔達逢家的臉。”

“妳的意思是我可以參加制服派對？”

瑪妮太太没回覆我的問話，逕自上樓去，深鎖的眉頭似乎印證她的頭疼不假。

我穿著燙得筆挺的女學生校服走向乍侖先生的座駕，他深深看了我一眼，没說什麼，很快腳踩油門，讓車像箭一樣飛奔出去。

“妳在想什麼？”乍侖先生邊開車邊問我。

“我……我在想校服會不會太大？我的骨架比瑪妮太太小，校服穿在她身上比較好看。”

這是“急中生智”的說法，其實我心裏真正想的是—今晚的乍侖先生酷斃了，到哪裏找這麼英挺的士兵？

“妳穿校服很好看，我喜歡不張揚的美。”他說。

兩句話就將我送上雲霄，害我差點兒忘了自己是誰。

“我……我不過是隻醜小鴨。”

"不，妳一點兒都不醜。別妄自菲薄了，比起那些有點兒姿色就搔首弄姿的女人，我更欣賞含蓄之美。"

他再次給我糖吃，這起到至關重要的作用，因爲當我下車後，對投來的傾羨眼光不再躲躲閃閃，反而能做到"君臨天下、唯我獨尊"的自視感。

"瞧！他們都在羨慕我有個出色的女伴。"乍侖先生附在我耳邊低語。

他的甜言蜜語讓我飄飄欲仙，感覺自己終於當上一回公主，所以當他伸出胳膊時，我沒遲疑，自然而然地挽著他的手走進會所......

會所在一棟商業大樓的B1，參與者千奇百怪，我甚至還看到酋長打扮的人，大概他把酋長視爲一種職業。

派對總是那樣，吵雜的音樂、喝不完的酒、吃不完的小點心、加上講不完的黃色笑話，這可不，那個穿紅衣的聖誕老人正開著不符合身份的黃腔："一個男的裸睡,醒來發現在教室內,他問女學生在幹嘛?女學生答她剛跟小鳥玩,沒想到小鳥變成大鳥，還向她吐口水......"

衆人聽完哈哈大笑，同時不約而同將眼光落在我身上，大概因爲我恰巧穿著校服。

"言言小姐，妳能幫我拿杯香檳嗎？"乍侖先生出手相救。

"好的。"

我轉身逃離，但還是聽見了話屑子。

"你老兄哪裏找來的性感尤物？這個一看就知道吸得很好......"

我的心瞬間down到谷底，原來我不是什麼高高在上的公主，而是隻廉價的雞。

"參加這種派對有何意義？難怪瑪妮太太要頭疼了。"我消沈地想著。

～

"原來妳在這裏。"乍侖先生說。

我躲到廁所邊上，没想到還是被找到了。

"空氣有點兒悶，雪茄的味道很難聞。"我隨便找了個藉口。

他同意空氣不流通，問我要不要回家？

我答好，於是他陪我走到大街上。

雖然不是交通高峰期，但有夜間道路施工，所以車流很慢，半天也没等來一輛空車。

"別在意，他們雖然有錢，卻是文化老粗，說話往往不經腦子。没辦法，工作上難免會接觸這樣的人。"乍侖先生用另外一種方式安慰我。

"我……很好，你不用擔心。"我把眼光投向遠處，不想讓乍侖先生看到我委屈的樣子。

"言言小姐，妳是個很有魅力的女人，任何人娶到妳都會幸福，所以……加油！"

這次我將眼光收回轉頭看他，乍侖先生對我微笑，像股暖流湧上心頭。

"你很像電影《超能陸戰隊》裏的大白，只要能讓主人開心，什麼事都願意去做。"我有感而發。

乍侖先生說他没看過那部電影，不知有大白，但他覺得自己更像希臘神話裏的西西弗斯，因爲觸犯衆神，被懲罰將一塊巨石推上山頂，然而巨石過重，每每未及山頂就又滾落下來，不得不永無止境地做著同樣的事，直至生命消耗殆盡……

這是什麼意思？

乍侖先生没回答我，因爲一輛空出租車正向我們駛來。

“回家後洗個熱水澡，明天又是嶄新的一天。”他說。

“好的。”我用力點一下頭。

直到車子開出一百多米，我還能看到後照鏡中那男人關切的眼神……

“噢！不，他是有婦之夫，而且年紀大我不止一輪。快清醒過來，季言言。”我對自己喊話。

第十五章/趕工

我幫瑪妮太太設計的衣服得到肯定後，她開始不滿意和別人撞衫，頻頻催促我趕工，然而再怎麼趕，也需要四、五天的功夫才能做出一件。

聽完我的分析，瑪妮太太答那麼別上英文課，省下的時間可以多做兩件衣裳。

不，絕對不可以，英文是通往美利堅合眾國的道路，一旦咔嚓掉，代表我這輩子不可能到世界第一強國去實現夢想。

"我……我還是想上課，半途而廢可不好。"

"既然這樣，每週妳得做出至少兩件新衣服，不重樣，別讓我丟人現眼！"她把話撂下。

這意味著除了採買女主人的日常衣飾外，我還得設計和縫製新衣，另外乍侖先生的禮服也得趕出來，加上傑森給的英文功課並不輕，我要如何應付這排山倒海而來的任務呢？

想來想去只能犧牲睡眠時間了。

我的計劃是當拔達逢夫婦開始夜生活時跟著偷溜出去，直至清晨再回來，神不知鬼不覺的，只是日夜顛倒恐怕很傷身，但也沒辦法了。

主意一打定，我開始執行。

我有一台小型收音機，能接收到泰國、緬甸和老撾的電台，我把它帶到畫室當作漫漫長夜的陪伴。那些外星語聽起來煞是有趣，但更多時候我是聽英語歌曲頻道，尤其是七十年代老歌，什麼《Country Road》、《Let it be》……聽起來很有懷舊氣息。

當然，在清晨的第一道曙光照射進來前，我還是會小眯一會兒，省得回家途中暈倒在路旁。

就這麼相安無事地過了兩個禮拜，直到乍侖先生的禮服也趕出來，我才真正鬆了口氣，這下子總算能交差了。

我把禮服掛在乍侖先生的房裏，還附了張小紙條：**若有哪裏不滿意請告訴我，我馬上改。**

乍侖先生曾說過星期天的白天會待在畫室裏，這個時候留言正好，他鐵定能看見。

我在星期日的晚上看到留言回覆，他說衣服比想像中還要好看，但胳肢窩的地方有點兒緊，由於派對在五天後舉行，他希望能在星期一晚上和我見面，把這個問題給解決了。

星期一晚上？他們夫妻不是有活動嗎？難不成他在宴會中偷偷溜出來？這個問題在晚餐過後有了答案。

6pm, Ann準時開飯。今天吃的是形跡可疑的日本菜，有關東煮、天婦羅、烤青花魚及三文魚壽司……等。

乍侖先生照例讚美Ann的心靈手巧；Ann照例紅著臉走開；瑪妮太太照例嗤之以鼻；而我⋯⋯照例悶不吭聲。

"亞商協會的日本太太說要教做日本菜，大概是搞公關來著，我把Ann送出去交差。最煩做家務了，簡直是浪費生命！"瑪妮太太邊說邊將三文魚壽司納入口中。

"妳是命好，不用做家務，全世界的女人當中，不用做家務的屈指可數。"乍侖先生答。

誰知瑪妮太太在下一秒將槍口對準我，她說季小姐在拔達逢家也不用做家務，可見同樣命好。

"可是⋯⋯我得做衣服。"我囁囁地答。

雇主非但沒有禮貌性致謝，反而批評我最近的衣服做差了，顏色和樣式像足了菜場貨色，再這麼下去，她不認爲有繼續雇用我的必要⋯⋯

"妳可以了，"乍侖先生拔刀相助，"跟員工較什麼勁？心胸寬闊點兒，面相也會好看些，這比用什麼昂貴的護膚品還管用。"

瑪妮太太聽了不再吱聲。

~

吃完飯没多久，有人來敲我房門，是巴頌。

"言言小姐，乍侖先生要妳上車。"他說。

"我？瑪妮太太呢？"

巴頌答瑪妮太太被日本太太請去看夏季服裝展，剛剛坐車子走了。

原來如此。

"乍侖先生的車子停哪裏？"我問。

"大門口。"

我趕緊抓了件薄外套上車。

～

乍侖先生有深色的頭髮及膚色，適合單一顏色的深色調衣服，加上泰國的天氣炎熱，所以我選用輕薄的羊毛面料製作深駝色套裝，配上純棉的白色圓領襯衫，看起來既不流於呆板，還能表現出高貴的氣質。

"妳看，胳肢窩是不是緊了點兒？"他問。

再三查看後，我發現外套的確緊了點兒，偏偏沒有留多餘的布料。

"估計得拆了重做，真是糟糕！沒多少時間了。"我憂心忡忡。

"沒事，來不及就算了，只是一個晚上，就湊合著穿吧！"

我答不成，衣服是膽，穿上合宜的衣服，說話也能跟著有底氣。

"讓我重新測量一下，這次不能再出錯，否則趕不上參加派對了。"我又說。

乍侖先生很配合地張開雙手讓我測量，我又再次聞到他身上發出的強烈男性荷爾蒙味道，比任何香水都來得魅惑。

"好了，130公分大臂寬。"我邊說邊記錄下來。

乍侖先生聽完倒退一步，表情很複雜地看著我。

"怎麼了？"我問，邊去拉扯自己的衣服，怕哪裏不對勁。

"130公分？"乍侖先生將雙臂打開，"這麼大的手臂寬，妳給綠巨人做衣服嗎？"

我這才發現自己心口不一，明明想的是30公分，嘴巴卻說130公分。哎！都是荷爾蒙的味道在作祟。

"對……對不起，是30公分，不是130公分，我太心不在焉了。"我紅了臉。

乍侖先生說没關係，人不是鋼鐵，禁不起天天熬夜。以後我只需做他太太的衣服即可，製作男裝只此一次，下不爲例。

如此一來輕鬆多了，我感謝他的體貼，只是……他怎麼知道我天天熬夜呢？

" Namu告訴我畫室每晚都亮著燈，我猜是妳，不會有別人。"他答。

看來天底下没有永遠的秘密，隨時都有準備告密的人。

" 如果累了，妳可以睡我的床，羅漢床坐坐還行，睡覺可就不舒服了。"乍侖先生再次給我Surprise。

這下子我不擔心Namu是間諜，反倒擔心屋裏有針孔攝像機，否則他怎麼知道我睡哪裏？

乍侖先生大概聽到我的心聲，他解釋起居室的餐桌過大，剩下的空間只能擺張羅漢床當沙發，他猜想我累時肯定是躺在上面休息，弓著腳睡當然不舒服。

說得合情合理，讓人没有理由不相信。

"謝謝！"我對他的慷慨表示感激。

"那我走了，"他起身，"也許還來得及看下半場的服裝秀。"

送走了乍侖先生，我趕緊將布攤在桌面上重新剪裁，還好衣領和口袋可以用原來的，節省部份時間。

"扣、扣、"有人敲門。

難道乍侖先生又踅回來了？我趕緊去開門。

門外站著的是Namu，她說著泰國話，我一句也没聽懂，倒是托盤裏的食物讓我恍然大悟，肯定是乍侖先生要她送宵夜給我。

啊！多細心的男人呀

" KOP KUN KA."我向她道謝，那女孩笑笑走了。

回屋內將托盤放下後，我發現給的是炸芭蕉和豬雜米粉糊，兩者皆色香味美，恨不得囫圇吞下肚，但一想到還有工作未完成，而且夜裏用餐最易發胖，所以只是淺嚐幾口即放下。

"乍侖先生大概不喜歡胖子。"我心想，然後全心投入工作。

第十六章／文華東方酒店

上完課，傑森問我最近在忙什麼？我答忙著做衣服。

"希望有朝一日妳也能幫我做件衣服，最好是正裝，求職時能穿。"他說。

我想起乍侖先生的西裝外套，怎麼著也得趕工兩天，於是推說忙，也許……以後吧！

傑森聽完呵呵笑，說他可沒錢請大設計師做衣服，不過是開開玩笑，別當真。

"不，我是真忙，不是故意推托。這樣吧！我答應在你回美國前送你一套親手做的正裝。"

爲了這個承諾，傑森投桃報李，給我一個賺外快的機會。

"星期五晚上在文華東方酒店有個高級派對，參加的人非富即貴，由於另一個場地有婚宴同時舉行，酒店人員一時緊缺，妳想不想做一天的兼職？就是送送酒，非常簡單。"他說。

我答不了，自己還有事要忙。

"好可惜，一個晚上有5000泰銖。"

聽他這麼一說，我頓時改口，5000泰銖約人民幣1000元，怎麼著也得賺回來。

"那好，派對七點開始，十一點結束，妳六點到場準備。"他簡明扼要地說。

我答沒問題。

想到4個小時就能賺那麼多錢，我開心死了，像忽然得到一屋子糖果的小女孩似的。

~

乍侖先生的派對在星期五舉行，衣服好不容易才在星期四晚上趕出來，我累得動彈不得。

"也只能這樣囉！若有差錯也來不及改了。"我心想。

破例地吃完Namu送來的宵夜，我將西裝外套披在人台上，然後推向乍侖先生的房裏，這樣他一眼就能瞧見，可是該放哪裏呢？

房間不大，但爲了找個理想的位置，我還是躊躇了好一會兒，最後決定放在畫架旁邊，那個角度剛剛好，正對著門，採光也好。

當我把人台搬過去，畫架上的油彩毫無意外地映入眼簾，原来畫像已接近完工，這次能清楚地看見女子身上的穿著，那是傳統的卻克里服，上裝爲淺綠無袖無領的內搭衣，外掛金黃色長披巾，從背後自然垂下，露出一肩兩臂；下裝是用金絲線製作的折疊筒裙，有腰帶，上面還有提花圖案。

畫的是女子的側臉，沒有眼睛，仍然分辨不出是誰。

我將眼光拋向書架頂層的相框，對照乍侖先生的三位老婆，都不像，難不成是瑪妮太太？

" Haha……Gege……Xixi……"

我還在思索，一串銅鈴般的笑聲劃過寂靜的夜晚，我好奇地尋聲過去，通過百葉造型的窗隙往外瞧，朦朧之中我看見一對男女嬉鬧著跑進芭蕉園，那是乍侖先生的產業，按理說這是侵入民宅，但……

誰讓今晚的月色皎潔，亮得像五燭光的燈泡，雖然不能細微到每個部位都能看仔細，但分辨身形還是沒問題的。這可不，那個細溜的人影分明是Namu,而那個精壯的男人則是……糟糕！看不出來，他的臉被芭蕉葉擋住了，但這不妨礙觀察下一步動作。

Namu斜靠在芭蕉樹幹上，那男人上前親吻她，前開式的無袖上衣很快被撕裂，像塊破布掛在身上，長裙被掀起，Namu的左長腿勾住那男人的腰際，雙手環住結實的後背，如果少了懷抱的人，這是芭蕾舞中的經典動作，可惜它既不古典，也不浪漫，取代的是簡單而粗暴的原始本能。

在夏夜的蟲鳴聲中，那樣生動的畫面無疑勾起我內心熊熊的慾火。我迅速將自己脫得精光，然後一頭鑽進乍侖先生的雙人床裏，擁著男人的枕頭、聞著男人的體味，我萬馬奔騰般的慾望終於找到了出路。

~

傑森說六點到達現場，那代表我無法和拔達逢夫婦一起用晚餐，所以決定在午餐時間先和瑪妮太太打聲招呼。

" Blind Date ？"我的僱主問。

自從上了英文課，瑪妮太太的口語進步不少，有一次她竟對著桌上的咖喱螃蟹衝口而出：" Curry Crab.", 讓我刮目相看。要知道，她原來連desk和table都傻傻分不清。

" 不是相親，是兼職。朋友介紹個工作給我，只一個晚上，我打算賺點兒零花錢。"我誠實回答。

瑪妮太太果然又端出雇主的架勢，她問我衣服做好了沒？可別有時間賺外快，卻沒時間做衣服。

我答做好了，今晚就能穿上，她這才不再冷嘲熱諷。

傑森說五點上完瑪妮太太的課後，他帶我去酒店。

由於事先被告知文華東方酒店有Dress Code, 我把最好的衣服穿上身，並且在傑森結束上課的第一時間等在門口。

"Ready?"他問我準備好了嗎？

我答準備好了。

沒等我們轉身，瑪妮太太忽然出現。

"原來說兼職是唬我的。"她說，神情很不悅。

我解釋沒唬人，的確是兼職，文華東方酒店今晚有派對，我負責送酒。

傑森在一旁證實我的說法。

"這麼說今晚妳也在派對上？可別說妳是我的服飾搭配師，怪丟臉的。"

我的雇主用了"也"這個字，代表今晚我會與他們夫婦相遇。

"快，沒多少時間了，現在就得走！"傑森催促我。

見瑪妮太太收起刀光劍影，我和她說了聲再見後，趕赴現場。

建於1876年的曼谷文華東方酒店坐擁湄南河畔，被視爲作家的靈感之地，毛姆的著名小說《客廳裏的紳士》就是在這裏完成的。

傑森將我交給酒店經理後，轉身就走。今晚他加班，工作從晚上十點提前四小時，所以得趕著去交接。

那個幹練的經理看著像ABC，但她不講英語而講泰語，也難怪，員工清一色是泰國人長相。

等拉拉雜雜的話一說完，員工紛紛走上前去，把會議桌上的五顏六色衣服裹上身，我不明所以，像個傻瓜似地站著。

" Miss Ji, please come here."經理把我叫到一旁，給了我一套卻克里服，明顯比長桌上的貨色要好些。

我問爲什麼我有特殊待遇？她答傑森是她的學弟，受學弟之托要好好照顧我……

就爲了這份義氣，我決定做一套好西服送給傑森表達謝意。

剛拿到卻克里服時，有種似曾相識的感覺，等到衣服上了身，我才驚覺除了披巾短了點兒，提花是淺色之外，和乍侖先生筆下的女子服飾極爲相似。

"希望他別誤會我是故意模仿畫中女子的穿著才好。"我不免擔心起來。

著裝完畢後，我們一行人由經理帶隊至現場，經過大堂時，我不禁細細打量起這個帶有傳奇色彩的酒店。瞧！古典精緻的吊燈、大理石拼花的地磚、無處不在的鮮花、錦衣華服的賓客……在在彰顯歷史沈澱下來的貴族氣息。

行經前台，有客人正在辦理入住，我特意轉頭過去，傑森穿著米黃色制服立在櫃台後面，認真的表情讓人動容，原來他也有嚴肅的一面。

我很快收回目光，跟著前行的隊伍左轉，木質地板的長廊通向湄南河，沿途有一排的餐廳，法式、意式、西班牙式……

此時，前方傳来爵士樂，我以爲河畔的酒吧就是今晚的工作地，但經理帶我們走向旁邊的小碼頭，原來酒店的泰國餐廳在河對岸，我們得乘船過去。

也是，如果在酒吧工作就不穿泰式傳統服裝，改穿白衣黑褲了。

說時遲那時快，一艘柚木小船正搖曳著向我們划過來……

第十七章／關心

小船一到對岸，我們便依序下船。我看到入口處有個大型的精美冰雕，裏面是貨真價實的鮮花，真是難以言喻的美麗呀！

比冰雕更奪人眼球的是保安人員，十幾名黑衣人嚴陣以待。我猜想參加派對的人一定大有來頭，果不其然，泰國皇室也參加了。

泰國民衆非常愛戴皇室，主要原因是受佛教和封建思想的影響，他們以國爲家、以君爲父，在“家長”政治的傳統下，君民關係即爲父子關係。法律甚至有《欺君法》，凡議論皇室者，最高處15年監禁；冒犯國王就更嚴重了，25年徒刑等著你。

面對神一樣的皇室，我惴惴不安，這是第一次面對貨真價實的國王、王后與公主，我的雙腿不由自主地打顫。

“ Don't worry. You will be fine.” 經理安慰我，大概讀出我的害怕。

～

七點不到，員工們一字排開地等候客人來到，短短幾分鐘的時間足夠讓我將這個場地打量清楚。

這原是泰式餐廳，爲了開派對，把平常的桌椅撤了，只留下一排長桌，上面擺滿了各色點心和糕餅，我看到了香蕉薄餅、三色豆仁軟糕、椰奶脆餅、南瓜布丁、珍珠丸子、千層糕、糖絲春捲、漿米粉糕……等。角落有個吧台負責調各式雞尾酒，想喝軟飲也有。

整個餐廳分室內和室外兩部份，各有利弊。室外能欣賞湄南河的夜色，但難免潮濕悶熱；室內放足了冷氣，但不若室外開放，好處是中間有個舞台，待會兒能欣賞到傳統的歌舞表演。

沒多久，柚木小船送來第一批客人，先上岸的是皇室成員，迎賓員立馬拿著花圈迎上前去，匆忙之中我好像看到拉瑪十世的側影，比電視上看到的還瘦小些，倒是詩琳通公主很親民的樣子，非常樸素無華，像極了平民百姓。

他們一行人走向左手邊的一個房間，經理喚來幾個人前去服侍，其中沒有我，想必因爲我是菜鳥的緣故，怕出差錯。

很快小船又陸續送來客人，我們按照事先安排好的流程各司其職。

我把各式雞尾酒放在托盤上周旋於賓客當中，再把空了的水晶杯送回廚房，那裏有三位洗碗工正馬不停蹄地將骯髒的杯盤洗淨。

泰國的人工費普遍不高（我猜想洗碗工領的是最低的工資標準），所以對於4小時就能賺進5000泰銖感到迷惑。後來觀察到被選中的服務員顏質都超高，隨便往演藝圈一送都能圈粉無數，大概這就是原因所在，心中不免感激傑森的擡舉，希望我不是那道最難看的風景……

"言言小姐~"

聽到有人喚我，我轉身過去。

"果真是妳，我還怕認錯人了。"乍侖先生走上前來，他的衣服很合身。

"胳肢窩還緊不？"我關心地問。

他答不緊，剛剛好，大家都讚美他的服裝品味不凡。

"喜歡就好。"我鬆了口氣。

他轉而問我爲什麼會在這裏？我很訝異瑪妮太太沒轉告他，於是把來龍去脈又講了一遍。

"你太太呢？"我左顧右盼，想知道她是不是穿了那件我縫製的粉色小禮服。

乍侖先生要我別找了，他太太忽然又頭疼，他是隻身赴約的。

頭疼？怎麼我的雇主老頭疼？她該去醫院做個徹底的檢查。

乍侖先生笑笑沒回應，倒是問我幾點下班？他可以載我回家。

想到有人護送回家，安全性高多了，於是爽快答應。

"言言小姐，"乍侖先生眼神迷離地看著我，"今晚的妳是派對上最美的一個。"

若不是知道他有讚美人的習慣（Ann就經常被他捧上天），我恐怕要高興地睡不著覺了。

～

舞台上的少女身著貼滿金片的華麗服飾，頭戴寶塔型金冠，正婀娜多姿地赤足演出，一舉手一投足是那麼緩慢而富有韻律，後方盤坐的樂師則以鼓、鑼、小鈸、拍板、笛子、胡琴、笙……等樂器伴奏，非常有異國情調。

我穿梭在客人當中，還好他們都是有教養的人，沒給我添亂。

“Hi, 又踫面了。”一個帶北方口音的女人拿走我托盤上的“血腥瑪麗”。

我怔了一會兒才想起她是前些時候在豪華郵輪上遇見的職業小三，這次她没穿全白褲裝，反而穿起可愛的公主裙。

“妳看起來不一樣，差點兒没認出妳來。”

“没辦法，這次的雇主喜歡長髮蘿莉，爲此我還訂製了各式假髮，悶得頭皮都長疹子了。”她抱怨。

我想起她原先頂著一頭俏麗的短髮。

“妳的雇主是哪一位？”我好奇一問。

她東張西望後，指向室外一位馬臉長相的人：“喏！就是他，摳得很。”

我笑說再怎麼摳也没我的雇主摳，否則我也不用在這裏端盤子了。

她轉而問我端盤子能賺多少錢？我答今晚的行情好，4個小時能有5000泰銖。

“這是我的名片，哪天妳想半個小時賺5000泰銖時找我。”

我低頭一看，她叫殷夢夢，職業是影視經紀人，並非她所說的“職業小三”。

“原來妳是經紀人，失敬失敬！”

“那是外包裝，男人都想跟歌星或演員上床，我只是滿足他們的幻想罷了。哎！這年頭單打獨鬥是不行的，得抱團取暖才成，所以我開始當起經紀人。”

我正想把名片退回去，她卻被馬臉男給叫走了。

“什麼嘛！”我無奈將名片塞進胸口，因爲修身的卻克里服根本没有口袋。

~

" THANKS! I HOPE YOU HAVE A GOOD TIME TONIGHT."經理感謝我的幫忙，並且希望我今晚過得愉快！

雖然皇室成員只是驚鴻一瞥，四個小時的來回走路也挺累人，但新奇的工作體驗足以讓我在未來的日子裏回味無窮，所以我很確定地告訴她，今晚我過得很愉快。

" Please wait for a moment. I will drive you home."大概受了傑森所托，經理要我稍等一會兒，她會載我回家。

我謝了她，說已經有熟識的人送我，不麻煩她了。

經理知道有人照顧我後，很放心地走開，而我也在做完善後工作後搭著小船回酒店。

乍侖先生已事先告知會在大堂等我，他要我慢慢來。

怎麼可能慢慢來？現在的我歸心似箭，說不上是爲了趕回家睡覺還是爲了和那個好看的中年男人獨處。

~

今晚的乍侖先生開蘭博基尼，45度斜躺的座椅坐起來不是很舒適。

"辛苦不？"他問。

"想到一晚能掙5000泰銖，一點兒也不辛苦。"我開心地答。

乍侖先生聽完後保持沈默，我擔心自己是否說錯話了，還好沒多久他又開口。

"言言小姐，我很滿意妳做的服裝，這樣吧！爲了表示感謝，我付妳十萬泰銖如何？"

十萬銖就是兩萬元人民幣，我趕緊拒絕，說自己樂意幫他做衣服，請不要誤會我是拐彎抹角向他要錢……

"呵呵呵！我沒誤會妳向我要錢，而是'勞有所獲'，這是妳該得的，請收下。"

說得合情合理，但我還是不願收。

"那好吧！不勉強，算我欠妳一個人情。"他按下雨刷器，"泰國的雨就是這樣，讓人措手不及。"

我也注意到了，當雨季來臨時得有隨時成爲落湯雞的心理準備，這可不，斗大的雨珠開始傾盆而下。

因爲下雨，乍侖先生放緩了車速，這樣更好，延長了共處的時間。

"油布上畫的女郎是誰？"我想起埋藏在心裏的疑問。

他答那是他想像出來的，但過了今晚之後，他覺得她真實存在。

我問那是什麼意思？

乍侖先生笑而不語，將方向盤一轉，車子彎進小巷裏，前方不到五百米處就是拔達逢家。

車外大雨滂沱，偏偏啓動電動大門的遙控器没電了，怎麼也打不開。

"妳在車內等，我去按對講機。"乍侖先生說。

我要他別著急，雨大概一會兒就停，没必要弄濕衣服。

"也對，這衣服是妳的精心傑作，弄濕了就不好。"

"不，我的意思是不希望……不希望你被雨淋濕。"我紅了臉。

他忽然問我是否關心他？

"我……關心，噢！不，不是關心，是……"

“謝謝妳的關心，我已經很久不被關心了。”

想到這麼好的男人卻缺乏關心，我的母性光輝一下子被激發出來。

“我……我關心你……”我的手輕觸他略顯鬆弛的臉頰。

他反握住我的手，開始沒命地親吻它……

“乍侖先生～”我輕喚他。

他聽不見，動手按下駕駛盤右側的按鈕，我的座椅往後一沈成了躺椅，乍侖先生也順勢爬了上來……

第十八章/告別

乍侖先生吻了我的唇，再吻我的脖子，手也没閒著，他在解我胸口的鈕扣，就這麼不湊巧，他摸到了夾在蕾絲胸罩裏的名片。

"這是什麼？"乍侖先生問。

我趕緊將名片搶回來，但太遲了……他隨即離開我，久久不發一語。

他在想什麼？……噢！不，他該不會以爲我和殷夢夢是一夥的吧？！

"那個……"

"對不起，"他截斷我的話，"今晚喝多了，如有冒犯之處，請原諒！"

我還想說什麼，乍侖先生突然猛按喇叭，叭叭叭的聲音響徹雲霄。

没多久，巴頌撐著傘從側門走出來，看到是主人，他按下電動大門的開關。

～

我徹夜難眠，好好的浪漫夜被小小的一張名片給攪黃了。

乍侖先生曾說殷夢夢是垃圾，要我少和這種人來往，可見他是知道這行的，也許通過買春者的口耳相傳，"職業小三"成了半公開的毒瘤。

"我怎麼就這麼不幸地和她有了交集？這下子跳到黃河都洗不清了。"我後悔不已。

～

等不及隔天和乍侖先生共進早餐，我想知道他是不是生氣了？有沒有因此看低我？然而早餐桌上只有一套餐具，男主人的位子上空無一人。

"乍侖先生去哪裏了？"我問Ann，她正把可頌夾進我盤裏。

"什麼？"這是Ann經常說的普通話，因爲很多時候她是聽不懂的。

我指指乍侖先生的座位，希望她能心領神會。

" &$@-^*£......"Ann説。

看樣子她是聽懂了，可是我卻一句也聽不懂她的回答。

鬱鬱寡歡地吃完早餐，我拖著沈重的步伐回房。

～

今天萬里晴空，經過昨晚大雨的清洗，空氣中有清新的味道，潮濕中帶著青草的芳香，讓我鬱悶的心稍微得到紓解。

" @&%#*^¥......"

聽到巴頌的聲音，我的精神爲之一振，趕緊推開窗戶喊他。

“沙瓦迪卡。”他向我問好。

我草草回禮後，問他乍侖先生去哪裏了？

“他說他去畫室，六點不到就走了。”

“畫室？今天不是星期天，他怎麼去畫室了？”

巴頌答他也不清楚，但畫室是乍侖先生的，他想什麼時候去是他的自由。

說的也對。

見巴頌穿著學校制服，我轉而問他補考通過了沒？

“通過了，”他笑了，露出潔白的牙齒，“否則我媽早拿起掃把追著我打。”

知道乍侖先生在畫室裏，一個早上我心神不寧，不知該不該上陶瓷島？

“季言言，到此結束，他是妳雇主的老公，妳打算背負小三的罪名嗎？”我內心的“正義之聲”提出忠告。

“我做衣服去，瑪妮太太說了，一個星期得交出兩件新衣。”

“全是藉口，妳是藉機去會乍侖先生，這是條不歸路，別傻不楞登的。”

“不，不是的，他畫他的畫，我做我的衣服，互不相干。”

“哪天不好做，非得今天？妳給我乖乖待在屋裏，哪裏也別想去！”

……

. . .

當Ann挽著菜籃子出去買菜，我後腳也跟著溜出去。

哎！這的確是條不歸路，但我攔不住自己呀！

～

遠遠的，我聽到一男一女說話的聲音，越靠近畫室，聲音越清晰。

"沙瓦迪卡！"大概聽到腳步聲，Namu從木屋底層探出頭來，手上拎著濕漉漉的青菜，看樣子在洗菜。

"沙瓦迪卡！"我也雙手合十。

沒想到下一秒一個裸露上身的男子也現身，他微笑著跟我打招呼。

"沙......沙瓦迪卡。"我記得這身肌肉，他是芭蕉園裏的男子。

由於語言不通，我很快與他們告別。

"他應該就是Namu的男友，在馬來西亞當建築工人的那一位。"我邊上樓邊想。

門開後，屋內悄然無聲，我開始懷疑巴頌的說法，也許乍侖先生今天根本沒上陶瓷島，但我又不方便推開臥室一探究竟，只能攤開布料開始工作。

今天想做一件改良式旗袍，上半身保留旗袍經典的高領設計，下半身則以傘裙展現甜美氣質，集優雅和可愛於一身，我相信這件旗袍能讓人眼前一亮。，

"%#¥£€*......"乍侖先生向窗外喊話。

我差點兒剪子一滑將布剪彎了。

"？&$@%……"Namu回話。

知道乍侖先生在畫室裏，我心激蕩不已，彷彿好不容易平靜的海面又刮起了龍捲風。

~

把上身的布料都裁好後，敲門聲適時響起，我走過去開門。

Namu把一個大托盤送進來，不，不是一個，跟在後面的男人也捧著托盤，左右手各一個。

我要他們稍等，然後趕緊將桌上的雜物清理乾淨，布料和雜七雜八的工具全進了紙箱。

等到托盤裏的食物全上桌，我才發現Namu煮多了，足夠讓一支籃球隊吃飽。

待他們走後，我不知該不該去敲乍侖先生的房門，還好他自己走出來了。

"Namu煮多了。"我說。

"没事，吃不完可以餵狗，Namu養了很多流浪犬。"他答。

話說到這個份上，再也找不到話題，我們沈默地坐下來吃飯。

桌上有粉絲大蝦、葛拋葉炸石斑魚、紅燒豬手、蟹肉炒飯、生蠔、炒通菜、冬陰功湯……無一是敗筆。

"把豬手的湯汁舀進飯裏，可以連吃三大碗。"乍侖先生忽然建議。

我照著做，果然好吃，真是太香、太美味了。

"小時候的我只能吃醬油拌飯，偶爾鄰居家傳來滷豬手的香味，饞得我差點兒破門而入。"他說。

那畫面真是滑稽，但轉念一想，原來乍侖先生以前過得這麼苦，我就再也笑不出來。

他倒很釋然，說事情都過去那麼久了，現在過得好就好。

"你……過得好？"我問。

乍侖先生想了想答還不壞，比一般人過得好，如果不用放大鏡仔細瞧的話。

我問他到底經歷了什麼，能讓他說出"金玉其表，敗絮其中"的話來？

"人生不過爾爾，能吃飽、睡好，就該感激。問題是如果除了吃睡還想幹點兒什麼，這就麻煩了，人總會得到點兒什麼又失去點兒什麼，天下沒有十全十美的事。"

我同意，自己就是那種除了吃睡還想幹點兒什麼的人，所以才會煩惱多多。

他問我想幹點兒什麼？

我告訴他想上NY服裝學院學習，如果上天待我不薄的話，也許有天能成爲著名的服裝設計師……

"妳很有才華，應該有人拉妳一把才是。"他說。

"誰會拉我一把？比我有才華的多了去，非親非故的，人家爲什麼要幫我？"

這次我沒有得到乍侖先生的回應，大概他也沒有答案。

午飯過後正是太陽大發威的時候，即使開足了冷氣，還是讓人大汗淋漓。

俗語說屋漏偏逢連夜雨、船遲又遇打頭風、破鼓總有萬人捶……哈哈！你能相信此刻的冷氣機像喉嚨裏塞滿了痰，低吼一聲便陣亡了吗？媽的，這是想熱死我嗎？

我不信邪，拿起遙控器試了又試，它依舊無聲無息，硬是不肯呼出一口涼氣。

現在怎麼辦？回撥達逢家還是繼續浴汗作戰？

我又堅持了五分鐘才告投降，肚皮都擠得出水來，如何工作？

"扣、扣、"我敲了房門，打算和乍侖先生告別。

第十九章／世紀會談

"請進。"

我推門進去，迎面而來的涼風讓人很受用。

"有事嗎？"乍侖先生問，他坐在畫架後面。

我告訴他起居室的冷氣機壞了，自己打算回拔達逢家。

"壞了？不應該呀！⋯⋯大概是過濾網需要清洗，待會兒我讓Namu洗去。"他邊畫邊說，眼光不在我身上。

我有種不被重視的感覺。

"是不是快畫完了？"我問，記得兩天前看時，畫已經完成2/3了。

"嗯！只剩細節部份。"

聽乍侖先生這麼一答，我很想知道他想像中的女人到底長什麼樣，於是走上前去。

"妳別過來！"他有些慌張。

他越不讓看，我越想看，於是繞到畫架後面⋯⋯

的確已經完成七七八八，湖面上的荷葉與荷花清晰可見，女人的眼睛也畫上去了，有深棕色的眼珠和微微的鳳眼（很多亞洲女性都有這樣的眼睛，不足爲奇），但是……

"爲什麼她的唇邊也有一顆痣？"

"我覺得唇邊有痣的女人很性感。"他說。

"你覺得我性感嗎？"不得不承認，我是故意問的。

乍侖先生苦笑，回答："No comment.", 意即不予置評。

我自棄地說就知道自己長得醜！

"怎麼會？妳一點兒也不醜。"乍侖先生擡起頭，很嚴肅地看著我。

"那麼我要你承認我性感，這樣我才不覺得自己醜。"

其實我撩漢的功夫一般，頂多只是捉弄一下對方，他若真的上綱上線，我反而要打退堂鼓了。

"好吧！我承認妳很性感。"他投降了。

我很滿意這個結果，微笑著和他道別。

"妳真要走？外面很熱，有時柏油路面還會熔化，讓鞋底粘上黑色的柏油。"

想到自己攢錢攢很久才買到的坡跟涼鞋會被粘上一團黑糊糊的東西，不免對自己的決定三心二意起來。

"不妨待在這個房間裏吹冷氣，等我把畫完成再載妳回家，免得弄髒鞋底。"

乍侖先生的建議來得正是時候，讓我有了留下來的理由。

"那好吧！我等你。"我說。

這房間只有一把椅子，乍侖先生正坐在上頭。

我無聊地來回走動，這邊看看，那邊瞧瞧，很快便感到無聊，於是在床沿坐了下來。

窗戶緊閉著，因爲開著冷氣，但百葉窗開著，所以屋內的光線還算明亮。

我背對著男人躺下，眼睛看著窗外發呆。乍侖先生大概快畫完了吧？！畫完了我就可以回家了。

眼皮有些重，我眯了兩下，最後還是整個都閉上，心想睡個十分鐘應該不礙事……

～

感覺有個東西壓在身上，猛一張開眼，我看到乍侖先生的半張臉，另外半張藏在黑暗裏。

"睡著了？"他柔聲問。

"嗯！怎麼這麼暗？"

他說他睡覺時習慣閤上百葉窗，有光他睡不著。

想到主人要睡覺了，我得讓出位子，便掙扎著起身，但乍侖先生還是壓著我，絲毫沒有讓開的意思。

"妳一直在撩我。"他說。

"我……沒有。"

乍侖先生說他是有婦之夫，也一直告誡自己要克制，但我一直撩他，所以只好滿足我。

我還是不肯承認，並且試著用力推開他沈重的身軀，没想到他一甩手給我一巴掌。

"爛婊子還裝純情？！妳以爲今天可以全身而退？不把妳操到哭爹喊娘，誓不爲人！"

接著我聽到衣服被撕裂的聲音，然後搶奪、燒掠、進攻……直到我的五臟六腑全被摧毀殆盡，他才退了出來。

～

乍侖先生把百葉窗打開，讓陽光滲透進來，不同的是光線已成橙紅色，應該到了傍晚時分。

我把床罩的一角拉過來遮住我裸露的身體，乍侖先生點了根煙面對窗外抽了起來。

"你打算給我多少錢？"我問。

他轉過身來，臉上表情看不出喜怒。

"妳打算要多少？"

我賭氣地說起碼也得一千萬泰銖。

"如果妳是處女，兩千萬我也給，可惜妳不是！"他撿起地上的長褲，從裏面掏出皮夾，再從皮夾裏拿出幾張票子扔我胸口，"這一行的價碼我清楚得很，只會多不會少，如果願意，我們可以長期合作。"

我拿著紙鈔發怔，上面的拉瑪九世似乎在取笑我，我憤而將它們灑向空中！

"去死吧！你這個人面獸心，我……我以爲你對我是真心的！"我泣不成聲。

"噓～Namu要以爲我欺負妳了。"他的態度明顯軟化。

不是欺負是什麼？想到此，我更是哭得聲嘶力竭、肝腸寸斷。

"別哭，"他將我擁入懷裏，"妳哭我要心碎了，我答應不再踫妳，只此一次，下不爲例。"

聽到我成了人家的一夜情，哭得更是慘兮。

"言言小姐，拜托妳別哭了，妳一哭我無法思考。請告訴我，我要怎樣做妳才不哭？"他好脾氣地問，和做愛時的面容猙獰有很大的出入。

“ 我 …… 我也不知道，一切發生得太快，我 …… 我也無法思考。”

乍侖先生說那等我可以思考時再談，現在時間晚了，再不回去，他太太要起疑了。

提到瑪妮太太，我心虛了，待會兒見面，她會不會發現有事不對勁？

我感到害怕。

乍侖先生在巷子口放我下去，特別叮囑我晚十分鐘再進屋，然後開著他的跑車先回家了。

我摸摸蹭蹭了好一會兒才去按對講機，是巴頌開的門。

他依然跟我說“沙瓦迪卡”，我也依然回禮，只是氣若如絲，沒有以前精神。

“言言小姐，妳怎麼了？”

看巴頌一副關心的樣子，我突然想哭。

“没什麼，大概中暑了。”我背對他劃去淚水。

“大熱天妳還穿外套，當然要中暑了。”

由於上衣被乍侖先生撕破，我只好穿上今早出門前隨手抓來的薄外套，自然顯得怪異。

“商場裏的冷氣很強。”我解釋，然後在他提出更多問題前告別，免得穿幫。

走進屋內，拔達逢夫婦正在談話，他們已經開始用晚餐，而我只想趕快進房間。

"言言小姐，"乍侖先生叫住我，"快點兒坐下來吃飯，今天Ann煮了妳愛吃的豬手。"

我想起中午吃的豬手滷汁拌飯，突然覺得噁心至極。

"不了，我不餓，你們吃吧！"我作勢要走。

"季小姐，"這次是瑪妮太太叫住我，"妳一整天上哪兒去了？中午也沒和我一起吃飯。"

我答買布料去了。

"布料呢？"她問。

"沒看到喜歡的，又踅回來了。"

"別是藉機出去玩，現在的男人壞得很，專門欺騙妳們這種無知少女。"

乍侖先生趕緊表示我已經不是少女了，分得出好壞……

"你們慢用，我先回房了。"我扭頭就走。

一進房我就趴在床上哭，又因不能哭得太大聲，所以壓抑得很痛苦。

"我的確是無知少女呀！平白被人睡了，還是咎由自取，我真是天下無敵第一大傻瓜！"我邊流淚邊數落自己。

"咚！"有短信進來，我摸出口袋裏的手機。

【別哭，今晚是我太太的Happy Night，她走後，我到妳房間詳談。】

沒有署名，但我知道是誰。

該來的總會來，我擦乾眼淚準備迎接今晚的"世紀會談"。

第二十章/抉擇

今晚是Happy Night，我幫瑪妮太太準備的是黑色透視裝，隱約可以看到裏面的蕾絲內褲。

"披上羊毛披肩就不那麼突兀了，而且Go Go Bar裏的冷氣太強，披肩可以保暖。"我體貼地說。

瑪妮太太要我將那個鬼東西拿開，穿衣就是要引人注目，否則關在家裏得了，何必大費周章？

"那……隨妳囉！"我懶得爭辯。

"今晚跟我一起出去玩吧！8號還問起妳。"

8號？那個有酒窩的小熊維尼？

我答不了，今晚頭疼。

瑪妮太太深深看我一眼，大概因爲我剽竊了她經常說的話，感到有些許的不自在。

"就這樣吧！"她對鏡做完最後一分鐘的審視，然後踩著驢蹄鞋下樓去。

～

我的雇主走了約莫半小時，乍侖先生才來敲我房門。

" 我開門見山地問：一、妳打算持續關係嗎？二、如果不持續，妳想要我如何解決今天的意外事件？"

想必乍侖先生已經思考清楚了，他非常理智地提出兩個思考方向，不愧是老司機，巧妙地用"意外事件"遮掩"強奸"的事實。

我清清楚楚、明明白白地告訴他，不可能再繼續不倫之戀，至於精神和肉體的傷害……也許助我完成夢想可以將功抵過。

他直白地問這個"功"折合現金多少？

我查過官網，NY服裝學院的研究生只要讀兩年，但沒有我想修的《服裝設計》專業，加上自己的英語不好，還是重頭學起爲佳。

" 本科四年，一年的學費及生活、住宿費約在125萬泰銖，四年就是500萬泰銖。"我答。

乍侖先生直呼不可能，十幾分鐘的事讓他付出500萬泰銖簡直坑人，那個價錢可以用來包養女明星一年了……

見我悶不吭聲，乍侖先生換了態度。

" 言言小姐，如果我沒誤會，妳對我是有好感的。我是有婦之夫，不想打破現狀，如要我贊助妳的夢想完全沒問題，但得付出，這個付出……妳懂的。"

我又沈默了許久，才說讓我考慮考慮，最遲一個禮拜給他答覆。

～

躺在床上，我陷入"天人交戰"之中。

乍侖先生不可能給我名份，他的"老婆們"個個都是白富美，我一個鄉下女孩憑什麼高攀？還是少作夢爲宜，何況瑪妮太太是個醋罈子，娘家又有背景，我若想拉她下馬，無異螳螂擋車。

"入豪門"的夢可以不做，但人生的夢不可不做。我非常明白，少了金錢上的資助，我的留學夢誓必得往後延遲N年，甚至胎死腹中，然而我要爲此出賣肉體和靈魂嗎？

想起我的前男友，他不是同輩中最出色的，但因爲同樣來自農村，有相同的背景和成長經歷，他没看低我，我也無庸武裝自己，所以無可無不可地走在一起。没想到當初的"降格以求"並没有爲我迎來燦爛的明天，反倒換來可恨的背叛，讓我不得不把"男女之事"放在枱面上討論，與其白白被人玩，最後還惹來一身騷，倒不如有實質性的回饋。這樣看來，乍侖先生算有良心的了，5oo萬泰銖不是個小數目，他若真能銀貨兩訖，倒也不失爲可行的辦法……

就這麼思前想後，我終於撐過漫漫長夜走向黎明。

～

"沙瓦迪卡！"走進餐廳，我主動向乍侖先生問好。

"沙瓦迪卡！"他表情複雜地看著我，"看來妳心情不錯。"

"是不錯，人生苦短，得及時行樂，不是嗎？"

乍侖先生尷尬地笑了笑，没接話。

今天早上吃麵，是一種叫Kanom Jeen 的細麵條，煮熟後淋上咖喱汁，再配上長豆角、醃芥菜、白菜絲、豆芽和羅勒葉，即成一款重口味的泰式早餐。

"待會兒去哪兒？"我問。

"回畫室拿畫布，然後上美術用品店將它裱起來。"

我噢了一聲，安靜地吃麵。

〜

百般無聊地度過白天，當黑夜來臨時，我又走向陶瓷島。

瑪妮太太的衣服得趕工，我也享受和收音機獨處的時光，因爲在拔達逢家總放不開來，彷彿有雙眼睛24小時不停地監視著我。

開了門，屋內還是一貫的整齊、乾淨，不同的是長桌上有個高腳花瓶，裏面插了十幾朵紅玫瑰加滿天星。我走過去將夾在花朵裏的卡片取出，上面寫著：**For my lovely princess.**

給最愛的公主？呵！老男人玩起浪漫，一點兒也不輸年輕小伙子呀！

我將花瓶移到玄關台後，馬上投入工作。

〜

晚上十點，Namu送來宵夜，我突然有了疑問，難不成她時刻拿起望遠鏡觀察木屋，否則怎知道我來了？

這個問題可能永遠也得不到解答，因爲Namu只是衝著我微笑，十足的"雞同鴨講"。

我向她道謝，她很快轉身走人，又留下我一人獨自面對孤獨。也罷，真正的藝術家都是孤獨者，我也只能以此自我安慰。

〜

我把中國結繫在衣服的胸口上，然後往後退一步，人台上的改良式旗袍終於完成了。看看時間，已近凌晨兩點，是時候準備睡覺。

走進房間，我發現胡桃木做的床架上方有一幅歐式復古畫框，裏面正是乍侖先生筆下的女子(怎麼看都像穿泰服的我，尤其唇邊還有顆痣)。

我湊上前看個仔細，不得不承認乍侖先生是有功底的，他的畫裏有故事。

有人說藝術是主觀的，要嘛喜歡，要嘛不喜歡，沒有中間灰色地帶。面對乍侖先生的畫，我恰恰站在喜歡的這一邊，並且進一步因爲喜歡而美化了創作者......

噢！不，這是個危險信號，我得保持冷靜，否則很容易被"崇拜"帶入死胡同。

換上一件式的棉質睡衣，我掀開床罩入睡。Namu是個盡職的家務員，床上用品已然換新，多少讓我忘卻昨天的不美麗。擁著蓬鬆的被褥，在薰衣草的芳香中，我甜甜地進入夢鄉......

上完課，我問傑森以我目前的英語能力，雅思能考到6.5分嗎？他答有困難。

真是糟糕！我需要6.5分進NY服裝學院。

雖然雅思考試可以一考再考，但我不願錯過明年一月份的申請，意思是必須在短時間內完成"不可能的任務"。

傑森說既然這樣，只能增加課時了。

"算了，現在一對一的課程還是瑪妮太太施捨的，我再也沒有多餘的錢付昂貴的補習費。"

"那麼把兩小時的課延長爲三小時，不額外收費，6點下課，剛好來得及吃晚餐。"我的老師慷慨地説。

"不，我不想佔你便宜。"

他答怎麼會佔便宜？我得幫他做史上唯一、匠心獨具的西服，算是兩清。

對於傑森的兩肋插刀，我感動得無以復加。

"請受小女子一拜。"我向他拱手作揖。

"免禮。"他微笑，像夏日和煦的微風，"說真的，我很享受和妳在一起的時光。"

如果傑森早幾天向我傳達曖昧，我的心思或許會因此活絡起來，但現在的我只能心向著乍侖先生，因爲……我已經決定爲了夢想出賣自己的肉體與靈魂。

第二十一章/沙美島

這一天因爲多解釋了並列句和複合句的用法，上完課已經六點多了，我感到很抱歉，傑森原本可以提早下課，卻因我這個蠢學生而耽誤休息及用餐的時間。

"待會兒你打算怎麼解決晚餐問題？"下課後我問。

他答曼谷的大街小巷有很多小吃攤，奶茶、果汁、烤串、湯粉、炸雞……不一而足，味道都很好，他隨便吃吃即可。

我再次感到內疚，自己馬上就能坐下來用餐，傑森卻要去光顧地方小吃，雖然後者也很美味。

"你們怎麼這時候下課？"結束上課，我送老師出門，經過餐廳時被瑪妮太太叫住。

我想阻止傑森回答，但已太遲，那個腦筋不會轉彎的男人果然據實以報。

"雅思？"瑪妮太太轉頭看我，"那是個什麼鬼？"

我趕緊搶答，並且用手拉了一下傑森，暗示他別多話。

"呵！真好學，沒事考什麼試？就愛折騰！"

"是啊！我就是愛折騰，所以連累老師，害他到現在還沒吃飯……"我趕緊附合。

"那麼坐下來一起吃吧！多雙碗筷而已。"瑪妮太太不等傑森回答，逕自喊來Ann要了碗筷，還叮囑她多加兩道菜。

"那麼謝謝了。"傑森很大方地坐下來。

現在老師和我面對面坐著，而桌子的兩端分別是男、女主人。我想起生日那天也是四人同桌，但經過這些日子的紛紛擾擾，情勢有了變化，我和乍侖先生已經不再是單純的"有點兒熟又不太熟"的關係。

餐桌上瑪妮太太的話出奇得多，對象對準傑森，她只和他說話，其他人都成了空氣。我和乍侖先生安靜地吃著飯，忽然……桌底下有隻脫了鞋的腳向我伸來，它正撫摸著我的腳踝。

我擡起頭來，對面的傑森正轉頭面向瑪妮太太，嘴巴一張一合，絲毫沒有停下來的意思。我轉向右手邊，乍侖先生微笑看著我，對我俏皮一眨眼。

這是公然的調情。

我選擇不動聲色，沒想到那隻不安份的腳因而受到鼓勵，它開始往上爬，從腳踝往上移至膝關節再往大腿進攻……

"我吃飽了！"我突然站起身宣佈，把其他三人都嚇到了。

"這麼快就吃飽了？我飯都還沒吃上幾口，看來今晚我太多話了。"傑森自嘲。

我管不了那麼多了，請他們慢用，然後毅然決然地離席。

傑森走後沒多久，拔達逢夫婦也出門，我蘑菇了近一個小時才動身去陶瓷島。

小木屋玄關處的紅玫瑰早已不見，換上新綻放的黃色雛菊，同樣夾了一張卡片：“這個星期六早上去沙美島，星期一中午回。”

乍侖先生的留言像公文，言簡但意不賅，難道暗示那三天我可以全天候使用小木屋？這個答案在隔天的晚餐過後有了答案。

“明天有沙美島之行。”乍侖先生宣佈。

“怎麼這時候才說？日本太太邀我參加三天的清邁spa之旅。”瑪妮太太很懊惱。

乍侖先生說爽約得了，頌帕善夫婦突然邀請，他不好意思拒絕。

我的雇主一聽說同行的還有另一對夫妻，頓時失了興致。

“不去，那女的很討厭，老是吹噓她的學歷，誰知是真是假？搞不好是買來的。”瑪妮太太嗤之以鼻。

乍侖先生忙以正視聽，說人家的學位不假，堂堂朱拉隆功大學的法學博士，難怪中專畢業的老婆要相形見絀……

“你就非得說些打擊我的話不成嗎？這下我更不去了，省得博士太太耀武揚威。”

知道瑪妮太太不去，乍侖先生說了很可惜之類的話，神情倒沒有任何不悅。

當天晚上我便收到乍侖先生的短信：“明天早上九點出發，帶上泳衣，今晚別熬夜。”

雖說已打算出賣自己的肉體與靈魂，但一直不好開口對乍侖先生明說，畢竟這不是什麼光彩的事。沒想到乍侖先生用幾句話輕輕帶過，避免了尷尬，真不愧是老司機。

因爲明天有遠行，今晚的我不方便上陶瓷島，梳洗過後，早早便上床睡覺。

～

隔天瑪妮太太很難得地和我們共進早餐，因爲待會兒日本太太會過來接人。

"媽的，好好的覺也睡不了，要不是Fumina邀請太多次，再推辭不好意思，我還真不想去。"我的雇主明顯有起床氣。

乍侖先生說出去走走也好，她在本地也没交上幾個朋友，正好藉此機會拓展一下朋友圈，朋友一多，眼界自然開了。

"我一個家庭主婦需要什麼眼界？"瑪妮太太無聊地用叉子戳著豬排，上面已經千瘡百孔，"對了，少了我的監督，你可別趁機偷吃，泰國女人有艾滋的多得是，別讓我染病了。"

"說什麼呢？讓言言小姐笑話了。"乍侖先生把我拿來當擋箭牌。

我低下頭扒飯，不想加入戰局，但瑪妮太太没放過我。

"季小姐，我預計三天後回來，肯定上不了英文課，妳不是要考試嗎？代我上得了。"

平白多了課時，我感謝她的大方。

"不用謝，反正課時費已繳，不上白不上，我干脆做個順水人情。記住啊！我這個雇主待妳不薄，可別做没良心的事。"她說。

爲什麼有人就是這麼討厭？總要彰顯自己的偉大，而且最後那句話是什麼意思？我彷彿被她搧了兩耳光。

"別一張口就刀光劍影，若將言言小姐趕跑了，到時誰幫妳做這麼漂亮的衣服？"乍侖先生對自己的老婆說。

瑪妮太太冷哼一聲，開始吃起豬排。

飯後没多久，我的雇主被日本太太接走，時間8:45 am.

雖然我已打包好行李，但對於是否要上路卻還多所猶豫。我清楚地知道，一旦上了車就沒有後悔藥吃，我將不再是我，而是成了殷夢夢的同路人。

乍侖先生在客廳裏大聲哼著歌，是鄧麗君的《我只在乎你》。即使伊人已逝，她的歌聲依舊在海外華人圈裏流傳，歷久彌新。

約莫幾分鐘後，歌聲越來越小，想必乍侖先生已出門，而且越走越遠，我該不該跟上？

"噗—"

聽到跑車開啓的聲音，我再也坐不住，拉上行李箱往外跑。

"妳還是來了。"乍侖先生說。

我無奈低下頭去，將自己恨得牙癢癢的。

"没事，第一次總是比較困難。"

也許說話的人覺得這是安慰的話，在我聽來卻很不是滋味，彷彿離開這一單，還有下一單等著我。

"趕緊走吧！我怕遇見熟人。"我挺不開心地說。

於是乍侖先生按下遙控器，白色電動大門沈重而緩慢地移動起來，時間長得足以讓我看清楚Ann身上的花衣裳樣式（她就站在大門口，手裏提著菜籃子，大概剛買完菜回來）。

"真是糟糕！她該不會有想法吧？！"我心想。

然而Ann的反應比我想像的還要激烈，她將菜籃子往地上一摜，氣息敗壞地衝上前來。

乍侖先生似乎早有預感，他的動作比她還快，馬上鎖車門。任憑車外的Ann又是拉又是敲，嘴裏還不停地咒罵著，男主人依舊無動於衷，並且在无任何預兆下加速逃逸，碾過灑了一地的蔬果，留下狼籍一片。

"你應該找個藉口解釋一下，如果她跟瑪妮太太說了什麼，你我都有麻煩。"

乍侖先生要我放心，Ann"絕對絕對"不會在瑪妮太太面前嚼舌根。

"那她生什麼氣？簡直太奇怪了。"

"也許她在吃醋。"

吃醋？我問吃什麼醋？

"因爲我帶妳出去玩而非她。"

這麼說乍侖先生曾經帶Ann出去玩過？我要他老實招來。

那個左右逢源的男人問我是否也吃醋？

"吃醋？呵呵！怎麼可能？"

"那就好，我不喜歡吃醋的女人。"

空氣一下子凍住，沈默了好一會兒後，我問沙美島遠嗎？

"不遠，開車兩個多小時，再乘船半小時就到了。"他答。

我噢了一聲，將眼光投向窗外。

第二十二章／不正經的女人

沙美島位於曼谷東南部，據說擁有全泰國最清澈的海水及細軟的沙灘，一年四季均可享受風浪板、浮潛、滑水等水上活動。

"太好了，我喜歡潛水。"我好開心。

乍侖先生說既然這樣，他會雇艘私人小船帶我去潛水（被人寵愛的感覺大概就是如此）。

兩個小時後我們抵達班佩碼頭，由於訂的是島上最好的帕拉迪度假村，所以可在碼頭享受VIP接待室、迎賓飲料以及快艇接送服務，省去冗長的等待。

一下船，等候在旁的服務人員馬上爲客人撐傘並遞上冰涼的毛巾。住宿登記完畢，電瓶車載我們來到約200平米的臨海別墅，有私人泳池和起居室，浴室裏有超大浴缸，可以邊洗澡邊仰望星空。

乍侖先生給了幾張票子當小費後，服務員很有禮地離開了。

"太奢侈了，這房子可以住下一支足球隊。"

我邊說邊環顧四周，米色地磚、黃色抹牆、原木天花板、藤製傢俱、帶頂棚的胡桃木床架、席夢思床墊、柚木甲板……空調已打開，柔美的音樂輕洩出來，迷迭香的香氣無處不在，酒店的用心顯而易見。

"床上為什麼有兩隻白天鵝？"我問乍侖先生，因為看到用毛巾折疊的天鵝在床上鶼鰈情深，旁邊散落了很多粉色的蝴蝶蘭花瓣。

他答因為事先告訴酒店這是蜜月之旅。

"怎麼會是蜜月之旅？我又不是你老婆。"我嬌嗔著。

"當然不是老婆，而是小老婆，"乍侖先生從後擁住我，"有沒有聽過'大老婆受苦、小老婆受寵'這句話？"

我笑說哪有這種說法？要有早亂套了。

"妳還太稚嫩，不懂人生規則，有些人即使孤老一生也要守住名份；另有些人雖然沒有名份卻生活得宛如皇后，看妳怎麼選囉！"

"如果讓我選，當然選有名份的，問題是我沒得選，只能當皇后。"

"走吧！皇后，也許還趕得上用3點鐘的茶點。"他牽起我的手。

～

第一天就在度假村裏度過。

我們在海灘上曬太陽、吃小點心、喝雞尾酒，然後看著美到不行的落日沈入海平線。晚餐吃的是沙灘燒烤，有牛排、香腸、蔬菜和海鮮，泰國本土Leo啤酒挺不錯的，比國內的好喝，後勁也大些。

趁著五、六分醉意，在滿天星斗的護送下，我們踩著月色回到別墅。

“一身汗臭，還是先洗澡吧！”我說。

“我幫妳。”乍侖先生答。

所謂的“幫”只是將一件式連衣裙脫下，我下意識地以手護胸。

“別害臊。”他說，接著把我的運動型內衣褲也取下。

這不是我第一次裸體面對“金主”，卻是第一次有了強烈的性衝動。

“現在換我幫你。”我說，然後將他的polo衫、七分褲、CK四角內褲丟在地上。

“ Are you ready?”他問。

我答準備好了，然後我們手挽著手走向浴室。

浴缸的水已注滿，上面還飄浮著玫瑰花瓣。也許乍侖先生事先致電客房部注水，但這些已不重要......

我們在水中接吻、愛撫、做所有浪漫的事，然後他用散發著栀子花香氣的大浴巾裹住我，將我抱進臥室。

“說你愛我。”我下令。

“我愛妳。”他給我一個長長的舌吻，我不知道原來接吻也可以玩那麼多花樣，他的舌頭遊走在我的唇齒之間。

“妳的牙齒不整齊，怎麼没去矯正？”他問。

我答因爲家裏窮，所以連拔牙都由家人效勞。

“放心，遇上我，妳將遠離貧窮。”

說完，他沿著我的下巴、脖子、肩胛骨、雙乳、肚臍......一路吻下去，甚至吻了我的腳趾頭。

“現在妳的每吋肌膚都認識我了。”他宣佈。

“然後呢？”

“然後我就可以長驅直入了。”他說著風話，而我張開大腿迎接。

～

在海濤聲中我們入眠，然後在鳥語聲中清醒。昨夜的纏綿還歷歷在目，我害怕那不過是春夢一場。

“醒了？”乍侖先生翻身擁抱我。

“嗯！睡得好舒服。”

他解釋那是因爲我的身體得到解放的緣故，人一旦放鬆，自然有好的睡眠，而好睡眠對他而言尤爲重要，因爲他的睡眠時間一向很短。

不用他說我也清楚，乍侖先生總是午夜過後才回家，並且準六點在早餐桌上出現，平均大概日睡三、四個小時。

“你有一副鐵打的身體。”我說。

“没辦法，以前老睡不好，後來發現好質量的睡眠勝過長時間的輾轉難眠，所以每天將自己往死裏整，直到筋疲力竭才上床，運氣好的話可以一覺到天亮，譬如今天。”

知道乍侖先生得到好睡眠，我頗感欣慰，覺得自己幫上忙了。

“走，吃早餐去！”他說。

我一骨碌地爬起：“讓我先晨浴！”

乍侖先生說那不行，先到先得。

於是我們一起奮力衝向浴室，毫無意外地又在淋浴房裏“和諧”了。

～

早餐是自助式的，泰式、中式、歐式皆有，竟然還有小籠包和油條，簡直太意外了。

我吃了沙拉、優格、烤麵包、炒麵、熱菜、蛋糕……等，喝了各式果汁和咖啡，把肚子撐得圓滾滾的。

"你怎麼不吃？"我問。

乍侖先生只吃了一點兒水果加熱茶。

"我吃了，"他翻了一頁《泰吶報》，"帕拉迪的早餐千篇一律，我早已不感冒。"

這麼好吃的早餐，乍侖先生卻没胃口，真是天理何在？等等，"千篇一律"是什麼意思？難不成他經常光顧？跟誰？

想到乍侖先生說過不喜歡吃醋的女人，我不想拂他的意，遂噤口。此時一個蹣跚學步的小孩向我走來，模樣可愛極了，我蹲下身和她玩耍。

"看，這女孩長得多好！"我對乍侖先生說。

那孩子綁著丸子頭，眼睛又圓又大，臉頰紅通通的像蘋果，讓人忍不住想親她一口。

"嗯！"乍侖先生看了一眼後，馬上又回到鉛字上。

我一向喜歡孩子，覺得他們個個都是天使，如果我早點兒結婚，孩子大概也這麼大了。

"抱、抱、"那安琪兒突然張手要我抱。

我將她抱起，同時極目尋找孩子的母親，可惜餐廳裏人頭攢動，我不知道哪個才是。

"帶妳去找媽媽哈！"我對小女孩說。

"妳想把我孩子帶去哪裏？"女人氣急敗壞地過來搶孩子。

我解釋孩子走丟了，正幫她找母親……

"謝謝！"那位同樣著急但明顯理性多的男人說。

"誰知道她是不是住宿客人？搞不好是外面混進來的。"那母親仍懷著怨氣，話是對自己的老公說，但針對的卻是我。

我不淡定了，她怎能這樣說話？不道謝就算了，還出口傷人，我正想發飆，孩子的父亲說話了。

"對不起，我老婆太心急，所以口不擇言，真對不起。"

看他誠心道歉，孩子也回到了父母身邊，雖不高興，我也只能以德報怨了，没想到……

"這女的我見過，跟個老男人在海邊曬太陽，肯定是做那行的，一看就是不正經的女人。"

"別說了，想挨揍嗎？"丈夫趕緊制止。

那兩人雖然背對著我壓低聲音說話，但還是被我聽到了話屑子。

我是不正經的女人？我感到極度震驚。

強忍住即將奪眶的淚水，我步伐沈重地走向乍侖先生……

第二十三章/勝之不武

乍侖先生問我怎麼了？我答没什麽，轉而問他今天出海不？

" 我們可以雇艘小船往南，聽說Ao Phai附近能看到大海龜。"他說。

大海龜？我等不及要和它做第一次接觸。

船夫聽說我們想看海底世界，將小船開往無名島。那個島像個巨大的岩石，峭壁幾乎成90度，連上岸都有困難，但這不妨礙潛水，我一躍而下。

在清澈見底的海水中，我毫不費力就看到各種色彩斑斕的魚，它們悠然自在地在水裏遨遊，自成一世界。

我還看見各種奇形怪狀的珊瑚，但浮潛無法近距離觀賞，頗為可惜。

"繞到島後，船夫說運氣好的話，可以看到大海龜。"乍侖先生掀開蛙鏡說。

於是我們沿著島嶼岸線游去。

島後的海又有些許不同，大概多了海藻的緣故，海水呈綠色，而且水很深，視線範圍內深不見底。

我緊緊跟隨乍侖先生，深怕一個不留意就落單，因爲這裏看不見小船，它在島的另一端。

當波浪明顯加劇時，我越游越害怕，該不會漲潮了吧？！我還在擔心，乍侖先生拉我往右，我看見一隻大海龜正朝我們游過來。它的頭頂有一對前額鱗，四肢如槳，前肢長於後肢，殼呈橙紅色，身長約一米，泳姿緩慢中帶著優雅，很沈穩的樣子。

我想摸摸它，可惜太遠夠不著，只能眼睜睜看它游走。

"這是我第一次和大海龜面對面。"我興奮地說。

"妳應該報名深潛課，這樣就能在海底和海龜一起游泳。"

這倒是不錯的主意，聽說深海的生物種類更多，景色也更美。

"回去吧！已經游了近一個半小時了。"乍侖先生說。

於是我們重新戴好蛙鏡準備回船上，然而游出去不到五十米，我的左腳好像被什麼東西纏住，而且在毫無預警下被一股力量帶入水面下，這才發現原來是海藻惹的禍，可怕的是另一端被海龜死咬住（顯然那是它的食物）。

我越掙扎，海藻纏得越緊，偏偏海龜還不斷往前游，絲毫未察覺另一端的我就要滅頂……

說時遲那時快，一個矯健的身影衝了下來，他將那團"剪不斷理還亂"的海藻解開，然後拉著我的手往上游。

當呼吸到第一口新鮮空氣時，我忍不住嚎啕大哭。九死一生的感覺太恐怖，除了哭，我不知道還能做些什麼。

"別哭。"乍侖先生擁緊我，給予我安慰。

"我再也不潛水了。"我哭著說。

"不潛不潛，言言說不潛就不潛。"他完全一副膩寵的口吻，而且將我從"言言小姐"變成"言言"，親密度上升一級。

幾分鐘後，我的理智終於回來，情緒不再大起大落。乍侖先生擦乾我臉上的淚水，我們一起游回船上。

從鬼門關走一遭回來，我的心情很低落，乍侖先生也看出來了，他提議騎摩托車環島一周。

"我的騎車技術不好，妳載我。"他說。

我完全不相信他說的，會開跑車的人，兩輪摩托簡直是小菜一碟，然而他的心思我懂的，無非是讓我轉移注意力，藉以遠離憂傷。

"好，我載你。"我說。

沙美島的東西兩端由一個小山脈連貫，島上盡是蓊鬱的叢林與翡綠的椰樹，與黃褐色的泥地交織成一幅美麗的田園風光。

我和乍侖先生馳騁在綠意蔥蘢中，任海風撲打著面頰，所有的煩惱也隨風而散。當回到棕櫚樹林立的度假村時，我大致已從生死的夢魘中解脫，回歸到正常的生活裏。

"謝謝！"我對乍侖先生說，

他問我謝什麼？我答謝他不僅是我的貴人還是救命恩人，有朝一日當湧泉相報。

"呵呵！太言重了，別這麼嚴肅，我會害怕，還是輕鬆點兒，今朝有酒今朝醉，明天的事明天再說。"

好個今朝有酒今朝醉，那麼就讓我將生命中最好的時光奉獻出來，陪乍侖先生恣意揮霍青春吧！

～

晚餐在房裏吃，服務員推來小車，上面是用銀罩罩住的精緻餐點。

" Cheers!"乍侖先生舉起紅色的瓊漿玉液，" 敬我們偉大的愛情！"

呵呵！我們的愛情的確夠偉大，否則我也不會跨越道德倫理的鴻溝，做人人喊打的事。

"能問你一件事嗎？"我說。

"問吧！"

"你愛瑪妮太太嗎？"明知不該問，但我真的好想知道。

乍侖先生答"愛"，讓我多少有些失望，原以爲他會答"不愛"，這樣我的愧疚感會少一些。

"你知道她的私生活......很精彩嗎？"雖然有意挑撥離間，但我還是用"精彩"替代"淫亂"。

"知道，但我不在意。"

這就奇怪了，怎麼會有老公不在意這種事？太不正常了。

他回答如果有人先後娶了三位老婆，每個都活不長或精神異常，大概都會自動將標準降低。對他而言，只要回家還能看見老婆的笑臉就是莫大的恩賜......

想到乍侖先生的感情世界如此多舛，不禁感到深深的惋惜。

" 別，別給我這個表情，"他馬上扼止我的同情心泛濫，" 我不是聖人，自己的私生活也很精彩，所以不會五十步笑百步。"

雖然畫面一下子從雲端回到千瘡百孔的現實中，但我浪漫的情懷依舊，既然無法撼動瑪妮太太磐石般的地位，我的精力便擺在那些小四、小五、小六……身上，誓將她們一一擊斃，讓乍侖先生只戀上我的床。

"吃！"我夾了一條海參到他碗裏，"這個壯陽。"

乍侖先生表情複雜地看著我，大概沒想到我也會說風話。

"看什麼？我正等著被你蹂躪呢！"

那男人色咪咪地看著我，說待會兒可別求饒，他很會玩，而且玩得很High.

我要他儘管放馬過來，小言言正等著小乍侖……

我終於知道什麼叫"玩得很HIGH"，我的身體到處是抓痕和咬痕，他還把高爾夫球塞進我的陰道裏，疼得我眼淚直流，還好最後取出來了。

"我還以爲妳玩過，早知道就不這麼玩了。"他親吻我額頭，嘴裏說著抱歉。

"沒事，過一會兒就好。"我轉過身，選擇不看他。

我的枕邊人又抱了我一會兒後才回到自己的位子上，沒多久，我聽到輕微的打鼾聲。

"沒想到妳墮落到如此地步，對得起父母和關愛妳的人嗎？"我在自我鞭笞。

"能怎麼辦？現在腳濕了，總得涉水而過，只要上岸就好，上了岸，我再也不作賤自己。"

就這麼一會兒聖母，一會兒婊子的，我終於在清晨的第一道曙光灑進來前走入夢鄉。

今天是待在度假村的最後一天，乍侖先生說用過早餐後得準備退房，否則趕不上中午到家。

我知道他爲什麼提那個時間點，因爲瑪妮太太下午到，他不想讓雙方撞個正著。

得，小三得有小三的樣，我全力配合。

酒店的早餐果然千篇一律，吃到第三天已經有點兒膩了，所以只意思一下吃了點兒粥配醬菜，再喝點兒熱飲便草草收場。此時那個蹣跚學步的小孩又來了，只是這次我失去抱她的興致。

"妞妞，"那母親小跑步過來，一把將她抱起，"怎麼又跑掉了？如果再被壞人抱走了怎麼辦？"

她的聲音不大不小，剛好讓我聽得一清二楚，而且特意用了"再"字，明顯當我是壞人。

"老公，"我嬌聲嬌氣地喊乍侖先生，"去年你給我買的夏威夷海邊別墅花了多少錢來著？噢！想起來了，九百萬美元。呵呵！沒想到我一年就賺到，還是躺著賺，太爽了！比那些一年難得住上幾天高級酒店的黃臉婆強多了，還好意思質疑別人是混進來的。"

那孩子的母親鐵青著一張臉，臨走前不忘丟下一句："不要臉！"

我有了小勝一局的快感。

"怎麼，跟人鬧彆扭了？"乍侖先生瞧出不對勁。

"没辦法，遇到瘋子只能下猛藥。"

"下次別這樣，顯得Low."他的眼光回到報紙上，"把心思放在專業上，用實力說話，別人就傷不了妳。"

"知道了。"我小聲地答，突然覺得勝之不武。

乍侖先生提到專業和實力，讓我忽然憶起傑森給的英文功課還未完成，而幾個小時後我將代替瑪妮太太上課，再怎麼著也得交功課，於是催促乍侖先生上路。

"走吧！"他將咖啡一飲而盡，然後站起身來。

第二十四章/回家的路

剛一進門，傑森後腳就到。

" I am sorry. I didn't finish my homework."我對自己未能及時完成作業感到抱歉。

相較於我的內疚，老師更好奇今天爲什麼是我上課。

我答瑪妮太太上清邁洗Spa,所以把課時贈送給我，還有，自己到沙美島玩了一趟，剛剛才進門。

" No wonder you didn't finish your homework. By the way, did you go there alone? Is the island interesting?"

我答好玩，還看到了大海龜，不是獨行，跟朋友一起去。

" With who?"

我暗自祈禱他不會問和誰一起去，但他還是問了，我只好把許久没聯繫的安卓拉來當擋箭牌，順便帶上他的女友，以免被誤會這是"開房"之旅。

傑森說畢業後還有聯繫的朋友彌足珍貴，他很羨慕我……

我哼哼呀呀地帶過，希望他趕緊轉話題，還好水燈節將至，我們便從這個浪漫的節日說起。

今天是額外多出的課，但傑森還是上課到六點。他說如果不想錯過一月份的大學申請，最晚12月底得參加雅思考試，運氣好的話能趕上第一輪的申請……

我的老師比我還著急，倒叫我汗顏。

"I will do my best. I promise."我保證自己一定會全力以赴。

他說他相信我的承諾。

上完課，我送老師出門，不料在餐廳被叫住，只是這次換成乍侖先生，不見瑪妮太太。

"高速公路塞車，我太太大概夜裏到，若不嫌棄，老師也一塊兒用餐吧！"男主人開口邀請，傑森很大方地坐下來。

此時Ann捧來一大盆的青木瓜沙拉，她給了乍侖先生兩大勺、給了傑森兩大勺、卻只給我一小勺，大部份還是紅辣椒、大蒜、羅望子，主角青木瓜少得可憐（還好我不好這一味，也就不計較了）。

乍侖先生照例說了讚美的話，但Ann沒有像往常一樣的嬌羞，反而面無表情地走開，看得出來心情不佳。

我算是不挑食，粗糙的食物也能吃，但這次Ann真的煮差了，雞肉乾巴巴的没入味、魚肉是散開來的（可見不新鮮）、冬陰功湯没放檸檬草、酸辣牛肉竟然是甜的……

乍侖先生算好脾氣，不僅讚美了廚子，也給足了面子（每道菜都吃了點兒）。反觀傑森就没那麼世故，他把魚肉納入口中，皺了皺眉，不再吃第二口。

"沙美島的魚好吃，有機會你可以到島上大啖海鮮。"乍侖先生試著轉移注意力，没想到轉錯方向了。

傑森問男主人什麼時候去的？他答兩天前。

"這麼巧？季小姐也去了，你們没踫上面嗎？"

"没有，要有，肯定邀她一起玩，因爲一個人玩很無趣，是不是？言言小姐。"

乍侖先生把聚光燈打在我身上，我恨不得挖個地洞鑽進去。

"聽說泰國的島嶼很美，可惜我的工作滿檔，季小姐也要準備雅思考試。"傑森竟然哪壺不開提哪壺。

我心中大呼不妙，果然……

"你該不會想邀請言言小姐一起去吧？"乍侖先生問。

傑森很坦然地表示和我談得來，年齡又相近，如果一同出行應該是不錯的玩伴。

"那可不行，據我所知，言言小姐已經名花有主了，你這是橫刀奪愛，恐怕不妥。"

"Oh sorry！我不知道有此事，一直以爲季小姐單身。"傑森話是對乍侖先生說，眼光卻看著我，表情很受傷。

"現在知道也不晚，保持距離為佳，省得陷入感情糾紛裏。"

乍侖先生貌似善意的提醒，讓用餐氛圍一下子降至冰點。

"我吃飽了，你們慢用。"傑森站起身來，怎麼看都像是落荒而逃。

待人走後，乍侖先生要我別忘了自己的身份，如果想兩邊遊走只是自取其辱。

"我吃飽了，妳慢用。"現在換乍侖先生起身。

餐桌上只剩我一人，我把青木瓜沙拉裏的花生米撿出來，在空盤子上排成心形，再注入蕃茄醬，頓時血淋淋的，像我泣血的心……

瑪妮太太是午夜過後進的門（因爲聽到河東獅吼聲，我才發現時間已晚）。

"我的老天！這個時間點有什麼好吵的？"我將涼被蓋住頭，仍抵擋不住排山倒海而來的嘶吼聲。

"你還是不是人？連我的身邊人也染指？你真是鹹濕不忌呀！"瑪妮太太咆哮著。

幾秒鐘後，我才反應過來，嚇出一身冷汗。

"糟糕！東窗事發了，瑪妮太太該不會下樓捅我一刀吧？！"想至此，我趕緊下床鎖門並搬來重物堵在門後。

就這麼心情忐忑地度過下半夜，直到雞鳴聲四起。

早餐桌上乍侖先生一臉疲態，倒是Ann露出久違的笑容，不知是不是我多心，簡直是春情蕩漾、魅力四射。

如果昨晚的晚餐勉強算及格，今天的早餐則豐盛得如同慶豐收。瞧！巴掌大的蘑菇在盤中閃著油光、德式香腸又肥又大、小蕃茄顆顆飽滿、蛋炒得蓬鬆、薯餅煎得恰到好處⋯⋯

"Ann是怎麼了？一會兒米其林大廚，一會兒廚房菜鳥，讓人真心看不懂。"我說。

"她的廚藝一向在水準之上，只是昨晚失手了。每个人都有失手的时候，不足为奇。"

話說得没錯，但她的轉變也太快了，連對我的態度也不一樣，昨晚看我像仇人，現在又笑臉相迎，叫人不知作何反應。

"別理她！"乍侖先生打了個哈欠。

我想起凌晨的爭吵聲，他大概没睡好覺吧？！

“你太太是不是發現了？”我壓低聲音問。

“發現什麼？”

“你我之間的奸情。”

他答没有的事，要我別多心。

既然這樣，瑪妮太太所說的身邊人指的是誰？我思考了一下，頓時靈光乍現。

“難不成……”

“拜托，凌晨已被拷問過，我不想再經歷一遍。”乍侖先生捂住頭，很痛苦的樣子。

看他的反應，八九不離十，難怪Ann喜上眉梢，原來昨晚被寵幸了。

“我吃飽了，你慢用。”我站起身離席，心裏堵得慌。

知道乍侖先生“不忠”的事實，我感到五味雜陳。按理說我不是他太太，充其量只是個姘頭，根本没資格生氣，但我就是不知道哪根筋不對，一個早上像個隨時會引爆的汽油罐。

我以爲瑪妮太太今天不會下樓用午餐，但我錯了。

“沙瓦迪卡！”我向她問好。

她好似聽不見。

“清邁好玩嗎？”我再問。

這次她聽見了，回答還行，也就那樣了。

我們安靜地用著餐，還好午餐没出錯，否則我要以爲Ann在試圖挑戰瑪妮太太的底線。

“我不在的時候，家裏有沒有異樣？”我的雇主問。

異樣？我問什麼意思？

“我老公說去沙美島，但頌帕善太太否認有此事，所以我懷疑他根本没出門。今晨我回家，發現他才進門，是從廚房的方向走來，而廚房後面是Ann的住所……”

我斬釘截鐵地答乍侖先生的確出門了，我敢打包票。

“替我盯著點兒，現在的人很壞，專做背後捅刀的事。”

我感覺又被瑪妮太太摑了兩耳光，心情很是鬱悶。

早餐桌上，乍侖先生遞過來一張銀行卡。

“這是什麼？”我問。

“妳的生活費，一個月一付，数字多少端看妳賣力的程度。”

這麼快？我以爲要等我申請到美國學校，他才會開始支付。

乍侖先生答這種事情還是慷慨一點兒好，他對女人向來不小氣，但有三點得事先講好：

一、別管我，管也没用，我不受管。

二、關係存續期間不准有其他男人，如有，我將中止對妳的資助。

三、星期日固定行使妳的義務，其他的日子隨叫隨到，當我需要妳時，會在妳的房間門把上繫上紅絲帶。

老實說，乍侖先生的條件並不苛刻，在我能接受的範圍內。

"成交。"我答。

"那好，祝我們的關係和諧且長久，Cheers! "他以果汁代酒，隔空敬了我一杯。

今天星期二，又是我上課。

經過昨晚"不愉快"的談話，我很害怕面對傑森，還好他表現如常。不，正確地說，應該是更一板一眼，把自己當成老師，而不是⋯⋯朋友。

上完課，我告訴他，希望有機會和他一遊泰國的島嶼。

"可是⋯⋯"

我搶答沒有的事，我和前男友早在出國前就已分手了。

"妳的意思是乍侖先生說謊？"

這一問把我給問倒了，期期艾艾地表示乍侖先生並沒有說謊。

"那是什麼意思？"

"乍侖先生不知道我和前男友分手了，所以⋯⋯"

"原來如此，"他鬆了一口氣，"那麼我們可以交往嗎？"

都說外國孩子對感情的表達很直接，但我沒想到會這麼直接。

"如果考完雅思，你對我的心意不變，到時我們再交往。"

"我是不會變的，第一眼看到妳就有怦然心動的感覺，既然妳想專心準備考試，暫時不談戀愛，我能理解，畢竟我也希望能和妳在紐約繼續情緣。"

我的"緩兵之計"被誤解，也好，美麗的誤會勝過醜陋的事實。

你若問我為什麼要"脚踏兩條船"？我也答不上來，大概路走偏了，難免幻想有朝一日還能回到正軌上。乍侖先生無疑就是那條歧途，而傑森的小清新和光明磊落則是我的小太陽，也許哪天走累了，我還能循著亮光找到回家的路……

"好，等我，等我考完雅思。"我對他微笑。

第二十五章/萬劫不復

好幾天沒做瑪妮太太的衣服，得趕緊開工才行，考慮到布料不夠，我急需上帕胡拉市場一趟。

出門前意外蹚見巴頌，他說母親要他上中國城買臘腸和熏鴨，我們便約了一道兒去。

如果你以為住進豪宅，出門無需帶腿，那就大錯特錯了，家裡的司機只供主人差遣，員工除非得到允許，否則一律搭乘公共交通工具。所以當巴頌提議用摩托車載我時，我舉雙手雙腳贊成，因為曼谷的最高溫可達40多度，我可不想在烤爐裏行走。

對於第一次來到曼谷中國城的遊客來說，擁擠的人群和錯綜的街巷極易勾起"似曾相識"的喜悅，那些香火鼎盛的廟宇、那些黃燦燦的金店、那些魚翅酒樓、那些潮汕、福建、廣東話鄉音......在在讓人感受到華麗氣息以及濃濃的鄉情。

為了完成巴頌的任務，我們直奔有70年歷史的老字號-林真香，它在中國城十分有名，主要販賣肉脯及乾果類食品。

買好臘腸，又到玉峽鋪帶上一隻熏鴨後，我們往三聘街走去，那裏有我要的布料。

"等等，我取錢。"

由於瑪妮太太要我實報實銷，我得先代付，看見ATM機，立馬駐足。

取出幾張褐色票子後，我突然強烈想知道乍侖先生究竟給了多少生活費，於是拿出另一張銀行卡，當屏幕上顯示250，000B時，十足嚇了我一跳，又多數了一遍。確認他給的正是25萬泰銖後，一時頭昏腦熱。

我不曾賺過如此多的錢，可以這麼說，自從開始工作，我的存款就從未超過¥50000，而乍侖先生一出手就抵過我多年的儲蓄，而這還只是"一個月"的生活費而已。

我渾渾噩噩地離開取款機，感覺很不真實。

走沒幾步，我問巴頌有沒有中彩票的經驗？他說沒有，還反問我是不是中彩票了？

"沒中彩票，但有中獎的感覺。"我答。

買完彩錦和絲綢，我又買了昂貴的真絲縫線，離開店家後，巴頌說我不一樣了。

"哪裏不一樣？"我問。

"以前的妳會貨比三家，然後砍價，今天卻專挑貴的買，而且沒砍價。"

那孩子觀察入微，在收到乍侖先生的打款後，我的心態有了一百八十度天翻地覆的轉變。一個能月付25萬泰銖給小三的人，我何苦替他省錢？

摩托車在車水馬龍中穿梭前行，經過暹羅廣場時，我要巴頌放我下車。

“請將我的東西帶回去，我還有私人物品要買，待會兒會自己打車走。”我對那孩子說。

巴頌看了一眼四周的高樓大廈，提醒我這裏的東西很貴。

我謝了他，說自己不會亂花錢，太貴的東西不買，他這才放心地離去。

待車影消失，我內心的聲音馬上對自己喊話：“開什麼玩笑？！當然得挑貴的買，這才對得起‘做小伏低’的挫敗感。”

於是我不僅買了幾件以前看過，一直捨不得買的華服，還買了Gucci包和Jimmy Choo的鞋。

吃完昂貴的懷石料理後，我轉戰情趣用品店，買走幾款不同樣式的性感內衣，又在店員的推薦下買了潤滑液，聽說擦了之後，動作再大也少有疼痛感。

今天的晚餐是廣式菜餚，有臘腸炒荷蘭豆、茶葉熏鴨、煎釀茄子、蒜蓉粉絲蒸扇貝、芥藍牛肉等。

吃飯當中，瑪妮太太問她老公今晚上哪兒玩？乍侖先生答去宋會長家打橋牌，太太們可以打麻將。

“我打得不好，經常輸錢。”她唉聲嘆氣。

“沒關係，輸了我買單。”

知道乍侖先生打牌去，看來今晚我能把衣服趕出來，但做什麼好呢？嗯……就做一件式小禮服吧！以皺褶代替其他裝飾，背部鏤空，簡約中帶著性感……

“想什麼？問妳話呢！”

我想得入神，以致雇主問我話，全然未察覺。

“什……什麼？”

“看妳，靈魂真出竅了。”瑪妮太太睨了我一眼，“我問妳晚上都做些什麼？”

我答寫英文作業、做衣服、睡覺。

她說我過得像修道院裏的修女，完全沒有豆蔻年華女子該有的活力，接著面向自己的老公：“你公司不是有一些未婚的工人嗎？介紹給季小姐，省得她在漫漫長夜裏胡思亂想。”

我把那個自以爲是的女人恨得牙癢癢的，憑什麼她嫁老闆而我只配和工人談朋友？太小看我了！

“言言小姐長得美，一定有很多追求者，不勞我們費心。”乍侖先生四兩撥千斤。

瑪妮太太替自己的“多事”提出解釋，她說她也是一番好意，怕我太害羞，錯過了婚姻。

“不用了，如果要找工人談朋友，我寧願單著。自己是大學畢業生，不是中專生，我怕和他們談不到一塊兒去。”

聽到“中專生”，我的雇主臉上青一陣紫一陣的，因爲她的學歷不高，只拿到中專文憑。

“言言小姐，妳能到廚房跟Ann多要一碗白米飯給我嗎？”乍侖先生故意將我支開，好避免一場舌槍唇戰。

～

我到廚房，Ann不在那裏，自己便盛了一碗飯，打算回去交差，此時突然傳來微微的呻吟聲。

“是Ann嗎？”我心想。

Ann的住所在廚房後面, 放下碗，我往那裏走去。

我住的雖然是無私人衛浴的單間，但好歹是鋼筋混凝土建築，而資歷明顯比我長的Ann卻住土房，屋頂還是茅草蓋的，雖然佔地不小，但一點兒也不精緻。

“呵、呵、呃、呃、嗯～”

越靠近土房，呻吟聲越大，感覺Ann可能病得不輕，我果斷跑過去敲門，奇怪的是呻吟聲戛然而止。

是Ann開的門，她的臉色潮紅但衣冠整齊，看不出有何異樣。

“妳怎麼了？Are you ok?”我中英文並用。

Ann一副不明所以的樣子，反叫我迷惑，難道自己出現了幻聽？

我聳聳肩，在對方一頭霧水的注目下回到餐廳。

“飯呢？”瑪妮太太問。

糟糕！還在廚房裏。

“我……我回去拿。”我很窘迫。

“不用拿了，我吃飽了。”乍侖先生開口制止。

“現在知道我是多麼好的雇主了吧？！她這個人整天迷迷糊糊的，也不曉得腦袋都在想些什麼？”瑪妮太太轉向我，“上來幫我挑衣服吧！也只有這個時候妳還派得上用場。”

～

聽到拔達逢夫婦出門的聲音，我後腳立馬跟上（想去小木屋把瑪妮太太的衣服趕出來）。

一走出房門，赫然發現門把上繫了條紅絲帶，那代表乍侖先生需要我。

“是今晚嗎？”我在腦中打了個問號。

～

Namu送來宵夜沒多久，乍侖先生也開門進來。

"我從橋牌桌上偷溜出來的。"他解釋。

"小心被老婆發現你不見了。"我邊用畫粉在布上畫線邊說。

他要我別擔心，他太太正在麻將桌上廝殺，即使到橋牌室找人，他的搭檔個個都是說謊高手，絕對能編出一套合理的說辭。

天下烏鴉果然一般黑！

"快到床上來，我等不及了。"乍侖先生隨即命令我。

我要他先到房裏躺下，待會兒給他驚喜。

聽到"驚喜"二字，我的金主色咪咪地看我，用眼神早先一步將我身上的衣服扒光。

待我穿上性感內衣，風情萬種地出現，乍侖先生立即餓狼撲身。

"你說的話算數嗎？只要我賣力，生活費會往上加。"

"當然，錢對我來說從來不是問題。"他答。

於是我將他壓在底下，說："讓我來。"

我使出渾身解數，直到把他最後的一點兒精力也榨乾爲止。

"言言，"乍侖先生喘著氣，"我不知道原來妳有那麼大的潛力，差點兒看走眼了。"

我有什麼潛力？當一個人把禮義廉恥全拋開，沒有做不出來的。

"放心，"乍侖先生吻了我的髮，"跟著我，妳一輩子不愁吃穿。"

我躺在他懷裏，聽著心跳撲通撲通地擊打著，乍侖先生還有心跳，而我呢？爲什麼覺得身體被掏空了？

"你愛我嗎？"我問了全天下女人都會問的問題。

"愛與不愛有差別嗎？"

我答當然有差別，至少不會覺得自己廉價。

"呵呵！妳可不廉價，一個月花了我25萬泰銖，是窮鄉僻壤的泰北妹子十年都賺不到的數字。"

原來乍侖先生真當我是"買來"的。

"你難道對我没有一絲真情實意？"我天真地問。

"還是醒醒吧！我怎麼可能對妳真情實意？妳想找忠心，別找我，我幫不了妳。"

說完，他起身穿衣。

也是，偷吃的時間不宜過長，乍侖先生得趕回去參加下半場的牌局。

我又在床上待了會兒才起身走向起居室，繼續未完成的工作。

既然乍侖先生說得如此明白，我也不再抱有希望，當務之急是如何在這個男人身上榨取更多的錢財，有了錢我才能獨立，過上自己想要的生活。

"没錯，就是這樣，要嘛要人，要嘛要錢，總不能兩者皆空吧？！"我如是想著。

第二十六章/苦不堪言

傑森說我的英語有長足的進步，爲了獎勵我，他想請我看電影《The Notebook》，七點那一場，看完他去上班，我則自行回家。

"我……有事，還是考完試再說吧！"我想起乍侖先生，他不會高興我和一個小鮮肉外出。

傑森很失望，但沒有勉強我。

上完課，我們被瑪妮太太叫住，她說乍侖先生去老撾打獵了，過幾天才會回來，要老師坐下來一起吃飯。

"妳怎麼沒跟去？"我問。

"我跟過一次，住的是茅草屋，吃的是野味，蚊蟲還特多，連個廁所也沒有，誰去誰倒霉！"

既然乍侖先生不在，我沒有理由拒絕傑森的邀約，不是嗎？

"I can go to see the movie with you tonight."我壓低聲音告訴我的老師。

沒想到瑪妮太太的英語進步神速，她用餐巾快速擦了嘴，說：“你們要去看電影？算我一個，正愁今晚無處可去。”

誰知遭到傑森的拒絕，他說這是兩個人的約會，瑪妮太太加入不合適……

“你們在交往？”我的雇主很驚訝。

“不算是，季小姐想專心準備考試，我只負責讓她在百忙之中釋放壓力。”

瑪妮太太說那她也參加考試，讓老師負責釋放她的壓力。

“哈哈！妳真幽默，”傑森轉向我，“我們還是趕緊走吧！免得趕不上開場。”

傑森帶我去的是暹羅天鐵站附近的Lido電影院，設施及裝潢都很簡陋，有一種老香港電影院的氛圍，放映的都是小眾電影或老片，票價100泰銖。

“先進、豪華的電影院哪裏都有，但想要復古味就只有這裏了。”他說。

在泰國，所有的電影院在播放前都得照例來一段帶有國王視頻的國歌,全體觀眾必須起立致敬，否則被視爲藐視皇室，最高可判刑十五年。

唱完國歌，我們終於可以坐下來看片，看的是十年前的老片，劇情講述40年代初期的愛情故事：艾麗跟著她的家人來到海邊小城水溪鎮，他們計劃在那裏度過一個涼爽的暑假。當時的艾麗是個十幾歲的青春少女，在一次派對上認識了當地男孩諾亞，一段美麗的初戀便悄然發生了。

雖然艾麗是個富有人家的千金，而諾亞只是當地工廠的窮工人，但這不妨礙他們享受愛情的幸福與甜蜜，眼看著小情人就要成爲夫妻，突發的第二次世界大戰卻無情地將他們分開。

戰爭結束後，諾亞從戰場上回來，他找不著艾麗，而伊人已經和一位富有的軍人結婚了……

幾十年之後，有個老頭兒在療養院裏向一位老女人讀著一本褪色的筆記本，雖然她的記憶已模糊，但腦海裏依然記得那段曾經的戀情。

這位垂垂老去的女人就是當年的艾麗，而向她講述愛情故事的人，正是爲她守侯一生的諾亞……

看完電影我哭得稀里嘩啦，這正是我想望的愛情，那麼的純粹而自然，既不過份用力也沒狗血劇情。

“妳的淚點真低啊！”傑森遞過來面紙，“下次不帶妳看這類的電影了。”

我哽咽地說下次還看，這種清新又雋永如水的片子恰恰是我喜歡的。

“怎麼辦？我越來越喜歡妳了。”他微笑，露出潔白的牙齒。

我的心因此被撩撥了一下，傑森的陽光和單純照進了我益發黑暗的心，我配擁有那樣的愛情嗎？

“你上班要遲到了。”我提醒他。

他看了時間後說還來得及陪我走到天鐵站。

並肩而行時，傑森自然而然地牽起我的手，我沒有拒絕。

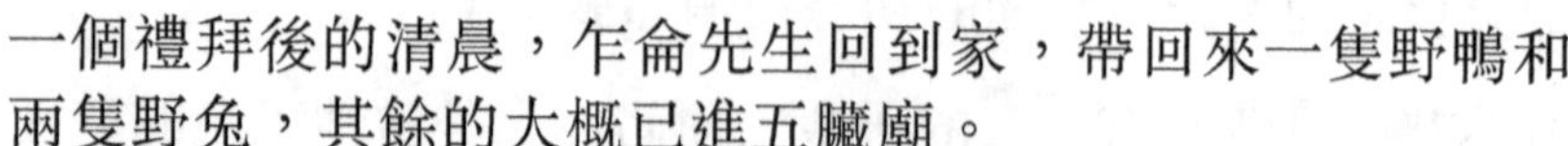

一個禮拜後的清晨，乍侖先生回到家，帶回來一隻野鴨和兩隻野兔，其餘的大概已進五臟廟。

“我不在時，妳想我嗎？”早餐桌上他問。

自從乍侖先生走後，我再次感受到當小三的尷尬處境。那人出門只會告訴原配，而且在消失的七天裏沒給我打過電話，倒是從瑪妮太太口中，我知道除了老撾外，他還爬山涉水到金三角買了塊翡翠賭石，打算回國後將它打磨出來，估計能大賺一筆。

"想，很想，想得睡不著覺。"噁心的話不用錢，我樂得給他口惠。

"我也想妳，在夢裏幹了妳無數回。"他在我耳邊低語，更顯污穢。

我不動聲色，想著今晚大概逃不掉了。

晚餐桌上看到乍侖先生帶回來的獵物，有清燉全鴨湯及紅燒兔肉。

"你就不能打點兒別的？鴨肉和兔肉已經吃膩了，況且這裏的市場也有賣。"瑪妮太太抱怨。

乍侖先生答那還得天時地利人和才行，打獵是看到什麼打什麼，這次他們意外打到一隻猴子，還就地在野外給猴子開腦，那隻猴子睜大眼睛看著吃它腦花的人，滿眼的仇恨……

"Excuse me."我站起身衝向廁所大吐特吐，淚水弄花了我塗好的眼線。

我討厭所有的霸凌者，那隻猴子的仇恨心理我懂的，它原在叢林裏快樂地逍遙著，既沒阻礙誰，也沒傷害誰，某天拿管槍的人走進來剝奪了它的小確幸，還將它生吃下肚，這豈是"仇恨"二字能解？

"言言小姐，妳還好吧？是不是講的話嚇到妳了？"我走回餐廳，乍侖先生關心地問。

我答没有的事，大概天氣熱中暑的緣故。

“我讓Ann幫妳刮痧吧！她刮得很好，馬上就能神清氣爽。”

我說不用了，但晚餐過後Ann還是拿著刮痧板過來，大概是接到乍侖先生的命令。

“ It's not necessary.不需要，走！”我試著表達拒絕之意，但Ann聽不懂，一點兒也沒有離開我房間的意思。

與其和她“雞同鴨講”，倒不如妥協爲快，因爲乍侖先生還在小木屋裏等我呢！

想至此，我快速脫了襯衫趴在床上。她扯了扯我胸罩的肩帶，意思是胸罩也得脫。

“ No, I don't want.”我說我不脫。

她又拉了一下細肩帶，我翻了個大白眼，把胸罩也給脫了，Ann這才開始爲我刮痧。

剛開始的力道還行，我也很享受，沒想到後面的力氣越來越大，我能感覺到皮膚被刮開的慘痛。

“Enough!”我跳起來對她怒目相視。

Ann反倒笑得花枝亂顫，收起刮痧板走人。

“搞什麼嘛？！”我反手摸了摸後頸背，還好沒流血，但很疼，像在傷口上撒鹽。

乍侖先生像一匹餓狼似地啃食著我的每吋肌膚，再大開殺戒，將我的五臟六腑全搗碎，只留下滿地瘡痍。

“這是什麼？”完事後，他撩開我的長髮問。

“Ann刮完痧的結果。”

乍侖先生皺了皺眉，大概也覺得出手重了。

我趁機告狀，說Ann當單親媽媽久了，身邊又沒個男人，情緒難免出問題，這是顆隱形炸彈，不得不防。

"沒事，我偶爾會安慰安慰她。"

安慰安慰她？啥意思？我問是否安慰到床上去了？

"哎！女人就是小心眼，我若天天找妳，妳才要哭爹喊娘，恨不得別人做了妳的工作。"

乍侖先生的意思很明白，拔達逢家的三位女性都被他雨露均沾了。

我很生氣，但連生氣的資格和名目都沒有，這讓我更生氣。

"你都是什麼時候找Ann的?"我質問。

他答想找總會勻得出時間。

"你也給她生活費嗎？"我想起自己的25萬泰銖，Ann得到的會比我多嗎？

"別和Ann比，她不一樣。"

"不一樣？哪裏不一樣？"

乍侖先生火了，他要我別忘了自己的身份，還有，別管他，我越管，他跑得越遠，到時候我什麼都得不到……

想到我的夢想還得靠金主資助，便吞下委屈與恥辱，開始低頭吻他，乍侖先生被我吻得意亂情迷，很快又再來一發。

"季言言呀季言言，難道這就是妳的宿命？"我邊想邊瞪著天花板，儘管乍侖先生非常奮力拼搏，我卻身心分離，苦不堪言。

第二十七章／屈服

翡翠原石外有一層風化皮包裹著，無法看出內裏的成色好壞，需經切割後方能知道質量。通常賣家會用銼刀或砂條把部份風化皮擦掉，露出極小的內裏以供買家觀察，但切口或擦口處均爲局部，不能說明翡翠的全部，即使用強光電筒照射，也只能看到內部的種水好壞及瑕疵綹咧的多少，不能判斷顏色的正偏亮陰，存在很大的風險性。俗語"一刀窮，一刀富，一刀穿麻布"，說的就是翡翠賭石，賭漲只佔萬分之一，絕大多數都會以失敗告終。

此時乍侖先生請來的打磨師傅正坐在自己帶來的打磨機前，買來的翡翠賭石在陽光下發光，約有一個小型化妝箱大小，雖然深綠色的原石只露出不到二厘米見方，但顏色很透，光澤如脂肪，不免讓人有所期待。

師傅琢磨了半天，得出的結論是：若裏面全是翡翠原石，斜著從中間位置打磨，可摳出約十個寬版的貴妃手镯，另外還可以開出幾個邊角和環形胚。

乍侖先生聽了無異議，同時提醒他壓胚時鑽頭千萬別錯位，否則容易蹦出裂痕。

打磨師傅喏喏稱是後，主人走開，只留下拔達逢家的工人圍成一圈作壁上觀。

"你怎麼不在場觀看？"我小跑步跟上。

"太恐怖了，花了我五千萬泰銖，我怕裏面是空的。"

原來乍侖先生也會害怕，不像他一貫"視金錢如糞土"的瀟灑。

"我幫你盯著，如果是好毛料，怕有人會順手牽羊。"我說。

"太好了，妳去盯著，回頭給妳好處。"

有了乍侖先生的承諾，我將大任攬在身上。

當風化皮被剝開時，吃瓜群眾發出了讚歎聲。我是寶石的門外漢，但其濃郁的綠還是讓我倒吸一口氣，這打磨出來豈不是價值連城？

我趕緊回屋報告好消息，乍侖先生聽了很高興，把一干人馬全轟走，自己親自坐陣，午餐時間還例外地邀請師傅共餐。

就這麼打磨了近三天才把所有毛料全利用殆盡，連細小的顆粒都收了起來，聽說可以轉賣給珠寶商。

剛開始我對翡翠還興致勃勃，後來就索然無趣（不過是昂貴的石頭，況且與我没半毛錢關係）。很快我便將心思重新放在英語學習上，考試只剩一個月，再不加緊練習，恐怕趕不上第一輪的申請。

肉骨茶是一種流行於東南亞一帶的食物，是用豬肉、豬骨搭配中藥煲成的湯，吃時伴以白飯或油條。顯然拔達逢家更青睞後者，即便是怕麻煩的瑪妮太太也抓起油膩的油條

啃了起來，以致手腕上的帝王綠貴妃鐲子跟著晃動，讓人不由自主地多瞄上幾眼。

此時Ann端來茶水，倒茶的動作格外輕柔、緩慢，我因此注意到她的左手無名指上戴著同樣毛料的翡翠戒指，讓我妒火中燒。

瑪妮太太是原配，她得到最大、最好的鐲子無可厚非，怎麼連身份低微的Ann也有個一厘米寬的環形戒指，且戴在無名指上，分明與明媒正娶的大太太叫板，同時也讓我難堪，原來我什麼都不是，地位比Ann還次。

"我吃飽了。"我站起身來，一肚子火。

乍侖先生問我是不是晚餐不對味？我答是，吃飯像在吃中藥，讓我食不下嚥。

～

今晚心情不好，我不想去小木屋，只想待在房裏。

"扣、扣、"

難不成是乍侖先生？我跳起來去開門。

可惜門外站著Ann，她的手裏捧著一碗湯麵，大概是乍侖先生下的旨意，因爲見我晚餐沒怎麼吃。

我謝了她，心裏喜滋滋的。乍侖先生總是這樣，在我即將放棄時又向我示好，讓人始終狠不下心離去。

送來的湯麵熱乎乎的很好吃，我連吃了好幾口，直到發現一隻碩大的綠頭蒼蠅沈在碗底，這才大嘔特嘔起來，連胃酸都吐了出來。

"那女人是故意的！"我憤恨地想著。

～

今晚是瑪妮太太的Happy Night，代表乍侖先生放飛。我打算前去告狀，把那個狠毒的女人大卸八塊，可惜他不在房裏，我的敲門聲得不到回應。

乍侖先生去哪裏了？

想起他曾說過偶爾會安慰Ann，難不成……

我憤而下樓，往廚房的方向走去。

本來我還有所期待，畢竟巴頌在家，做母親的怎麼可能在兒子面前風花雪月？但看到巴頌慣停摩托車的位子上空無一物，再想到今天是週末，年輕的孩子不會乖乖待在家裏，遂有了不祥的預感，果然……

"哼，呃，呀……Yes,Yes,Yes……"別看Ann的英語不好，講起Yes卻字正腔圓，順溜得不得了。

我好整以暇地等在土房外，就想看那個色鬼什麼時候完事。

等到打死第十一隻蚊子，那個色慾熏心的男人才走出來，一臉的意猶未盡。

"妳怎麼在這裏？"看見我，他有些訝異但絕無愧疚之心。

我說Ann叫床的聲音太大聲，讓人無法入睡。

"是嗎？"乍侖先生一臉懷疑。

我掩面逃回房內，覺得自己像個傻子，連抓奸都沒底氣，簡直一敗塗地！

今天是星期天，乍侖先生做畫的日子。按照協議，我白天就得上班，以應付他的不時之需。

我東摸西摸地不想出門，直到聽到Ann餵食雞仔發出的咕咕聲才驚醒過來。

“季言言，妳再不去鞏固妳的地位，很快就要被Ann給out了。”我對自己喊話。

於是梳妝打扮，再噴上蠱惑香水後，我往陶瓷島走去。

已是下午一點，我大汗淋漓地上到二樓，長桌上有未撤的碗盤，顯然乍侖先生已用過午餐。

“妳今天晚了。”男人在畫架後面做畫，聲音聽不出情緒好壞。

“嗯！讀書讀晚了。”我跳上床，呈大字躺著。

外面的蟬聲大作，伴隨著嗚嗚嗚的空調噪音，没什麼比這個更催人眠……

“別睡，把妳的工作先給做了。”乍侖先生喊著。

我的工作？我下意識去解鈕扣。

“不是，我要畫手，妳過來當模特兒。”他說。

我只好坐起身來，依著他的指示擺出蘭花指。

“好了。”近半小時後，我才得到特赦。

“別忘了付我擔任模特兒的費用。”說完，我躺回床上。

“當然，”乍侖先生也跟著上床，身上有油彩的味道，“這是謝禮，比Ann的值錢。”

望著他遞過來的翡翠墜子，碧綠的顏色讓我想起萬木吐翠的森林，原來在乍侖先生心裏，我比那個蛇蠍女人重要。

“這下開心了吧？！”他問。

“嗯！”我用力點一下頭。

所以當金主又開始對我毛手毛腳時，我連反抗的意識也無，任由他踐踏、蹂躪。

完事後，我没忘記告狀，說Ann在湯麵裏塞進一隻綠頭蒼蠅，是下作的行爲。

乍侖先生充當和事佬，他答天氣熱難免有蒼蠅，不能硬說是Ann的壞心腸。

"可是……"

"夠了！要不要聽Ann是如何細數妳的罪狀？"我的枕邊人失去耐心，"我的太太只有一位，其他人都是可有可無，如果妳到現在還搞不清楚狀況，那只能說明妳既幼稚又愚蠢，而我很難和這樣的女人保持長期穩定的關係。"

乍侖先生很嚴厲，可恨的是我竟屈服在他的淫威之下。

"知道了。"我將頭擱在乍侖先生的胸膛，柔順的像隻貓，"以後不告狀了。"

"這才是我的好女人！"他翻身將我壓在底下，開始第二回合。

第二十八章／漂亮的垃圾

由於考試將至，在徵求瑪妮太太的同意後，我帶著巴頌上街，打算採買一個月的服飾，這樣便能空出更多時間準備考試。

"一個月的服飾？那得花好多錢？妳有嗎？"巴頌問。

不得不說那孩子心思縝密，我沒想到的，他早先一步想到了。

"讓我查查賬戶吧！"看到商場裏的ATM機，我停下腳步。

果然戶頭裏的錢不夠支付一個月的服飾錢，在撥打電話請求瑪妮太太支援前，我忽然想起乍侖先生的生活費。

"何不先用他給的錢？反正瑪妮太太隨後會補上。"我拿出另外一張銀行卡。

當屏幕上顯示幾天前有人滙款一百萬泰銖（相當於人民幣20萬元）給我時，我被驚嚇到。乍侖先生果然大方且言出必行，我的聽話與配合爲我帶來四倍的加薪，有什麼比這個賺得更快？

“需不需要我回家跟瑪妮太太要錢？騎摩托車很快的。”巴頌體貼地說。

我要他別折騰了，我有的是錢。

爲此，那孩子多看了我兩眼。

曼谷的主要百貨公司和商場集中在CENTRAL WORLD, SIAM 及Terminal 21等商圈，我和巴頌馬不停蹄地走馬看花，硬是在六個小時內全部採買完畢。

衣服統一讓商家送貨，省去很多麻煩，但零碎的飾品、帽子和絲巾等只能手拿。看那孩子大包小包拎著，很是辛苦，我說請他吃東西以表謝意，老實的他竟一再婉謝，我只好佯稱自己肚子餓，他才跟著我一同走進Mr Jones' Orphanage.

這是一家在曼谷迅速躥紅的甜點品牌，店內主題以火車、泰迪熊、飛行器等爲對象，除了有童趣之外，每桌還有坐台的玩具熊陪吃飯。這些泰迪熊可以通過認養帶回家，老闆再把認養得來的錢捐到孤兒院……

雖然裝潢好、寓意佳，但無可口的東西可不行，還好我點的幾款人氣甜品都不失水準，然而那孩子卻遲遲不動勺。

“ 商場裏的餐廳得額外付稅及服務費，會在原價上多加17%。”他提醒我。

“ 不用擔心，我有錢。”

巴頌再度多看我兩眼，幾次欲言又止後，他說還是喜歡以前的我多一些。

“以前的我和現在的我有差別嗎？”我問。

“有，以前的妳像戚風蛋糕，滿口的蛋糕味；現在的妳像在蛋糕上擠滿了各色奶油，讓人嚐不出原來的味道。”

那孩子巧妙地用蛋糕形容我，太貼切了，我的確已經失去了原味。

"也許有人更喜歡多種口味的混合。"我仍死鴨子嘴硬。

"我就不喜歡，有些東西還是單純點兒好。"

哎！我也想單純，但單純不能當飯吃，何況我已經不單純了，只能破碗破摔，過一日算一日……

"吃，這麼瘦要多吃點兒。"我很傷心，但還是假裝無所謂的樣子，頻頻勸巴頌多吃點兒。

"Hi."一個殺馬特女郎向我走來。

她頂著五顏六色的長髮，畫著很濃的妝，服裝很個性化，全身上下戴著稀奇古怪的首飾。

我一時沒認出這位怪誕形象的女青年，硬是怔了好幾秒鐘。

"這麼快就忘了我是誰？我是殷夢夢呀！給過妳名片。"

我想起來了，她從小蘿莉變成不良少女，難怪我認不出來。

"你們談吧！我回家了。"巴頌說。

本來我還想留住那孩子，可是他說功課沒寫完，我只好放行。

"小男友？"殷夢夢在巴頌的椅子上坐了下來。

我答沒有的事，他是雇主家廚子的孩子。

"原來他是Ann的兒子。"

我把即將到口的紅茶放下，問她可認識Ann？

"不認識，不過乍侖先生曾提起他家的廚子廚藝很好，甚至會製作北京烤鴨，所以被我記住了。"

"乍侖先生？妳認識乍侖先生？"

“當然認識，他是我的客人之一，雖然有一些不好的性癖好，但出手大方，所以被我列入甲級客人名單內。”

我有些微快，幾個月前她被乍侖先生喚爲“垃圾”，我或多或少還輕視過她，沒想到現在和她一樣同流合污，唯一的差別是她得面對生張熟魏，而我只賣給一個人。

“妳如何收費？”我想起我的一百萬泰銖。

殷夢夢說幹這一行有以小時計，也有包日或包月，乍侖先生通常交易一次給她兩萬泰銖，不過不是天天有，譬如這兩、三個月來，他就不曾找過她。

當然不了，我已經頂替她的工作，乍侖先生何需找她？

見我鬱鬱寡歡，殷夢夢轉而問我是不是被那個色鬼纏上了？

“沒，沒有的事，我是有專業能力的大學生，怎麼可能出賣肉體？太誇張了！”我拿出護衛的盾牌。

“說的也是，我若有妳的條件，才不會把大好青春賣給這樣的人。聽說他的前幾任老婆都受不了他的多情，要嘛發瘋，要嘛抑鬱而終，而他卻越來越有錢，這世界就是有這等奇葩事！”

和殷夢夢說話並不令人愉快，我只想趕緊結束談話。

面對我的逐客令，她不以爲忤，離開前還要我代她向乍侖先生問好。

我又在位子上坐了會兒才起身。

知道乍侖先生“遊戲人間”後反讓我心安，既然他不會爲任何人停留，想當然爾，當我抽身時一定能全身而退，毫不費力。

～

我的雅思考試被安排在來年的一月五日，兩個禮拜出成績，剛好來得及遞交月末的留學申請。

"只要如常發揮，絕對沒問題。"我的老師給我吃定心丸。

我說我還是感到害怕，問他能不能陪我到考場？

"恐怕不行，機票訂好了，12月25日，聖誕節當天。"

這麼快？我無來由地感到悲傷。

"你是這些日子以來唯一一道清新的風，你走了，我不知道是否還能忍受生活裏的烏煙瘴氣？"

"那麼趕快來紐約吧！我帶妳去看自由女神像、帝國大廈和曼哈頓夜景，還會帶妳去吃全紐約最著名的玉米鬆餅及乳酪三明治。"

啊！紐約，美國的第一大城，世界的金融中心兼時尚之都，我也想去。

"希望最終的結果對得起我曾經的付出和犧牲。"我有感而發。

"當然會，一定會，妳考試時我會用傳心術將答案一一傳給妳。"

傑森不知道爲了去紐約實現夢想，我做了何等犧牲，那可不是單純的"焚膏繼晷"可以比擬。

"一定啊！一定傳給我，否則我會考個大鴨蛋。"我故作輕鬆地答。

〜

"妳很不專心。"乍侖先生離開我的身體後抱怨。

雖然瑪妮太太同意這個月我不必爲她做新衣，但乍侖先生可沒放過我，所以百忙之中我還得人肉快遞給他。

“快考試了，壓力難免大些。”我解釋。

他說壓力大才更應該來一發，做愛有助緩解壓力。

也許乍侖先生說的對，我的抗拒並不是考試帶來的，而是有其他原因。

“能不能……能不能考試前都別做愛？”我小心地問。

乍侖先生反問我何時考試？我答兩個禮拜後。

“那可不行，我的身體等不了那麼久。”

“難道你希望我考試不通過？”

“通不通過不關我的事，事實上不通過更好，如果妳到紐約，我找誰做愛做的事？曼谷到紐約沒有直達的班機，來回至少需要４０個小時。”

也就是說一旦我遠度重洋，乍侖先生想找我，還得費好一番功夫，這……這實在是再好不過的安排。

“小別勝新婚嘛！到時是重質不重量。”我給他糖吃。

“我不是慈善家，撒錢也有個度，表現好俾多點兒錢；表現不好，少給點兒，妳該不會以爲今晚的表現也能讓我多掏錢吧？！”

乍侖先生不愧是個老手，知道什麼時候給餌，什麼時候讓人饑餓，什麼時候威脅，什麼時候利誘……

我想起了殷夢夢，她是垃圾，我算什麼？

乍侖先生答我也是垃圾，不過是漂亮的垃圾。

說完，他再次向我撲來，“這次專心點，下個月我還給妳那麼多錢，嗯？”

第二十九章／抵觸

上完今天的課等於和傑森告別，後天他就要飛回紐約了，不知這一去是否還有見面的可能？

他仍然叨叨敍敍著考試的注意事項，我卻心不在焉，內心苦逼到不行。

"Do you still keep that promise?" 上完課，他問我是否還說話算話？

"What?" 我不明所以。

他說我曾經允諾過，如果考完試他的心意不變，我答應和他交往。

"是……是的。" 我沒忘記那個承諾。

"Well, 就想告訴妳，雖然妳還沒參加考試，但我的心意不變，請不要忘了再過幾天妳就是我的女朋友了。" 他對我俏皮一眨眼。

傑森是出生在美國的ABC, 讀的是NY大學的酒店管理系，比我小一、兩歲，有個傳統又嚴厲的母親，這就是我知道的全部。

他沒提到家境，我也不知道他有沒有購房計劃，買不買得起車？找不找得到穩定的工作？……這些都不是我關心的事。

乍侖先生已經給了我錢，我現在缺的是愛情，只要傑森給我全部的愛，我不在乎他是不是個窮小子。

“我知道這個時候提出邀約很不合適，但是……如果不是很勉強的話，明晚的平安夜能不能陪我一起過？”他問。

在這個佛教國家裏，一般人不會將它與聖誕節聯想在一起，然而事實並非如此。每年的這個時候，東西方遊客蜂湧而至，不僅可以避開嚴寒，還可以欣賞到各種設計獨特的展示活動，其中最吸引人的是五彩繽紛的聖誕燈會，屆時大樓、公園、天橋、燈柱乃至著名的突突車都會以各種彩燈裝扮，讓泰國成爲名副其實的夢幻世界。

“好，明晚八點你來接我。”我說。

傑森聽了很高興，嘴巴在笑，眼睛也在笑。

約在八點是爲了避人耳目，因爲知道拔達逢夫婦在平安夜肯定有節目。沒想到隔天一走出房門吃晚餐，我又看到門把上繫著紅絲帶，頓時沒了力氣，乍侖先生怎麼就這麼精力旺盛？他難道沒有累的時候？

“今晚是平安夜，好歹也吃火雞，怎麼吃起北京烤鴨來了？”瑪妮太太抱怨。

“想吃火雞，待會兒的派對上有，我可不想吃火雞吃到吐。”乍侖先生答。

火雞肉其實很柴，真不知爲什麼聖誕節非得吃它不可？我有中國胃，Ann做的北京烤鴨才對胃，我連續吃了好幾份。

“今晚妳沒節目嗎？”我的雇主將目光打在我身上。

我答沒有，快考試了，正好利用來讀書。

瑪妮太太說自從離開學校後她就發誓今生今世不再參加任何考試，真不知是誰發明的酷刑，將人往死裏整！

"妳不喜歡考試，不代表別人也不喜歡，畢竟在這個不公平的社會裏，考試還是相對公平的。"乍侖先生持平地說。

瑪妮太太聳聳肩說愛考的考，窮女孩的確需要這些外在的東西陪嫁，否則嫁不出去……

"嘖嘖嘖！瞧妳說的，好像把言言小姐貶爲窮人了。她是有夢想的人，我相信有朝一日妳會高攀不起。"

乍侖先生總是這樣，懂的在魚饑餓時撒魚糧，以致我常常忘記自己是條被桎梏的魚。

"派對上有姜餅屋嗎？"我問乍侖先生。

他答應該有，那是再普通不過的聖誕食品。

"我希望今晚能得到一個，那是我兒時的夢想。"我故意說。

爲此，瑪妮太太投來狐疑的眼光。我假裝沒看見，將鴨肉放進餅皮裏，捲起來納入口中。

曼谷的燈會從輕軌拉查當里站開始，遊客可以從這裏往中央百貨的方向前行，沿途會有豐富多樣的燈飾，包括四季酒店門口的大型聖誕樹、半島廣場門口的蠟燭造型聖誕燈、君悅酒店門口的姜餅屋以及湄南河沿岸的馴鹿雪橇裝飾等，形成一道絕無僅有的視覺饗宴。

"高興嗎？"傑森問我，他的大手正包住我的小手。

我答高興，這裏很有過節氣息，我已經很久很久沒這麼開心過。

"喜歡姜餅屋嗎？"他又問。

我答喜歡，從小我就想擁有一個姜餅屋，那是兒時的夢想。

傑森忽然駐足指著糕餅店櫥窗裏的擺飾，問：「妳夢想中的姜餅屋像不像這個？」

那是個用焗好的姜餅組合而成的迷你小屋，上面有杏仁、蜜餞、糖果做的裝飾，約一個鞋盒子大小。

「差不多是。」我答。

傑森緊接著湊上前去，鼻子都快貼在玻璃上了：「快來看，屋頂上寫了字。」

好奇的我趕緊上前，果然褐色的屋頂上有用白色糖霜寫的英文字：**Jason loves Yanyan.**

我還沒從震驚中清醒過來，他已經拉著我的手推開糕餅店的大門。

~

我抱著包裝精美的盒子，心裏悸動無比。姜餅屋不貴，一張褐色票子就能買下，但貴在心意，這是我收過最好的聖誕禮物。

「很抱歉，我沒有為你準備禮物。」我很愧疚，自己早該想到，怎麼就這麼不上心？

「誰說沒有，妳準備了最好的禮物給我。」說完，他低頭給我深情的一吻。

我從來沒得到過那麼令人感動的吻，它像沙漠甘泉，又像久旱後的小雨……

「回去後想妳怎麼辦？」他擁緊我，想把我塞進他的軀殼裏。

「只要你一聲令下，我會立刻插上翅膀飛到你身邊。」我稚氣地答。

此時此刻的我是個純情女子，心裏只容得下傑森一人，他愛我，我愛他，如此而已。

~

和聖誕老人拍完照，傑森邀我上船欣賞湄南河的夜景，然而我没忘記門把上繫的紅絲帶。

"晚上 11 點半有《Studio Classroom》的英語廣播，我不想錯過。"我很輕易就找到藉口。

傑森很失望，但支持我的決定，因爲我的努力是爲了以後能和他在同一個城市裏生息。

~

我風塵僕僕地趕回小木屋，一打開門，立即被長桌上的巨大姜餅屋給嚇住，它像售樓處的模型屋，甚至有車庫和鞦韆。

"喜歡嗎？"對於我的遲到，乍侖先生没有責備，反而急於知道我是否喜歡這個驚喜。

我答喜歡，不忘將傑森送的"小"姜餅屋藏在身後。

"快過來，"乍侖先生把姜餅屋的大門卸下，"吃，加了雙份蜂蜜和肉桂，不知好不好吃。"

我聽話地吃下"大門"，該怎麼說呢？不難吃但味道太重，好像打翻了所有的調味料。

"好吃。"我點頭。

"妳可以留著慢慢吃，現在還是趕緊上床，爲了等妳，浪費了不止半小時，我怕我太太要起疑了。"

我要他先到床上等我，我隨後就到。

這是第一次我有了強烈的"抵觸心理"，剛從傑森的懷抱裏離開，身體還留著他的氣味和溫度，而我卻要投向另一人……

"言言～"乍侖先生呼喚我。

"來了。"我放下傑森的聖誕禮物，步伐沈重地走向金主。

第三十章/不自量力

雅思考試分爲四個部份：聽、說、讀、寫，其中"說"對我而言最爲困難，如果會失分，大概這個部份失分最多。我暗自祈禱上天給我安排一位慈眉善目的考官，能睜一隻眼閉一隻眼地讓我低空飛過，可惜來者是個嚴肅的女考官，一看就是慾求不滿，我的心開始直線下落。

她問了幾道考古題，譬如自我介紹、童年回憶、對某個社會現象的看法等，我早有準備，所以回答得中規中矩，直到……

" What's your dream?"她問我的夢想是什麼？

我答成爲世界知名的服裝設計師是我的夢想，而第一步是踏上紐約學習。

她接著問爲什麼是紐約而不是其他城市？

" Because it's a modern city and also …… my lover is over there."我答因爲它是個時尚之都，而且……我的愛人在那裏。

那個女考官因此多看了我一眼，於是我鼓足勇氣告訴她，我

深愛我的男友，分開的日子每分每秒都很難熬，只有愛過的
人才懂得個中滋味……

女考官聽完後有些動容，但很快克制住情緒。

" Thank you, Miss Ji."她關上錄音器，代表口試結束。

我向她道謝後, 起身離開。

等待考試結果是個煎熬的過程，加上想念傑森，我一頭栽
進服裝設計和製作中，想藉忙碌忘記"不踏實"的感覺，人
也益發的沈默。

" 不是考完了？怎麼還是沒放鬆？"乍侖先生撫摸著我緊繃
的肌肉間。

我告訴他因爲不知考得好不好，所以患得患失，難免放不開
（其實是厭惡他的踫觸）。

" 再這樣下去，我不喜歡妳了，妳最好趕緊回到原來的狀
態。"乍侖先生推開我。

知道金主打算撤資，我趕緊膩了上去："別不喜歡我，你不
喜歡我，我怎麼辦？我現在只有你了。"

乍侖先生很得意，彷彿施恩般地說那得看我的表現，外面的
鶯鶯燕燕何其多，價錢都不比我貴，如果我沒有危機意識，
馬上會有人取代我，到時連哭都來不及，因爲我那個窮困的
原生家庭可出不起昂貴的留學費用……

我用嘴堵住他的唇，馬上以行動表忠誠，乍侖先生被我撩得
意亂情迷，很快陷入我的溫柔鄉。

“給。”他穿好衣服後遞給我一條白金鏈子，“剛好配妳的翡翠墜子。”

乍侖先生曾經送給我一個翡翠墜子，毛料非常飽滿圓潤，綠底，雕的是鯉魚躍龍門，寓意很好，可惜沒有鏈子，所以一直被我收進上了鎖的抽屜內，不見天日。

“太好了，這樣我就能戴著上街。”我高興地說。

乍侖先生轉而要我注意安全，他說曼谷街頭常有飛車黨，專門搶奪行人身上的珠寶。

知道自己還被人關心著，我答應會小心，平時財不露白……

“妳一個人在外要有個什麼，我也難以和妳的父母交代。人言可畏，我可受不了住家外面有人燒冥紙或擡棺抗議，所以……請保護好自己。”

這就是乍侖先生，每當我的心向他靠攏，他馬上將我往外推，嚴守嫖客和被嫖者間的安全距離。

也罷，我收起浪漫情懷，不再對他懷有不切實際的遐想。

通過視頻，我知道傑森回到學校開始最後半年的課程，那將會是昏天地暗的學期，因爲得交大量的論文。

我少不了爲他加油打氣，他也不改樂觀的態度，說自己一定能成功戴上學士帽。

“Hi.”一個滿臉雀斑的洋人忽然在鏡頭前出現，“My name is Harry. Could you tell your boyfriend not to ask me to buy takeaway all the time?”

傑森推了他一把，要他趕緊滾。

“怎麼又吃外賣？爲什麼不出去吃？”我能猜出外賣不外炒飯、炒麵或漢堡、披薩。

他解釋因爲去年成績不夠好，今年没拿到獎學金，加上到泰國實習也没存下錢，只能節省開支……

知道愛人經濟窘迫，我提出滙錢給他。

"妳哪裏來的錢？何況妳還得存錢付學費，還是省省吧！我一個大男人有什麽闖不過的關卡？"

知道傑森不是吃軟飯的，我的心因此得到莫大的安慰，想和他廝守在一起的想法就更加堅定。

"聽著，姜餅屋已被我吃完，你得存錢再買下一個。"我説。

"没問題，言言想要什麽，傑森就算砸鍋賣鐵也要買給她。"

我聽了喜滋滋，就爲了這份真誠，即使荊棘叢生，我也要捍衛我倆的愛情！

知道今天可以上網查雅思成績，吃完早餐我就回房到電腦前守候，也許是時差問題，成績一直没出來，直到近 12 點，在我點擊不止百次的情況下終於現身：**LISTENING: 6, Reading:6, Writing:7, Speaking:6.5, Total：6.5**。

我高興得手舞足蹈，開心得不得了，同時感謝口語考官，她太仁慈了，我原先以爲能得6分就該謝天謝地。

想到傑森也會急於知道這個好消息，我趕緊和他視頻。

"太好了，恭喜。"傑森在睡夢中被我吵醒，但不以爲忤，依然祝賀我。

看他睡眼惺忪的樣子，我放他去睡覺，說等他清醒後再聊。

關上電腦，我心情大好地往餐廳走去。

今天的午餐並不特別，冬陰功湯、香茅蝦、肉鬆炒茭白、無骨鳳爪、菠蘿炒飯等，都是泰式家常菜，但我吃得津津有味，還不時哼著小曲兒。

"看來妳今天心情不錯。"瑪妮太太說。

"是的，比中彩票還高興。"

瑪妮太太看了我兩眼後，問我是不是和傑森好上了？富家子弟是不會看上窮女孩的，還是別做夢吧！

"什麼？！富家子弟？"

"沒錯，他父母是華語電台的負責人，父親叫唐家山，母親叫唐李月娥，兩人在美國商界和政界都是響叮噹的人物。那個姓余的能當選紐約市議員，華語電台功不可沒，沒日沒夜地給他宣傳。"

我說她一定搞錯了，傑森向來低調，出手一點兒也不闊綽，不說住在學校宿舍裏，他還吃5美元一份的快餐，怎麼可能是富家子弟？

"不會錯的，他說父母住在列克星敦大道，我一聽就知道來頭不小，還好紐約姓唐的名人不多，上網一查就查到，還多虧頁面上有張家庭照，算是鐵證如山。"

大概爲了徹底擊垮我，她繼續爆料唐爸爸和唐媽媽不僅有錢有勢，還是虔誠的天主教徒。

"那又如何？"我問。

"天主教徒信奉婚前守貞，所以私生活混亂者基本沒戲。就我所知妳在中國有個交往甚密的男友，應該已不是完璧之身。我不知傑森是不是信奉天主教，但在那個環境中長大的孩子多少會受影響。"瑪妮太太的纖纖小手抓起鳳爪啃了起來，"他大概也對妳發乎情止乎禮吧？！難怪我拋了無數媚眼，他甩都不甩。"

她的一席話無疑醍醐灌頂，傑森的確是位謙謙君子，連上床的性暗示也無，和乍侖先生的猴急完全不同。還有，不說我那拿不出手的家庭背景，我連處女都談不上，更別說現在淪爲被包養的小三……

“我吃飽了。”我意興闌珊地起身，和之前的意氣風發判若兩人。

我毫不費力就找到那張家庭照，唐爸爸西裝筆挺，唐媽媽穿著旗袍，傑森和弟弟分站兩旁，一看就是保守又和樂的一家人。

“我怎麼配得上人家？簡直是癡心妄想、不自量力！”我很絕望，內心的希望之燭也瞬間熄滅，我又跌入黑暗之中。

第三十一章/掃地出門

申請NY服裝學院需要8-12張手繪作品及CD-R數碼作品集，
這個我早有準備，至於兩封推薦信……我打算請我在校期間
的指導教授及另一位跟我關係不錯的《傳播學》講師寫。

没想到我的"小"請求遭到魏教授無情的拒絕，他藉口忙没空
寫。想起他老人家的英語不行，這大概是主因，遂試探性地
問能不能由我草擬，他負責簽名就好？當然，我會附
上中譯文。

"先發過來再說。對了，聽說泰國的燕窩品質不錯，可以抗
腫瘤、防止老年癡呆,而且分等級，野生的海島燕窩最佳，
是否如此？呵呵！年紀都這麼大了，我還没吃過燕窩呢！"
我的教授發來郵件。

什麼嘛！這不是明擺著要我上貢嗎？

泰國的島嶼很多，南部甚至有兩千多公里的海岸線，是野生
金絲燕的駐足處。它們野外覓食，汲取大自然的精華再吐出
高質量的唾液，按生產地之不同有海島洞燕及屋燕。前者生
活在海島中，吃的要比後者好，吐的自然也金貴，價格每
100克約在30，000～60，000泰銖之間。

我咬了咬牙，花5萬泰銖買下兩盒頂極燕窩分送給教授和講師（雖然後者並沒有開口要）。

哎！人在屋簷下不得不低頭。

由於荷包大出血，我在推薦信中把自己寫成未來的華倫天奴，就等著讓魏教授及講師簽名認證。

～

知道自己不配擁有愛情，我一邊忙於學校的申請工作，一邊放浪形骸，讓乍侖先生在床上欲仙欲死。

"言言，妳的爆發力十足，我快被妳榨乾了。"他喘著氣說。

我反問這樣不好嗎？

他答好，現在的他只想和我做愛，不做第二人想。

都說"士爲知己者死"，既然遇上伯樂，我使出渾身解數，誓讓乍侖先生再來一發。

他翻身將我壓在底下，雖然眼中仍流露貪婪，但明顯已力不從心，試了好幾次才成功。

"不，不行了，今晚到此結束吧！我沒力氣了。"

我把涼被拉過來蓋住裸露的軀體，心裏冷哼一聲，原來乍侖先生也就這麼點兒本事！

破碗破摔，自棄的結果將我推向無底的深淵，沒了羞恥心，什麼骯髒的舉止都做得出來。潘金蓮算什麼？查泰萊夫人算老幾？連日本女優都得排隊向我學習呢！

"言言，"乍侖先生輕聲喚我，"有没有聽過換妻俱樂部？哪天我帶妳見習一下。參加者都是有頭有臉的人物，妳一定會是搶手貨。"

"好呀！"我強忍住淚水，"絕對不會讓你丟臉！"

“就知道妳是我的寶貝，”乍侖先生從後擁住我，“最近手頭上有個項目在找資金，如果妳能幫我搞定這些人，我不會虧待妳的。”

“呵呵！小菜一碟，再多人來也不怕。”

乍侖先生顯然很滿意我的回答，耳邊很快傳來輕微的鼾聲。我用力將他推開，他嘟囔兩句，又沈沈睡去。

這是第一次我想用繩索將某人勒斃。

他怎能如此自私和不尊重人？然而......這不是我咎由自取嗎？是我先放棄了尊嚴，又怎能責怪他人踐踏及做賤呢？

哎！還有誰的人生比我更不值？

我越想越憤慨，越想越羞愧，遂用雙手死死掐住自己的脖子，想一死百了，奈何還是在求生慾下鬆手了。

“季言言呀季言言，妳連死都不敢，真是窩囊廢一個！”我邊自嘲邊泣不成聲，很快濕了枕套。

由於自卑，我刻意疏遠傑森，沒有結果的戀情還是別開始，做人要有自知之明，想麻雀變鳳凰？呵呵！下輩子吧！

面對癡心漢不斷的視頻請求及雪片般飛來的郵件，我狠心做到視而不見、紋風不動，直到一個叫Harry的人發來郵件，我才正視起這件事。他說傑森不吃不喝，把自己關在宿舍裏，再這麼下去要出人命了。

Harry是傑森的舍友，兩人住在同一間房裏，所說具有一定的可信度。

考慮再三，我給傑森發了郵件，說自己爲了籌學費，兼了好幾份工，每天睡不到四個小時，實在沒空和他聯繫，他不也有論文要寫？咱們還是各司其職爲佳......

我很快收到回覆，傑森說知道我好好的，同時自己也沒被甩，還有什麼比這個消息更激奮人心？他會專心寫論文，也祝福我早日籌到學費，別忘了他在紐約等我……

看完，我咬住下嘴唇，努力不讓自己哭出來。

傑森不知道在短短的一個月裏我已賺到8萬美元，除了來自乍侖先生的犒賞外，換妻俱樂部的大老闆們私下也會給小費，多則十幾萬泰銖，少則兩、三萬，錢來得如此容易，我早已忘記沒錢的滋味了。

今天的午餐是綠咖喱雞配香米飯，雖然椰香濃郁、辣味逼人，是一道下飯的美味料理，但僅此而已未免太寒磣，好歹也來盤炒青菜。

由於雇主沒開口抱怨，我也只能將不滿往肚裏吞。

"妳最近很忙，經常沒在家裏吃。"瑪妮太太挖起一勺蓋飯說。

"不好嗎？少一張嘴巴吃飯能讓妳多買一雙鞋穿。"我將對Ann的怒氣轉嫁到雇主身上。

"說到鞋，我注意到妳買了不少雙，衣服也是，每天換著穿，這是咋回事？別告訴我中了彩票。"

我答的確中彩票，財神爺給我送錢來了。

瑪妮太太翻了個大白眼，明顯不買單。

"項鏈該不會也是財神爺送的吧？！"她忽然盯著我的脖子間。

我想起今天穿的是一字領的套衫，白金鏈子肯定很搶眼。

"不是財神爺送的，"我把翡翠墜子從衣服內拉出來，"是我的男人送的。"

瑪妮太太一看墜子和她手腕上的镯子有一模一樣的毛料，頓時炸開了鍋：“誰？誰是妳男人？妳倒是給我說清楚！”

我懶得辯解，放下勺子打算躲進房裏，但瑪妮太太不依，她抓住我的手不讓我走。

“妳說是誰就是誰，我無異議。”

没想到我的不配合爲自已帶來厄運，瑪妮太太反手給了我兩個耳刮子，說我挖她牆腳，是白眼狼，會不得好死！

“誰挖妳牆腳？妳看見了？”我捂住火辣辣的臉頰，“自己一天到晚給老公戴綠帽，還好意思抓奸！”

可想而知，我的雇主會有多生氣！她抓起桌上杯盤往我身上扔，第一個躲掉了，第二個就没那麼幸運，不僅西瓜汁淋了我一身，玻璃杯還正中鼻樑，頓時鼻血直流……

也不管我已狼狽不堪，那個憤怒的女人衝上來就是一頓好打，趁我不備還踹了我兩腳，害我差點兒直不起腰來。我正想反擊，被聞聲趕來的巴頌及其母親拉開。

“不要臉的賤貨，搶人老公，看我不打死妳才怪！”她嘶聲裂肺地喊，若不是被Ann擋住，我肯定又要掛彩。

雖然我也有話要說，但畢竟對方是受法律保護的原配，我說什麼都没底氣。

“我載妳去醫院吧！”那孩子說。

瑪妮太太仍在背後咒罵個不停，我已被巴頌帶出屋。

“別忘了通知乍侖先生。”說完，我感到萬分委屈。

～

醫生用凡士林油紗條塞進我的鼻孔裏，由於出血量過多，反覆填塞了幾次才止住血，疼得我淚水直流。

“醫生說回去記得服用消炎藥，以免感染。”巴頌居中翻譯。

我噢了一聲，轉而問乍侖先生來了沒？他支支吾吾了半天，我的心因此跌落至谷底。

由於鼻子貼著紗布，我感到難爲情，不想搭巴頌的摩托車回去，遂提議打車，費用由我出。

"那個……乍侖先生說別回家，暫時住在陶瓷島上的小木屋，他已經差人將妳的行李送過去了。"巴頌低著頭說，彷彿說錯話的人是他。

不，不會的，我是受害人，怎麼最後被掃地出門的人是我？

我有一肚子的疑問和不平，但顯然巴頌給不了答案。

"你能陪我過河嗎？"我有氣無力地問。

第三十二章/冰釋前嫌

乍侖先生一連數日都沒來小木屋，連我的手機也不接，徹底人間蒸發。倒是Namu很盡責，不僅衣服洗了、地掃了，每日還定時提供三餐和宵夜，讓我暫時沒有生活上的不便。

這一天我悶得慌，趁著Namu在抹桌子，我找來紙筆畫了一女一男，女的有纖細的身材、黝黑的皮膚、潑墨似的長髮，一看就是Namu；男的則健壯如牛，有六塊腹肌，一看就是她男友。

我指著那個肌肉男問在哪裏？Namu嘰哩呱啦了半天，我還是沒聽懂，於是她抓起筆來畫了個白薯形狀，又在白薯上畫了棟房子，我因而知道她男友回馬來西亞蓋房子了。

知道能和Namu"筆談"，我趕緊抓住機會，指著書架上層的三個相框問真相，顯然那個年輕女孩對乍侖先生的前三任老婆不熟悉，她露出迷惑的眼神，讓我感到氣餒，原以爲會問出點兒名堂。

我還沒走出失望，她忽然抓起筆畫了一個男孩和一個女人，然後指著男孩說"Bashung"，又指著女人說"Mae"。

Bashung?……巴頌？Mae?……媽？難道指的是巴頌和他母親？

Namu 緊接著又畫了棟二層房子，底層架空，看著像是我們所處的小木屋。

"哇哇哇～"她學嬰兒的哭聲，又指指臥室。

莫非……莫非巴頌出生在這個小木屋裏？

" Namu ～ "

聽到屋外有人喊，Namu衝向窗口和樓下的人對起話來，沒多久，她走出房門，連道別的話都沒說。

我不關心Namu去了哪裏，倒是關心巴頌怎麼會在小木屋裏出生？看來那對母子和乍侖先生的關係不一般啊！

乍侖先生的書架上有幾十本書，設計衣服之餘我也會翻看一下，雖然以泰文書居多，僅有的幾本中文書又是以繁體字書寫，但我仍看得津津有味，原來繁體中文並不難猜。

當我正讀著白先勇寫的《台北人》，沈浸在早期的台灣生活裏，忽然聽到有人上樓的聲音。我看了一眼時間，晚上九點多，Namu竟然提早送宵夜，這很不尋常。

" 言言～ "聽到乍侖先生的呼喚聲，我趕緊放下手中書衝了過去。

來者和十幾天前的他無異，依然是世故中帶著內斂，城府很深，不能讓人一眼看透。

"你來了。"我說。

"我來了。"他答。

暴力事件後再相見，我以爲乍侖先生多少會關心我的傷情，但他什麼話都沒說，逕自走向房間。

我跟了過去，看到他開始動手脫衣服，心開始淌血。

"我……來例假了。"我弱弱地說。

"Shit."他氣得踢了床腳一下，抱怨自己白跑一趟。

"你大老遠跑來就只爲了做愛？沒有話對我說嗎？"我內心渴望得到關愛。

"當然有話說，明天跟我回家解釋，就說妳是納瓦先生的女友，項鏈是男友從拔達逢家買來送給妳的。"

納瓦先生？我想起那個豬頭男，身上總有去不掉的油膩味道，不知道的人還以爲他是餐廳裏的油炸師傅。

"不去，我跟納瓦先生不熟，肯定穿幫。"

"那怎麼辦？我太太已經大鬧天宮好幾天了，吵得我腦袋兒疼。"他捂住太陽穴坐在床上，彷彿真的很頭疼。

我說我哪裏也不去，就想待在小木屋裏，他若怕没法兒交待，可以說我暴斃而亡。

"嘖嘖嘖！好端端的幹嘛咒自己？妳死了我怎麼辦？"他溫柔以對。

這是很奇怪的一件事，每當我靠近乍侖先生，他會用力將我推開，見我轉身想走，他又膩了上來，我永遠不知道他葫蘆裏賣的什麼藥。

"這樣吧！"他將我拉向他，讓我坐在他的大腿上，"妳回去幫我滅火，這個月我多給妳五十萬。"

想到撒個謊就有十萬元人民幣進賬，何樂而不爲？

我豪爽地答應了，順便道出心中疑惑："Ann不也有翡翠戒指？怎不見你太太大發雷霆？"

乍侖先生答翡翠戒指是他太太送給Ann的，藉以感謝她平日的辛勞，當然，不喜歡戒指的樣式也是原因之一。

原來如此，難怪她一見到我身上有似曾相識的翡翠會對號入座。

"我也太膽大妄爲了。"我說。

"知道就好，下次別再老虎頭上拔毛，給我添麻煩了。"

我親了親他臉頰，算是Say sorry, 他反身將我壓在底下, 手也不安份起來......

就在雙方都慾火焚身時，上樓的足音忽然傳來。

"肯定是Namu送宵夜來了。"

"我不吃，妳吃，"乍侖先生坐起身來，"反正今晚什麼也做不了，我還是趁早回去吧！"

Namu送來的是圓子甜湯，將糯米粉和蛋清揉成七彩圓子加入濃濃的椰奶裏，起鍋前再打入一枚生雞蛋，頓時香氣四溢，然而今晚的我卻胃口全無，好像有什麼鬧心事正在進行。

吃完宵夜，我又讀了會兒《台北人》，直到嘴裏哼著歌的Namu上來收碗勺。

看著那道苗條的粉紅色風景在眼前晃動，我忽然憶起一個多小時前她穿的是白色T恤加牛仔短褲，怎麼才一會兒工夫就換成粉紅色吊帶裙？

我擡起頭來仔細觀察心情大好的她，是的，連髮型也變了，之前紮著馬尾，現在將長髮放下，很是嫵媚！

" Namu, sui mak mak."

我忍不住說她美，也不知發音是否正確，但顯然Namu聽懂了，白玉般的臉龐浮上兩朵粉色小花，更顯嬌俏，可惜在這麼動人的時刻裏，卻被我發現她脖子上有吻痕。

“她的男友應該更小心點兒才是，吻痕一般一個星期左右才會消除。”我心想。

然而下一秒鐘我忽然靈光乍現，Namu的男友不是回馬來西亞蓋房子了嗎？難不成時空穿越了？

我想起了乍侖先生，他興沖沖地趕來怎能敗興而歸？肯定找了替代品，有什麼比近在咫尺的家務員更便利的了？

我憤而起身將Namu手上的托盤用力一掃，碗勺墜地發出“哐啷”一聲。

“啊～”她驚叫一聲，對我的忽然變臉投來不解的目光。

我懶得理不要臉的女人，轉身回房，甩門的聲音震耳欲聾，整個屋子因此搖晃了起來。

“納瓦先生是妳男友？”瑪妮太太投來凌厲的眼神。

“是的。”

“項鏈是他買來送給妳的？”她又問。

“是的。”

瑪妮太太陷入沈思。

“呵呵！現在誤會解開了，言言小姐妳可以搬回來，這幾天我太太正愁没人幫她搭配衣服呢！實在……”

“等等，”瑪妮太太制止自己的老公發言，轉向我，“妳現在打給納瓦先生，把手機調成免提，問他項鏈是不是他買來送給妳的。”

完了，我不會講泰國話。

我慢吞吞地拿出手機，腦子也開始活絡起來，還好我機靈，一撥通電話，馬上用英語問候對方。

納瓦先生很訝異我會打電話給他，很是興奮，他問我的老相好在哪裏？我答乍侖先生還沒下班，晚點兒會回來。

“ Are you lonely？I can see you now.”他問我寂寞不？他現在可以與我會面。

我的餘光掃向乍侖先生，他倒是一臉鎮定。

“ No, I am busy. Maybe next time.”我答正忙著，也許下次吧！

掛上手機，瑪妮太太問我怎麼說起英語來了？

我答自己不會說泰語，納瓦先生不會說普通話，雙方當然得用互通的語言溝通，反正在電話中他已承認項鏈是他買來送給我的，這不就好了？

見瑪妮太太悶不吭聲，我心裏可樂了，傑森一走，她的英語程度果然又回到解放前。

“ 就說嘛！是妳胡思亂想，我和言言小姐要真有什麼，納瓦先生會放過我嗎？他是這裏的賭場老大，勢力大得很，再怎麼著我也不會在太歲頭上動土。”乍侖先生一表忠心。

瑪妮太太再次以沈默作答，但明顯不再“一臉凶相”。

見情勢好轉，乍侖先生喊Ann開飯，順便叮囑她拿來陳年老酒，他要和冰釋前嫌的兩個女人乾杯。

第三十三章/畢業典禮

我和瑪妮太太維持著表面的和諧，也就是說我照樣替她搭配服飾，她照樣冷淡對我，不同的是她時不時會突襲我，譬如突然敲我房門或打電話給我，直到確認乍侖先生不在我身旁爲止。

雖然煩了些，但也有好處，我的"夜不歸宿"因此有了堂皇的理由—呼應男友納瓦先生的召喚。

"嘟......嘟嘟......"

乍侖先生正在我身上賣力，聽到手機響，他要我別接，於是我們同時忽略那擾人的聲音。没想到對方不死心，一而再、再而三地撥打，害我們興致全無，草草了事。

"嘟......嘟嘟......"當手機第N次響，我終於接聽了。

"妳在哪兒？怎麼不接電話？"瑪妮太太質問，口氣很不友善。

我對乍侖先生做了個噤聲的手勢後答剛洗完澡，問她有啥事？

“我老公不見了，剛剛還在宴會廳裏。”

“不見了？”我故意發出驚訝的聲音，“那得趕緊找，需不需要我打電話報警？”

瑪妮太太答不用了，也許他到外面抽煙，這是個什麼鬼地方？屋內不讓抽……

掛上手機，我笑得像個瘋子，因爲乍侖先生真的抽起煙來，只不過地點相距20公里。

“看來妳太太是心有靈犀一點通。”我樂不可支。

乍侖先生說那倒好，待會兒身上的煙味正好可以圓謊。

是呀！圓謊。

從開始不倫之戀起，我無時無刻不在圓謊，有時連自己也分不清楚哪個是事實哪個是謊言，而且謊話信手拈來完全不費吹灰之力。

“我已然成爲說謊專家，這還得拜你所賜。”

“快別這麼說，就是因爲在乎對方，不忍對方受傷才撒謊，說到底是心軟，妳別又陷入死胡同裏。”

自從和乍侖先生在一起，我的三觀受到很大的衝擊，欺騙和放浪不再那麼難以接受，“愛、性、金錢”三者對我而言已界限不清，有時單獨成立，又有時融爲一體。

“我走了，”乍侖先生把抽到一半的煙按入煙灰缸裏，“怕老婆找太久起疑心。”

我很大方，要他趕緊走，因爲11:30的英語廣播快開始了。

廣播電台說曼谷在未來24小時內有熱浪來襲，氣溫將高達45度，提醒廣大市民注意防暑……

45度是什麼概念？把生雞蛋打在柏油路面上能煎熟，所以當郵差先生將一封航空掛號信交到我手裏時，心中不禁升起崇高的敬意。

我要那個衣服半濕著，臉紅得像關公的人稍等一下，然後快速衝進廚房拿冰可樂。

都說施比受更有福，看郵差道謝後馬上開瓶咕嚕咕嚕地喝起來，彷彿那是救命的藥水，我也因此感受到施予的幸福。

回到開足冷氣的房間裏，我終於能定下心看是誰發來的掛號信，等我看到NY服裝學院的Logo時，心開始往下沈。

在我的想法裏，學校對被錄取者必定會有許多事情交待，譬如：開學日、學費、校規、注意事項……等，但手中的信卻薄如一張A4紙，可見是封拒絕信，三言兩語把遺憾的話說完。

我意志消沈地打開信封，沒想到隨之而來的正面語氣馬上讓我從地獄回到人間，再上升至天堂，我……被錄取了！

歡呼過後，我跳起《燒雞被烤》，那首泰國人很High時會跳的舞。

邊舞我邊唱著：拉姆當掃高，拉姆當掃高，外拉姆當掃再乃，賽乃一，浪來，賽乃呀，浪來，個當來塞得可冷可冷，個當來塞得可冷可冷……

歌詞翻譯下來就是：燒雞被烤，燒雞被烤，屁股被烤棍叉，叉左邊，叉右邊，太熱了，太熱了……

搭配現實中的熱浪天氣，真是太應景不過，只是我的滑稽表演，不巧被從窗前走過的Ann看在眼裏，她對我投來奇怪的眼神。

我很尷尬，索性跳起豔舞，雙唇微張，眼神迷離，邊搖屁股邊自摸，像蛇一樣地上下蠕動……

Ann鐵青著臉走開，彷彿看到什麼骯髒的畫面，而我則像打了場勝戰似地大笑不已。

~

知道自己離夢想又更近一步，我迫不及待想和他人分享喜悅，第一個浮上心頭的不是父母、不是乍侖先生，而是遠在紐約趕寫論文的傑森。

他好嗎？有沒有按時吃飯？想我嗎？⋯⋯

年輕的外國孩子向來愛得快，去得也快，許久不見，傑森大概忘了我吧？這樣也好，本來就不是同吃一鍋飯的人，就讓橋歸橋路歸路，彼此不留掛念。

~

“真的錄取了？”乍侖先生停下扣鈕扣的動作。

我用力點一下頭，期待得到他的嘉獎，然而他只是繼續穿衣的動作，連領帶都打得無懈可擊。

“你⋯⋯不高興？”我小心地問。

“高興，小老婆就要飛上枝頭變鳳凰，有什麼不高興？”

於是我告訴他得先滙第一學期的學費保留學位，同時宿舍費也得預繳，一年近一萬五千美元。

“妳若住校，我如何找妳？別開玩笑了！”

我說不開玩笑，紐約租房緊張，有錢不見得租得到。

乍侖先生說中低價位的房當然不好租到，要租就租高檔的公寓，既安全又隱秘，拿來偷情正好。

聽金主打算替我租個好窩，我開心極了，一躍跳上他後背：“真的？你願意租高檔公寓給我？”

“那自然是，還是那句老話，就看妳的表現，表現好，當然有糖吃。”

就爲了這句承諾，我把他穿好的襯衫弄亂，還在他的肩胛骨上留下愛的印記。

“妳真淘氣，吻痕不容易去除，這下我太太又有話要審了。”

想起神經質的瑪妮太太，我笑得直不起腰來：“去，告訴她半夜被狐狸精給啃了。”

乍侖先生邊搖頭邊整理自己的衣服，並且三申五令別再踹他，他只有這件花襯衫，弄壞了，待會兒回到會所不好交代。

我回床上呈大字形躺下，呵呵呵地笑個不停。

啊！還能再怎麼自棄？我覺得自己簡直無恥到了極點。

～

新生十月份開學，乍侖先生說九月底會陪我上紐約租房、開銀行戶頭，做一切金主該做的事。

我問他買不買車給我？他答等我拿到駕照再說，於是這些日子除了應付瑪妮太太及乍侖先生外，上駕訓班成了最重要的事。我的理想是奔馳500或寶馬i3，相信在我的軟磨硬泡下一定能手到擒來。

～

這一天吃完早餐，我正要外出上早上八點的駕訓課，沒想到陰部感到瘙癢，伴隨灼熱及疼痛感。本來想上完課再看醫生，但實在太癢了，怕在教練面前出醜，所以將摩托車一拐上市立醫院看診。

那位女醫師會講流利的英語，看完我的生殖器後，面無表情地宣佈我得了疱疹，要打五天的阿糖腺苷，每天還得定時塗抹藥膏，暫時不能有性生活，免疫力好的話不會復發，但若再患就不好說了。

疱疹？天哪！我竟然得了性病？！難道……難道乍侖先生不知道自己有病？

女醫師答有人是帶菌的隱性患者，不見得會有病症，又問我是不是只有一位固定的性伴侶？

“……Of course.”我答當然，但心裏七上八下的，“換妻俱樂部”每月固定集會兩次，也有可能是他們當中的一位傳染給我。

“ I guess you want to have a healthy baby in the future，so……be careful.”女醫師遞給我藥單，順便叮嚀我若想要將來有健康的寶寶，一定要小心。

說的太對了，再這麼放浪形骸下去，我搞不好會生出愛滋病寶寶，那就不妙了。

因爲這病，我開始思考和乍侖先生之間的關係。“換妻俱樂部”肯定不能再繼續，連同最近的燕好也必須停止，否則事情鬧大了，我也遭殃，只是要如何拒絕精力充沛的金主呢？

正當我百思不得其解時，一封郵件適時來到。

傑森說七月二日他就要正式穿上學士服，他好想在畢業典禮上看到我，因爲在這麼重要的時刻裏，他就想和我分享喜悅……

知道傑森順利畢業，我的心無來由的一陣欣喜，差點兒就要回覆Yes，等到平靜下來，我才想起自己一身的罪孽，怎好玷污那好孩子的聖潔心靈？何況他的父母一定會到場，我不美，資質一般，身體又有髒病，肯定過不了火眼金睛那一關，所以還是躲遠一點兒吧！

我捂住臉，懊惱著連參加一位朋友的畢業典禮都自慚形穢，這人生是何等的不堪，等等，我何不藉此機會到美國一趟？只要遠遠地看著心愛的人戴上學士帽就好，至於乍侖先生……我不也找到好藉口不用和他巫山雲雨了？

想法一落實，我興奮非常，立馬上網購買機票。

第三十四章/HELP

我告訴乍侖先生NY服裝學院有個送舊迎新會，就安排在兩個禮拜後，自己是外籍學生，英語又不好，事先認識學長姐有助盡早融入團體。

"六月底開送舊迎新會？這也太奇怪了，還沒開學呢！"乍侖先生邊玩我的肩帶邊說。

我把肩帶拉回原位，說："送舊當然得趕在畢業典禮前，否則大四生都走了，怎麼送舊？"

"也許美國大學和泰國大學不一樣，不管了，想去就去，多久回來？"乍侖先生這次玩我的丁字褲，把鬆緊腰帶當橡皮筋彈。

我將他的毛手推開，告訴他這是五天的行程，扣除中轉停留的時間，實際在紐約也不過兩整天。

"停留時間太短，我不去了，別忘了幫我買楓樹汁，聽說紐約的楓樹汁不僅味美，而且具有極高的保健效果。"

我還沒答好，乍侖先生的嘴就湊上來，我趕緊避開。

“怎麼了？”他問，明顯不開心。

我答例假來了。

“怎麼又來了？沒多久前不是才剛來過？”

我說自己的例假一向不準，有時一個月來一次，有時半個月來一次。

“媽的，”乍侖先生氣得將枕頭往牆上扔去，“還讓不讓人活？我應該找一個一年四季都不來例假的女人！”

看他真的生氣了，我溫柔以對，告訴他不做愛，我照樣能讓他得到高潮，然後低頭吻他，從上到下……

午餐桌上，我告訴瑪妮太太將和男友上紐約玩，請她放行五天，回來我買個Gucci包送她。

“名牌包我多的是，不差這一個。妳想去就去，我向來不拆散戀人。”

我謝了她，低頭吃涼拌酸辣蝦。這道菜的魚露放多了，略帶腥味，不知道爲什麼泰國菜總愛滴幾滴這種魚醬油？

“別怪我多嘴哈！納瓦先生在外的名聲不好，妳自己看著辦，到時候別哭爹喊娘就是。”

我又謝了她，這次吃的是泰式西米肉酥丸，有點兒像港式水晶餃，非常勁道Q彈，算是Ann最近爲數不多的新品。

瑪妮太太吃得很慢，眼光倒是固定在一處，她在看我，目不轉睛的。

我很煩，頭擡也不擡地表示自己絕對不會哭爹喊娘，請她放心。

“妳去紐約，傑森也在紐約。”她忽然說，用的是不急不緩的語氣。

我的心因此咯噔了一下，瑪妮太太提傑森，難道她看出什麼端倪來？

“呵呵！紐約大得很，想踫到一個認識的人比登天還難，何況我和傑森早不來往了。”我故做鎮定地說。

“不對，和納瓦先生那樣的人在一起是不可能容光煥發的，妳的臉亮得見春，我總覺得怪怪的，妳肯定有秘密，而且是個大秘密......”

我聽了哈哈大笑，說她想多了，我的容光煥發是因爲納瓦先生承諾讓我在紐約買買買，没什麼比購物更能讓女人精神百倍、滿面春風的了。

“是呀！納瓦先生什麼都没有，就是有錢，妳也算是傍了個大款，看來就要鹹魚翻身了。”她說。

我不知道自己算不算鹹魚翻身，但經濟條件比以前好太多倒是事實。

爲了不讓遠在中國的父母起疑，我的“收入”只有我知道。短短半年的工夫，我已存了近五百萬泰銖，加上一屋子的衣服、鞋、包，儼然小富婆一個。然而我仍不知足，不僅去紐約會情郎的費用要乍侖先生出，而且還要到了零花錢，妥妥的一萬美元入袋。

“從儉入奢易，從奢返儉難，省著點兒花呀！否則金山銀山也不夠用。”乍侖先生叮囑，不無抱怨之意。

蛇吞象的故事我聽過，但我不認爲自己貪，女人最美的時光就那幾年，我把大好青春及最佳狀態的肉體都奉獻給乍侖先生，他還有什麼不滿意？何況我還因他得了性病，要說付出，我的付出恐怕比他多得多，拿他一些錢也應該。

當然，這些話我是不會說出口的。

"例假應該結束了吧？！"乍侖先生擁住我，"我們是不是該……"

"哎呦！我的肚子疼。不行，我得上廁所，你先到床上等我。"

不等他反應過來，我衝到木屋底層的解手間，而且一待就是一個多小時，直到乍侖先生下樓並且揚長而去，我才灰頭土臉地走出來。

哎！爲了不把性病傳染給金主，我也算是業界良心了。

然後的然後，我裝病，因此有了絕佳的理由不去小木屋，自然避開男歡女愛，只是此起彼落的咳嗽聲讓我的喉嚨發痛，看來演戲也沒那麼簡單。

~

我特意選了凌晨出發的班機，中轉首爾，次日下午能抵達肯尼迪國際機場。如此一來有小半天的時間休養生息，隔天才能以最佳狀態參加傑森的畢業典禮。

爲了不錯過重要時刻，我訂的是距離NY大學約八百米遠的凱悅酒店，地理位置好，購物吃飯方便，房間面積也大，有個陽台，在陽台上看紐約的城市景觀應該很愜意。

因爲只待三天兩夜，除了參加畢業典禮之外，我還想看帝國大廈和大都會博物館，當然，爲了滿足自己的購買慾，我把第五大道也納入行程裏。

~

今天的NY大學非常熱鬧，男女老幼的臉上無不掛滿笑容，相互問候與祝賀。

我看見有人賣花，雖然明知沒有機會當面送花給傑森，但我依然買了一束，看起來比較像是來參加畢業典禮的親友團。

依著路標指示，我來到陽光草坪，那裏已架起了小型的主席台，幾架大型攝像機嚴陣以待，準備錄下這歷史性的一刻。

來觀禮的人很多，座位不夠，我只好像多數人一樣站著。陽光很強，我怕曬，躲到銀楓樹下。

時針指向十點，畢業典禮準時開始，美國國歌奏起，旗手們舉著各院系旗幟依次入場，後面跟著教師代表及應屆畢業生們。

整個儀式井然有序，在校長及教師代表致辭過後，緊接著是學生代表致辭。當主持人喚Jason Tang出場時，我感到無比的震驚，原來傑森如此優秀，讓我始料未及。

台上英姿勃發的他首先感謝母校帶給所有學生的關愛和教導，即便當他們做錯事被學校踢屁股時（此時傳來哄堂大笑聲），接著他謝謝家人的支持與提攜，如果不是父母給奧巴馬總統打電話，他恐怕没機會站在這裏講話（又傳來爆笑聲）。

" This is an important day and we want to make it as memorable as possible for everyone involved……"亦莊亦諧的開場白後，傑森回到該有的嚴肅，開始中規中矩地致辭。

五分鐘的演講在熱烈掌聲中結束，樂隊開始奏起別離曲，一千多名畢業生起立面向親友揮舞手臂，許多人留下激動的淚水，這其中當然包括我。

噢！傑森，眼看你就要離開學校走向人生新的旅程，我寄予深切的期許與祝福，同時也是告別的時候。再見了，我的愛人；再見了，我曾有過的夢與希望……

" Do you know where Johnny is ?"一個齒搖髮落、步伐蹣跚的老爺爺問我Johnny在哪裏？

我拭去眼淚答不知道，此時有個七、八歲的熊孩子從身旁飛奔而過，嘴裏發出尖叫聲，害我嚇了一跳。

"真是淘氣！父母怎麼不管管？"我心裏咒罵著。

然而接下來的一幕才真的讓我嚇破膽，那位老人捂住胸口，兩眼上翻，嘴裏發出"噢"的一聲後，應聲倒地。

我趕緊將手中的花往旁邊一扔，蹲下去喊著：" Are you ok?"

老人的手向我伸來，似有千言萬語，但已發不出任何字句。

" Help!"我擡起頭向人群求助，心裏怕得要命。

第三十五章/唐爺爺

人群很快聚集過來，有人打電話叫救護車；有人大聲詢問是否有醫生在場；還有人蹲下來試圖和老人交談，但老人依舊開不了口。

我注意到一個細節，那老人摀住胸口也許是心臟出了問題，但手指卻指向上衣口袋，裏面似乎有東西在。

"May I ......"我往他的口袋裏掏，果真被我掏出一個透明黃色小瓶，裏面有白色片狀物，瓶身寫著Nitroglycerin Tablet．

我還沒來得及反應，有人將瓶子搶走，從裏面取出一片壓在老人舌下，然後小心翼翼地扶他坐起。

"這是硝酸甘油片，我爺爺有冠心病心絞痛。"

在這種情況下與傑森見面不在計劃內，雖然我渴望與他面對面。

"爸，"一個穿旗袍的中年女士蹲了下來，"別擔心，救護車馬上到！"

"是的，爸，什麼都別想，調整呼吸，一切會没事。"另一個穿西裝的男士接話，他是傑森的父親。

糟糕！唐家人都到了。

我默默站起身往後退去，想在神不知鬼不覺中離開，尤其救護車已來到，正是人仰馬翻的時候……

"言言，快，咱們也跟過去。"傑森向我伸手，同時轉頭面向父母，"她就是我跟你們提起過的女友，是她救了爺爺。"

我想否認和拒絕，但唐媽媽過來挽住我的手："感謝的話先不說，我們上醫院。"

就這麼著，我被押著一同上了醫院。

唐爺爺的病情很快控制住，只需觀察24小時，若無大礙即可回家。

"太好了，這都得感謝言言，如果不是妳呼救，情況恐怕不樂觀。"唐媽媽對我出奇的友善，並且將一切好運歸功於我。

"不是這樣的，換成任何人都會伸出援手。"面對無來由的誇讚，我感到不適應。

没想到唐爸爸因此對我讚賞有加，他說我不僅心善而且不居功，實在難得，看來傑森没看走眼。

"那當然，看是誰的孩子。"傑森的回話既没否認自己的慧眼又同時讚美了父母，這才是說話的藝術。

已過中午用餐時間，唐爸爸囑咐傑森帶我出去吃飯，病人由他們照顧即可。

"晚上請季小姐來家裏吃，我讓阿姨添幾樣菜。"唐媽媽笑盈盈地說。

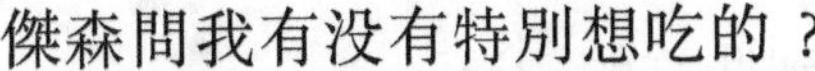

傑森問我有沒有特別想吃的？

我答沒有，隨便吃吃吧！

"好不容易來一趟怎麼可以隨便吃吃？"他說。

結果傑森帶我去Smith & Wollensky（股神巴菲特辦天價慈善午宴的餐廳），我以爲那樣的店必然相當昂貴，沒想到包括酒水，人均不過一百美元。

"看過《The devil wears Prada》那部電影沒？裏面的女魔頭指定要吃的就是這家的牛排。"

不會吧？！這就是我曾經非常著迷的電影《穿著普拉達的惡魔》裏的場景之一？對照這棟綠白相間，上面插滿美國國旗的建築物以及店內以胡桃木色爲主基調的裝潢......沒錯，就是這家！

"再告訴妳，Smith & Wollensky這個店名是老闆隨意從電話本裏翻到的，真是隨性得可以。"

哈！沒想到一家店還有這麼多故事。

我和傑森邊吃美食邊話家常，談完近況，他問起NY服裝學院給消息了沒？

"我......我被錄取了。"

"Really？太棒了！妳真是保密到家，連今天的畢業典禮也是，我差點兒以爲妳不來了。"

我只好說是爲了給他Surprise.

"這的確是個大驚喜，若不是爺爺當時突發心臟病，我一定上前給妳一個擁抱。"

提起唐爺爺，我忽然記起他問我Johnny在哪裏而不是Jason.

"呵呵！Johnny是我爸的英文名，再告訴妳，我爺爺不僅心臟不好，還有老年癡呆症，他總以爲今天是我爸的畢業典禮。”

傑森用戲謔的口吻說，我卻感到些許的難過。

“你不覺得悲傷嗎？”我問。

“Come on. 生老病死乃人生必經的過程，如果一直沈浸在悲傷裏就沒辦法邁開步伐，況且爺爺一直受到很好的看護，今天的事件是個意外，母親幫我和父親照相，才一會兒的工夫爺爺就不見了，害我們好找。”

我想起傑森還有個弟弟，遂問他怎麼沒來？

“妳怎麼知道我還有個弟弟？”他問。

真糟糕！我不應該知道他還有個弟弟才是。

“你……你提起過，怎……怎麼自己倒忘了？”我支支吾吾起來。

“我提過？”他笑了，“看來記憶力不行了。”

傑森接著解釋他弟弟是西點軍校的學生，學校恰巧有行軍活動，所以不克參加。

我“噢”了一聲，不再追究。

“來紐約有何遊玩計劃？”他没忘記盡地主之誼。

我答明晚的飛機回曼谷，就想利用剩餘的時間看看帝國大廈和大都會博物館（爲了符合“節儉”的形象，我没說想上第五大道敗家）。

傑森說兩天的時間的確有點兒趕，但只去兩個景點也足夠了，吃完飯他先陪我看帝國大廈。

我微笑答好。

第三十六章/難解之題

帝國大廈始建於1930年，曾爲世界第一高樓，如今仍和自由女神一樣成爲紐約永遠的地標。它既是一座多功能的寫字樓，也是紐約的重要景點之一，大量的遊客每天在樓底下排隊等候登頂。

由於午飯吃得晚，加上沒有買city-pass, 愣是排了兩個小時的隊，上樓頂時已近黃昏。

"其實這個時間點來最好，夕陽及夜景同時都能看到。"傑森安慰我。

和其他大樓沒什麼不同，登高望遠總讓人心情愉悅，但帝國大廈還是要登的，它象徵著一個時代與一種情懷，登過後才能在心中篤定地說："嗯！這就是紐約。"

"讓我幫妳拍張照吧！"傑森提議。

雖然已屆夏天，但高處風大，照了幾張都是臉孔被亂髮遮住的模樣，一點兒美感也無。

" Excuse me."傑森喚住一個大學生模樣的白人，" Could you take a photo for us?"

“ Sure.”那洋人接過相機就要拍，傑森要他等等，然後輕輕抓住我的髮置於身後，像髮圈似的，這下子我終於能露出完整的一張臉。

“瞧！多美！”傑森給我看拍照後的效果。

是很美，夜幕降臨，華燈初上，背後是俯瞰而下的紐約夜景，像一顆顆五顏六色的寶石不小心撒落在黑色天鵝絨上，那般的璀璨與耀眼。

傑森糾正，美的是我，不是夜景。

我要他別開玩笑，不說別的，光膚色偏黑就足夠將人打入萬劫不復的地獄裏……

“怎麼辦，我就喜歡黑美人。”他嘻皮笑臉起來。

我答紐約的黑人還會少嗎？從這裏往下扔石子，大概有 1/4 的機率擊中黑的。

傑森聽完哈哈大笑，他說讓我們試試吧！

只見他走向鐵絲圍欄，高高舉起手中的相機正要往下扔，被我凌空攔下。

“有病是不？會砸死人的。”

“就想試試妳的道德正義感，不錯，過關了。”

我也知道傑森是開玩笑的，“好家庭”出身的孩子怎麼可能做傷天害理之事？想至此，我怯步了，待會兒還有一道關卡要過，怎麼辦？

“那個……能不能別去你家吃飯？中午吃太多，現在一點兒也不餓。”

傑森說不餓就少吃點兒，他家人都很平易近人，何況他父母一早對我有好印象，沒什麼需要擔心的。

“可是……”

“一句話，只要妳感到不舒服，我馬上送妳離開，I promise！”

話都說到這個份上，再推拖就矯情了，我只好懷著戒慎恐懼的心和他一道回家。

~

據說從第五大道向東到列克星敦大道是紐約最昂貴也是最受歡迎的住宅區域，被稱爲“黃金海岸”。這裏居住著紐約最富有的一群人，是真正的富人區，一套一居室公寓就要一百萬美元起，而且以每年15%的漲幅增長著，更別提傑森的家是擁有五居室的豪華公寓，門口有戴禮帽的管家負責開門，大堂的地磚和牆磚全是微晶石，電梯靠指紋啓動。

“季小姐，妳來了。”唐媽媽到電梯口迎接。

原來整個23層都是他家的，一出電梯就是玄關處。我忽然感到膽怯，這樣的富貴人家不是我高攀得起的。

“唐媽媽好。”我怯生生地喊。

“快進來，”唐媽媽挽住我的手，“家裏很少有年輕客人來，妳是第一個被傑森帶回家的女孩。”

聽她這麼一說，我忽然有了底氣，脊樑骨挺得直直的。

我們在有半個籃球場大的客廳坐下，一個梳著巴巴頭，身穿白上衣黑長褲的婦人走了進來，她爲我們呈上果汁，說待會兒開飯。

“這是劉阿姨，”唐爸爸介紹，“爲了妳的到來，滷了拿手的紅燒肉，肉香引得樓上的狗吠了一下午。”

不用他提醒，我一出電梯門就聞到香氣了，肚子因此咕嚕咕嚕地叫起來。

“謝謝劉阿姨。”我說。

"別客氣。"劉阿姨笑了，露出亮晶眼的金牙，"大少爺是我看著長大的，知道今晚他帶女友回家吃飯，我當然得呈上好酒好菜。"

唐媽媽接著說劉阿姨是她從蘇州老家帶過來的陪嫁丫鬟，也算是傑森的半個媽，小時候把屎把尿的活兒，全讓她包攬下來。

"没錯，誰若想傷害少爺，我第一個站出來！"

劉阿姨的義氣惹來大笑聲，我勉強微笑，但心裏磣得慌。我從未想過傷害這和樂的一家人，更別提對我一往情深的傑森，但萬一……我真怕這個忠心的僕人會提刀向我索命。

"唐爺爺好嗎？"待劉阿姨走後，我趕緊換話題。

"他很好，知道是妳救了他，迫不及待想和妳見面，被我攔下，說以後見面的機會多的是，他還是乖乖留在醫院等待放行。"唐媽媽答。

"我……明晚回曼谷。"我趕緊明説。

傑森因此將我的狀況簡單交待一下，說我現在替一位住在曼谷的有錢太太搭配服飾，又說我才華洋溢，會是以後的Vera Wang,而最最重要的是我已考上NY服裝學院，十月份以後會待在紐約，結束兩地相思之苦。

"果然是人才啊！"唐爸爸對我大加讚賞，話鋒一轉,"說到服裝設計，王會長的公子Gary娶的就是小有名氣的設計師，曾替Kim Kardashian 設計過禮服。"

唐媽媽緊接著做補充，她說這個女設計師比較靠譜，不像Gary之前交的那一個，父母拿社會救濟金，兩個哥哥是監獄常客，女孩雖然也是大學畢業生但私生活混亂，像這樣的家庭就得敬而遠之，免得惹禍上身……

不知爲什麼，聽著聽著，我的底氣便漸漸流失，脊樑骨也軟了下來。

“季小姐，妳家裏人都是做什麼的？”唐媽媽的劍一出鞘，果然讓我肝腦塗地。

哎呀！我那破敗的家怎好說出口？

“吃飯了。”劉阿姨適時來解圍。

我趕緊說紅燒肉實在太香了，害我饑腸轆轆。

“那麼開動吧！別讓客人餓壞了。”唐爸爸說。

除了紅燒肉，桌上還有醃篤鮮、四喜烤麩、鹹燒白、油爆河蝦、熏魚、香酥腐皮捲等，都是道地的本幫菜。

待各就各位，唐媽媽要傑森領飯前禱告詞。

“天上的父，求祢降福我們，賜我們所用的食物及一切恩惠，因我們的主基督，阿門。”他們三人胸前畫十。

果然瑪妮太太說的沒錯，他們一家都是天主教徒。

禱告過後，唐媽媽說：“劉阿姨和我一樣是蘇州人，但她的烹飪可不止局限在蘇浙菜，中國各省的名菜她都會做，妳吃吃看就知道。”

被紅燒肉吊起了胃口，我現在吃什麼都覺得香，何況每道菜都濃油赤醬的，光看色澤就能讓人流口水。

“好吃。”我咬了一口紅燒肉，伸出大拇指讚揚。

是真的好吃，肥而不膩、酥而不爛、甜而不粘、濃而不鹹，還有什麼比得上劉阿姨的手藝？

那個眼睛笑得眯成一條線的僕人要我好吃就多吃點兒，然後滿意地離去。

“妳看，我們全家都喜歡妳，妳的擔心是多餘的。”傑森在我耳邊低語。

“嘿！”唐爸爸假裝生氣，“怎麼說起悄悄話來了？不行，你得公佈出來。”

傑森回答他没說什麼秘密，只是要我趕緊把家世交待一下，因爲他也很好奇……

没想到好不容易錯開的話題又被那個矇在鼓裏的人給撿回來，我寧願將傑森說過的悄悄話一五一十地昭告天下。

"妳爸媽是做什麼的？"見我不主動交待，唐媽媽開門見山地問，而這道題恰恰是我不願解的。

"他們……"

第三十七章／謝謝你愛我

我的父母都是實誠的鄉下人，家裏開土特産店，母親偶爾做些泡菜、水煮花生之類的東西在店裏寄賣，雖不富裕，日子過得倒也滋潤，然而擺在傑森那顯赫的家世及優渥的生活條件前，這無疑是低下的、卑微的。我難以想像當唐爸爸唐媽媽知道我們一家人全擠在店後的狹窄空間裏過活會是什麼樣的感受與心情。

"……像這樣的家庭就得敬而遠之，免得惹禍上身。"我想起唐媽媽說過的話。

噢！不，我不能讓他們像看難民似地看我，尤其深愛我的傑森配得上養尊處優的公主。是的，我一定得當一回公主，哪怕只是海市蜃樓。

"我的父親開外貿公司，就是將中國的老乾媽、辣條、方便麵等銷往國外；母親則是美食專欄作家，教家庭主婦如何做菜。"我總算在大方向不變的情況下編了個美麗的謊言。

"原來華人超市裏的貨來自你家呀！"唐媽媽頗爲驚訝。

"是的，我家幾乎包辦所有海外華人超市的鋪貨工作。"

唐媽媽緊接著問我母親在哪個平台寫專欄？她好上網學幾道菜，省得他們父子老嘲笑她五谷不分。

真是糟糕！我没想好這一步，都怪平常不看美食專欄，這下子真要出醜了……

"妳母親該不會是戀戀夫人吧？！"唐爸爸問。

誰？誰是戀戀夫人？管他的，反正現在找不到替死鬼。

没想到我的承認換來驚歎聲。

"原來妳母親真的是戀戀夫人，她是個美食家，寫的幾本食譜和美食札記都賣得非常好，連這裏的市立圖書館都能借到。"唐媽媽面向唐爸爸，"我們的華語電台前幾年曾想做跨境連線採訪，可惜她太忙，被婉拒了。"

"這下好了，有言言牽線，還怕戀戀夫人不同意？！"傑森也來湊熱鬧。

我笑得很勉強，說自己試試，但無法保證，因爲母親有時忙得連我的手機也不接。

"既然妳父母都是成功人士，家住哪裏？北京還是上海？"唐爸爸問。

我怎能告訴他X省X市X縣X鄉X村X大街中段南行60米是我家？

"我父母在全國各地都有房地產，但爲了上班方便及安全性著想，他們目前住在上海黃浦江邊的'湯臣一品'，每天面對270度的無敵江景。"不知爲什麼，謊話一開講就停不下來，而且洋洋灑灑地自動加油添醋。

既然挑起了房子話題，唐爸爸和唐媽媽開始討論起中國的瘋狂房價，直呼amazing.

從他們雀躍的神情中，不難看出我的身價正蹭蹭蹭地往上衝。

“看來妳父母和我父母一樣都是窮養小孩，難怪妳節省度日，連我的課時費都付不起。”傑森的怪嗔無疑下了一場即時雨，讓我的謊言得到最大程度的保護。

“是的，”我忙不疊承認，“雖然家境富裕，但父母一心想培養我經濟獨立，所以大學畢業後我全然靠自己，沒向家裏拿過一分錢，連即將就讀的NY服裝學院，其學費和住宿費也是……我掙的。”

話一說完，我感到些許的窘迫，叉開大腿掙錢也是掙，但畢竟不光彩，然而唐家人沒察覺到我的異樣，他們的臉上佈滿喜悦，有誰比我這個自食其力的名媛更適合當唐家兒媳婦？現在只剩下最後一道題了……

“季小姐，妳的條件這麼好，想必追求妳的男孩子一定很多吧？！”唐媽媽問。

我答追求者甚衆，但真正交往過的只有一個，後來因兩人的婚戀觀不同而分開。

“什麼婚戀觀？”傑森問。

“我認爲婚前守貞很重要，但前男友不這麼認爲，所以我們和平地分手了。”我面不改色地一氣呵成。

“好，好，好……”唐爸爸唐媽媽彼此微笑點頭，簡直不能更滿意了。

傑森也對我笑，大概在他的腦子裏，我是千年難得一遇的白雪公主。

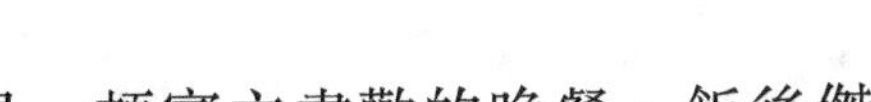

這是一頓賓主盡歡的晚餐，飯後傑森送我回去，知道我住在五星級酒店裏，他已不覺得奇怪，我也慶幸自己不用撒謊，並且邀他上去坐坐。

“我父母很喜歡妳。”我把泡好的即溶咖啡遞給他，他說。

我答這是顯而易見的事，看他們的表情就知道。

"我很高興我們都是低調的富二代，有相當的文化背景和家世，相處起來衝突會比較小。"

我反問他，如果我的條件沒那麼好，父母只是沒文化的鄉下人，他對我還有興趣嗎？

"這個嘛……"他躊躇起來，"美國年輕人談戀愛不會有太多想法，喜歡就在一起，若提到結婚，考慮會多一些，但最主要還是看兩人合不合得來。"

我喜歡傑森的回答，不卑不亢，這才是愛情該有的面貌。

"那麼……你是否信守婚前守貞？"我戰戰兢兢地問。

傑森答他不是虔誠的天主教徒，雖然有信仰在，但如果女孩已經不是處女，他也不冬烘，只要一心一意對他即可。

啊！我愛死眼前的這個男孩，他是我這些昏暗日子以來僅有的陽光，是我滅頂之前的救生索，如果這世上還有救世主，那必定是他，我要用生生世世的忠貞與愛戀予以回報……

"妳……妳怎麼哭了？"傑森拭去我的眼淚。

我答因為感動。

"感動什麼？"傑森摸摸我的頭，"有時妳真傻氣！"

"傻就傻，都說傻人有傻福。"我主動去抱傑森，在他溫暖的懷抱裏，我幸福得想死去。

大都會博物館是美國最大的藝術博物館，與英國的大英博物館、法國的盧浮宮、俄羅斯的艾爾米塔什博物館並列世界四大博物館，不僅展出繪畫與雕刻，還有花毯、樂器、服裝、裝飾品……等展覽。

博物館很大，逛一天也逛不完。我們租了兩個講解器，在五大展廳裏來回穿梭，獲益匪淺。

"肚子餓嗎？"已是中午時分，傑森問。

博物館的門票是捐贈式，想給多少就給多少，所以出去吃飯不礙事，頂多進來再給1美元，但今晚的我得飛回曼谷，而想看的埃及墓穴、王羲之書法真跡、杜西歐的《聖母與聖嬰》……等，都還未見著，我不想抱憾而歸。

"那麼在博物館裏吃吧！是稱重付費方式。"他說。

餐廳很大，可供選擇的菜品也多。我拿了炒飯、沙拉外加兩隻雞翅，竟然要價30美元，簡直坑爹！

"早知道就出去吃，肯德基全家桶不過15美元，還給一大瓶可樂。"我氣憤地說道。

傑森一句話也無地注視著我，嘴角有了笑意。

"What?"我問。

他答沒事。

沒事就是有事，我要他知無不言、言無不盡。

"好吧！我說了妳別多想。去年我媽的朋友給我介紹對象，那女孩說她挺喜歡吃肯德基，但後來不再吃，因爲吃便宜的食物容易掉價，她必須確保日常所吃、所用都是高級品才符合身份。"

呃！有錢人的思維果然不一樣，即便像肯德基這麼大衆化的食物，在我老家還得坐幾站公交車才吃得到。

"呵呵！"我強顏歡笑，"只是打個比方，何況父母不資助我的開銷，我得一分錢扳成兩分用……"

沒想到傑森忽然握緊我的手，說："我就是喜歡這麼接地氣的妳，那些穿華服、不知民間疾苦的芭比永遠也無法和妳相比，妳才是我要追求的。"

啊！我多麼想在遇到乍侖先生前遇到傑森，那麼我就不用在地獄裏沈淪。

“謝謝！”我說。

傑森問我謝什麼？我答謝謝他愛我。

“就說妳傻氣，愛是不用道謝的。”他說。

愛真的不用道謝嗎？那麼就讓我感謝上蒼讓我遇上傑森。有了他，我才活得像個人，而且是幸福的小女人。

第三十八章/自由

清晨，我拖著笨重的行李跌跌撞撞地進門，一個人影從樓上衝了下來，看到是我，很開心的樣子。

"回來了？"他問。

"嗯！"我有氣無力地答，坐了二十幾個小時的飛機，誰還會有好臉色？

乍侖先生說待會兒開飯，吃過早餐再回房休息，倒時差是很累人的。

是很累。

我趁機抱怨經濟艙的座位又窄又小，加上旁邊又坐了個兩百斤的胖子，他的肉都攤到我的轄區，我被擠成一道閃電，幾乎無法入眠⋯⋯

"我以爲妳買的是商務艙。"

真是糟糕！我跟金主要了商務艙的錢，轉身卻訂了經濟艙，因爲想拿差價買這季最新款的Valentino印花裙。

"哈！没睡好，看我胡言亂語地把商務艙說成經濟艙。"我趕緊更正。

還好乍侖先生不在乎（或者"假裝"不在乎），他說待會兒餐桌上見，然後轉身上樓。

～

"給。"我把上機前臨時在機場買的楓樹汁遞給他，一共十二瓶，"貴是不貴，就是重死了，簡直在練臂力。"

"謝謝！年紀大了不得不吃些保養品，否則難以應付妳的需求。"

剛從清新、純潔的世界走來，馬上又掉進骯髒、污穢的泥沼裏，簡直讓人生無可戀。

我悶不吭聲地吃著加上蜂蜜的香煎土司，把說風話的乍侖先生晾在一旁。

世故的他大概察覺到我的不悅，轉話題說他們夫妻在兩天前的聚會上遇見納瓦先生了。

"噢！他好嗎？"我喝了一口黑咖啡，閒閒地問。

乍侖先生說這得問我，因爲聽說我跟納瓦先生到紐約旅遊了。

哎呀！我怎麼忘了這事？

"這下子怎麼圓謊？我……我去參加送舊迎新會，一……一個人。"

"看妳囉！說謊不是妳的強項嗎？"他反問。

"什麼意思？"

乍侖先生沒回答我，用刀劃開荷包蛋，裏面的蛋液流了出來。

~

Ann來喚我吃午飯，我含糊不清地答不吃，然後翻過身又沈沈睡去。沒想到每隔幾分鐘就聽到敲門聲，簡直陰魂不散。

"知道了，別敲了。"我對著房門喊。

~

"什麼時候回來的？"瑪妮太太問。

我答清晨，確切時間記不清，但吃了早飯，所以肯定在七點前。

"紐約好玩嗎？"她又問。

我說還行，一個人去了帝國大廈又參觀了大都會博物館，還到Smith & Wollensky牛排館吃牛排。

瑪妮太太問我怎麼會是一個人？納瓦先生呢？

"那個渣男！"我憤憤不平，"竟然背著我找小三，是可忍孰不可忍，我馬上放他鴿子，自己獨自上紐約散心。"

乍侖先生說的沒錯，說謊的確是我的強項。

瑪妮太太顯然很滿意我的回答，還教我如何開口要分手費，納瓦先生有的是錢。

"錯在他，拿他一些也應該，況且我確實需要錢……"我答。

看瑪妮太太等著我解釋，我知道是時候打開天窗說亮話了。

"去過紐約這個大都市後，我才感覺到自己的渺小與不足，所以……我打算到那裏遊學一陣子。"

"妳該不會以爲我會爲妳留職停薪吧？！"她問，明顯不太開心。

我說這一去恐怕不是短時間能回得來，我也不好意思站著茅坑不拉屎，她可以另外覓人。

瑪妮太太考慮過後答這樣也好，把我留在這裏夜長夢多，怕她老公有不安份的想法。這次她要雇個大帥哥，省得防偷、防搶、防小三。

話雖不中聽，我也不追究了（原以爲我們的雇傭關係會以大打出手收場，若真能安靜地、平和地離開，也算美事一椿）。

" 季小姐再過一個半月就要到紐約遊學，這樣也好，換換搭配師能讓人耳目一新。"瑪妮太太在晚餐桌上率先宣佈我的辭職。

"是真的嗎？"乍侖先生明知故問。

我也很入戲地承認，並且不忘謝謝他們夫妻近一年來的照顧。

"紐約物價不便宜，我要他向納瓦先生多要些分手費，這年頭絕不能便宜那些花心男！"瑪妮太太像是邀功又像是給自己的老公下馬威似地說。

"呵呵！是得多要點兒，納瓦先生不缺錢。"乍侖先生說，然後轉頭問我爲什麼和納瓦先生分手？

我答那個死鬼被我抓到不忠的事實。

瑪妮太太很感慨，她問這世界還有純情男嗎？若有，大概得在嬰兒堆裏找。

不知爲什麼，我忽然想起了傑森，他就是純情男，和他告別後，我才懂得相思苦，走路時想他，吃飯時想他，睡覺時想他。想他的燦爛笑臉，想他的幽默睿智，還想他的溫柔體貼，這樣的好男人是上帝賜予我的，是千載難逢的機遇，我要將他牢牢握在手裏，不讓他從眼前消失⋯⋯

"⋯⋯可以吧？"瑪妮太太問我。

什麼？！我請她再說一遍，剛剛走神了。

"我說既然妳要走，就把衣服趕出來，我也不做過份要求，一個半月總能趕出十五件吧？！"她重複說過的話。

我答試試，但心裏叫苦連天。我不想再回到小木屋和乍侖先生有肌膚之親，這讓我感覺背叛了愛人。

然而乍侖先生不懂我心思，以爲多了巫山雲雨的機會，所以笑得很開心。

"言言小姐的衣服做得好，是該多做幾件。"他說。

"妳沒聽妳太太說我得在離去前趕出十五件衣服來嗎？"我正在裁布料，乍侖先生從背後撲來啃我的脖子。

"不過是十幾分鐘的事，耽誤不了太多。"他開始解我的褲頭。

我打掉他不老實的手，正色地答不行，今天不行、明天不行、後天不行、大後天也不行。

"妳知道自己在說什麼嗎？沒有我的資助，妳上得了紐約？估計撐不了幾個月就斷糧了。"他怒目相視。

我也想過這個問題，美國不允許留學生在校外打工，頂多只能在校園內申請臨時工作（譬如到學校餐廳打雜等），以最低工資1小時10美元計，一個月能賺個幾百美元。寒暑假就比較糟糕，只能打黑工，聽說給的時薪還達不到最低工資，又得防移民局抓人，可說是腹背受敵。

"這是我的問題，不勞你費心。"我不假辭色，"從現在起，橋歸橋路歸路，你是我雇主的老公，我是你老婆的雇員，如此而已。”

“呵呵！去趟美國回來就不一樣了，好個橋歸橋路歸路，得，我不蹬妳，別又回頭找我！”

看乍侖先生氣沖沖地走了，我頹然地坐了下來。

没有乍侖先生的資助，我的確很難單靠一己之力完成四年的學業，還好我未雨綢繆，已在他那群狐朋狗友處搜刮到約合人民幣近一百萬元，省著點兒花應該不成問題。

“終於，終於擺脫這個孽障了。”我喃喃自語，然後趴在桌上痛哭失聲。

第三十九章/無言以對

我和乍侖先生"相敬如冰"地過了好幾天。

"聽說下禮拜有大暴雨，也好，天氣熱，下點兒雨能帶來涼意……"

"日本太太說現在有一款免燙除皺噴霧，只要輕輕一噴，不僅可以去除異味，還能把衣服上的輕微褶皺撫平……"

"我最近在看泰劇《爲愛所困》，裏面有個新人Yoshin長得滿漂亮的，沒想到竟然是人妖，呵呵呵……"

我和乍侖先生很有默契地不置一語，光聽瑪妮太太一個人唱獨角戲。

"守夏節到了，Ann說明天早上得到寺廟參加佈施活動，不單給和尚，也寓意著獻給自己已逝的親人。你去吧！早上我起不來……"

乍侖先生仍神遊在自己的世界裏，他悶不吭聲地吃著椒麻雞，對瑪妮太太的問話毫無反應。

"這是怎麼了？聾了還是啞了？問你話呢！"

"什麼？"乍侖先生大夢初醒，"問我話？我還以爲妳是對言言小姐說的。"

我的金主將聚光燈轉到我身上。

"我不是泰國人，佈施活動就不參加了。"我表明立場。

"没人要妳參加，"瑪妮太太將我晾在一旁，轉頭面向自己的老公，"這是怎麼了？已經好幾天陰陽怪氣的，見誰都没給好臉色，是不是那個工程黃了？"

乍侖先生答没有的事，讓她別瞎想，明天一早他會和Ann到寺廟佈施，這是泰國的重要節日，肯定得去......

守夏節從每年的泰歷八月十六日開始，和尚們閉關三個月，在此期間接受信衆的供養（這是有原因的，守夏節過後整個泰國進入雨季，農民也在這個時候耕種，和尚若外出，很容易會踩死田裏的莊稼和昆蟲，這是罪過，所以有此傳統與節日）。

知道乍侖先生明天會和Ann外出，瑪妮太太飯後將我拉到一旁說悄悄話。

"妳也跟去，幫我盯著點兒，我早懷疑他們兩人暗度陳倉。"她說。

一會兒成爲瑪妮太太的眼中釘；一會兒又被她拉到同一陣營，這玩的是什麼把戲？

"不，我是服飾搭配師，不是抓奸大隊，我拒絕做工作以外的事。"

我的雇主立馬塞給我五張褐色票子，說："記住了，得拍照存證。"

這真是一件奇怪得不得了的事，原配竟然要小三去查小四

（當然，也有可能我的排名在Ann之後）。不管如何，我接下了任務，失去乍侖先生的包養費，我急需掙錢。

隔天吃過早餐，Ann帶著飯菜和日常用品上了乍侖先生的車，我也趕緊跳上巴頌的摩托車（希望他不急著用車）緊隨其後。沿途到處是由小學生組成的佈施隊，他們手裏捧著一個黑色的缽，沿街讓老百姓給錢佈施。

在中國城的寺廟裏，我終於找到被跟蹤的兩人，他們很恭敬地奉上供品，並且合力用蠟燭水鑄造了一根蠟燭交給和尚點燃，這代表替生命注入光芒。

在旁人眼裏這不過是一對尋常夫妻，乍侖先生甚至偶爾會做扶肩攬腰的親密動作，全被我的攝像頭捕捉到,但這說明不了什麼。

佈施活動結束後，那兩人上了車，眼看是往回家的路，我不禁鬆了口氣，心想經過宗教的洗禮，乍侖先生肯定心無邪念，然而我還是太高估他的自制力，因爲蘭博基尼"過門而不入"且往著名的RCA大街駛去。那裏有各種下流的酒吧和上空秀，旁邊的酒店也不遜色，提供的配備絕對讓人瞠目結舌，說是墮落街，一點兒也不爲過。

等那對奸夫淫婦真的下車走入閃著紅光的曖昧酒店時，我頓時沒了力氣。

"真是狗改不了吃屎，没了我，乍侖先生的性生活照樣過得精彩，看來離開他是對的，這樣的人能托付終身嗎？"我邊想邊按下快門。

我把所有容易引起誤會的照片通通收集起來發給乍侖先生，只留下没爭議性的給瑪妮太太過目。

"看來我誤會他們了。"我的雇主收起照片說。

我同意，還加油添醋地說Ann就是鄉下農婦的模樣，如何跟貌美的她相比？一個天上，一個地下，毫無可比性……

“得了，這個月的薪水我會多給妳一些，辛苦了。”她說，然後撕下一片香蒜麵包塞入嘴裏。

午飯過後，瑪妮太太照例睡午覺，乍侖先生也在這個時候來電，他問我那些照片是怎麼回事？

我答他太太給我下任務，拿錢的手短，我正要把照片呈上……

“別……”他馬上阻止，“說吧！要多少？”

“難道……難道你以爲我在勒索你？噢！不，我不做這種事，這會上刀山下油鍋，不得好死……”

乍侖先生要我別再演戲了，敢做還怕開口？五萬泰銖夠不夠？反正我也没拍到什麼實質性的東西，他想抵賴還不容易？只是怕麻煩而已。

“反正我不勒索人，你自己看著辦！”我匆匆掛上手機。

没多久，我收到銀行發來的短信通知，十萬泰銖妥妥進賬。

我和傑森仍然盡可能地每天視頻，曼谷的早晨是紐約的晚上，通常說完話剛好準備上駕訓課（我也知道離開乍侖先生，買車注定無望，但學費已經繳了，不去可惜）。

“我買了一輛o5年的二手別克，還不壞，妳來時我載妳去兜風。”傑森說。

我答好，如果自己的路考通過，也許可以和他換手開。

我們又討論了一下未來可能會有的旅遊路線，他突然將我拉回現實，說這些日子以來投的簡歷全石沈大海，如果不行的話，他打算到新澤西州試試，同學說那裏好找酒店的管理層工作……

"不，"我急了，"你給我在紐約好好待著，不許到別的地方，聽到没？你若走了，我如何找你？"

傑森聽完哈哈大笑，他說新澤西州離紐約不過200公里，開車一、兩個小時就到。

"我不管，你就得待在紐約，這麼大的城市還怕找不到工作？"

其實我想說的是以他家的政商背景，在紐約找個五星級酒店的管理層工作簡直易如反掌，但話終究没說出口，因爲我相信傲骨嶙嶙的傑森不會想靠父蔭謀職，這對他來說不啻是種恥辱。

"那……好吧！妳來紐約之前我若還找不到工作再做他想，現在的我迫不及待想離開父母自立。"

我不敢相信那麼漂亮的公寓，傑森竟然想離開？

"再漂亮也是父母的，我要掙錢買自己的房子，唯有經濟獨立，人格才能獨立。"他說。

好個經濟獨立，人格才能獨立，這也是我努力的目標……

快樂的時光總是短暫的，我看了看錶，是時候該出門上駕訓課了。

傑森微笑跟我說拜，不忘拋來一個飛吻，我一時興起，直接回吻在電腦屏幕上，看心愛的他做勢要昏過去，我樂不可支。

～

曼谷的白天很熱，爲了上駕訓課，我擦了防曬油，又拿了件薄衫，正要關上電腦出門時，一封郵件適時送到，我順手點開。

那是村裏的馮老師發來的，自己的父母不會使用電子產品，很多時候都是央求村裏學識最高的馮老師代發郵件，這次也不例外，只是……

等我讀完郵件內容後，內心砌好的雕樑畫棟轟然倒塌，難道……難道我受的苦難還不夠，一切又要重頭開始？

我捂住嘴，無言以對。

第四十章／破繭而出

馮老師在郵件上轉述一年多前有個服裝華麗的女子上父母的土特產店購物，出手闊綽，還說自己原來開便利店，若不是經人介紹知道R公司的理財產品，到現在還窩在一個十平米不到的小店裏⋯⋯

父母一聽來勁，問她是什麼理財產品？這麼神奇！那人滿嘴跑火車，說R公司做黃金買賣，還有什麼比黃金更保值？只要將錢投入，最高年化收益率能達到35%，另外還有聚餐、抽獎、祝壽、免費遊等活動。

這一來，父母心動了，小小地投資了一萬元，發現按季結算的利息準時到賬，於是膽子一大，把辛苦攢下的錢全投了進去，沒想到拿了五季的利息錢後，該公司人去樓空，父母的錢打了水漂，還因向親戚朋友借錢投資而背了一身債。

"言言，爸爸對不起妳，原想賺了錢蓋個大房子，讓全家住得舒服點兒，媒人上門提親也能給妳長臉，沒想到欠下這麼多錢，我真沒臉見妳，還是死了算了⋯⋯"這是由父親口述，讓馮老師寫下的。

郵件中没寫究竟欠下多少，但肯定不是個小數字，否則父親也不會給遠在泰國的我"報憂"。

我愁眉不展了好一會兒，直到又來一封郵件，還是馮老師發的。

"我不清楚妳家人到底欠下多少債務，但每天有二、三十人上妳家鬧，其中以開修車店的老徐反應最激烈，因爲他把兒子的彩禮錢借給了妳父親，現在兒子娶不上媳婦，他打算到妳家自焚抗議……"

我知道徐叔，人不壞但脾氣大，他說要自焚應該是氣話，但難保不會一言不合動起拳頭，我想起父母那羸弱的身軀，怎堪一頓暴打？

【馮老師：請轉告我父母，今天我就給他們打款，五天之內一定到，勿煩惱。】

發完郵件，我拿起包趕赴銀行。

～

我把90%的存款全滙給了父母，剩下的錢只夠買張去紐約的機票及付第一學期的學費，其他諸如生活費和住宿費基本無望。

"還留什麼學？真是癡心妄想！"我趴在床上欲哭無淚。

～

傑森在屏幕那端興高彩烈地說著參加派對所發生的趣事，我有一搭没一搭地敷衍著。

"妳怎麼了？"他問。

我答没什麼。

他說我的聲音洩了密，我一定有煩心事，還是說出來，也許他能替我出謀劃策。

"我想⋯⋯也許⋯⋯也許去紐約留學這件事太匆促，外國月亮不見得比較圓，還不如回中國讀研。"我說。

"言言，妳知道NY服裝學院是這方面的翹楚，妳準備了那麼久的時間卻臨陣退縮，不覺得可惜？"

哎！誰說不可惜？現在最懊惱的人就是我，但能怎樣？沒錢還能變出個鳥來？

"是可惜，可是⋯⋯"

"我一直想把妳介紹給我的朋友，他們早想會會我那才華洋溢的設計師女友，現在妳不來，我只好跟著妳回中國，順便見見我未來的岳父岳母。"傑森故作輕鬆地說，卻把我給嚇壞了。

不，絕不能讓傑森去中國，他一去，我的西洋鏡豈不是被拆穿了？

"呵呵！我開玩笑的，花了那麼多的時間與精力，怎能說放棄就放棄？你放心，我一定來紐約，砸鍋賣鐵也要來。"我說。

被打臉是很尷尬的一件事，但我沒別的路可走，除了回頭找乍侖先生，我看不出還有什麼快錢能解燃眉之急。

"只要賺到四年的學雜費就好，賺到了我就金盆洗手不再幹齷齪事。"我自我安慰。

主意一打定，我等不及迎接明天的朝陽。

“你和Ann的照片我都刪除了，十萬泰銖我不要，還你！”

乍侖先生邊吃早飯邊細細觀察我，然後用不急不徐的語氣問：“妳這演的是哪一齣？”

“我不是演戲，而是……而是看你對Ann這麼好，我……我吃醋了，所以做了不理智的事，你罰我吧！你怎麼罰我都不會有怨言。”

乍侖先生笑岔了氣，他說我的演技更上一層樓了，該拿奧斯卡獎。

“你這麼說，我當真要生氣了，我現在每晚每晚地想你，想到睡不著覺。”我梨花帶雨，除非乍侖先生吃了秤砣鐵了心，否則肯定會動容。

然而他依舊不動聲色，我的心因此七上八下的，難不成他真的不要我了？像甩一隻破鞋一樣地甩了我。

直到他啃了豬手又喝完湯，還抽完一根煙，我才聽到回音。

“聽著，我不知妳為何回頭找我，這不是我關心的重點，但這次妳得表現出誠意來，否則我是不會接受妳的。”他說。

我忙不疊點頭，說自己誠意十足，只有他說不出的，沒有我做不到的。

“得，最近政府的工程一直標不下來，我一查，發現納瓦先生和主事的人很熟，妳去幫我搞定這件事。”

“納瓦先生？那個色鬼？”

“沒錯，就是他，妳的前男友。”乍侖先生說著笑話，我卻笑不出來。

這叫作繭自縛，這叫自食其果，這叫自做自受……然而我有什麼辦法？這是自找的。

再一次把自己的尊嚴踩在腳下已經不能用“命運多舛”來形

容，我可以不受辱，我可以揚長而去，我可以活得俯仰無愧，但一想到傑森……

啊！我多麼愛他，愛他的每根頭髮、每吋肌膚、每個細胞、每道氣息……即使用全世界去交換，我也在所不惜，何況是出賣肉體。

"好的，我幫你搞定，你來安排時間。"我義無反顧地說。

～

納瓦先生把一沓紙鈔塞進我的Gucci包裏，還約了我下週見。我點了個頭，整理好衣服後快速離去。

再兩個禮拜我就飛紐約，和納瓦先生見面的機會不多了，趁著能撈我就多撈點兒，何況他不小氣，給了我不菲的夜渡費。

哈！沒錯，就是這樣，我把男人侍候好，他們給我錢，讓我去實現夢想，這有什麼不對？有什麼不可以？

然而……爲什麼我那麼心累、那麼迷茫、那麼的不知所措？

～

回到拔達逢家，在按下對講機前，我竟然情不自禁地趴在門柱上痛哭流淚。不，我不喜歡面對生張熟魏，也不喜歡被當成性玩具，但我無法也改變不了命運。我已經是隻破罐子，唯有大撈一筆再從良才有重生的機會，才有破繭而出的可能。

"傑森，對不起……對不起……我愛你……"我邊哭邊吶喊著。

第四十一章／偶遇

因爲心情鬱鬱，我把所有的精力都放在衣服製作上，唯有在設計的領域裏，我才能暫時拋開煩惱的人間事。

面對一件件唯美絕倫的華服，瑪妮太太笑開了臉，加上我離別在即，她難得寬容，我們遂有了第一次雇傭之間的蜜月期。

"我是過來人，當麵包有了，就該找愛情，別像我，防老公像防賊似的。"她說。

我問她如果沒有麵包該怎麼選？

"沒有麵包就去製造麵包，然後回頭找愛情。"

我接著問若沒有能力製造麵包呢？

瑪妮太太將即將入口的蝦餅放下，正色地說別人有沒有能力製造麵包她不清楚，但我絕對有能力，尤其最近做的幾套衣服都非常出彩，已經有許多太太向她打聽是從哪裏買來的，若不是我出國在即，肯定能收到不少訂單。

"真的嗎？"我仍半信半疑。

“妳有這方面的才華，假以時日一定能大放光彩，自己若能開個工作室，倒不失爲謀生之道。”

瑪妮太太的一番話不啻在黑暗中替我打開一扇窗，如果連一向挑剔的雇主都“無可挑剔”，我的設計之路顯然有走下去的必要，也替我的“犧牲”找到了強而有力的藉口。

“謝謝，能得到妳的肯定是我莫大的光榮。”

此時瑪妮太太皺了一下眉頭，雙手捂住太陽穴，很痛苦的樣子。

“怎麼了？”

“没什麼，老毛病，又頭痛了。”

我說頭痛不能忽視，還是上大醫院檢查一下吧！擇日不如撞日，就今天，我陪她去。

“不用了，我的灑咪已經爲我買了頭等艙機票回中國探親，說是提前送我的情人節禮物，我就留在中國做檢查吧！”

泰國的情人節又叫水燈節，是一個能充份體現泰國青年男女旖旎戀情的節日。無論城市或鄉鎮，到了這一天，戀人們相約到河邊或湖邊放水燈，一起爲愛祈禱，但……那是11月中旬啊！提早兩個月送禮未免太過牽強？

當然，我知道那不過是乍侖先生的司馬昭之心。

我的機票訂在大後天的凌晨，而瑪妮太太前一天飛中國，銜接得天衣無縫。之前我還在想乍侖先生要以什麼樣的理由好離家一個星期，原來這就是答案！

“言言啊！也許話說得不好聽，但我真的高興妳離開。我老公是管不住老二的人，我怕妳我之間會因他産生嫌隙，最後不歡而散。”瑪妮太太說。

我感到愧疚，她的老公早管不住老二，我們已經背著她苟且很久了。

也許不知情才是最幸福的。

“到了紐約，給妳租個公寓，順便開銀行戶頭，十萬美元以下的車妳可以挑一輛。”乍侖先生邊喝香檳邊說。

“二十幾個小時的航程，你現在就開喝，真不怕醉酒。”

“醉了更好，剛好一路睡過去。”他又叫了第二杯。

也許我多心，那個顴骨很高的空服員已經飄來好幾次關心的眼神，對我們的“老少配”很感興趣的樣子，讓人很煩躁。

我多麼希望同行的是同齡人，這樣可以減少很多關注。

“Excuse me, do you think he needs a blanket?”空服員還是走了過來，問我乍侖先生是否需要毯子？

我轉頭過去，原來喝了兩杯香檳的乍侖先生真的睡著了。

“Yes, please give my uncle a blanket.”我答。

空服員知道旁邊坐的是我的“叔叔”，露出理解的笑容，我也終於鬆了一口氣。

行惡的人總是比較敏感，我很高興終於把情人擺在合適的位置上。

聽說巴卡拉酒店是紐約最豪華的酒店之一，位置好，離第五大道和現代藝術博物館都很近，而最最重要的是離NY服裝學院也不遠，方便辦事及快速了解周邊環境。

下了車，酒店門僮馬上過來開門及提行李，是個顏質高的精壯小伙子；前台也是貌美的服務員，態度非常恭敬、友好。

酒店從大堂到房間內部都是亮閃閃的水晶，有水晶燈、水晶杯、水晶酒具……連漱口杯也是水晶的，真是名副其實的"水晶宮"。

由於是下午抵達，離晚餐還有一段時間，乍侖先生提議喝酒店的下午茶，我無可無不可地跟過去。

～

說是一個禮拜的假期，但把飛行時間算進去，前後待在紐約不過五天，要想在五天內找到合適的租處肯定得依賴仲介，可惜仲介帶我們看的幾處都不甚滿意，不是隱秘性差就是不能馬上入住，另外面積大小、樓層高低、環境氛圍……等，也沒能符合我們的要求。

"要不，住酒店吧！每天有專人打掃，還包早餐、寬帶及水電，隱秘性好且不用付大筆押金。經理也說了，長住還能打折扣，算下來貴不了多少。"乍侖先生說。

我想想也是，租房總要求你盡可能的長租，其他費用也多，我又懶，不愛煮飯和打掃，住酒店再合適不過，何況我喜歡這裏，房間設計走的是法式輕奢路線，與水晶相得益彰，真正做到"高端大氣上檔次，低調奢華有內涵"，讓人頗爲驚豔！

"好呀！你付得起當然沒問題。"

我翻著服裝雜誌，乍侖先生則在旁玩我的頭髮，一會兒捲成一朵花，一會兒又將它置於人中扮起《加勒比海盜》裏的傑克船長。

"無不無聊啊你！"我頭擡也不擡地說。

"是無聊啊！"他將我的雜誌扔到床下，"讓我們幹點兒不無聊的事。"

二十分鐘後，我撿起地上的雜誌繼續翻看，留乍侖先生在一旁大喘氣。

~

乍侖先生說十萬美元以下的車子可以任選一輛，本來想買標準款的寶馬，但看到敞篷跑車後，我改主意了，死纏爛打地要金主給我買。

想著不過多三萬美元，乍侖先生豪氣地刷了信用卡，我高興地跳起來擁抱他，也不管有旁人在場，直接奉上法式濕吻。

那個印度裔售車員看傻了眼，握筆的手沒拿穩，讓圓珠筆直線落地。

~

我開心地擁著乍侖先生走出售車中心，身上都是名牌貨，手上還挽著不久前在第五大道血拼而來的戰利品，光看行頭，誰說我不是富家女？誰說我不是天之驕女？

當我和乍侖先生正風頭無兩地行經西十街時……

"言言~"

聽到有人喚我，我轉頭過去，不禁倒吸一口氣，竟……竟然是傑森的母親，她和另外兩位珠光寶氣的貴婦就站在街頭。

"唐……唐媽媽好。"說完，我的手離開乍侖先生的胳膊。

"好，我就跟我的好姐妹說認識妳，"唐媽媽的眼光落在乍侖先生的身上，"這位是……"

"他……他是……"我的聲音竟然不由自主地打顫起來。

第四十二章/夢醒時分

"他⋯⋯他是⋯⋯"我尷尬地轉向乍侖先生，"是⋯⋯uncle，我父親的⋯⋯弟弟。"

乍侖先生不禁莞爾，隨即大方地承認："是的，我是言言小⋯⋯侄女的uncle."

我鬆了一口氣，乍侖先生果然反應快，能見機行事，但唐媽媽就不好控制了，她主動交待自己是傑森的母親，而傑森正和我談戀愛⋯⋯

"噢⋯⋯是嗎？"我的金主對我投來詢問的眼神，我的心因此跳得好快，"腹背受敵"大概就是這種感覺。

"我⋯⋯我和傑森在泰國認識，他是我的英文老師，我們彼此有好感⋯⋯"我希望乍侖先生能接受這不鹹不淡的說法。

那個表面淡定的男人笑了笑，說不知道自己的侄女原來大到可以交男友了，真是可喜可賀！接著邀請眼前的三名中年婦女一同喝下午茶。

我趕緊表示唐媽媽是日理萬機的職業婦女，肯定有事要忙⋯⋯

"不，我們没事，實際上我們正要找個地方坐坐，既然有人邀請，那就恭敬不如從命。"

我擔心的事還是發生了，"進退兩難"便是我此時的寫照，我正想著是不是該佯裝肚子痛，好避開即將到來的風暴，然而乍侖先生不給我這個機會，他抓牢我的臂膀往前行，我像隻鴨子，被趕著上架。

～

BERGDORF GOODMAN 位於高檔百貨的七層，能俯瞰整個中央公園，桌椅和餐具都精緻到無懈可擊。

我們喝著正統的英式下午茶，茶葉有多種選擇，茶點則有三層：第一層放鹹味三明治，有火腿、芝士、黃瓜等口味；第二層放司康、泡芙和手指餅乾；第三層放小蛋糕及水果塔。

"這麼說是言言的父母太忙，所以讓你陪同入學？"唐媽媽問。

乍侖先生點頭。

唐媽媽藉機向同行的閨蜜介紹我那顯赫的家庭，包括她們在紐約吃到的中國食品大多由我家進口、赫赫有名的戀戀夫人是我母親、家住在有無敵江景的上海"湯臣一品"……等。

那兩位貴婦噢噢噢個不停，對我投來傾羨的目光，如果地上有洞，我大概會毫不遲疑地鑽進去。

"言言有没有說她的父親是政協委員，和國家主席是拜把兄弟？"

乍侖先生的話一說完，惹來那三人的驚呼聲。

"言言，妳怎麼没提這事？"睜大眼睛的唐媽媽轉頭問我。

呵！我爲什麼没提？那是因爲父親連村官都没機會說得上話，何況是黨政高層？

乍侖先生很快代我回答：“那是由於言言小……侄女低調又謙虛的個性使然。”

我忍不住笑出聲來，低調又謙虛？說的是我嗎？

“看來傑森找了個好親家。”貴婦甲說。

“是呀！哪天也請言言幫我們引見一下，我老公打算回中國開公司，如果有人護航，再好不過。”貴婦乙說。

我期期艾艾地表示父母很忙，如果有機會，當然義不容辭……

這下午茶喝得五味雜陳，我在唐媽媽的心中當然又加分不少，但面對乍侖先生可就不妙了。

我將餘光掃向我的金主，他不愧是隻老狐狸，將情緒隱藏得很好，絲毫看不出有何異樣，讓我更加忐忑。暴風雨來臨前總是特別寧靜，而這種低氣壓足以讓人窒息。

“對了，把傑森叫出來會會言言的uncle。”唐媽媽拿出手機。

不，絕對不可以，傑森一來等於判我死刑，我做勢要走，被乍侖先生抓住手腕。

“言言小……侄女，妳想上哪兒去？”他問，慈眉善目的。

“我……我上廁所，茶水喝多了。”說完，我將手用力抽回。

“奇怪，傑森竟然關機了，不應該呀！”唐媽媽望著手機，很是懊惱。

我趕緊表示傑森還沒找到工作，也許正在面試當中，當然得關機。

“哎！這孩子就是太實心眼了，工作不願父母插手，堅持自己來。”唐媽媽不無驕傲地表示。

然後“有骨氣”、“將來必有大成就”、“就等著他替唐家揚眉吐氣”……等等溢美之詞從那兩名貴婦嘴裏排山倒海而來，而我也“忘了”上廁所，加入諂媚的隊伍裏。

一路上，乍侖先生不發一語，連我主動去牽他的手也被打掉，看來腥風血雨是免不了了。

一進入房間，我馬上對著坐在沙發上的金主下跪，把自己的愛慕虛榮、信口雌黃大肆批評一番。

"呵！我對妳那貧窮又破敗的家一點兒興趣也無，妳想如何吹噓，悉聽尊便，我甚至還能替妳錦上添花，但是……"他抓住我前襟，"我倒是很想知道自己是否被戴綠帽了。把妳奉獻給哥們兒是一回事，妳私下接活兒又是另一回事，養老鼠咬布袋說的就是妳這種婊子！"

我死死地抱住他的大腿，哭得聲嘶力竭，只差沒把心挖出來，甚至以父母的性命發誓：若和傑森有肌膚之親，不得好死！

"哈哈！妳的誓言值個屁？從現在起，我們的交易一筆勾銷，妳仍能保有我送的禮物，但敞篷跑車得收回，畢竟我才是車子的主人。還有，今晚打包好滾出去，這酒店與妳無半毛錢關係。"

知道金主要撤資，這一驚非同小可，我將茶几上的水果刀拿在手裏，說自己的一片真心被誤解，倒不如死了算了……

"我警告妳，地上鋪的是昂貴的波斯地毯，血跡很難去除。"乍侖先生不帶感情地說。

我趕緊丟了小刀去抱他，再奉上自己溫潤柔軟的唇，手也沒歇著，開始解他的鈕扣……

剛開始乍侖先生還抗拒著，沒多久便棄械投降。他翻身將我壓在底下，化被動為主動。我也積極配合，而且非常奮力拼搏，幾乎用盡了九牛二虎之力，直到他哀叫一聲躺在我赤裸的身體上。

"我愛你！"我吻著他的肩膀說。

“妳不愛我，妳只愛我的錢，但我不在乎，因爲我也只是愛上妳的身體。”乍侖先生嘟囔著，“言言呀！我們是同路人，妳想從良是癡心妄想，到時只會自取其辱。”

也許正如他所言，這輩子我不可能洗白，但希望是什麼？希望就是“明知不可爲而爲之”。没有了希望，我跟行屍走肉又有何不同？

“ 不管你相不相信，我和傑森真的是清白的，如果我曾經心猿意馬過，那也是夢，夢總有醒的時候。”我不忘表忠貞。

這次乍侖先生不再言語，他站起身將衣服穿好，然後沈默地開門走了出去。

第四十三章／被愛情眷顧

直到午夜時分，乍侖先生才進門，他將一沓照片扔在床上。

＂這是什麼？＂我撿起一張看，竟然是我和納瓦先生燕好時的照片，張張不堪入目，我嚇得說不出話來。

乍侖先生表示爲了怕納瓦先生食言，他事先在酒店房間裏裝了攝像頭，不怕他事後不認賬。現在正好拿這些照片來制約我，我要嘛淨身出戶，要嘛做他聽話的扯線娃娃，否則他會把照片張貼在唐人街上，讓我的小男友及其父母無地自容！

我早知道眼前的男人老奸巨猾，絕不是省油的燈，但我沒料到他如此下作，簡直不是人！

將一張張春宮圖收起後，我點上一把火。

＂燒吧！我有底片，想洗多少張都有。＂

我說他誤會了，這些照片會石沈大海，永無現身之日，因爲我將永遠成爲他的禁臠。

＂禁臠？哈哈！這個我喜歡。＂

趁著對方心情大好，我幫他脫衣服，嘴巴說著混話：“來吧！用你那把聖劍貫穿我吧！”

夜來臨，劍已出鞘……

乍侖先生替我付了半年的酒店錢，並且拒絕了15%的折扣，換來在酒店裏任食任飲、停車免費以及一週三次的衣物乾洗費。

“我這個老公做到位了吧？！方方面面都考慮到，讓妳無後顧之憂。”他自豪地說。

聽到“老公”一詞，我很想哭。有老公會以裸照相威脅嗎？有老公會爲了交際或拿項目，讓自己的“老婆”陪睡嗎？

“怎麼了？這是。”看我掉眼淚，乍侖先生急了。

我說因爲會有好一陣子見不到他，心裏很悲傷，所以……

“哎呀！我的小公主，怎麼淚點這麼低？又不是到天涯海角去，我一有空就會飛來看妳，嗯？”他給了我一個吻，然後轉身離去。

見他一入關，我馬上掏出手機。

“言言，妳在哪裏？這幾天聯繫不上妳，我好焦急！”傑森說。

我答叔叔陪我入學，他認爲我應該把注意力放在學習上，不喜歡我在這個時候交男友，爲了不惹他生氣，所以……

“我知道叔叔的事，母親告訴我在中央公園附近踫到你們，可惜我錯過了和他見面的機會。如果相見了，他的看法一定有所不同，因爲我是真心喜歡妳，不是玩玩的。”

聽傑森這麼一說，剛止住的淚水又嘩嘩嘩地流，我沒想到在

"看盡千帆皆不是"後，會有一個人真心喜歡我，我差點兒要以爲這世界早沒了愛情。

"你怎麼了？"傑森聽到嗚咽聲，嚇壞了。

我答沒什麼，剛剛有老師問我話，我一緊張，英語說得支離破碎，很怕正式上課後會趕不上其他同學……

傑森要我別緊張，我的英語沒那麼糟糕，多練習一下，感覺就回來了，還問我在哪裏？他現在過來找我，順便盯著我練習口語。

想起自己已被乍侖先生制約，一定得慢慢疏遠傑森才行，否則會兩敗俱傷。

"別麻煩了，明天開始上課，今天我想好好休息一下。"

"我……明天開始上班，在第五大道附近的瑞吉酒店擔任行政助理一職。"他忽然拋出重磅炸彈。

什麼？！傑森找到工作了？而且工作地點和我租住的巴卡拉酒店相距不到五百米。

"真是大大的驚喜呀！"

"是的，所以想在上班前和妳慶祝一下。"他說。

我很想答不，多靠近他一步，離危險就越近一步，但轉念一想，長痛不如短痛，就讓這場沒有結局的愛情戛然而止吧！

"好，但是只能會面兩小時，我……還有其他事要忙。"

"沒問題，我現在就過去！"他說，聲音像浸了蜜似的。

～

巴卡拉酒店不遠處有一家著名的連鎖餐廳— FOGO DE CHÃO Brazilian Steakhouse，吃的是巴西烤肉，其肉類分別串在一個長約一米帶凹槽的扁平鐵棍上，然後放在碳火上慢慢燒烤，期間要刷幾次油，烤至兩面金黃、肉香撲鼻的時候就可以食用了。

傑森讓我用英語點餐。

" Could you give us Caesar salad, the roasted leg of lamb, sirloin steak, 2 caramel pudding and 2 orange juice？please."我點了餐。

服務員走後，傑森說：" See, 妳的英語完全没問題。"

我答一般會話可能没問題，專業術語就難了，我怕……

" 又來了，怎麼那麼多害怕的事？有我在妳身邊，還怕什麼？"

我咬了咬下嘴唇，傑森不知道我正打算分手，他還以爲來日方長，讓我更心傷。

"對了，怎麼住到酒店裏？巴卡拉酒店不便宜啊！"

我解釋父母嘴上說要訓練我獨立，但一個女孩在外總是不放心，住五星級酒店至少安全有保障。

傑森點頭表示同意，他說紐約是民族的大熔爐，林子大了，什麼鳥都有，其中不乏犯罪份子，我父母的考慮是對的。

"還有，他們給了我一輛敞篷跑車及一張每月有2萬美元額度的信用卡。"我一字一句地吐出來。

傑森笑了，他說擁有這麼多，看樣子我很難經濟獨立。

"没錯，我一直是溫室裏的花朵，手不能提肩不能挑，很抱歉給你錯誤的印象，我不是你想追求的那種女孩……"

傑森放下手中的羊腿，正色地說："妳生長在那樣的家庭不是妳的錯，我想追求怎樣的人，心裏清楚得很，所以……別再自責了。"

哎！話都說到這個份上，傑森竟然聽不懂，無奈之下，我只好祭出B計劃。

"我……我父親要我學成後馬上和官二代結婚，現在叔叔回家一說嘴，他大爲光火，說我如果繼續和你交往，書也不用唸了，立馬回國！"我放下刀叉，"你知道NY服裝學院對我的意義，花了那麼多的心血，就這麼放棄實在不甘心，所以……我們還是分手吧！"

傑森聽完後，久久無法言語。

"對不起，長痛不如短痛，與其彼此煎熬，倒不如在還來得及的時候抽身。"我補上一句。

他問什麼是還來得及的時候？

"就是說再見時不會感覺太疼痛。"

"好，讓我們開心地用完這餐再分道揚鑣吧！"他舉起果汁敬了我一杯。

知道傑森那麼容易就放棄我，心中多少有些失落。原來我沒那麼重要，原來他沒那麼愛我，連道別也如此倉促，直接就在餐廳外說拜，送都不送我一程，真他媽的有君子風度……

我心情鬱悶地走回酒店。

一踏入大堂，我立馬被一個熟悉的人影吸引住。

"你……"我太驚訝了。

"我想了想，還是放不下，我不相信那個官二代會比我好，會比我更愛妳，而且現在已經來不及了，說再見時這裏，"他指著心臟，"很痛！"

噢！我該說什麼好？從來沒想過破罐子的我也會有被愛情眷顧的一天，尤其對方還是那樣優秀的男人……

我哭了，大顆大顆的淚珠滾落下來。

他走過來爲我拭淚，溫柔地說：“我相信精誠所至，金石爲開，假以時日，我會讓妳的父母接納我，只要妳站在我這邊。”

我當然願意站在他那邊，但幸運之神不見得站在我這邊。我很難想像當乍侖先生發現我又和小男友藕斷絲連時會作何反應，也許將我大卸八塊餵狗吃，但我管不了那麼多了，乾涸已久的心需要甘泉，傑森就是我的即時雨……

“言言，妳願意等我嗎？等我爲妳帶來幸福的那一天。”他問。

我點了點頭，將乍侖先生置於腦後。

第四十四章/催婚

以後當我回憶起在紐約的大學生活時，仍覺得不可思議，我是如何周旋在兩個男人之間遊刃有餘且相安無事的？

傑森很單純，我們相敬如賓地交往了近五年，親親小嘴、拉拉手是有的，但絕沒有越雷池一步。他沒暗示，我也不主動挑逗，看過太多猴急想上床的男人，我挺享受男女之間純純的愛。

他會在街頭爲我買一束黃蕊雛菊，而我會用交作業剩下的布料替他做一條世上絕無僅有的領帶。我們也會合吃一塊蛋糕、共喝一杯飲料，然後在雨天齊撐一把傘。那些情侶間會做的愚蠢小事，我們一樣也沒落下，真真切切又甜甜蜜蜜地度過五個寒暑。

如果我的生命曾經盛開過，那必定是這段溫馨有愛的時光。當然，偶爾也會有風雲變色的時候，當乍侖先生風塵僕僕地從泰國飛來，我便得變著花樣說謊，好讓傑森相信我是真忙，忙得連接聽電話的時間也沒有。還好這樣的機會並不多，不說曼谷到紐約往返得四十多個小時，乍侖先生也有了新的伴侶，雖然對方是個四十多歲的大齡剩女，但新婚總是甜美的，多少沖淡想來會我的慾望。

瑪妮太太呢？

我到紐約沒多久，她被查出腦袋裏長瘤，在中國治療大半年之後還是撒手人寰了。

當知道前雇主遭遇不幸時，我心悶悶不樂，然而乍侖先生仍不改其風流的本性，待在紐約的日子裏照樣天天巫山雲雨，看不出有任何悲傷情緒。

至此，我算是徹底死了心，一個對生死如此淡薄的人，如何要求他對自己有情有義？所以在戴上學士帽後，我斷然提出分手。他倒不糾纏，很快答應了，還不忘祝賀我拿到學位。

我知道他必定是厭倦我了，同時，若沒猜錯的話，他大概已找到替補的人選，也許是個初出社會的小女生，也或許是個縱橫情場的老手，然而……與我何干？

"言言，媽媽說中午到唐人街吃飯，爺爺也會去。"

傑森打電話給我時，我正在工作室裏接待準新娘。没錯，我有了自己的工作室。

與乍侖先生分手前，我有計劃的讓他入彀，在連續三天的欲仙欲死後，他終於鬆口在市中心爲我租下兩百平米的商鋪當工作室，並給了不菲的啓動資金。他又成了我的金主，只是這次不牽扯到肉體，而是實打實的投資行爲。上個月刨除各項開支後，純利潤能達到五萬美元，工作室剛開不到一年，有這樣的成績算不錯的了。

"爺爺怎麼來了？他不是在療養院裏嗎？"我問。

傑森說爺爺提前過九十歲大壽，被爸媽接出來聚餐，他也是今天才被通知到。

"好的，我馬上過去。"

掛上手機後，我很快拿出以前設計的中式新娘服圖紙讓對方參考，那個拿不定主意的新娘子更加左右爲難。我要她別心急，結婚是大事，得慢慢來，有想法時告訴我的助理，她會記錄下來，我鐵定能幫她設計一款別出心裁的新娘服，讓人眼前一亮……

別看工作室現在"客似雲來"，剛開始那會兒，什麼都接，運動服、潮服、晚禮服、休閒服、校服、工作服……幾個月下來，訂單卻少得可憐。

乍侖先生不愧是商場老手，他說我得專攻一項做口碑，什麼都想有、什麼都想賺，只會落個界限不明、雜亂無章。

我想想也對，去麥當勞不會想吃牛排，去拉麵館不會想吃披薩，每家店都有主打的項目，若想什麼都有，只能去大排檔或美食廣場，那是做不出品牌的。

至於爲什麼選定中式新娘服……算湊巧吧！某天，一個華裔女孩走進我的工作室大嘆中式新娘服難買（即使有，也是土里土氣的貨色），兜兜轉轉半個美國才找到我這家工作室願意替她設計。我問她爲什麼獨鍾意中式新娘服？她答西式新娘婚紗不難買到，但中國人結婚不得有中國人的樣子？她就想披鳳袍戴霞冠一次。

這不啻醍醐灌頂。

華人在美國很難買到改良式的中式結婚服，加上做西服的工作室遍地開花，我一個亞洲臉孔很難佔上風，倒不如汲取老祖宗的智慧，加上自己的巧思，走不同的路線。

没想到方向抓對了，訂單蜂擁而至，中西方人士皆有，算是打開了局面。

我喚來助理，她是個精明能幹的上海人，孩子上學後，她二度就業，工作上我只需稍微指點一下，她就能心領神會，算是個好幫手。

"把客人的意見記錄下來，回頭交給我，別忘了收訂金，少一分都不行，我出去吃飯，有事打我手機。"

助理答清楚了，她會把事情辦妥。

於是我推開彩色玻璃門，往百老滙大街走去。

唐人街也在曼哈頓區，離我的工作室不遠，忙起來，我經常叫外賣，不外炒飯、炒麵、咕咾肉……等。

今天祝壽，當然得選口味好、硬體佳的餐廳。傑森說爺爺愛吃魚，選的是"海鮮舫酒樓"，我無異議。

"言言，妳來了。"唐爸爸說。

我一看，12人座的圓桌幾乎已坐滿，獨缺唐媽媽。

——和唐家的親戚們問好後，我在傑森旁邊的位子上坐下，低聲問："妳媽呢？"

傑森答她隨服務員選魚去了，順便交待用什麼配菜、怎麼煮。

唐人街的海鮮酒樓就是有這等好處，不僅用活魚，連作法也悉聽尊便。

趁著還沒上菜，我走到爺爺身邊祝他福如東海、壽比南山，並且獻上自己親手織的毛帽當生日禮物（那原是織來送給傑森的，無奈臨時被召喚，只好拿此充數）。

我將帶著喜慶顏色的紅帽子戴在爺爺光禿禿的頭上，大家都稱讚好看，我也心花怒放、笑顏逐開。

"Thank you. 老婆。"他說。

唐爺爺是當年的中國公派留學生，英語說得頂呱呱，但年紀大了就是這樣，不僅中英文並用，還錯將我當成他已逝的老婆。

"爺爺，她是言言，我的老婆，不是您的老婆。"傑森笑著解釋並且提前替我正名。

"Johnny，你什麼時候結婚了？我怎麼不知道？"這次爺爺把孫子認成兒子了。

我糾正穿白襯衫的是Jason, 他的孫子；坐在他身旁的那一位才是Johnny, 他的兒子。

唐爺爺噢了一聲，仍然半信半疑的。

此時唐媽媽走了進來，不急不徐地坐下。

"談到結婚，傑森和言言也交往五年，夠久的了，是該成家的時候，"唐媽媽轉向我，"既然妳父母忙，我和傑森的爸商量好了，下個月飛中國和妳的父母見面，也算正式提親。"

聽完，我嚇得半死，而在場的七大爺八大媽卻頻頻點頭說早該如此。

"言言，"這次是唐爸爸，"以前妳還在讀書，我們不好催妳，現在眼看著連工作也穩定了，是不是該把事情辦一辦？"

敢情祝壽只是煙霧彈，催婚才是主因？

我轉向坐在一旁的傑森，他低下頭去默不作聲，看樣子也是同謀。

"我⋯⋯工作其實還不穩，時好時壞。"

"言言呀！要賺多少才算穩？就算妳沒進賬，傑森也養得起妳，他現在已經是五星級酒店的經理，年收入也有十五萬美元。"唐媽媽說。

我答我知道，錢不是問題，問題是⋯⋯

"問題是妳不夠愛傑森。"唐爸爸發言了，臉色不太好看。

噢！不，推拖的理由可以是任何一種，但絕對不是這個，我愛傑森勝過我的性命⋯⋯

唐媽媽說既然這樣就趕緊安排見面，他們兩老還等著抱孫子呢！

我低下頭去，囁囁答好。

得到我的正面回應，唐爸爸唐媽媽高興極了，禱告過後吆喝大家用餐，說鱸魚是現殺的，肥美得很……

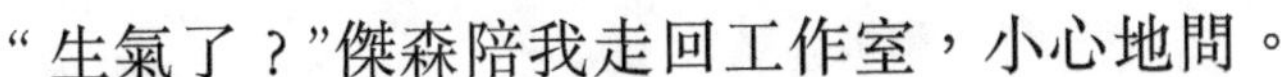

"生氣了？"傑森陪我走回工作室，小心地問。

"沒有……有……你不該和他們一樣共同設計我。"我還是表達內心的不滿。

傑森說他已經明示暗示我好幾次，每次都被我三、兩句話帶過，既不答應也不拒絕，把人吊在半空中算什麼？他想和我有個家，這不過份！

我知道這不是過份的要求，交往五年，認識的時間夠長，是時候走入婚姻，但……我該如何告訴唐家，自己的父母只有初中文化，開的還是個鄉村小店？

"妳放心，也許我家不如妳家顯赫，但跟多數人比起來，還是拿得出手的，何況我如此愛妳，我相信妳父母會放心將妳交給我。"他進一步說。

哎！越扯越遠了。

"讓我想想，最遲這週末答覆你。"說完，我在傑森的臉上小啄一下，然後推開彩色玻璃門走了進去。

第四十五章/背水一戰

日子一天天地推進，眼看明天就是週末了，而我還沒想好如何回覆傑森，心裏很著急。

"季老闆，外面有人找。"我的助理說。

我要她先幫我接待一下，但助理說來者不是客人，而是個衣著時尚的男人。

這就奇怪了，我設計的是中式新娘服，有哪個"男人"會指名道姓找我？

我走進會客室，看見一個頭頂巴拿馬草帽，戴黑框眼鏡，上身是圓領T恤搭配飛行員外套，下身著灰藍色休閒褲，腳上套著帆船鞋的潮男。

"安卓！怎麼是你？！"我驚呼，然後上前給他一個擁抱。

"原來真的是妳，我還以爲華語電台打的廣告是另一個才華洋溢的季大師。"他說。

我要他快快坐下，並請助理倒來茶水。

"說，這幾年你哪裏去了？"我問。

安卓說當年申請美國學校，他到了南加大讀計算機，女友則到西雅圖讀會計，兩地相距近兩千公里，光開車能開上一整天，但他還是在有限的時間裏撥空去看她，然而空間還是拉開了彼此的距離，他們成了很熟的陌生人。畢業後女友想回國，問他要不要一塊兒回去？他想了想，不甘心只拿一張文憑回國，於是兩人和平地分手了。

"那麼現在呢？讀書還是就業？"

"我在IT行業待了一陣子，發現節奏太快，每天累得像條狗，偏偏從事的還不是自己喜歡的工作，於是果斷辭職。我現在替服裝品牌安排走秀，算是秀場經理，最近接的case是老佛爺。"他答。

老佛爺的原名叫Karl Lagerfeld，德國人，著名的服裝設計師。鏡頭前的他總是擺出一副高傲的臉孔，鼻樑上架著黑超、手拿抓扇、腦後拖著辮子，就是這樣一位"墨鏡白髮長辮人"佔領著整個時尚圈的制高點，人稱時裝界的"凱撒大帝"又稱"老佛爺"。

"真的？那要大大地恭喜，這是時尚圈人士求之不得的工作啊！"

相較於我的"大驚小怪"，安卓卻是一副"也無風雨也無晴"的淡然。

"無事不登三寶殿，我直接跳入正題。泰國觀光局想安排做場國際服裝秀，目標直指老佛爺，本來談得好好的，偏偏老人家突然哪根筋不對，飛到北歐度假了。人不見不打緊，衣服也帶走，眼看走不了秀，我卻得付出場費，真令人頭大！"

呃！沒訂合同嗎？

安卓說這就是癥結所在，他幾次想和老佛爺訂合同都因對方有事而耽擱，眼看日期就快到，他得先把模特兒訂下來，否則臨時上哪兒找？大牌模特兒衝著老佛爺的名聲，紛紛答應下來，沒想到……

“怎麼樣？想不想讓Julia Stegner、Isabeli Fontana、Doutzen Kroes……等替妳的服裝走秀？”他問。

我嚇得合不攏嘴，這些都是國際超模，讓她們穿上我設計的中式新娘服走秀？真是天上掉餡餅啊！

安卓說泰國觀光局一聽說老佛爺撒手不幹，很是生氣，但也莫可奈何，服裝秀已排上行程，箭在弦上不得不發，只是叮囑這次的設計必須帶有中國元素，起碼能討好來自中國的觀光大軍。

“我了解了，但……爲什麼是我？”

“適合的設計師有好幾位，但我一直下不了決定，剛好車上的華語電台正大吹特吹一位新興的服裝設計師，就想過來看看是不是我認識的老同學。哈！果然是，還有什麼可說的？當然肥水不流外人田囉！”

我不知唐爸爸唐媽媽竟然背對我做了那麼多的功夫，他們從來不提，真令人感動！

“謝謝！我手上正好有新畫好的圖紙，要不要先看一看再定奪？”我沒被喜悅衝昏頭，還得公事公辦。

“那個等一會兒再看，讓我先把醜話說在前頭。”

原來“肥水不流外人田”的前提是我得承擔一半的模特兒出場費，而他擁有觀光局給的活動費及世界轉播權。

“那我有什麼？”

“妳有世界知名度，訂單會雪片般飛來，有什麼比這個更值的？”

我考慮了一下，他說的不無道理，没没無名者總得先做小伏低。

“得，一半的模特兒出場費是多少？”我問。

安卓給了個數字，我倒吸一口氣，這……這也太多了，等於開店以來的所有收入全上繳了。

“隨妳囉！人生就是一場賭注，是贏是輸，說不準的。”

他說的對，人生本來就是一場賭注，我可以死守一家店洋洋得意，也可邁出步伐走向世界，而後者不是我一直以來的追求嗎？

我咬了咬牙說：“來吧！吸血鬼，讓我們進一步詳談。”

安卓嘿嘿兩聲，算是默認他的商業行為。

走秀安排在6月中旬的國際文化藝術節上，分別在曼谷、芭提雅和普吉島做三場收費演出，各大電視台會跟進報導，這是安卓的工作。

我的工作則是把演出服趕出來，雖然手上有存貨，但我想設計出更好的，所以夜以繼日地趕工，因為只剩不到一個月的時間了。

“言言，妳知道什麼是‘食言而肥’嗎？”傑森在手機那端沒好氣地問。

我答為了得來不易的機運，我不介意肥成一頭豬，然後把安卓的到訪簡單交待一下。

“這麼說，接下來的一個月妳會忙得天昏地暗的？”

“沒錯，懸樑刺股在所不惜。”

傑森沈默良久後說我的夢想很重要，他願意支持，並且允諾在這段時間內盡量不打擾我，讓我能專心做衣服。

噢！傑森，你不僅是我的戀人還是我的良友，看似自不量力的事，你卻堅信我能做到。

“我該如何回報你？”

“說什麼回報？妳就是這麼傻氣！老婆這麼優秀，我高興都來不及，妳放心大膽地做去，背後有我撐著。”

傑森忘了“逼婚”，我也樂得裝傻。

直到空服員第三次提醒安卓關機，他才勉爲其難地關上。

“都搞好了？”我問。

“I hope so. 這是我第一次帶隊到泰國走秀，千萬別搞砸了才好。”他喃喃自語。

我也希望一切順利，畢竟自己投入不少錢，若被時尚界批評爲垃圾，“宣傳”變成“反宣傳”，那就得不償失了。

“能問妳一件事嗎？爲什麼華語電台没日没夜地爲妳宣傳？”安卓問。

我簡單介紹了一下唐家。

“原來是交上小開男友了，難怪，那個工作室也是他們家出資的吧？！”

我答不是，是泰國前雇主的老公—乍侖先生出錢投資的。

“真厲害！”他說。

我問什麼意思？他答一個人願意給另一人投錢是需要極大的勇氣，何況我是初出茅廬的社會新鮮人，非親非故的，那人就敢投錢，心真大！

安卓的一番話讓我很心虛，呐呐地說：“也……也不全然是陌生人，大概他早看出我是和氏璧。”

“和氏璧？哈哈，妳知道發現和氏璧的人被砍去雙腿才換來正名嗎？可見妳的金主做了一件極冒險的事。”

我聽了很不高興，投資本來就是有盈有虧，何況我的工作室已經開始盈利，可見乍侖先生還是有眼光，我也没讓他失望……

安卓要我別生氣，他說這話無非是想告訴我，他和乍侖先生一樣，也在做冒險的事，畢竟在國際上，我是十八線以外的設計師，這次服裝秀若換來差評，我依舊可以回工作室工作，他就沒那麼幸運了，也許永遠從時尚界消失。

知道安卓下了那麼大的賭注，我也只能暗自祈禱服裝秀千萬別出錯，這背水一戰，真讓人有說不出的焦慮與不安呀！

第四十六章／雪花太太

一場秀通常從等待開始，模特兒們等待化妝、等待著裝、等待出場。後台同時也是凌亂且慌忙的（忙著用最快的速度脫衣、穿衣、上場）。至於安卓……他當然忙，忙著替著好裝的模特兒做最後一分鐘的審視，然後催促她們上台。

他是怎麼做到在一堆身材姣好又幾乎光著身子的女人間來去自如？

看他如此敬業，我也想幫忙，無奈被記者抓住，回答了這家換另一家，同樣的問題得回答N遍，到最後我覺得自己成了放音機，只要重複說過的話即可。

台上放的是熟悉的中國音樂，像是《雪山春曉》、《漁舟唱晚》、《茉莉芬芳》、《春到湘江》……等，配合身著中式結婚禮服的亞洲臉孔模特兒，很有一番東方情調，但說好的國際超模Julia Stegner、Isabeli Fontana、Doutzen Kroes……呢？怎麼不見人影？

我覷了個空間安卓，他正把鳳冠戴在一個五官非常立體的泰國模特兒頭上。

“噢！那個……她們原機返回了。”安卓若無其事地說。

原機返回？我問什麼意思？

他答因爲鳳冠霞披更適合穿戴在黑髮褐眼的亞洲女人身上。

這是事實，中式服裝穿在金髮碧眼身上總有說不出的怪，但說好的走向國際呢？沒有超模加持，關注度下降不止一半……

安卓讓戴好鳳冠的模特兒上台後，轉身面向我：“我也想要大牌走秀，但人家不願意呀！一聽說設計師是個無名小卒，立馬逃得無影無蹤，我能怎麼辦？”

原來因爲自己沒名氣，連白花花的銀子送出去也沒人要，怕拉低身份，下次就接不到好秀。

哎！該說什麼好？我的心跌落至谷底。

“聽著，我們可以自憐自艾，也可化悲痛爲力量，好處是這下子不用付那麼多的出場費了。”

我嘿嘿兩聲，算是自嘲也算是接受了超模離我而去的事實。

～

我穿著自己設計的“上衣下裳”改良式漢服，跟著兩個人高馬大的模特兒壓軸出場，觀衆齊齊起立鼓掌，對我投來仰慕的眼神，我想著：“泰國人可真熱情呀！”

下台後，安卓興奮地對我說BBC和CNN想對我進行專訪，然後拉我來到臨時打好燈光的角落。

我不知道這些採訪最後會不會播出，聽說雜誌、電視台訪問過後，有時會因爲當天的新聞太多或採訪的內容不夠吸引人而被打回票，反正別以爲被採訪就一定廣爲人知，有一定的比例會“石沈大海”。

～

"終於……"我累得癱在化妝室的椅子上。

安卓正和一位卸妝中的模特兒有說有笑，看見我，他很快離開模特兒向我走來："今天累壞了吧？！帶妳去吃宵夜，走！"

我答不了，自己只想快快上床睡覺。

"妳不餓，我可餓壞了，本來想找個模特兒陪吃，可惜——被拒。也難怪，這個點吃東西最容易胖，她們的體脂必須維持在17%，否則走秀會難看。來吧！不吃也看著我吃，我不習慣一個人吃東西。"他說。

沒想到安卓帶我去吃的宵夜竟然是路邊攤，有炸香蕉、魚翅羹、烤肉串、豬腳飯……

我們一家家吃過去，簡直欲罷不能，尤其價錢還如此低廉，味道又是如此美味，讓人吃得眉開眼笑。

"要吃就吃路邊攤，那才叫夠味！"安卓說。

我問他怎麼就這麼熟門熟路？

"自從五年前被一個人拒絕後，我來過這個國家好幾次，每次都想'巧遇'這個人，然後當面奚落她幾句。"

"誰那麼大膽敢拒絕你？"

"妳呀！我說沒錢，想到妳的雇主家搭帳篷，妳要我洗洗睡！"

什麼？！那麼久遠的事還記得？

"你可真會記仇呀！"

"沒辦法，妳的事我總記得牢牢的，好比淚點低、喜歡吃肉、愛幻想……"

我答那可不好，記著其他女孩的事，難怪女朋友要離開他。

不知爲什麼，安卓有點兒欲言又止的樣子，我要他有事快講、無事退朝。

"那就退朝吧！明天還得早起。"他率先邁開步伐。

安卓的確很忙，身爲秀場經理總有很多事要接洽，經常見他四處奔波。我倒還好，後天一早才坐大巴到芭提雅做第二場秀，所以隔天我磨磨蹭蹭到近中午。

"沙瓦迪卡。"我一走出酒店，一張似曾相識的臉孔向我雙手合十。

我回禮，並且在腦袋裏搜尋，這人是誰？

"言言小姐，我是巴頌，不認得了？"

巴頌？我仔細打量一番，那人有清亮的眼睛、黝黑的皮膚及一口潔白的牙齒，和印象中的巴頌同出一轍，不同的是個兒抽高了，聲音也變低沈，而且眼瞧著越來越像某人，像誰呢？我想不起來。

"真的是你，好久不見。"

"是好久不見，五年了，我們有五年未見。"

我問他近況如何？繼續讀書還是就業？

"我在乍侖先生的公司當倉庫管理員，收入不錯，去年還買了輛新摩托車。"

我恭喜他，順便問他怎麼會在這裏？

"乍侖先生在電視上看到妳，知道妳終於成爲有名的設計師，特地要我過來接妳去敍舊，他知道妳明天到芭提雅，今天一定有空。"他答。

我來泰國沒通知乍侖先生，想著每天的新聞這麼多，他不見得會留意時尚圈，沒想到媒體的力量無遠弗屆。

“我……還有事，不去了。”想著會有的火辣場面，我還是躲遠一點兒。

“雪花太太也想見妳。”他說。

“雪花太太？”

“嗯！就是乍侖先生的第五任老婆。”

想到我的金主在瑪妮太太死後没多久又娶了這個，肯定又是富婆兼具傾國之姿，我太好奇了。

“好，你車停哪兒？”我問巴頌。

第四十七章/風雲變色

五年後，拔達逢家除了花園裏的鳳凰木沒了、屋子的外牆重新刷上新漆以及餐桌換了之外，乍一看沒什麼改變，倒是人物變化比較大。

乍侖先生的兩鬢斑白（他咋不染髮？），肚腩跑了出來。Ann也是，端來午餐時一照面，膚色暗黃不說，魚尾紋也多出好幾條，反倒初次見面的雪花太太讓人很驚豔，雖然四十多歲，但保養得宜，看著也就三十初頭，而且體態豐腴，很有"國母"的架勢。

"很早就想見見妳，果然漂亮。我先生經常提起妳，說妳冰雪聰明、才華橫溢。"雪花太太給我加了好幾頂高帽子。

"沒有的事，乍侖先生過獎了。"

一臉傾羨的她緊接著問我怎能設計出那麼好看的新娘服？既保留傳統又不失時尚，難怪能激起那麼大的反響，如果結婚時認識我就好了，穿我設計的衣服一定更搶眼、出色……

說得我怪不好意思的，自己不過是運氣佳得了那麼個機會。

"好的設計師如過江之鯽，我不過是滄海一粟罷了。"

"没想到這麼有才華的人還那麼的謙虛，真是難得，來，吃片三文魚刺身吧！朋友一早從華欣的海鮮市場買來的。"雪花太太將橘色生魚片向我挪了挪。

我向來對生魚片不感冒，但還是配合著吃了一片，果然新鮮，油脂很多，是上品。

"好吃。"我點頭。

雪花太太笑了，慈眉善目的，她說就喜歡看小姑娘吃東西，尤其是漂亮的小姑娘。

我没想到乍侖先生的老婆竟如此平易近人，和我想像中的凶神惡煞截然不同，所以當她問起我的老家在哪裏時，我一五一十地全招了。

"我就喜歡鄉下，空氣好，人情味濃，還能吃到新鮮的蔬果。"她說。

呃！這浪漫的臆想與實際情況嚴重不符。我的家鄉工廠林立，排出的污水與氣體讓人頻頻作嘔，以致田裏長出的東西無人敢吃；人情味就更別說了，一有不合，拳頭相向。當然，這些我是不會說的。

"妳的老家在哪裏？普通話說得不錯。"爲了避免尷尬，我趕緊轉話題。

她答娘家在馬來西亞賣棕櫚油，是當地小有名氣的華商。

爲了讓我對棕櫚油有更深一層的認識，她不厭其煩地給我科普："棕櫚油由油棕樹上的棕櫚果壓榨而成，與大豆油、菜籽油並稱爲世界三大植物油，擁有超過五千年的食用歷史。現今的薯條、方便麵、蛋糕、巧克力……等，都有不同形態的棕櫚油身影。"

我打哈哈地說如此一來，拔達逢家的食用油就不假他人之手了。

"妳錯了，我太太向來只吃橄欖油。"乍侖先生說。

哎！馬屁拍到馬腿上，我尷尬地笑了笑，把三文魚刺身納入口中。

~

知道我住在假日酒店裏，雪花太太一定要她老公送我一程。

"有空常來玩啊！"她站在大門口向我揮手。

蘭博基尼低吼一聲，像子彈似地飛了出去。

"妳太太人真好，一點兒架子也無。"我說，此時雪花太太的身影已經小到成了一個黑點。

"是呀！見過的人都這麼說。"

"而且她是怎麼了？那麼放心大膽地讓你送我，也不怕後院著火？"

乍侖先生說這也是他百思不得其解的地方，他太太好像從來不吃醋，這招欲擒故縱倒讓他霧裏看花，心中很忐忑……

我不禁笑出聲來，情場老手也會有不安的時候？

"真是一物降一物呀！"我說。

"不是這樣的，雪花她……她好像是我肚裏的蛔蟲，又好像有讀心術，知道我的很多事情，譬如昨晚我倆一起看電視，當妳出現在屏幕上時，她馬上開口要我把妳請回家敘舊。我問她可認識妳？她答不認識，心電感應罷了，覺得我們兩人的關係匪淺。"

呃！這的確很古怪，我還以為正如她所言，乍侖先生經常提起我呢！

他否認，遮遮掩掩還來不及，怎麼可能無事找事？

我的金主說得很詭異，但細究一下不難理解，也許他看電視時不經意流露出色咪咪的眼神，偏偏雪花太太比較敏感，所以……

他再次否認，而且爲了證明懷疑不是空穴來風，又舉了個例，說他的第二任老婆住精神病院，這個雪花太太是知道的，但嚇人的是她竟提醒乍侖先生帶鳳爪去看病人。

“她是怎麼知道病人就愛啃鳳爪？”乍侖先生反問。

“你難道沒問？”

“問了，她說很多女生都愛啃鳳爪，她也就這麼認定，但我認爲事情沒那麼簡單。”

由於乍侖先生心懷恐懼，我們的對話更像心理諮詢多一些。到了酒店，他甚至沒下車，很快開車離去。

“那人是誰？”安卓在我背後問。

“我的金主，他投錢讓我開工作室。”

安卓看著車背影好一會兒後說：“老的可以當妳父親了，還好。”

我問他好什麼？

“已經有一個情敵，再來一個可受不了。”

我捶了他一下，讓他別開玩笑，我的心裏只有傑森，容不下別人。

“好吧！純情女，是否有這個榮幸邀妳喝杯小酒，順便討論一下接下來的行程？”

“Certainly.”我答。

不得不說泰國人實在太給面子了，芭提雅和普吉島的走秀同樣獲得如雷的掌聲，當安卓把當地報紙拿給我看，我高

興壞了。雖然看不懂泰文，但照片不假，佔據頭版的
1/4，可見受重視的程度。

“歐美的轉播權也在接洽中，看來這次的走秀至少賬面上不
會虧。言言，妳真是我的大福星呀！”安卓很激動。

我也開始做起美夢，也許回美國後訂單會如同雪片般飛來，
讓我在時尚圈站穩腳跟。

“嘟……嘟嘟……”手機響了，是傑森。

我興奮地告訴他走秀很成功，不僅上了雜誌和報紙，還接受
BBC和CNN的專訪……

“太好了，就知道妳一定會成功。對了，妳父母叫什麼名
字？怎麼‘湯臣一品’的大廈管理員不知道戀戀夫人是誰？”

我打著哆嗦問他在哪裏？

“Ha! Guess what? 我和父母現在就在‘湯臣一品’的一樓大廳。
沒辦法，妳一直不肯給房號，我們只好突襲。待會兒還得麻
煩妳跟岳父岳母解釋一下，我們可不是不講禮貌的野蠻人，
實在是妳太磨嘰了，我們不得不先斬後奏……”

完了，我嚇得拿不穩手機，感覺風雲變色，大禍就
要臨頭了。

第四十八章／釜底抽薪

"喂……喂，喂……手機訊號不好，聽不見你說的，待會兒打給你。"我匆匆掛斷。

怎麼辦？唐家人在"湯臣一品"，我父母壓根兒不住那裏，到哪兒變出一對有錢父母來？

我急得團團轉。

"怎麼了？像踩了狗屎。"安卓問。

我說比那個還糟糕，然後把自己曾經胡謅過的事一五一十地全給交待了。安卓是我的校友，對我的家世略知一、二，我也無庸隱瞞。

"爲什麼要打腫臉充胖子？這事遲早會被揭穿，難道妳就沒想到會有這麼一天？"

哈！問得好，我爲什麼會這樣？爲什麼會那樣？如果不是爲了留住心愛的人，我何苦作繭自縛？現在怎麼辦？劇編不下去了，眼看傑森及其父母就要大發雷霆，而我在他們心目中的完美形象也會應聲倒下，這是我最不願見到的事……

我還在喃喃自語，安卓已撥打電話，洋洋灑灑地不知交待什麼事。

“好了，”他掛上手機，“告訴妳愛人，房號是1805，待會兒會有傭人前去接他們。”

我嚇得目瞪口呆，要他別開玩笑了。

“不開玩笑，學妹是‘湯臣一品’某業主小孩的家庭教師，那家人蹜巧出國半年，把阿姨也帶走，讓學妹每天過去料理狗事，給了她不菲的照顧費。”

也就是說讓學妹充當我父母家的傭人,這也太冒險了，萬一對不上號怎麼辦？

安卓要我放心，學妹是學校戲劇社的中堅份子，肯定能搞定。只是如此一來欠下人情債，再怎麼著也得給她郵寄一套名牌化妝品，算是出場費。

“沒問題，錢我出！”

說完，我樂呵呵地撥打傑森的手機號。

～

回到紐約，助理高興地對我說訂單比往常多出好幾倍，又問我是不是該多雇幾名設計師趕工？

其實我早想到這個問題，鑒於以前的訂單不穩定，我遲遲不敢雇人。這次走秀打出了知名度，不僅有來自美國各地的訂單，還有海外訂單，我的確分身乏術，雇人勢在必行。

“好，今天發佈徵人廣告，讓他們附上作品集，由我親自審查。”我說。

助理轉身辦事去，我也打開電腦處理郵件及重拾因出國而落下的設計工作。

～

295

“好，你先點菜，我待會兒到。”

傑森來電時，我正和客戶面談。由於新娘子已有身孕，不適合旗袍或強調腰身的設計，我建議採用漢朝禮服，腰上繫的長褂能適當地遮住微突的腹部，布料則以大紅絲質面搭配五彩鳳凰刺繡，營造出華麗典雅的氣質，再戴上鍍金頭飾，盡顯貴氣……

打發完傑森，我和客戶又談了近一個小時才有了初步方案。

“季大師，我女兒的新娘服就拜托妳了。”新娘媽媽微笑著說。

“哪裏，這是我應該做的。”

“看來妳的朋友已經等了好長一段時間了。”那個有著三個月身孕的新娘子提醒我。

我的朋友？糟糕！我把傑森給忘了。

和客人道別後，我趕忙拿起車鑰匙，往“成都味道”開去。

一小時前的電話中，傑森問我想不想吃川菜？我無可無不可地答應了，於是他推薦這家隱藏在東四街小巷裏的川菜館。

我把車停在“成都味道”的招牌前，然後下車走了進去。餐館內佈置得很中國，主色調依然是喜慶色，紅色的吧台、紅色的桌椅、紅色的燈籠，紅色的剪紙……

“來了？”傑森向我招了招手。

“對不起，”我趕緊道歉，“工作一忙就忘了，等多久了？”

“別放在心上，餓壞了吧？趕緊吃飯。”說完，他舀了一匙的回鍋肉到我碗裏。

此時我才發現桌上的菜絲毫未動，心裏很感動，也撿了一塊水煮魚到他碗裏，說：“吃，你才真的餓壞了。”

由於饑餓，我倆沒怎麼交談，而是以風捲殘雲的速度把食物吃得盤底朝天。飯後，服務員問要不要來點兒飯後甜點？我們婉拒了，只要求再來點兒茶水。

“没想到妳的父母真忙，一個去了北京，另一個飛俄羅斯，看來突襲無效，下次還是得預約好時間才行。”他說。

“本來就是嘛！哪有突然就上門的道理？太嚇人了！”我嬌嗔著。

傑森笑了，眼中閃著捉狹：“遠征不行只好近攻， Guess what？戀戀夫人就要來紐約了。”

誰？戀戀夫人？敢情我媽就要來了？Oh no!

由於消息太駭人，我半信半疑，趕緊追問是誰說的。

“當然是你家傭人說的，怎麼妳媽没告訴妳？我開始懷疑妳不是她親生的。”

我要他別亂說話，我媽肯定想給我一個大驚喜，現在被他戳破了，高興了吧？！

傑森笑得很無辜，我也跟著強顏歡笑，心中卻有說不出的苦楚，怎麼一波未平一波又起，還讓不讓人活？

～

回家後我上網查國內新聞的娛樂版，果然如同傑森所說，下個月戀戀夫人就要來紐約參加一個老牌演員的祝壽宴，餐廳還好死不死地安排在列克星敦大道附近的“杏花樓”，和傑森家近在咫尺，看樣子這次我必死無疑，所以當安卓打電話來時，我把氣全發在他身上。

“都是你的好學妹捅的簍子，哪壺不開提哪壺，爲什麼洩露戀戀夫人的行蹤？爲什麼？爲什麼？……”

安卓要我冷靜下來，說學妹不會故意給我找麻煩，我們不在現場，不好給人入罪，當中一定有誤會。

“我該怎麼辦？戀戀夫人不可能半路認女兒，唐家又逼得那樣緊，這次肯定完蛋了。”我哭喪著臉。

安卓沈默了一會兒後表示辦法還是有的，只看我願不願意做？

聽到還有活路，我要他趕緊報告。

“妳向傑森承認錯誤，他若和妳同一陣線，由他去做父母的工作，事情就好辦了。”他說。

我頓時洩了氣，這招釜底抽薪真夠狠，讓我死得更快！

“隨妳囉！男孩子若是愛妳，殺人埋屍的工作也會做，何況只是接受妳和妳的家庭沒嘴上說得光鮮。”

安卓誤會了，有没有錢、得不得勢是另外一回事，我害怕的是因此被扣上“欺騙”的大帽子，誰會願意接受已經談婚論嫁的女友實際上是個大騙子？

知道安卓終究不能帶來實質上的幫助，我頹然地掛上手機，人也陷入低糜當中。

第四十九章／蓮花的故事

日子一天天地推進，我也一天天地感到焦慮。白天還好，忙碌讓我暫時忘卻即將到來的窘境；夜晚就難受了，想到傑森會如何看我，我痛苦地想死掉。

當我躺在床上輾轉難眠時，忽然聽到門口有動靜，像是有人塞東西進來，我下床前去看個究竟，果然房門底下躺著一張A4紙。

讀完後，我心裏喀噔了一下，那是繳費通知，提醒我住宿到這個月截止，如要續租，請聯繫前台。

我和乍侖先生分手後，他沒提讓我搬離酒店，我也樂得有免費睡覺的地，現在人家要我搬也正常，我的舊情人沒有繼續付費的義務，只是這一來，我該搬到哪裏去？一屋子的華服與鞋包，總不能租個小屋，再怎麼著也得租個兩居，在紐約這個國際大都市，没萬兒八千肯定租不到。

哎！真是屋漏偏逢連夜雨，煩心事紛至沓來，像有人掐住我脖子，讓人喘不過氣來。

隔天，我交待助理幫我租個二居，附車位，往返公司最好不超過1個小時，月租金控制在一萬美元以下。

“簡裝修？”助理問。

“精裝，且在好小區。”

助理說有難度，但她試試。

雇傭關係久了，我大概能解讀助理的意思，她一旦說有難度，那代表基本沒戲。

“如果......我再加一千美元。”我無奈做出讓步。

助理說清楚了，然後一句廢話也無地走開。說真的，我很喜歡這樣的員工，簡潔、不拖泥帶水。

“嘟......嘟嘟......”我拿起座機，是Jenny, 我新雇的設計師。

她說想跟我討論新娘服上的流蘇設計，我讓她上我的辦公室。

我像上緊發條的機器，每天汲汲營營地工作。訂單太多也是麻煩，即使多雇了五名設計師夜以繼日地趕工，仍有不盡人意的時候。

這一天中午過後，走進來一位滿臉怒氣的女人，手上挽了個大袋子，我認出她來，她是Jenny的客戶。

“這是什麼結婚服？！”她將袋子往桌上一扔，咆哮著，“紅配綠賽狗屁，懂不懂？！”

我怕影響其他客人，將她請進我的辦公室。

“就我所知，綠色流蘇是妳提出來的，設計稿也經過妳的同意。”我冷靜地說。

當初Jenny說想在腰帶上加一圈淺綠色流蘇，並且帷裳的部份採用亮綠色的提花布時，我也提到配色問題。紅色和綠色互爲補色，“畫龍點睛”的效果很不錯，但大面積同時出現則顯得俗氣，然而Jenny表示是新娘子主動要求的，我便不再置喙。

“我没這麼說，只是隨口一提不喜歡結婚服全紅，加點兒其他顏色會好些，誰知竟加上綠色，讓我成了婚禮上的笑柄。”

客人的說法破綻百出，怎麼可能行完婚禮才發現貨不對板？我開門見山地問她有何訴求？

“將製作費全額退給我，另外再給予精神損失費，我要的不多，三萬美元。”

果然是來訛詐的。

“抱歉，妳的訴求我無法滿足，曼哈頓有多家律師事務所，歡迎妳提告。”我起身送客。

那女人憤恨地說要我等著，她會向媒體爆料我的不專業及蠻橫態度，很快我會有苦頭吃……

我把助理喚來，面對人渣，她可没好脾氣，問來者要走著出去還是躺著出去？她是柔道黑帶，上一個被她打倒在地的人到現在還没出院，問她要不要也試試？

“行，你們就等著挨告吧！”女人踩著高跟鞋氣沖沖地走了。

這是第一次有人指著鼻子說要告我，我不擔心，因爲美國的法律程序很長，很多人走不完全程，何況我不是無理方，不怕她告。只是這麼一鬧，讓我更加心煩，連續喝了兩杯熱茶還是没能定下心來。

“季老闆，妳上哪兒去？下個客戶馬上到。”助理在我背後問。

我無力地要她幫忙接待，然後頭也不回地走了。

在市區逛了好一陣子，依舊没能讓心情好轉，於是將車子開上東55街，想著也許喝杯酒會好些。

下車後，我將車鑰匙交給泊車小弟，然後走進酒店附設的酒吧內，點了一杯新加坡司令。台上的薩克斯手正吹著電影《人鬼情未了》的主題曲，非常動人哀怨。

"終於找到妳了。"

聽到熟悉的聲音，我轉過頭去，竟然是傑森。

"你怎麼在這裏？"

"這話應該由我來問，看到妳的車停在停車場內，我把整個酒店翻了個遍才找到妳，妳怎麼在這裏？連手機也關了。"

我答心情不好，想靜一靜，又把下午鬧事的人拿來說事。

"服務業就是這樣，總要面對形形色色的人，看開點兒，畢竟大部份客人還是通情達理的。"

我主動躺進他懷裏，不理他是酒店經理又在上班時間內，就想找個避風港停歇。

"傑森，你愛我嗎？"

他笑問這是什麼爛問題? 都老夫老妻了還問？

"那麼你是愛我這個人還是愛我的條件？譬如家世背景、身高外貌、工作能力等。"我又問。

傑森答人及其條件很難區分開來，它們是一體的，好比車子，你不能只買引擎不買外殼。

聽完，我的心下沈了好幾公分。

"如果引擎是法拉利，外殼是本田，你能接受嗎？"我仍懷抱希望。

傑森說他不開拼裝車，所以無法回答這個問題。

此路不通，我只好另謀出路，說自己在網上看到一本小說，女主角叫蓮花，從小家境不好，成年後到大戶人家幫傭，不幸被戶主性侵，戶主為了封口，答應送她出國，代價是做他的情人。蓮花考慮再三後答應了，一做做了Ｎ多年的地下情人直至愛上一位男孩Ｊ。Ｊ的條件很好，蓮花怕對方看不起她，誇張了自己的家世，但紙終究包不住火，眼看謊言即將被拆穿，蓮花苦不堪言，她是真的愛Ｊ……

"哈哈！這種劇情太狗血了，現實世界裏根本不可能發生。"他說，接著分析，"蓮花被性侵，首先應該報警，讓壞人繩之以法才對，怎麼反倒做起情人來？還有，結婚是兩家族的事，還是要門當戶對才好。蓮花的遭遇的確不幸，但不能成為欺騙的理由，我若是Ｊ，肯定無法接受！"

知道傑森真實的想法後，我終於釋懷，也有心情談笑了。

"哈！本來就是嘛！一個在天，一個在地，怎好強行拉在一塊兒？王子和灰姑娘向來只能活在童話裏，這是想當然爾的事，什麼爛小說嘛！呵……呵呵……呵呵呵……"我笑出眼淚來。

傑森聽到我笑，說他放心了，再過十幾分鐘有個工作會議，他得先走一步。

我問他下班後能否到我的住處來？我有東西給他。

"好。"他答，不忘在我臉頰上留下愛的印記。

第五十章/再見曼谷

酒店有早、午、晚三班經理，這個月傑森當午班經理，即
2pm～10pm,所以當他打電話給我時已經接近午夜，我要他
在大堂等我。

下到一樓後，我看到一個高佻的側影，他有長長的睫毛、高
挺的鼻子、性感的唇、小麥的膚色，加上修身的西裝、發亮
的鞋……噢！我多愛他，那精緻的模樣像從時裝雜誌裏走出
來的人物。

酒店大堂的牆面上恰巧有《媽媽咪呀》的音樂劇廣告，演出
地點在紐約百老滙劇院，可通過前台訂票。

傑森就站在廣告前，他看得如此入神，我猜想他將會邀我一
塊兒去觀看，可惜沒這個機會了。

“Hi.”我喚他。

他轉過身來，給我一臉的春天，說：“有什麼東西給我？最
好是好東西，我可是繞了半個城市過來找妳。”

我答肯定是好東西，在樓上，隨我來。

~

如果我說傑森從未到過我的住處，你會不會覺得不可思議？

爲了減少"天雷勾動地火"的機率，我們不去各自住宿的地方，而是選擇公共場所約會。還好外國人對堂而皇之的親吻視若無睹，所以紐約的各大景點都留下我們擁吻的畫面，但也僅止於此。

所以當我帶傑森進入閨房時，你能猜到他會有多驚喜和不解。

"這就是妳的房間？外面的風景很美呀！"此時的他正俯視窗外的紐約夜景。

"是的，有一半的住宿費付給了風景。"我答。

"妳的東西真多，可以開一家小型的奢侈品二手店了。"他看的是我的衣帽間，足足有二十平米大。

我說衣服、鞋、包是女人的膽，沒這些怎麼唬人？

傑森笑了，問我爲什麼要唬人？我也笑了，果真是"何不食肉糜"的另一種問法？

"什麼味道？"他聳動一下鼻翼問。

"我的味道，"我擁住他，" 不信你聞。"

他真的聞了起來，聞我的髮、我的臉、我的脖子、我的乳溝......

"妳好香。"他總結。

我說要把身上的香氣帶給他，然後動手去解他的上衣鈕扣......

"言言，"他制止我的舉動，" 妳確定要？"

“嗯！我們就要結婚了，總得試試合不合得來，不是嗎？”我溫柔地說。

當傑森進入我的身體後，我感受到前所未有的歡喜，啊！與心愛的人做愛做的事竟是如此美妙。雖然這是他的第一次，有很多不足之處，但在我的調教下，他也得到快感，讓我頗感欣慰。

“言言，”他親吻我，“我想和妳結婚，馬上。”

“好。”我答，心裏酸酸的。

隔天到了工作室，我馬上召開緊急會議，說爲了公司長遠的發展著想，我將回中國考察一段時間，公司業務暫時由五位設計師共同負責，接待客戶的工作則交給助理，有事電話或郵件聯繫。

散會後，我將助理留下，交給她房卡，順便交待酒店的房費付到這個月月底，讓她找到出租屋後雇人搬家。

“怎麼這麼倉促？讓人措手不及。”她皺起眉頭問。

我說自己也是臨時決定的，既然有擴展的可能，就得迅速掌握商機。

“知道了，還有事要交待嗎？”

我將事先寫好的信拿出來，說傑森若上門找我，把信交給他。

助理盯著信封好一會兒。

“妳知道分手總是比較難開口。”我做出解釋。

她釋然了，說會把事情辦好，如有必要，她甚至能開導一下失戀的人。

我苦笑著要她去忙，然後坐下來訂機票，當天的機票肯定貴，但我沒有別的選擇。

～

坐的是深夜起飛的班機，這樣明天睜開眼睛時已是白天。節奏快的工作做久了，我傾向有效率地利用時間。

臨上機前，傑森打來電話，我沒接，爲了防止他的繼續騷擾，我果斷關機。

上機後，整個航程我幾乎無法入眠，不只因爲鄰座是個大胖子，鼾聲大作，還因心裏有事，無法真正放輕鬆。

"傑森不會恨我吧？！"我心想。

留給他的信只有寥寥幾個字：**我就是蓮花，對不起**。

～

回到老家，父母很高興，忙進忙出的，我還被迫走親戚，"相親"的事也被正式提上日程，儘管我再三婉謝。

" 教妳初中語文的王老師，大兒子是個公務員，剛死了老婆，沒有小孩，去吃頓飯認識認識。"

" 河對岸的鐵工廠老闆很有錢，年紀不大，只有四十多歲，無婚史，這個好，嫁過去就是老闆娘。"

" 妳表哥的鄰居的堂弟是大餐廳的二廚，飯做得可好吃了，只是腿瘸了，放心，只有一點點兒不方便，不礙事的。"

……

老天！我才三十歲不到，行情就已如此低迷，這不毛之地還能待下去嗎？

就在千辭萬辭仍被迫吃相親飯的情況下，我選擇跳上開往縣城的公交，並且馬不停蹄地趕往機場。

美聯售票櫃台說最快飛紐約的班機要等到明天早上，也許更晚，因爲航空公司員工正在大罷工。

我轉而問飛哪裏的航班最快起飛？她查看了一下電腦後答曼谷，現在就能check in.

於是兜轉了半天，我又回到泰國，那個記憶中永不磨滅的地方。

第五十一章／乍侖先生與巴頌

再次回到曼谷不在我的計劃內，所以一下機便犯愁，不知今晚住哪裏？

走出關口，踫巧看到文華東方酒店接客的牌子，我想起傑森曾在那裏工作過，也好，睹物思人，用來哀悼我逝去的愛情正好。

"Mandarin Oriental Hotel, please." 上了出租車，我直接點名這個五星級酒店。

~

前台問我住宿幾天？我答兩晚。

懷舊傷情只能點到爲止，我不是含著金湯匙出生的幸運兒，現有的榮光不過是一時的，哪天慢下腳步，很快會被高額的租金及人工費壓垮，我得非常努力才能撐起一個看起來還不太壞的景象，所以還是量入爲出吧！

住的是高級客房，有河景，房間內到處是紫色蝴蝶蘭，傢俱是柚木做的，絲綢布藝裝飾無所不在，很有泰式風情。

我游了泳、喝了下午茶、打了網球，還參加了瑜伽課，甚至到我以前兼職過的泰國餐廳吃懷舊餐，然而依舊無法排解那隱隱的傷痛。

五年了，不是說放棄就能放棄，何況我還深深愛著他，雖然他可能已不再愛我。

離開紐約已有十多天，除登機前傑森曾撥來電話外，再也無消無息。想必他也無法接受一個"騙子"當女友，尤其這個人還曾經是別人的玩物，對一直活在"無菌"狀態下的公子哥兒而言，再骯髒不過，我怎能期待他豁達大度，甚至以德報怨地接納我？

～

酒店有四十多種集古代和現代技術於一體的SPA。

走進水療室，溫暖柔和的燈光、古樸的香薰用具、隨處可見的佛像、彌漫在空氣中的薰衣草香⋯⋯都那麼地令人感覺寧靜而舒適，這就是泰式水療的魅力所在。

昨天在服務人員的推薦下，我泡了中藥浴，聽說能達到防病調疾、養生延年的目的；今天換做松脂浴，在淡水浴中加入松脂粉劑，能起到鎮靜神經的作用。

我把熱毛巾捂在額頭上，然後枕在浴缸邊緣閉目養神。

"妳跟了他二十年，孩子都有了，他是怎麼待妳的，妳清楚得很，這輩子他是不可能娶妳的，趕快覺醒吧！"

"¥@%t*⋯⋯"

"我一撩他，他就娶我，他寧願娶一個滿嘴跑火車的陌生女人也不娶妳，妳還在做什麼春秋大夢？！"

"£%#*¥⋯⋯"

“我們這是代天行道，妳就不想想兒子？難道要他一輩子當倉庫管理員？”

……

我無意偷聽別人談話，但那女人的分貝極高，且每個浴缸間只有半面牆壁阻隔，毫無隔音可言。

剛開始我只當是女人間的嚼舌頭，況且另一人的聲音小得像蚊子叫，只能從單人說話中去拼湊故事，等到聽到“倉庫管理員”這五個字時，我才大夢驚醒，不會吧？！說的可是巴頌？

想起成年後的巴頌外形，再對照乍侖先生的模樣，那兩人的確有父子相，莫非……

我匆忙起身，工作人員以爲我沐浴完畢準備接受按摩，幫我拿來大浴巾裹身。

“No, wait. Just a moment.”

我想到隔壁一探究竟，但那不諳英語的工作人員卻將我往相反的方向送，嘴裏唸叨著，大概是說腳踩按摩沒什麼可怕之類的話。

等到那個健壯如牛的女按摩師也上前迎接時，我不再掙扎了。

“也許只是另一個悲劇罷了。”我心想，然後躺在柔軟的精緻小床上任按摩師“踩踏”。

退房時，我將行李寄存在酒店，然後信步走出大堂，這也是窩居兩天後的第一次外出。

我還沒想好今晚住哪裏，太便宜的有安全顧慮，太貴的我又消費不起，除非馬上有進賬，否則還是得有長遠的計劃才好。

"言言小姐！"

聽到有人喚我，我轉身，嚇得倒退一步。

"妳怎麼在這裏？"乍侖先生問。

"我……我來泰國度假。"我答，然後對乍侖先生身旁的雪花太太行注目禮，她……怎麼也在這？難道昨天聽到的對話來自於她？

大概我的表情太驚悚，乍侖先生笑了，問："妳該不會忘了這是我太太吧？！"

"不，没忘，只是太意外同時遇見你們二位。"

乍侖先生解釋香港最著名的整形醫生正在曼谷度假，住的就是這家酒店，他太太聞訊趕來諮詢，大概没多久會飛香港整形……

"別鄉巴佬了，去眼袋及打水光針怎能算整形？頂多只是微調。"雪花太太開口，明顯感到不滿。

我問她是否今天才到酒店？

"我來兩天了，這裏的餐點太好吃，酒吧、健身中心、游泳池、水療……應有盡有，不出酒店也能耗上好幾天不感無聊。"她答。

我的心因此喀噔了一下，難道……

"我們正要回家，妳也來家裏坐坐吧！"雪花太太忽然盛情邀約。

"不了，我得找酒店去，今晚還不知落腳何處？"

"找什麼酒店？！我們拔達逢家就是妳家，想住多久就住多久，"她轉向乍侖先生，"是不是？老公。"

乍侖先生答是，但看起來有些勉強，我正想拒絕，雪花太太轉而問我行李在哪裏？並且下一秒喚來門僮，要他把行李取出。

一切發生得太快，讓人措手不及。我原先想找家經濟型酒店待個十幾、二十天，調整好心情再回紐約賣命，這下子全打亂了，我可不想再和乍侖先生有任何瓜葛！

"先住下再找藉口離開吧！"望著車窗外的車水馬龍，我心想。

和瑪妮太太不同，雪花太太不介意我住二樓，但一想到乍侖先生的第三任老婆在房間的浴室內割腕自盡，我忙推辭，說自己住樓下很好、很舒服。

"隨妳，有什麼需要告訴Ann, 她會替妳找來，再不濟也會幫妳去買。"雪花太太像個大姐姐似地照顧我，讓人很感動。

"謝謝！"我說。

"哪裏，我老公很喜歡妳，說妳是身體治愈系不可多得的人才。"她答。

"我老公很喜歡妳，說妳是身體治愈系不可多得的人才。"雪花太太的話一直在耳邊回蕩。

"治愈系"是日本在1999年開始出現的詞語，指能讓人感到平靜、舒暢，但雪花太太硬是在前面多加了"身體"二字就不免讓人想入非非。

我不相信乍侖先生會笨到將我們之間的私情全招供出來，這無異拿石頭砸自己的腳，但雪花太太說這話是什麼意思呢？

正當我大惑不解時，聽到摩托車啓動的聲音，我往窗外望去，果不其然是巴頌。

“巴頌，等等。”我探出頭喊了起來。

正當我大惑不解時，聽到摩托車啓動的聲音，我往窗外望去，果不其然是巴頌。

“巴頌，等等。”我探出頭喊了起來。

第五十二章／大膽假設

"你去哪兒？"我氣喘吁吁地跑向他。

巴頌很好奇我會在這裏，我簡單交待一下。

"原來如此。我今天公休，和女朋友約在 Terminal 21 見面。"他答。

Terminal 21是曼谷的著名商場，整個商場設計成機場航站樓的樣子，每一層配以不同國家城市的特色，其售賣的產品、裝修風格、甚至衛生間也有地域之分。

"順路帶我去吧！好久沒逛商場了。"我說。

巴頌的哈雷摩托車造型很FASHION，排氣量大，聲音震耳欲聾，讓我們一路成爲衆人矚目的焦點。

"下次我得買個耳塞。"我脫下安全帽說。

巴頌笑得很腼腆，大概也覺得自己的摩托車太招搖。

"他真的是乍侖先生的兒子嗎？乍侖先生從不這麼笑，他的笑總帶著些許的不懷好意，世故得很。"我心想。

由於年輕孩子多少樂見自己的新玩具被讚美，我遂說："摩托車很酷啊！多少錢買的？"

他答買的是二手車，二十萬銖，母親幫了點兒忙，自己再湊點兒就成了。

講到Ann，我問她的普通話能力如何？

"說很不行，但聽力還是可以的，她喜歡看台灣偶像劇，沒見有任何問題。"巴頌答。

也就是說Ann聽得懂普通話，只是不會表達。

我想起水療室裏的對話，一個講泰語，另一個講普通話，這是有可能進行的，只要雪花太太聽得懂泰語即可。

"講講雪花太太吧！她是怎麼跟乍侖先生認識的？"我們站在Terminal 21的露天停車場等人，巴頌的女朋友還未到。

巴頌答他不清楚，要我問乍侖先生。

我轉而扒乍侖先生的底。

"老闆很嚴厲，容不得一點兒馬虎，薪水雖不高，但工作時間短。人生要那麼多錢幹嘛？享受生活才是最重要的。"他說。

這也是一般泰國老百姓的生活態度—知足常樂。

"巴頌，你爺爺奶奶住哪裏？"其實想問他的爸爸是誰，怕踩地雷，所以先旁敲側擊。

他答自己的父親到英國留學後便失去聯繫，遑論爺爺奶奶。他是母親帶大的，兩人感情很深。

"I am sorry."我說聲遺憾，心思卻因此活絡起來，乍侖先生也曾留學英國，不是嗎？

“没什麼好遺憾，有個不負責任的父親倒不如活在單親家庭裏，至少得到一方全部的愛。”

想起某天和Namu 雞同鴨講，我猜她的意思是巴頌在陶瓷島的小木屋裏出生……

我藉機問巴頌，很高興我的猜測因此得到印證，他答乍侖先生的畫室原來是他家，他和母親曾在那裏住了七年，爲了讀書才來到曼谷，還好乍侖先生雇用了母親。

這倒稀奇，難道Ann受雇拔達逢家之前，兩家是舊識？

巴頌想了想後說應該不是，他母親15歲就跟了父親，當時父親是一所中學的美術老師，收入微薄，不可能認識像乍侖先生這麼有身份地位的人……

說這話時，他的眼光飄向遠方，人也有了精神。我轉過頭去，看到一位身材纖細的女孩向我們走來，臉上帶著甜甜的笑容。

“沙瓦迪卡！”她看見我，雙手合十，我也禮貌回禮。

巴頌介紹完雙方，女孩上了摩托車，不忘戴上安全帽。

“我載女友到華欣吃海鮮，妳能轉告我母親嗎？”他問。

我答沒問題。

摩托車蹴的一聲發出好大的排氣聲，然後呼嘯而去，留下一屁股的黑煙。

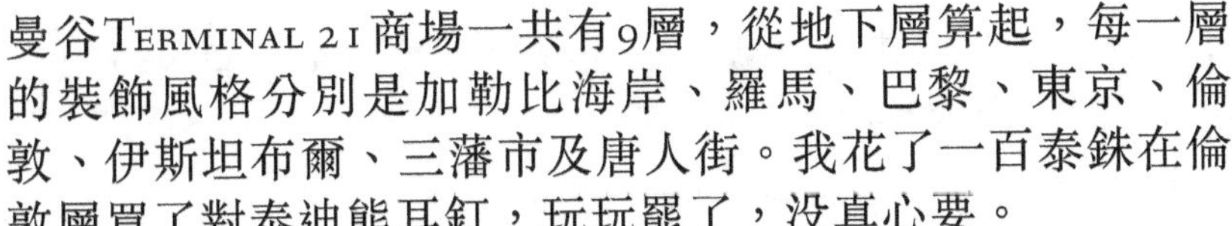

曼谷Terminal 21商場一共有9層，從地下層算起，每一層的裝飾風格分別是加勒比海岸、羅馬、巴黎、東京、倫敦、伊斯坦布爾、三藩市及唐人街。我花了一百泰銖在倫敦層買了對泰迪熊耳釘，玩玩罷了，没真心要。

逛完一圈，我在頂層的Pier 21點了杯鮮榨果汁，坐下來邊啜飲邊整理思緒。

巴頌的父親留學英國，乍侖先生也是英國留學生；巴頌的父親是中學的美術老師，乍侖先生差點兒成了餓死的畫家；巴頌的母親15歲跟了他父親，而他現在近二十歲，15+20=35，Ann的確就像這個年紀的女人……

於是我做了大膽假設：當乍侖先生在中學教畫時，一個15歲少女來到他身邊，兩人巫山雲雨後有了愛的結晶；另一廂家境富裕的女學生也愛上他，不惜與家裏決裂，兩人逃到英國後，他學畫，她讀書，直到女方家長勉爲其難地接受既成事實……

在這場較力中，Ann無疑成了棄婦，而身在英國的乍侖先生不知自己當了父親也說得通，這可以解釋爲什麼巴頌只得到薪水不多的倉庫管理員工作，畢竟沒有父親會不提拔自己的兒子，不是嗎？

如果這是事實，一個等待二十年仍無名份的女子，其委屈與憤怒不難想像，但Ann的目的是什麼？她真的要聯手雪花太太進行一場可怕的陰謀嗎？

我陷入迷思當中。

"下午想找妳喝下午茶，可惜妳不在。"雪花太太說。

我答自己上Terminal 21逛逛，還趁著Ann端來清蒸鱸魚時，順便轉告她巴頌和女友上華欣吃海鮮了。

Ann顯得老大不高興，嘴巴唸唸有詞，說的是泰語，沒想到女主人也回了幾句。

"雪花太太，妳會說泰語？"我太驚訝了。

"當然，我的童年在泰國度過，一直到上小學五年級才到馬來西亞。語言就是這樣，久沒用難免生疏，我的泰語聽力還好，說就不怎麼流利了。”

拼圖一張張地拼上，我感到興奮非常，那兩個女人肯定是髮小。

沒想到待Ann走了之後，雪花太太卻表達心中不滿，她說留Ann在家是個隱患，她看她老公的眼神就像野狗看到了油汪汪的肥肉，再說巴頌那孩子也不討人喜歡，整天騎摩托車進進出出，吵死了！……

我又犯迷糊了，難道之前的種種猜測是錯的，那兩人是敵對關係而非合作關係？

“那妳想怎樣？”乍侖先生放下即將到口的乾貝，“他們母子待在這個家可比妳長得多。”

雪花太太待口中的山藥咀嚼完畢才慢條斯理地答：“她是你的大紅人，我怎麼動得了？不過是嘴上說說罷了。”

看那對夫婦暗潮洶湧地比劃著，我識時務地作壁上觀。

晚餐過後，意外發現拔達逢夫婦竟然沒有夜生活。雪花太太邀我到客廳看小三撕逼原配的毀三觀電視劇；乍侖先生則默默上樓閉關，這個家作息改了，倒讓人有些許的不適應。

Ann爲我們端來水果盤，上面五顏六色，煞是好看。

“krob khun”雪花太太道謝。

Ann點了點頭後走了，她手上的另一個水果盤肯定是給樓上男主人的。

“Masosopoly！小三還那麼理直氣壯，人家是明媒正娶的妻子，偷吃也就算了，還想整盤端走，簡直天理何在？！”雪花太太很是氣憤。

我不愛看肥皂劇，要不是盛情難卻，我寧願在房間裏數蚊子，這個季節蚊子最多，尤其是一樓。

"對，就該這麼打，打死那個不要臉的騷貨！"雪花太太樂不可支。

我看了半天，終於搞清楚那個短頭髮，看起來精明能幹的是原配；那個長頭髮，一臉無公害的小紅帽是小三；至於外表成熟穩重但臨事退縮的大老闆則是掀起千層浪的男主角Pong。

不知怎的，我更傾向保護弱者，跟是不是小三沒多大關係。

"別看小香楚楚可憐的樣子，那是裝的，她和Pong天天亂來。哎！她也可憐，被Pong當成棋子，甚至還參加'換妻俱樂部'，太好笑了，又不是妻子，頂多只能算姘頭。"

我聽得冷汗直流，乍侖先生說得對，雪花太太彷彿有一雙窺視的眼睛，能洞悉過去發生的事，然後輕易地找到痛處鞭笞人，好比現在，我被打得體無完膚，只想羞愧地掩面而逃……

"言言，妳還好吧？！怎麼像生病似的？"她關心地問。

我答自己的確不舒服，想回房躺躺。

"去吧！我把下半場看完，回頭告訴妳劇情。"

老天！她以爲我在追劇嗎？我恨不得眼不見爲淨。

離開客廳，經過長長的走廊，我發現Ann的蹤跡，她剛從樓上下來。

這是怎麼回事？泰劇出名的會拖，從兩個女人的戰爭延伸到男主角出國避風頭，少說已過去三十多分鐘，Ann怎麼這時才下樓？她在樓上做什麼？

Ann看見我，怔了一下，隨即笑開來，她將衣領拉開，我看到一個硬幣大小的吻痕。

這是幹嘛？示威嗎？原配還在同一個屋簷下，她竟如此大膽，看來雪花太太說得對，Ann是個隱患。

"Ann～"客廳忽然傳來雪花太太的呼喚聲。

那個脖子上有吻痕的女人應了一聲，很快將衣領拉好，然後若無其事地走進客廳。

第五十三章／意外的訪客

不知爲什麼，Ann脖子上的吻痕在腦中揮之不去，我的身體開始蠢蠢欲動，人也感到焦躁不安。

“不行，季言言，妳得想點兒別的，要不，運動運動也成。”我的理智提醒我。

可是大半夜能上哪兒運動？想來想去，也只能在庭院內做做柔軟體操。

“妳去哪兒？”乍侖先生在我背後問，嚇得我差點兒驚叫出聲。

“睡……睡不著，打……打算到庭院做運動。”我答。

乍侖先生說這麼巧？他也睡不著，所以下樓喝杯水。

我注意到他的手上拿著水杯，已經喝了一半，自己忽然感到口渴，遂嚥了一下口水。

“想喝嗎？”他搖晃著手上的半杯水。

我答不想，但他仍向我走來，將杯子遞上。

“我說了不想。”

“我不相信妳嘴巴說的。”他將杯口壓住我的下嘴唇，再將杯身往上提，當水溢出來時，我張口吸吮。

不知爲什麼，乍侖先生的水特別甘甜，好像瓊漿玉液，很快便杯底朝天。

“好喝吧？！”他問，順便劃去我唇邊殘留的水印。

“平淡無奇，就是一杯普通的白開水而已。”我作違心論。

乍侖先生說那真可惜，水來自喜馬拉雅山的冰川，要價五美元一瓶，是他托清邁的合作廠家買的。

“你被當凱子了。”我取笑他。

他答只要能得到快樂，即使是短暫的、昂貴的，他也甘之如飴。

呵呵！也只有富人才有底氣說這話，普通老百姓光應付日常開支都捉襟見肘，哪有餘錢喝五美元一瓶的水？

“離開我之後，妳快樂嗎？”乍侖先生忽然感傷地問。

我快樂嗎？不，我依然不快樂，他在我身上留下的恥辱未去，讓我背負沈重的包袱前行，最後還因此失去一生摯愛，可謂損失慘重。

“我很快樂，你呢？快不快樂？”

他答剛開始還不錯，覺得終於有了變化，然而新鮮感一過就感到乏味，原來她們都不如我可口，所以……

“停！”我後退一步，“我正開始過正常的生活，別又來搗亂。”

“言言，我願意付比以前更多的錢，十倍、二十倍，只要回到從前……”

我嘴巴喊不，奪門而出。

～

我在小小的庭院裏跑了不下五十圈，才把自己出閘的性慾給壓下去。

"明天一早就搬，乍侖先生太可怕了，他是我身上的毒瘤，必須將它遏止在搖籃裏！"我邊跑邊想。

回到房內，恰巧接到安卓的Skype請求，屏幕那端的他正在大啖熱狗。

"你在哪裏？"我問。

他答正在中央公園裏，本來想邀我一起吃午飯，無奈助理說我飛中國拓展業務了，他只好一個人孤零零地野餐。

我告訴他自己不在中國，離開紐約爲的是避開一場可能會有的尷尬場面……

"I am sorry."他表同情，接著問我在哪裏？

我答曼谷，但明天一早會離開。

"去哪兒？"他又問。

其實我還沒決定好去處，但想到一個小時前乍侖先生提到清邁的廠家替他代購飲用水，便衝口而出："清邁。"

"清邁好，連空氣都有度假的味道。"

既然安卓說那是個好地方，我便把清邁正式列爲下一個落腳處，並且主動交待自己頂多在那裏待十天，因爲這個月下旬我得回母校演講，和學弟學妹們分享成功經驗。

"厲害啊！已經是成功人士了。"

我要他別笑話我，這條路彷彿在走繩索，一個不小心，馬上跌得粉身碎骨，其中的辛苦只有自己清楚……

"妳說到我的心坎裏，也只有同行才能感同身受。"他把最後一口熱狗吞下肚。

看他吃得津津有味，我問他吃的可是"髒水"熱狗？

在曼哈頓，幾乎每隔一個街區都能看見一把藍黃條紋相間，印有Sabrett字樣的大傘，在這裏你可以找到紐約最具代表性的街邊小吃—Dirty water Dog。2010年，英國首相來訪，當時的紐約市長招待他吃的正是此物。

"髒不髒我不知道，但的確好吃，還想再吃一個。"他答。

"你去吃吧！曼谷已經近凌晨一點，我該睡了。"

打發走安卓，我脫下運動服鑽進涼被裏。還好夜涼如水，經過一天的酷熱，終於等來最佳的室溫。

就在迷迷糊糊當中，我一步步地走入夢鄉……

隔天一早用過早餐，趁著乍侖先生去上班，而美容師正在樓上替雪花太太護膚之際，我拿起早已打包好的行李偷偷摸摸地溜出屋外。

"妳去哪裏？"Ann難得說了一句完整的普通話。

"我……走了，不會再回來。"

Ann笑了，像甩走一個窮追不捨的競爭者。

哎！一個控制不住自己老二的中年男人有什麼好搶的？

我轉身步出拔達逢家，連再見也没說。

清邁是僅次於曼谷的泰國第二大城，也是泰國北部的政治、經濟、文化中心。市內風景秀麗，遍植花草，尤以玫瑰花最爲著名，有"北國玫瑰"的雅稱。

不到一個半小時，飛機已抵達清邁機場。整個機場不大加上到達的航班不多，我很快就辦好入境手續並且上了出租車。

酒店在小巷裏，靜謐中透著絲絲閒適，到處是雅致的燈籠。辦好入住手續後，酒店服務員在前引路，走過長長的竹林道，耳朵不時傳來悅耳的泰式四弦琴音樂，偶爾一襲涼風吹來，讓人不禁心曠神怡。

我們在一棟蘭納式建築前停下，服務員打開精緻雕琢的木門，我看到了簡約雅致的屋內設計、小巧的洗漱用品、清爽潔淨的床品……連空氣都帶有檸檬草及生姜的淡淡香氣。

桌上有水果及一封酒店經理寫的信，內容要求客人在酒店內保持安靜，因爲這是一家以安靜而聞名的酒店……

我沒想到在等待登機的空檔隨意訂下的酒店如此之好，大大超出期望，正沾沾自喜時，安卓來電了。

"妳在哪裏？"

"清邁的LW酒店。"我答。

"週日夜市就在該酒店門口，很值得逛逛，晚餐就在那裏解決吧！"

我問他怎麼這麼清楚？

"早告訴妳我來過泰國好幾次，其中也包括清邁，只是當時窮，住不起LW酒店，而是住在附近的背包客旅店裏。"他答。

難怪他未卜先知。

我們又拉拉雜雜地談了近況，我才忽然想起長途電話不便宜，要他掛了，改用Skype視頻。

"不用麻煩，待會兒就能見上面。"

我當他開玩笑，紐約到清邁少說也要二十幾個小時的航程。沒想到當我在夜市裏吃飽喝足，還買了手工香皂及皮雕，奕奕然走回酒店時……

“買了什麼好東西？”他問。

我太驚訝了，莫非安卓插上了翅膀？

他解釋打電話給我時，人已在曼谷機場。

“怎麼一聲不響就來了？工作呢？”

“人不是機器，總得休息，知道妳在清邁，趕緊過來找妳玩。”

我太高興了，原以爲這是一個人的孤獨旅行，這下好了，有安卓陪伴，至少假期還不致於“淒涼”。

我們在酒店大堂坐下，叫了兩杯咖啡話家常。等咖啡喝完，我問他今晚落腳何處？莫非還是背包客旅店？

“太小看我了，我現在是有錢人，再也不租床位了。”

一問，原來他住C區，離我住的A區相距不到一百米，我自然而然地約他明天一起吃早餐。

“Deal.早餐是自助式的，一定得吃到扶牆而出才行！”他答。

第五十四章/惡耗

我和安卓不急著加入遊客的隊伍裏，而是充份享受起清邁的慢生活。

通常早餐過後，我們會參觀附近的廟宇，偶爾也坐TuTu車到遠一點兒的地方，但會控制好時間，在太陽大發威前趕回酒店，然後泡泡游泳池、到健身房活動一下筋骨，或者什麼都不做，只是靜靜地躺在小屋外的躺椅上，等待風吹過樹梢時帶來的一絲涼意……

適逢清邁的夏季，白天天氣能達到36度以上，比人的體溫還高，爲了不被曬成黑炭，我和安卓選擇清晨或傍晚出門。

那麼漫漫長夜能去哪兒呢？平日夜市當然會去，但最常去的地方是寧曼路。

在清邁，這是最出名的一條路（其實是主幹道加上延伸出去的巷子，自成一區），它介於古城與清邁大學之間，那裏有大大小小的咖啡館、餐廳、酒吧和特色小店。

這一天，我說想吃清淡點兒，安卓便帶我來到寧曼路上的一家清新小店，有花瓷磚、吊燈、木桌椅、小綠植……等，能讓我不停地拍拍拍。

賣的是沙拉，我點了香腸、吞拿魚加五種基本配料，醬汁選了焙煎芝麻沙拉醬；安卓則點了烤牛肉及其他，醬汁選了蜂蜜加千島醬。

"其實吃這個不一定能減肥，因爲沙拉醬的卡路里很高，我的模特兒幾乎都'啃草'，一點點兒的醬汁都不加。"安卓說。

我答還好自己不是模特兒，還能享受一下吃的樂趣……

此時飲料送來了，我的是酪梨牛奶，他的是鮮榨橙汁。

"酪梨又叫牛油果，是水果中能量最高的一種，脂肪含量約15%，比雞蛋和雞肉還高。每100克牛油果的熱量約160大卡，是蘋果的3倍、牛奶的2.7倍……"

我問他大學修的可是營養學？否則怎麼這麼清楚？

他答因爲他帶領的是一群必須嚴格控制體脂率的人，所以了解吃什麼容易堆積脂肪及引發肥胖很重要。

"想必你未來的另一半也得有魔鬼身材才行。"我下結論。

"不必，像妳這樣挺好的。"

我因此擡頭看了他一眼，他起身到櫃台跟服務員要紙巾，恰好避開我詢問的眼神。

寧曼路上到處充滿萌萌噠的感覺，一個信箱、一面塗鴉的牆、一扇可愛的小窗、一個佇立在店門口的大公仔……都能讓人會心一笑。

我和安卓悠閒地漫步著，沿路的三角梅及鳳凰花正開得茂盛，他的手指幾次蹭到我的手指，讓人有些迷惑。

“大概是不小心踩到的吧？！”我心想。

此時一輛摩托車呼嘯而過，我甚至還能感覺到排氣管排出的熱氣，安卓趁機握住我的手，將我拉向他。

“怎麼回事嘛！騎那麼快，撞到人怎麼辦？”安卓很生氣。

我答沒事了，並抽回自己的手。

“言言，我……”

我趕緊制止他發言，說前面就是網紅店，我想吃芒果糯米飯。

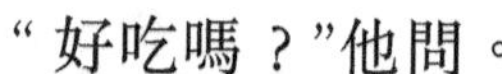

“好吃嗎？”他問。

“嗯！好吃。”

芒果糯米飯是將微酸的芒果加上用椰漿蒸煮的糯米，最後淋上勾了芡的甜椰漿而成。在泰國，我沒吃過失敗的芒果糯米飯，大概由於用料新鮮的關係，只有“好吃”、“很好吃”以及“好吃得不得了”三種等級，不同的是我們去的這一家還多了一個擠上鮮奶油的芒果布丁，成了名副其實的甜品了。

安卓沒點甜品，而是要了一杯櫻桃汁，杯口有一顆紅得發亮的櫻桃，我看著它好一會兒，想起傑森曾經對我唱的一首英文歌，歌詞裏說戀人應該有櫻桃般的小嘴及天使般的眼睛……

“想吃嗎？”安卓把櫻桃取下，在我眼前晃動。

“不想！”我把臉撇向一旁。

安卓只好自己吃下，還頻頻說好吃。

我說他剛吃了小嘴，又解釋傑森曾經爲我唱的英文歌歌詞……

“妳還在想他？”他問。

我點頭，心裏酸酸的。

“自從……他聯繫過妳嗎？”他又問。

我答在紐約機場時傑森曾打來電話，我沒接，從此杳無音訊。

安卓聽了沈默許久，眼看周邊的吃客走了一批又來了一批，是時候離去……

“言言，等等。”安卓終於開口，但說的卻是我最不想聽到的，世界一下子全黑了。

我將浴缸裝滿水，再灑入酒店提供的沐浴鹽，然後將整個身子埋入水裏，直至再也無法閉氣才露出水面。

“傑森，你不愛我了。”我趴在浴缸邊緣不停地流淚。

時間往前推兩個小時，安卓在甜品店裏要我別走，然後把驚天動地的消息告訴我。

“你是說……傑森訂婚了？”我困難地問，心中仍拒絕相信。

“嗯！一個禮拜前的事，華文報上登的，好大一幅照片，訂婚宴設在萬福樓，紐約副市長也來了。”他答。

這麼說，我們“分手”還不到一個月，他馬上找到替代人選並且倉促訂了婚，彷彿怕我會回來粘上他，做得可真絕呀！

“聽說……聽說新娘子已有身孕，所以才這麼趕。”安卓附帶說明。

有了身孕？哈！交往五年，我竟不知他腳踏兩條船？！

我笑出聲來。

"妳還好吧？"他小心地問。

我答好得不能再好，並且在"留下來"還是"走人"之間徘徊，最後選擇留下，因爲我知道今晚注定會失眠，不想早早回酒店煎熬。

"怎麼辦？肚子又餓了。"我站起身走向櫃台，點了椰子派、巧克力薄餅、西瓜蛋糕、千層蛋糕以及雪糕紅豆冰。

望著桌上滿滿的甜品，我好滿足，像把自己空虛的心靈也填滿了。

"吃！"我將西瓜蛋糕遞給安卓，"很甜的。"

他接過後遲遲未入口，反而用同情的眼光看著狼吞虎嚥的我。

知道他在看我，我吃得更凶，好像在參加大胃王比賽似的，一口接一口......

～

果然一夜無眠。

"嘟......嘟嘟......"我拿起座機，是安卓打來的，他說怎麼不見我過來吃早餐？

"不吃了，每天的早餐都差不多，早吃膩了。"

他又問我今天打算幹嘛？

我答睡大頭覺，哪裏也不去。

"好，反正再過兩天就回紐約了，正好趁現在養精蓄銳。"

安卓沒勉強我，倒讓人有些許意外。

我果真躺回床上去，並且像死人似地躺了好幾個小時，直到血紅色的夕陽餘暉灑了進來，我才知道一天即將過去。

"嘟......嘟嘟......"我拿起座機，還是安卓。

“不吃，別煩我！”

他順著我的思路說：“不吃飯，純喝酒，怎樣？”

想到用酒精麻痹自己也是宣洩的一種方式，遂答應了，並且問他在哪裏喝？

“妳出來，得走一小段路。”他答。

第五十五章/清萊

安卓帶我來到古城護城河附近的這家酒吧，熟門熟路地直上二樓。坐在木製的鞦韆椅上，我往下探去，剛好正對著半圓型的小舞台，琴師正在調音箱。

服務員過來問我們要點些什麼？安卓答"金湯力"，又點了幾樣下酒菜；我則要了"龍舌蘭日落"及一打的象牌啤酒。

"一打？"安卓咋舌，"我可没力氣背妳回酒店。"

我要他放心，泰國是佛教國家，不喝酒爲戒律之一，正因如此，本地的啤酒偏淡，酒精含量皆不高，保證喝不死人。

也許因爲戶外微雨的關係，酒吧內只有我們兩位客人，感覺像包場似的。

此時歌手也上台了，是個皮膚黝黑的泰國人，他對著麥克風說桌上有紙筆，接受客人點歌，然後唱起七〇年代的經典情歌《Yesterday Once More》，聲音低沈而富磁性。

我拿起筆刷刷刷地寫，轉身將紙交給服務員。

舞台上那個帥氣的小哥看了之後，撻頭對我喊：" Sorry, I can't read Chinese characters."

聽他說看不懂中文字，我樂不可支，將手圍成話筒狀，回喊：" Never mind.My boyfriend passed away yesterday. Please sing something sad for me."

那歌手一臉茫然（也許想著：男朋友昨天死了，怎麼還這麼高興？），不管怎樣，他轉頭和琴師耳語幾句，接著唱起惠特尼.休斯頓的《I will always love you》。

搞什麼嘛！爲什麼偏偏唱《我將永遠深愛你》這首？太討厭了，踩到我的痛處。

想起自己明明被甩了，還很没志氣地愛著傑森，那個"只見新人笑不見舊人哭"的負心漢......

"妳還好吧？"安卓問。

我說還行，爲了不繼續在悲傷裏打轉，我問他和前女友分手時痛不痛苦？

他答剛開始肯定會有不捨，尤其當女友問他要不要一起回中國時，他猶豫過，還好當時堅持下來，否則也不會有"守得雲開見月明"的時候。

想到安卓的事業已漸成氣候，聽說還簽下幾名初露鋒芒的模特兒，的確有資格說這話。

誰知他馬上否認："我的堅守不是爲了事業，而是......"

見他一副吞吞吐吐的樣子，我問他是不是看上了哪個模特兒？

他答也是也不是。

" 我也想守得雲開見月明，偏偏月亮被天狗吃了，就算等死了，也等不來月光。哎！你說投胎算不算一門技術活？想當初如果睜大眼睛誕生在好人家家裏，現在看見優秀的男孩子也無需自慚形穢了。"我自怨自艾起來。

"我不一樣，我選對象不看出身，只看兩人合不合得來。"

我嗤之以鼻，說男人個個都是大話王，剛開始也許會不在乎，一旦談到結婚就不好說了，誰不想少奮鬥幾年？

"對我來說，妳已經夠好的了，在紐約市中心有自己的工作室，眼看就要在時尚圈站穩腳跟、引領風潮......"

呵呵！我笑得眼淚都出來了，什麼工作室？没有乍侖先生的幫忙，我還是個四處寄簡歷的小設計師......

看安卓一臉茫然，我遂把自己做過的齷齪事全交待了，包括畫室幽會、換妻俱樂部、性病......

"瞧！我是多麼糟糕的女人，傑森離開我，一點兒也不冤枉我，連我也想離開自己，但不行呀！靈魂被圈在軀殼裏，一步也離不開，除非我死了重新投胎，否則這輩子就這樣了，嗚嗚嗚......"

我又哭又笑，把酒像白開水似地猛灌個不停。迷迷糊糊中，只感覺昏黃的燈光忽明忽暗，歌手的歌聲時大時小，安卓的臉孔也時而清楚時而模糊，倒是雨水打在鐵皮搭建的酒吧屋頂時特別響亮，像日本的傳統太鼓表演。

"言言，妳醉了，我們回去吧！"

安卓扶我一把，我甩了他，任性地跟服務員又要了杯伏特加。

果然喝完烈酒我就不醒人事，因爲接下來的記憶全無。

我是被泰國國歌給喚醒的。

在泰國，每天早上8點和晚上6點都會定時定點播放國歌，歌名叫《泰王國歌》。當國歌奏起時，所有人都要停下來，趕路的立即站好，聊天的不再談笑，打電話的馬上掛機，甚至連吵架都要暫停謾罵，大家一致肅立，面容嚴肅地聆聽國歌，直至結束。

我所住的酒店以安靜聞名，即使播放音樂也是輕音樂，像潺潺流水似的，但也阻擋不了國歌播放，因爲播放國歌的地點就在酒店緊挨著的小公園內……

閉著眼睛將泰國國歌從頭聽到尾，我發現該曲很像進行曲，不難聽而且很短，比學校課間操的時間還短。

"哈啾～"這打噴嚏的聲音好比杜比音效，簡直身臨其境。

我猛一張開眼，看到安卓的大臉，停了幾秒鐘後，我趕緊爬起，這才發現自己枕在他的手臂上。

"謝謝！"安卓揉了又揉他的右手臂，"我以爲這隻手要廢了。"

雖然我們兩人衣著整齊，我睡床上，他坐地上，但瓜田李下，加上昨晚我醉酒，什麼事都有可能發生。

"你……你怎麼在這裏？難道昨夜你……"

"天地良心呀！昨晚扶妳就寢後，妳拉著我的手，把它當枕頭。爲了讓妳安心入睡，我就坐在冰冷的地板上半夢半醒著，妳若還入我罪，我連想死的心都有。"

聽他這麼一解釋，我感到萬分羞愧。

"對不起，我不知道自己這麼霸道，現在……現在你可以回房睡了，我不吵你。"

安卓說都八點了，還睡什麼睡？倒是他的手臂沒了知覺，不知該不該看醫生？

聽到他的手臂沒知覺，我趕緊左右拍打它，問："有感覺嗎？"

安卓無奈地搖頭。

完了，完了，他該不會需要截肢吧？！我又用力打了兩下，見他還是搖頭，遂張嘴……

"停！"安卓把兩隻手都藏在背後，"妳這個女人太恐怖了，不過是開個玩笑，妳當真要咬我？"

知道他的手臂没事，我鬆了一口氣，也有心情糗他："不是没感覺嗎？讓我咬兩口有什麼關係？昨天一整天没吃飯，今早餓得前胸貼後背。"

我還配合著舔了舔嘴巴。

"那麼趕緊起床梳洗一下吧！我帶妳去個好地方吃早餐，吃完我們去看天堂與地獄。"他說。

安卓同意酒店的早餐吃膩了，他帶我來到巷尾轉角處，一個帶有黃色遮雨棚的小店。

"你簡直就是地頭蛇，什麼都知道。"我邊翻菜單邊說。

"別忘了我是老遊客，當然知道這附近哪裏有好吃又不貴的餐廳。"

他說的没錯，這家店雖然看起來很一般，但食物的選擇性卻很多，而且價格都不貴，有很多本地食客，差不到哪裏去。

由於看不懂泰文，我只能看圖想像，東西端上來後，才發現雞蛋上面的蔬菜完全是生的，而且没有沙拉醬，我吃得很不習慣，倒是安卓點的蜂蜜穀物看起來非常可口。

"想吃嗎？"他問。

我答不想，但他還是把一勺淋上蜂蜜的穀物遞上來，清甜的口感非常適合小女生（爲什麼別人點的總是特別好吃?真氣人！）

見我喜歡，安卓没經我同意，逕自和我對換早餐，還說他喜歡吃不加醬的苦苣。看他皺著眉頭吃東西的樣子，我想笑又笑不出來，沒人比他更傻的了。

接著端上來的黃油煉奶土司及香蕉蜂蜜土司都被我們很有默契地一分爲二，還好兩者都很出彩，没失分，連泰式冰咖啡也濃得恰到好處。

"那個......昨晚我們是怎麼回酒店的？"我問。

安卓答酒吧經理幫忙叫了輛出租車，到了酒店，有一大段路是他背我過去的，還問我難道没印象？

我搖頭，真的完全失憶了。

走出早餐店，一個泰國人樣貌的出租車司機下車將後車座的門打開，並對我們做了"請進"的動作。

"這是去哪裏？"我問安卓。

"清萊。"他答。

第五十六章／再見傑森

在泰國，佛寺總是金碧輝煌，唯獨在泰北有兩座廟，一反常態地以黑白對比色聞名於世。

“有人認爲白廟輝煌璀璨，看起來像天堂，其實代表的是地獄；黑廟陰森恐怖，看起來像地獄，實爲天堂。”安卓說。

“太詭異了，完全不同的兩種說法。”

“這就是爲什麼我要花往返六個鐘頭的時間去搞清楚的原因所在。”

由於路途稍遠，到達白廟時已是中午時分。

這座大型的白色建築與水池倒影相映生輝，大殿是典型的泰式廟宇風格，外層覆以繁複的白色手貼馬賽克，受光時反射出耀眼的光芒，彷彿聖光般奇麗絢爛。你可以在此體會生與死、希望與絕望，其中最震撼的場景是通向主殿的奈何橋，橋周邊是地獄萬象圖，景象非常恐怖，有很多骷髏頭及伸出來的一隻又一隻的手，姿態都十分扭曲，那是地獄裏墮落靈魂的掙扎、哭喊與懺悔。

結束白廟的參觀後，我們馬不停蹄地前往黑廟，那裏更像是
"黑屋"，而非"廟"。

正殿是巨大的原木結構屋子，主體爲黑色，頂上鋪黃瓦，屋
角則以尖長的彎角作裝飾，牆體有各種魔鬼形象的雕刻。就
在這昏暗的內室裏，陳列著獸骨、屠殺工具、祭祀用品、標
本、皮毛……等陰暗恐怖的擺設，無疑帶來地獄的聯想。

然而仔細觀察過後，你會發現黑廟並不完全充斥著死亡味
道，譬如：憨厚的木佛像、雪白的瓷觀音、蓮花佛手、大象
神石雕、女神窗雕、捕獵工具及各種誇張的生殖器雕刻品
等，與其說是展示死亡，不如說是用死亡證明曾有過的生生
不息。

參觀完兩座廟，安卓問我到底是"白廟代表天堂，黑廟代表
地獄"，亦或反之？

我想了許久還是沒有答案，也許地獄中有天堂，天堂中也有
地獄，兩者互爲存在又交替出現吧！倒是奈何橋下那隻中指
塗上紅色指甲油的手讓我印象深刻，我說那是我的手，掙扎
著想從罪惡中逃脫，奈何不可得……

"誰說不可得？"安卓三兩步跳上小山丘，然後回頭對我一伸
手，我躊躇了一會兒，將手遞給他，他用力一拉，我
上了山丘。

"瞧！妳不是上來了？"他對我微笑，然後眺望遠方，"看這
裏的風景多美呀！"

我順著他的目光往外探去，穹蒼下好一片鬱鬱蔥蔥，果真風
景如畫。

"我一直想和心愛的人一起坐看雲起時。"他有感而發。

我說那也是我的願望，又問他，那個和他一起看雲的幸運女
孩是誰？

他答那女孩淚點低、喜歡吃肉、愛幻想……

“安卓~”

他截斷我的話：“我們認識時，各自有男女朋友，即使喜歡妳，也只能把情愫埋在心裏。知道妳隻身去泰國後，我甚至想過到泰國留學算了，但我女友沒做錯事，對我又是一心一意，我開不了這個口，想著就這麼庸庸碌碌過一輩子吧！但越不去想妳就越想妳，我猜小敏也覺察到我心中有人，所以當我說不回中國時，她哭得很傷心，以爲我看上房東的女兒，爲了拿綠卡想和蕃。”

對於安卓的小心思，我不是完全沒感覺，但自己的身體已經骯髒了，他值得擁有更好的……

沒想到他表示我就是最好的，如果當初他能更有勇氣些，乍侖先生也不會有機會傷害我，說到底是他的錯，沒盡到保護的責任。

面對安卓的表白，我有些無措，把他從“男的朋友”變成“男朋友”，我還沒準備好。

“你的心聲我聽到了，我會慎重考慮後給你答覆，也許一、兩週，也許更久。”我打算先採拖延戰術。

“沒關係，妳慢慢考慮，八年都等了，還差那麼點兒時間？”他答，然後整理我被風吹亂的頭髮。

回到清邁剛好趕上吃晚飯。

“明天下午我們就要返回紐約，所以最後的晚餐一定要吃好吃的。”安卓說。

他帶我來到貓途鷹推薦過的餐廳，店面裝修得非常復古、典雅，給人一種吃法餐的感覺，但其實吃的是道地的泰北菜。

安卓點了好幾樣招牌菜，其中我最喜歡的是炸豬肉丸及河粉捲，前者的表層炸得酥脆，裏面的肉卻很嫩，口感令人驚豔；後者的內餡除了蟹肉還有香茅葉，搭配綠色甜蘸醬，非常清新爽口。

飯後甜品則是"紅寶石荸薺椰湯"，粉色的荸薺吃起來香香脆脆的，再喝幾口冰涼香濃的椰奶，在炎炎夏日裏，不啻是消暑聖品。

"謝謝！"我說。

"謝什麼？我没說這餐我買單。"

其實我想說的是這次泰北行因有他而增色不少，他卻以爲我想佔他便宜。

"就得你買單，我還没要你付美女陪吃的費用呢！"我耍起流氓。

安卓聽完捂住胸口，像被箭射中紅心，我呵呵呵地笑得很開心。

～

回紐約的班機上，我還在寫演講稿。

"隨便講講得了，那種場合是錦上添花的多，没人真心聽妳講什麼。"安卓說。

我也知道那是實情，但就是無法放下心來，面對群衆總讓我無來由地感到緊張。

安卓要我放輕鬆，他會坐在第一排的位子上爲我加油打氣！

～

諾大的禮堂擠滿了學弟學妹們，我被校長介紹爲下一個 VERA Wang, 那個當今最傑出的華裔婚紗女王。

我接過麥克風，不忘謝謝校長的擡愛，說自己還有很多不足之處，若不是學校給予我成長的土壤，我恐怕還是一顆未發芽的種子……

安卓說的對，這種場合的確是錦上添花的多，很少有人真心聽我講什麼，但場面話還是要說的，所以在不噁心人的狀態下，我盡量做到賓主盡歡。

五分鐘的演講一結束，換來如雷的掌聲。我深深一鞠躬，忽然記起安卓說過的話，他說會坐在第一排的位子上爲我加油打氣，於是我快速瞄了一眼，這一瞄非同小可，我竟然看到……傑森及一位黑頭髮的女人。

“傑森竟然帶著他的未婚妻來聽我演講？”我的心中頓時五味雜陳。

第五十七章/新戀情

傑森和他的未婚妻等圍在我身邊"錦上添花"的人都離去後才走上前來。

"演講很精彩。"没想到傑森也成了吃瓜群眾一員。

"謝謝！"我禮貌性回禮，並且將目光投向他身邊的女子，她有一頭及腰的青絲。

"這是Nancy，我告訴她，如果想穿中式新娘服，找妳準没錯。"

聽到傑森要我替他的未婚妻設計結婚服，我的眼淚差點兒奪眶而出。

"當然，"我強顏歡笑，"由我親自操刀，絕對做到滿意爲止。"

傑森不忘提醒我，新娘子有了身孕，禮服得做寬鬆點兒。

第二刀捅得比第一刀還深。

我要他放心，來我這兒訂做新娘服的，有一半是帶球走，早有經驗了，然後轉身跟準新娘約了時間討論細節。

Nancy雖是中等之姿，但很有大家閨秀的風範，說話輕聲細語，非常有禮貌也很好溝通，的確是唐家會喜歡的兒媳婦人選。

"嘟……嘟嘟……"趁著Nancy走開去接聽手機，我和傑森終於有機會單獨面對面。

"妳……好嗎？"他問。

我答很好，剛從清邁度假回來，又問他婚禮何時舉行？

"Nancy已經有三個月身孕，當然是越快越好，我父母已經預約了聖約翰大教堂舉辦婚禮，到時會發請帖給妳，歡迎前來觀禮。"

噢！傑森，你還要捅我幾刀才肯罷手？我的心已經血肉模糊了，你感覺不到嗎？

"前男友的婚禮哪有不參加的道理？即使下雪落雹也得去！"我打落牙齒和血吞。

"前男友？什麼前男友？"

雖然我們沒正式提到分手，但他都要步入結婚禮堂了，不算前男友算什麼？

傑森聽了笑岔了氣，立馬澄清自己不是新郎，他弟弟才是。

"得文目前正在服勤，只好由我帶著弟妹準備結婚前的各項事宜。"他解釋。

我一時犯迷糊，難道訂婚照是假的？

"妳大概指的是《僑報》上刊登的那一張吧？！其實是拍攝角度的問題，我遮住了得文，加上喜訊內容寫的是唐家少爺訂婚，的確很容易讓人誤會是我辦喜事，已經有幾名友人抱怨我深藏不露了。"

傑森的弟弟是美國西點軍校畢業生，後來被分派到伊拉克當軍官，在少許的幾次家族聚會中我曾和他打過照面，兩兄弟是完全不同個性的人，弟弟一板一眼又不苟言笑，的確是特工人選。

“我……我以爲你訂婚了，並且即將當爸爸。”我說。

“還沒和妳正式分手，怎麼可以跟別人開始？這是不道德的。”

通常我對“道德綁架”嗤之以鼻，但這次卻真心感謝傑森是“道德促進會”會員。

“那麼……你打算正式提分手嗎？”我小心地問。

“這件事不是三言兩語能說得清的，我們能約個時間詳談嗎？”他答。

助理替我租的二居在曼哈頓城中，位居高層，能俯瞰180度的哈德遜河全景，擁有全套智能家居系統及專屬的私人管家服務。周邊生活機能齊全，離我的工作室約二十分鐘車程遠，有車位，月租金沒超過我的預算，不得不佩服助理的辦事能力。

我和傑森約了晚上八點在我的新居見面，因爲這個月他被排晚班，十點上班。他預留了一個半小時的談話時間，不長不短，我拿不準他是想復合還是想分手，心裏七上八下的。

爲了這場“世紀會談”，我特意打扮了一下，做了頭髮不說，還化了無懈可擊的妝容，心中有個想法：男人不好向美麗的女人說不，即使答案依舊是**No**，我也要在他心中點燃一把火，日日夜夜地撩他。

可想而知，當傑森坐下來時，面對的會是怎樣一個“春情蕩漾”的女人！

“今晚的妳很美。”他目不轉睛地看著我。

“當然美，”我爲他斟了一杯香檳，“女爲悅己者容嘛！Cheers.”

我先乾爲敬。

傑森低下頭去，手指撫著高腳杯的杯身，卻沒喝的行動。半晌，他說酒店有規定，上班時間不准飲酒。

我遂起身爲他倒了杯果汁。

“言言，告訴我，蓮花的故事是假的。”他終於談到主題。

我說我也寧願它是假的，但……抱歉，它真實存在著，他若不信，我可以給他乍侖先生的聯絡方式，對方會巨細靡遺地把偷情的過程全交待了。

傑森痛苦地捂住臉，我不知他哭了沒。

趁著他不出聲，我掏心掏肺地承認自己的沈淪是錯誤的，我也承受了相應的苦果，過去的已然無法改變，只能向他保證，從今而後，我只對他一人忠貞。

傑森放下手來，我看見他的眼睛紅紅的，不知怎的，看男人哭總讓人無來由地心軟。

“妳把我的世界全搞亂了，雖然我未必堅持另一半得是處女，但不代表我可以接受人盡可夫之人，這有本質上的差異，妳懂嗎？”

我說我懂，如果讓我重新選擇，斷不會如此愚蠢，但如今已沒有回頭路，我希望得到他和唐爸爸、唐媽媽的諒解。

“哈！我都過不了自己這一關，我爸媽怎麼可能接受？妳的不告而別，我找了個藉口含糊其辭帶過，並且千方百計阻撓他們去杏花樓會戀戀夫人，所以在他們心目中，妳依舊是那個完美無瑕的季言言。”

呵呵！好個"完美無瑕"，對照如今的"千瘡百孔"，真他媽的諷刺！

"所以……你的決定是分手嗎？"我困難地問。

"我……我不知道，有時覺得自己是愛妳的，不管過去如何不堪，我還是要妳；但有時又憤恨難消，想親手掐死妳，尤其想到那些養眼畫面。言言，告訴我，我該怎麼辦？"

傑森的糾結讓我心灰意冷，他問我該怎麼辦？其實是不想當"壞人"，從某方面來說是懦弱的表現。

我嘆了口氣，無力地祝他幸福。

"答應我，一定要好好的。"他語氣溫柔地說。

"我會的。"我淒然一笑。

～

"言言，搞什麼？再過兩天就要走秀了，妳的衣服還沒全出來，難不成要我的模特兒光著身子彩排？"安卓一見我，劈頭就問。

"快……快好了，最近紐約暴發大規模流感，我的設計師有大半都中招，你沒看到我的紅眼睛嗎？我已經兩天沒闔眼了。"我急得快哭出來。

"過來，"他轉換口氣，然後大手一攬將我擁入懷裏，"眼睛閉上，小睡三分鐘。"

果然在安卓的體味中，我安靜了下來，像小船找到了停泊的港灣。

"好點了沒？"他問。

我答好很多了，只是肚子餓得慌，已經有兩餐粒米未進。

"這怎麼可以？走！我陪妳去吃。"

我說正趕工著，沒時間哪！

"就吃公園大道旁的龍蝦捲，走路要不了五分鐘。"他答。

自從有了Big Red，紐約人再也不用爲了吃不到正宗的新英格拉龍蝦捲而發愁。這家龍蝦小屋既有緬因州風味（冷食，搭配蛋黃醬），也有康乃迪克州風味（熱食，搭配黃油和檸檬），無論哪一種口味，都在麵包裏塞進足足四分之一磅的新鮮龍蝦，讓人能心滿意足地大快朵頤。

我和安卓站在戶外，頂著秋風吃最接地氣的街邊美食，四周是行色匆匆的人群。

"我的房東對我行苦肉計，說再不騰地，他們就要離婚了。"安卓邊吃邊說。

他住的房最近換了新屋主，是一對新婚夫婦，他們想提早入住，願意付違約金。

"那就騰唄！"我答。

"可是……現在是租房高峰期，很難找到合適的租處。"他說。

自從和傑森分手後，這半年來，安卓一步步地搶灘掠地，前幾天他提出和我住一塊兒，每月付我房租，被我給否決了。

我不是沒感動過，尤其剛被甩時，人生陷入前所未有的低糜之中，甚至有過輕生的念頭，要不是安卓時不時拉我去看電影、聽音樂會、吃好吃的東西，又像小丑似地逗我開心，恐怕憂鬱期會拉長很多。

"那個……如果連續十天不下雨，你可以搬來和我一起住。"我紅著臉說。

傑森帶給我的陰影還在，但我總不能一直緊閉心扉，是時候接受新的感情。

"真的？"他笑了。

“真的。”

紐約是溫帶季風氣候，雨季集中在七、八月，現在已是秋天，可以斷定不下雨的機率非常高，難怪安卓喜形於色。

吃完龍蝦捲，安卓陪我走回工作室，就在轉角處，他自然而然地牽起我的手，而我……沒有拒絕。

第五十八章/有情有義

昏天黑地趕了兩天的班，終於在走秀前交出三十件結婚禮服，人也累癱了。當助理進來時，我正躺在辦公室的沙發椅上無法言語。

"要不要喝杯咖啡？"她問。

我答不必，休息一下後，我打算提早收工，已經兩天沒洗澡，在發出惡臭前得遁逃。

"季老闆，有句話憋了兩天，看妳忙，一直沒敢開口。"

我要她直言。

"有個流浪漢這兩天在我們工作室附近徘徊，探頭探腦的，我猜他正意謀不軌，但又無法報警，畢竟對方沒做什麼出格的事，只是他那骯髒的身影實在有礙觀瞻，我怕客戶會望而卻步，不敢上門來。"

紐約有很多流浪漢，他們多數聚集在地鐵站或街頭，有的表演才藝換取溫飽；有的撿破爛賣錢；有的標榜越戰老兵喚起同情心，但更多的是什麼也不做的乞討行為。到了晚上，好一點兒的有帳篷睡，差一點兒的就只能睡在紙箱裏或找幾張報紙蓋在身上了事。

助理一提到流浪漢，我便自然而然地聯想起這些，心裏一陣嘀咕：「可別在店前聚集啊！我還得做生意。」

短暫休息過後，我匆忙交待了幾件事，然後轉身拿件薄外套披身上。秋天到了，已有微微的涼意。

走到屋外，我果真看到助理提到的流浪漢，他有未修剪的頭髮及鬍髭，不同的是身上穿著的是看起來還不太髒的西裝，人雖坐著，但不是無意識的發呆，而是拿著石塊在地上畫畫。

我走了過去，發現他正在畫紐約街頭，畫得真好，唯妙唯肖。

本來想給流浪漢幾塊錢，請他到別處「流浪」，但看在對方是不得志的畫家份上，話到嘴邊又嚥了下去。

我自己也是搞藝術的，知道這行要嘛富可敵國，要嘛窮無立錐之地，想當初若沒有乍侖先生的資助，難保現在我不是流浪漢其中一員。

將心比心，我從口袋掏出十美元（這錢夠他吃一頓熱的），這才發現眼前的流浪漢很特別，他既沒寫一些祈求同情的字句，也沒在面前擺個紙盒，我拿著鈔票不知該擱哪裏，只好彎下身將錢放在他腿邊，還不忘壓上石頭，以防風吹。

「言言～」當我準備離去，背後傳來久違的聲音。

我瞬間石化，慢慢轉身過去，儘管物換星移，但那雙眼睛依舊精神著。

「你……」我驚訝地說不出話來。

～

我帶乍侖先生去理髮兼刮鬍髭，然後在一個小時的空檔中，迅速到優衣庫採買他的一身行頭，没人比我更了解那男人的衣碼。

然而帶"流浪漢"回家還是出了點兒麻煩，我得費盡唇舌解釋這是我的演員朋友，他剛下完戲，來不及換衣服……這才在管家的狐疑眼神中獲准入內。

"你先洗個熱水澡，我幫你叫外賣。"我把新買的一袋衣服交給他。

他對我點個頭，走進浴室……

本來想叫中式外賣，但考慮到乍侖先生也許會懷念家鄉味，於是叫了中國城的"暹羅屋"外賣，有咖喱嚇、泰式炒麵、炸蝦餅和甜辣小丸子。

我給餓壞的人一杯熱茶，看他狼吞虎嚥的樣子，心裏一陣悲涼。

"我不應該來找妳，太丟臉了，但錢包、證件皆被偷，我已經喝了兩天公廁裏的自來水。"當盤底朝天後，他喃喃自語。

"没事，我幫你買張返程機票，到了曼谷，一切會好的。"

乍侖先生答不可能的，他老婆和Ann聯手掏空他的公司，連房子、車子也變賣了，他成了十足的窮光蛋，連到美國的機票及路費還是借來的。没想到下機没幾個小時就遇到扒手，證件没了，錢也没了，就這樣流浪街頭好幾天，如果不是走頭無路，他斷不會來找我……

"真的一點兒都不剩？"我問。

"除了我的才氣，一點兒都不剩。"

我早有預感那兩個女人在進行一場陰謀，但没想到如此絕情，簡直不讓乍侖先生有活路。

“別擔心，你暫時在我這裏住下，其他……我們想想辦法。”我安慰他。

～

“什麼？！妳把乍侖先生帶回家了？”安卓揚起聲。

我也不願在剛舉行完一場大秀，人虛脫到不行的狀態下告訴他這個惡耗，但能怎麼辦？面對曾經的金主，我做不到“見死不救”。

安卓没考慮多久，立馬決定帶乍侖先生回他家。

“可以嗎？你們兩人又不熟。”

“不然能怎樣？難道讓你們孤男寡女共處一室？”

乍侖先生被帶走時，那眼神像極了被主人拋棄的寵物，可憐巴巴的。

“放心，我不會吃了他。”安卓對我俏皮一眨眼。

他們走後，我才認真思考起這件棘手的事。

能不能把被捲走的錢要回來，這是警方的問題（估計短時間內不可能解決），燃眉之急是乍侖先生需要一筆錢自立，或者說重新開始。

想當初若不是金主爲我在市中心租下兩百平米的商鋪當工作室，又給了不菲的啓動資金，我的創業之路不會走得這麼順遂，加上那些年從他身上撈的也不少，是時候回饋了。

～

“妳不必如此。”

當我把一張花旗銀行支票交給乍侖先生時，他有些尷尬。

我說就當我把他的股份買下，單獨擁有工作室吧！

他想了一下還是收下支票，說：“等我東山再起！”

此時的我們正坐在Hudson Terrace屋頂酒吧內，超寬的視野將曼哈頓的繁華與哈德遜河的寧靜盡收眼裏。

乍侖先生已沒有兩天前的落魄樣，印驗了“佛要金裝，人要衣裝”那句話，現在的他已恢復往日“君臨天下”的氣勢。

“我的情人當中，就妳最有情有義，妳等著，哪天功成名就了，我一定風風光光地回頭找妳！”

乍侖先生的話讓我五味雜陳，我的“雪中送炭”不是爲了讓他回來找我，而是不想再和他有任何瓜葛。

“我希望……你拿著錢，到遠遠的地方重新開始，把我……忘了。”我慢慢地說。

乍侖先生有些意外，隨即控制住自己的情緒。

“得，女大不中留。”他苦笑，“我看出來了，那個有點兒娘的模特兒經紀人對妳有意思，妳該不會也喜歡他吧？！”

我答安卓人不錯，別人對我的過往如鯁在喉，唯有他願意接受“殘花敗柳”的我……

“嘖嘖嘖！瞧妳把自己說成了什麼？妳若是‘殘花敗柳’，我豈不是‘辣手摧花’？”

我正想問難道不是？此時天際閃過一道寒光，隨即傳來幾句低吼的雷聲，乍侖先生忍俊不禁，我問怎麼了？

“希望今晚下大雨，這樣一來，有人要哭了。”他答。

我想起不久前曾對安卓說：“如果連續十天不下雨，你可以搬來和我一起住。”

不知怎的，竟被乍侖先生知道了，他的揶揄讓我很不舒服。

我告訴那個不懷好意的人，他現在有錢了，應該盡早搬離安卓的家，，我還是先走一步爲佳……

"言言～"他喚住已起身的我，"謝謝！"

面對舊情人的感謝，一時千言萬語湧上心頭，但我隻字未提，只是對他點了個頭，然後快速離開。

第五十九章／傑森來電

回家後洗了個熱水澡，頭髮還是濕的就聽到手機響。

"Hello."我胡亂裹上浴袍趕去接聽。

"天氣不太好，希望待會兒別下雨。"安卓說。

我望向窗外，雖然漆黑一片，還是能感受到厚重的烏雲壓頂。

"下點兒雨好，最近天氣有點兒悶。"我答。

安卓問我是不是不願意他搬進來？他連行李都打包好了，就等後天一大早搬家。

"沒有的事，A promise is a promise. 如果老天爺都同意讓你搬進來，看不出我有反對的理由。"

手機那端的他聽起來很高興，他說從現在起他要每分每秒地禱告千萬別下雨，相信上帝不會那麼狠心，讓念茲在茲的人功虧一簣。

我提醒他搬進來後房租照付、廚房用過馬上清理、保持好室友間的適當距離......

"没問題，我向來很好相處。"

我們又拉拉雜雜地談了一些，安卓忽然提到乍侖先生搬走了，走得很倉促，說是奉我之命。

走了？這麼快？

我解釋自己給了他一筆錢，算是買下他的股份，從此獨自擁有工作室。

"也就是說那老傢伙從此在妳的生命中徹底消失了？"

聽安卓這麼一提起，我才驚醒。没錯，我和那孽緣連最後的交集也不存在了，從今往後，我們已是没有任何利害關係的陌生人，不禁悲喜交加。

"言言，妳怎麼了？"大概他聽出了不對勁。

我答没什麼，剛洗完澡，頭髮還是濕的，有點兒冷……

"哎呀！怎麼不早說？我掛了，妳趕緊將頭髮吹乾。"

掛上手機，我聽話地找來大浴巾，就在這時候，手機又響了，我看了一眼來電顯示，像被雷擊中，等我再有知覺，鈴聲早停了。

"傑森爲什麼打給我？是不小心按到的嗎？"我心想。

等我擦乾了頭髮，又爲自己泡了杯玫瑰茶，傑森第二次來電，我躊躇了一下，還是接了。

他問我最近好嗎？我答好，然後他便自顧自地講起自己和家人的近況。

原來這半年來發生了很多事，他去了一趟瑞士，受訓三個月；唐爸爸唐媽媽搬到洛杉磯另闢戰場，打算在那裏再開個華語電台；Nancy回新加坡娘家待産，弟弟得文仍在伊拉克出生入死……

"也就是說你們全家分散各處。"我總結。

"没錯，現在列克星敦大道的家只剩我一人，連劉阿姨也跟著去了洛杉磯，還好我請了小時工，五居的大房子收拾起來挺累人的。"

我同意住大房子有大房子的困擾，還好我只租了小二居，暫時還不需要請人打掃。

傑森又告訴我哪家的家務服務比較實誠，把關嚴，少了將罪犯請回家的風險……

我不了解他打電話來的用意，難道只爲了推銷家務助理？

"聽說今晚會下雨，已經是秋天了，雨再一下，溫度馬上驟降好幾度。"傑森竟然又扯上天氣。

"嗯！看樣子的確像要下大雨了，謝謝你告訴我這個有用的信息，還有事嗎？我有別的電話進來……"

傑森阻止我掛機，他說他買的墨西哥食用仙人掌很快就要開花，不知會開出什麼顏色的花，問我要不要過來見證歷史性的一刻？

"你怎麼知道即將開花？"我很好奇。

他答片狀莖的頂端鼓得圓圓的，明天肯定開。

我早聽說仙人掌不僅會開花，還會結果，但一直沒有親眼目睹過，如今傑森一邀約，讓我很糾結。我們已經分手了，而且大半年沒有來往，忽然又開始聯繫，怎麼說都有些怪。

"不了，也許明天會下雨。"我找了個藉口。

"那麼……如果明天不下雨，妳來？"

我望向窗外，黑暗中隱約還看得見幾道閃電的寒光，加上空氣中漂浮的濕氣，我判斷這場雨將不小，紐約恐怕要成爲沼澤之地。

"好，如果明天不下雨，我來。"

掛上手機，我的心有些忐忑，好像下了不該下的決定。

“嘟⋯⋯嘟嘟⋯⋯”這次是安卓的來電，他問我剛剛和誰通話？他打了好幾通都佔線。

我答我爸媽打來的，問我中秋節回不回去？（爸媽的確問過我，只是那是好幾天前的事。）

“妳的答案是什麼？”他問。

想到故鄉那些對我的婚事過度關心的七大爺八大媽，我的興致瞬間冷卻。

“如果找到另一半就回去一趟。”我答。

“那麼我得加油了！”

面對安卓的“明示”，我選擇“顧左右而言他”，再一次接受感情，我需要慎重以對。

～

實在太詭異了，昨晚明明雷聲大作，硬是沒下半點兒雨。今晨一起床，屋外依舊烏雲密佈，但地是乾的。

“也許待會兒會下。”我心想，所以出門沒忘了帶把傘。

～

開完晨間會議，我和助理又討論了一下巴黎的服裝秀行程，轉身再對新進人員呈上的設計草圖提供意見，很快便到了中午用餐時間。

“季老闆，今天要幫妳叫外賣嗎？”助理問。

想到工作堆積如山，我說叫“唐山”的叉燒飯及鴛鴦奶茶吧！

助理走後，安卓來電話，問我晚上能約了一起吃飯嗎？

“不一定，工作多，也許要加班。”

他說沒關係，如真要加班，他會送外賣給我，然後陪我一起加班。

"你大可不必如此。"

"我喜歡、我高興，妳奈我何？"

我說他太霸道了！他卻表示只要能和我在一起，就算當流氓頭子也無妨……

沒想到才剛掛上電話，手機又響，這安卓到底有完沒完？

我邊犯嘀咕邊按下接聽鍵。

"快來看，仙人掌就要開花了。"傑森在手機那端喊。

我有些意外，差點兒忘了這事。

"不了，工作做不完，我快過勞死了。"我說。

"那不行，今天沒下雨，妳不能食言而肥。"

是沒下雨，但……老天！怎麼今天踫上兩個霸道的人？

"可是……"

"我不管，我在家裏等妳，不見不散。"

說完，他匆忙掛機。

"好個沒禮貌的傢伙！"我邊說邊想著該不該把外賣帶到傑森家吃？

第六十章／願賭服輸

管家通知傑森有訪客，他下樓來接我。

半年不見，他的髮型變了，是利落的偏分頭；皮膚曬成古銅色，油亮油亮的；裸露的四肢則像健美先生一樣精壯。已是秋天，他仍穿著帶領的短袖襯衫、卡其五分褲，腳踩運動板鞋，閒適得不得了。

"妳來了。"他對我微笑，露出潔白的牙齒。

我告訴他中午休息時間只有一個小時，現在已經過了二十分鐘。

"別緊張，我是來解救妳的天使，防止妳過勞死。"他說。

我翻了個大白眼，傑森不知道壓力在背後追趕的滋味，我有十多名員工要養，工作室的租金一個月要六萬美元，每天一張眼，好幾張鈔票已悄然飛走……

"上來吧！等妳很久了。"他率先走向電梯。

～

傑森的家看起來有些不一樣，但又說不上哪裏不同。

"沙發換成乳白色的，窗簾也換了，母親說黃色看起來有朝氣一些，其他没變。"他主動交代。

我噢了一聲，表示知道了。

" Tea or coffee ?"他問。

我答茶，想著喝完茶大概可以告別了。

傑森動作麻利地燒水、沏茶，嘴裏也没閒著，他說今天公休，是二十多天連續工作以來難得的休假，因爲有位經理離職，而替補的人還未報到……

" 這是台灣的凍頂烏龍茶，"他遞給我一個陶瓷杯，" 一斤要兩百多美元。"

不用他說，我已聞出茶香，入口後果然回甘濃郁且持久，的確是好茶。

"仙人掌在哪裏？"我問，没忘了此行目的。

他答在房裏，待會兒再看，不急。

啥？不急？不急幹嘛十萬火急將我喚來？這不是捉弄人嗎？

傑森說他没想捉弄我，而是……他想我了。

我一時語塞，這叫我如何回答是好？

" 我們已經分手了，不應再有瓜葛。"我冷冷地説。

" 分手是我没經過深思熟慮的結果，這半年來，我無時無刻不在後悔，尤其相了幾次親後，才發現曾經滄海難爲水，兜轉了一圈，還是覺得舊人好。"

面對傑森的表白，我猶豫了，迷途的羔羊回來，我不知該敞開雙手迎接還是轉身拂袖而去。

" 半年能發生很多事，你難道就没想過我有人了，甚至已談婚論嫁？"我問。

"我已經調查清楚妳未婚,只要還没走進婚姻殿堂，一切都有反轉的可能。"

"你太自信也太無禮，半年無消無息，我憑什麼等你回頭？"

"憑妳依然愛我。"

我冷哼一聲，問何以見得？

他默默站起來走向開放式廚房，然後從刀架上取下一把水果刀，在我來不及反應前，快速在自己的手腕處劃下一道口子，頓時血流如注。

我驚叫一聲，像箭一樣衝向他，手忙腳亂地拿起廚房紙巾捂住傷口，但止不住，血水一直往外流。

"搞什麼？有病啊你？"我對他吼。

"我……我没想到用力過猛，純屬意外，真的。"他像個做錯事的孩子。

我幫他做了簡單包紮後，開車送他上醫院縫針。

"對不起。"他說。

看傑森的手腕處纏上白繃帶，真是既好氣又好笑，怎會有人如此不分輕重? 醫生說砍的深度都見骨了。

他再次表達歉意，說現在知道輕重了，下次下手會輕一點兒。

我笑他犯二，還有下次？

"是犯二呀！不過因此看出妳還是緊張我，所以受點兒皮肉傷不算虧。"

"你也太臉上添金了，即使是路人甲，我也不會見死不救。"

他沈默了一會兒後說知道了，謝謝我送他上醫院，路人甲現在自行回家，不再討人厭。

看他離去時孤獨的背影，我狠不下心來，趕緊小跑步跟上。

"那個……我送你回去。"

"不用了，妳回工作室忙吧！"

我答再忙也要送……朋友回家。

聽到自己從"路人甲"變成"朋友"，傑森顯得很高興。

"我肚子餓了，能不能順路到第五大道的19街外帶美式甜甜圈，我要巧克力及堅果口味的。"他說。

第五大道很難停車，兜兜轉轉好幾圈才找到一個停車位，此時離19街已經有好幾個Blocks遠。

我要傑森在車內等，自己跑步買外賣。

等那個胖得幾乎讓人喘不過氣來的黑女人將綜合口味的六個甜甜圈擺進紙盒內，雨適時滴落下來。

"媽的，真是狗屎好運！"我心想。

跑回車內時，毛毛雨已成中雨，我邊將悉心保護的紙盒塞給傑森邊說："得趕緊上路，我有預感馬上會成傾盆大雨。"

果不其然，不到兩分鐘，中雨成了大暴雨，我的車子頓時卡在車流裏，只能以龜速前行，讓我欲哭無淚。

"吃！"傑森將甜甜圈遞過來，"下雨天開車急不得。"

"我也知道急不得，但我得趕著回辦公室處理堆積如山的工作呀！"

"妳就是這樣，把自己逼死了倒好？晚個一、兩天，地球照樣運轉。"

傑森不是老闆，不知當老闆的壓力，但他說對了一件事，有時就算急死也無濟於事，這不，下大雨還發生交通事故，現在車流完全不動了。

"今天出門忘了看黃曆，才會遇上這等好事。"我邊說邊去拿甜甜圈，要了草莓口味的。

傑森說他不一樣，他是看過黃曆的，黃曆上說今天是與前女友復合的最佳日子。

我啐他一臉，說黃曆上才不會寫這些七七八八的事。

"是真的，我想……跟妳復合。"

我聽了悶不吭聲，專心吃起甜甜圈，太甜了，不好入口。

"世上如果有後悔藥賣，我肯定買來吃，以前的我太愚蠢也太孩子氣，妳若生我氣，我一點兒也不怨妳，因爲我真的不是東西！"

其實我完全不怨他，換作任何一位男人，都不會接受像蓮花這樣的女子，傑森的反應很正常。

"想過没？你父母那裏要如何交待？"我問。

傑森答那的確是個問題，目前能想到的只是隱瞞，老人家的腦子像石頭一樣堅硬，不適合正面撞擊。

想到以後又要"謊話連篇"，我没了力氣。

"別擔心，一切有我。"

看到傑森的笑容，我迷惑了，自己是否該接受前男友的回頭？

回到列克星敦大道的家，雨仍淅瀝瀝地下，我把車開到地下車庫，打算放下傑森後原車返回。

"別走，"他轉頭向我，"看完仙人掌花再走。"

~

這就是仙人掌花？

深綠色的片狀莖上有好幾個褐色花苞，的確鼓得圓圓的，有兩、三個已經開花，黃花紅蕊，每個都有巴掌大。

"聽說結的果像梨，是肉質漿果，味道酸中帶甜，過幾天妳來嚐嚐，嗯？"他說。

我答不了，不該再給自己添麻煩。

"言言，我到底該怎麼做，妳才肯原諒我？"他掏心掏肺地問。

我仍搖頭，請他別逼我。

~

室內停車場已滿，我只好停到室外，雨仍滂沱，我撐傘走回工作室。經過一下午的折騰，我不知今晚要加班到幾點才能收工？

"妳終於回來了。"看我推開玻璃門，安卓馬上起身。

我問他怎麼來了？

"約了妳吃晚飯，妳說可能需要加班，我看下雨了，直接到犁記買了外帶鍋貼和酸辣湯，還熱著，就放在茶水間。"他答。

茶水間有個兩人座的小桌，擺上鍋貼和酸辣湯後再也塞不下任何東西。

"吃！"他撿了一粒到我盤裏，"犁記的鍋貼是出了名的好吃。"

我咬了一口，裏面的肉汁馬上溢出來，皮薄肉嫩，的確好吃。

“再喝口湯，包管妳回味無窮。”他繼續打廣告。

不用他說，光看色澤及湯料，這絕對是碗好湯。

“喜歡吧？！”他問。

我答喜歡。

“明晚換我煮好吃的給妳吃，讓妳嚐嚐安大廚的廚藝。”

明晚？我問爲什麽明晚他要煮東西給我吃？

“因爲明天一大早我就要搬去和妳同住了。”他喜滋滋地答。

噢！不，不能是現在，傑森才剛和我提復合……老天！我該不會還深愛著前男友吧？！

“怎麼了？”安卓見我臉色有異，遂問。

“那個……今天下雨了，所以……你不能搬進來。”我低下頭去，不敢看他的眼睛。

“可是……言言，我……”

我匆忙站起身，不帶感情地說願賭服輸，我最討厭不守信用的人，希望他好自爲之，然後在他受傷的眼神中逃回自己的辦公室。

“對不起，安卓。”我趴在緊閉的房門上內疚不已。

第六十一章／復合之路

傑森的忽然闖入的確吹皺了一池春水，我的心開始浮動起來，最明顯的改變是對安卓的態度，我開始有意識地和他保持一定的距離。

" 柏林芭蕾舞團將在林肯中心上演天鵝湖，女主角由 POLINA SEMIONOVA 擔綱，她是當今 ABT 的首席，有'世紀舞神'的美譽，我們一起去看吧！"

"抱歉，這幾天都得加班。"

"中國城新開了一家蘭州拉麵館，中午一起去嚐鮮？"

"真不巧，和客戶約了吃飯。"

"賞楓季節到了，週日去史坦頓島上逛逛吧！"

"這週日不行，我的髒衣服得送洗。"

……

. . .

不論安卓如何邀約，我總有各種理由推脫，他算好脾氣，被拒絕照樣不動聲色（我是說没在電話中追根究底）。

~

這一天其實和平常的日子沒什麼不同，下午三點我接待了VIP客戶，她是某州長的女兒，想穿異國風的結婚服又不想穿大紅的顏色，我們討論了一下，決定用金黄色爲基調，表現出金碧輝煌的氣勢。

VIP走後，助理來敲門，神情有些不自然。

"What?"

"妳的前男友來訪。"她答。

我花了幾秒鐘才反應過來。

"跟他說我忙。"

助理離開後没五分鐘又來敲門。

"季老闆，唐先生說他買了兩張'天鵝湖'芭蕾舞劇的門票，不去可惜，硬要拉我去，妳知道我家Kara今晚上台吹橫笛，我得到場支持。"她面有難色。

"知道了，讓唐先生進我辦公室。"我揉了揉眉心，"妳可以下班了，替我親吻Kara."

~

"芭蕾舞劇八點開場，我們還有近兩個小時的時間吃晚飯，聽說中國城新開了一家拉麵館，要不要吃碗麵再走？"傑森坐在副駕駛座上問我。

十幾分鐘前我們還在辦公室裏唇槍舌戰，我要他離開我的生活圈，別再打擾我；十幾分鐘後他卻坐在我的座駕裏，由我帶著往五光十色的夜景開去（傑森的手還纏著繃帶，當然由我當司機）。

我說不出個所以然，千辭萬辭爲什麼還是敗北？只能歸咎傑森的油嘴滑舌兼死纏爛打，偏偏不肯正視自己的軟弱和仍舊在乎他的事實。

"隨便，你想吃就吃。"我答。

停好車又走了一小段路，我們來到蘭州拉麵館，店門口的花籃和花圈還在，佈告欄上寫著：試營業，點拉麵送涼菜。

我點了牛肉拉麵，傑森點了羊肉泡饃，店家還送了涼拌木耳及油炸花生米。

"要不要加點兒辣椒油？"他問。

我的心喀噔了一下，傑森竟然忘了我不愛吃辣？！

"不了。"我答，心裏感到悲涼。

吃完拉麵，我們上林肯中心看表演，這不是我第一次看芭蕾舞演出，卻是第一次對舞者欽佩不已。Polina Semionova的舞姿已達出神入化，無論從哪個角度看都臻於完美，說是仙女下凡也不爲過。

"好看吧？"散場後，傑森問我。

我同意好看。

"賞楓季節到了，週日我們一起去史坦頓島上逛逛吧！"他乘勝追擊。

我想起安卓也說過同樣的話。

"這週日不行，我的髒衣服得送洗。"我給出同樣的藉口。

"髒衣服交給管家送洗即可，一通電話的事。"

傑森住的公寓也有管家服務，他太清楚服務內容，不像安卓，他住的是老小區，只有一名管理員。

"反正不行，你說什麼都沒用。"我斬釘截鐵地答。

沒想到星期日一大早，當我還在床上睡大覺，管家就打電話上來說有訪客。我看了一眼床頭櫃上的電子鐘，08:20，媽的，誰那麼討厭，一大早擾人清夢？

"The visitor is Mr.Tang. He said he has an appointment with you this morning."管家解釋。

唐先生？噢！不。

本來想找個藉口打發他走，誰知管家突然插話進來，說唐先生的手疼，很疼的樣子，問我該怎麼辦？

" Let him go upstairs. I have aspirin."我只好答讓唐先生上樓來，自己有止痛藥。

我穿著睡袍去開門，傑森連演戲也不屑演，一副優哉游哉的樣子。

"聽說你手疼。"我揶揄他。

"進電梯後就不疼了。"

我說不帶這樣玩的，好不容易自己有個休息天，他不應該來搞破壞。

"我不是來搞破壞，知道妳日理萬機，特地帶妳出外散心。晚上十點我還得趕回酒店上晚班，妳以為我吃飽撐著？"他答。

史坦頓島是紐約市的五個區之一，和曼哈頓島、愛麗絲島遙遙相望，有很多旅遊勝地、體育場館及美麗的自然風光。

行程20分鐘的免費渡輪每天往返曼哈頓島和史坦頓島，從島上可以一覽無遺地觀看紐約港和自由女神像，然而今天我們不是來看大型雕像的，而是到綠林保護區賞楓。

綠林保護區內天然林木遍佈，品種繁多，入秋之後，這裏的紅楓林像著了火似地攝人心魂，溫暖著已略顯寒意的涼秋，而那落下來的楓葉像翩翩起舞的舞者，散發出光與熱。不僅如此，空氣中還彌漫著淡淡的樹葉芳香，擡頭能看到老鷹、貓頭鷹以及各種遷徙的鳥類身影，在這樣一個動靜皆有的大自然生態中，我體會到神聖與奧妙，桎梏的心靈因此得到解放。

"送給妳！"傑森把一個巴掌大的楓葉遞給我。

"這裏多的是，不需要你送。"

他說這裏的確楓葉處處，但只有手中這一片是經過他的手傳遞給我，是愛的傳承......

"少噁心人了，如果是真愛就不會說走就走。"我仍心中有氣。

"言言，我說了，我錯了，請別再對我冷冰冰的，我受不了了。我寧願妳捅我一刀，也好過被打入冷宮。"

"怎麼便宜都讓你佔盡？當初走得絕然就不該吃回頭草，我也有尊嚴，不是招之即來揮之即去的女人。"說著說著，我的眼淚就掉下來了，反倒像在撒嬌似的。

"別哭。"他劃去我的眼淚，然後擁我入懷。

我掙扎了一下，還是臣服在他的柔情裏，誰讓我依舊愛他？

從史坦頓島回來後，我和傑森的復合之路無疑踏出了第一步。

"回去的路上小心點兒。"

我在瑞吉酒店大門口將傑森放下，他對著車內的我叮嚀。

"知道了。"我說，然後腳踩油門，往回家的路上駛去。

我轉了個彎打算駛進地下車庫，一個人影從路邊的一輛白色轎車內下來，我提高警覺，將車門反鎖。紐約的夜晚不太安全，雖說我住的是高級小區，難保不會有宵小混水摸魚闖入。

那人戴著鴨舌帽向我走來，我放慢了車速，怕對方是來踫瓷的。

然而越駛近感覺越熟悉，等那人將鴨舌帽摘下後，我終於鬆了口氣。

"原來是你，怎麼這時候來？都夜裏十點多了。"我搖下車窗問。

"因爲這時妳才有空，"他看了看四周，"能和妳講會兒話嗎？"

雖然感覺唐突，但我還是讓他上了車。

第六十二章/心口不一

將車子停妥後，我問他有什麼話要說？

"我......搬家了，搬到皇后區，離機場近，方便我來往各國。"

"很好呀！那裏的租金應該便宜些。"

"是便宜多了，加上原房東付了違約金，所以不算虧，只是離市中心遠了些，開車得近一個小時。"

我說不一定非得住市中心不可，什麼都貴也不好停車，何況他的工作地點不固定，總是遊走各地......

"可是妳住市中心呀！我就想......如果可能的話......想每天都看到妳。"他吞吞吐吐地說。

我開始感到壓力山大，得趕緊制止洪水泛濫才行。

"安卓，我沒你想得那麼好，那些不堪回首的往事，你不是不知道。我配不上你，真的，把精力和時間放在其他的好女孩身上吧！"

氣氛頓時一下子緊張起來，安卓問我爲什麼情勢大轉變？一個星期前還好好的，我甚至爲他敞開大門，沒想到下過一場雨之後什麼都變了，他被摒棄在門外，明顯還能感覺到我的冰冷，他想不透是什麼原因，問我能不能明示？

“沒什麼原因，你想多了，我們還是朋友，很好很好的朋友。”

“妳知道我要的不只是朋友。”

沒想到今晚成了批鬥大會，早知道就約在公共場所，有他人在，安卓應該不好提私人感情。

“那個……我忽然想喝酒，隔壁棟底層就有酒吧。”我作勢下車。

“言言，”他抓住我的手，“別走，妳今天和前男友賞楓去，我看到了。”

啥？安卓竟然跟蹤我？我感到頭皮發麻。

他解釋不是跟蹤，而是走秀老闆送給他一籃阿巴拉契亞山的黑櫻桃，顆顆飽滿，聽說黑櫻桃補血，就想送給我吃，沒想到剛抵達公寓樓下就看見我離去的身影。他一路尾隨到碼頭，結果看到不願看到的事……

我看著他半天說不出話來。

“這就是妳放棄我的原因嗎？”他停頓了一下，“大戶人家要求多，妳確定應付得來？我自認條件不差，長得可以，家境雖不如唐家，但也算殷實，而最最重要的是……我愛妳，能爲妳做任何事，傑森能嗎？他已經拋棄過妳一次，難保不會再有第二次，妳想過沒？”

安卓說的不無道理，但戀愛中的女人是瞎子、聾子、啞子兼傻子，今天被傑森再次攻陷後，我的心已完全向他靠攏。

我告訴那個癡心的人，即便注定是悲劇，我也得忠於自己的內心，因爲沒有愛情的婚姻是不道德的……

他因此吞了好幾口口水，像在壓抑什麼。

“好，祝妳和唐先生幸福美滿！”說完，安卓默默下車走人。

我在車內又多待了幾分鐘，直至能再度思考才離開駕駛座，此時地下停車場早已沒了那人的身影。

失去一個真正關心我的人，讓我心情微快，畢竟若沒有傑森，我極可能和安卓走在一起。

過去的我已做過太多錯事，希望這次的決定是對的。

我和傑森又恢復了往日的交往，他會在街頭爲我買一束最盛開的花，我們也會合吃一塊蛋糕、共喝一杯飲料，然後在雨天繼續齊撐一把傘……

安卓仍與我見面（爲了工作上的事），但沈默了許多，對我也不再噓寒問暖，嚴守一個“普通朋友”的本份，倒是我很想對他“噓寒問暖”，因爲他的氣色越來越壞，人也瘦了不少。

“你有没有吃飯？”趁著和他討論冬季婚紗秀，我關心地問。

“當然有吃，只是吃的不多，剛好替模特兒做表率，示範如何瘦得精準。”他乾笑幾聲，讓我更心疼。

我推說肚子餓，想吃火鍋，讓他陪我去吃。

“妳不是不愛吃辣？”

聽安卓這麼一問，我的心被撩撥了一下，他還記得這個？

“火鍋也有不辣的湯底，何況我也不是一點兒辣都不能吃，偶爾吃一回還行。”

安卓考慮再三，還是決定不去，他說已跟朋友約好飯局了。

“什麼朋友？”我起身拿車鑰匙，“讓他和我們一塊兒吃。”

我說我可以吃微辣，安卓還是點了清湯口味的。

水開了之後，他涮了一下牛肉片，然後放進我碗裏：「牛肉片不宜久涮，涮久就老了。」

我看著他，感動得說不出話來，他卻誤會了。

「對……對不起，」他把牛肉片拿回，「我太自作多情了。」

「不是這樣的，」我把牛肉片搶回，沾了醬塞進嘴裏，「你涮的，我愛吃。」

約安卓出來吃飯是爲了他的身體著想，没想到因爲我的「鼓勵」，他爲我涮得多，自己卻吃得少。

幾次「抗議」無效後，我只好也幫他涮，在外人眼裏，我們無疑成了一對甜蜜的戀人。

「唐先生對妳好嗎？」安卓突然問。

「好……很好。」我小聲地答。

「那就好……那就好……」他喃喃自語。

吃完火鍋，我們信步走到迪威臣街與包厘街的會合處，那裏有座青銅鑄造的孔子像。

「冬季婚紗秀結束後，我打算回中國一趟，那裏的模特兒市場已臻成熟，如果找到合適的工作就不回來了。」

聽到安卓有意離開紐約，我無來由地感到悲傷。

「能不走嗎？」我問。

「給我一個留下來的理由。」

我支吾了半天，的確給不了。

「那麼我們再下一盤賭注，從現在起到冬季婚紗秀結束，如果紐約一直没下雪，我就留下來，好不？」他說。

再度把決定權交給老天爺，我苦笑了。

冬季婚紗秀排在一月中旬，是一年當中最冷的時候，不下雪的機率幾乎爲零，安卓以一種含蓄的方式向我告別。

"好，一言爲定，咱們打勾勾，"我伸出手來，"毀約的是小豬。"

安卓果真伸出手和我打勾勾。

我太清楚了，這是一場注定好的離別曲，只能暗自祈禱今年是暖冬，這樣安卓就不會離我而去。

~

紐約高聳入雲的摩天大樓無情地遮住燦爛的陽光,經過擠壓的"過堂風"在街道呼嘯穿行。儘管如此,仍然阻擋不住人們對這個城市的熱愛，成千上萬的遊客從四面八方湧入,不同膚色、不同服飾、不同語言的人流給這個城市增添了動感的色彩。

"你說每家的小小孩爲什麼都這麼胖？"我問。

此時的我和傑森正坐在曼哈頓南區的這家米其林餐廳吃Brunch,,也就是將早餐與午餐合在一起吃，通常只有週末才提供，而窗外已走過好幾對懷抱娃娃出行的夫妻。

"聽說小小孩只要一生病就會瘦得很快，所以平常要囤積脂肪。"傑森正吃著用培根，雞蛋，瑞士芝士做成的漢堡，是這家餐廳的明星產品。

"好想趕快有小孩，我已經接近31歲了，聽說超過32歲，孕婦得做羊膜穿刺檢查，想起來就怕。"我說。

"妳......可以嗎？"

我愣了一下，方才了解他的話中意，我冷冷地答："我已經許久不做愛了，跟修道院裏的修女差不多，最近的一次在半年前，還是......跟你。"

"言言，我......"

"別解釋了，快吃你的薯餅，冷了就不好吃了。"說完，我率先咬了一口夾入松露蛋黃的牛角包，蛋液嗞的一聲往外溢出去。

～

本來約著吃完Brunch到中央公園走走，但經過那場不太愉快的對話後，我的興致全無，只想快快回家舔舐傷口。

"言言，妳還好吧？！"傑森問。

"很好，只是有些頭疼，大概睡眠不足，我躺躺就好。"

傑森手腕上的白繃帶已取下，如果不細看，很難發現有條蜈蚣傷疤在。當然，他也已經可以駕車，所以今天由他載我回住處。

"明天一起吃中飯？"他搖下車窗問。

"如果不忙的話。"我給了個模棱兩可的答案。

看傑森走遠，我很快跌入憂傷之中。

一句話能殺人，大概指的就是這個，那麼傑森反覆說他不在乎我的過往，是真的不在乎嗎？

我想起了安卓，他會不會也心口不一？我打算調查清楚，遂撥打了他的手機號。

第六十三章/冰釋前嫌

安卓很驚訝我會在週日打給他。

"妳的唐先生呢？"他問。

"他頭疼，大概睡眠不足，回家躺躺就好。對了，我想上中央公園走走，你能來我家接我嗎？"

我從未邀請安卓到我家，顯然他再次被驚嚇到，所以說話有些不利索。

"那……那好吧！要……要不要我帶點兒東西過去？"

"什麼都不需要，人來了就好。"

掛上電話，我開始收拾雜亂無章的窩，被子折了、碗洗了、馬桶刷了、隨地亂扔的雜誌歸位了……當我正要把垃圾往外扔時，管家通知我有訪客。我看了一眼時間，不到40分鐘，安卓開的可是特快車？

" Let him go upstairs, please."我給了通行證。

沒多久，安卓便來敲我房門，我請他在客廳坐下，轉身爲他泡水果茶，用的是蘋果、梨、橙、檸檬以及紅茶包，還加了一小匙的草莓果醬。

"好喝。"他呡了一口後讚賞，接著問，"爲什麼忽然想去中央公園？"

我答每天像隻陀螺不停地打轉，就想放鬆一下，不是非得上中央公園不可，而是其他的景點都太遠了，不想舟車勞累。

"那好，喝完茶我們上中央公園走走。"他說。

中央公園號稱紐約的後花園，坐落在摩天大樓聳立的曼哈頓正中，是紐約最大的公園。園內的所有設施都是人造的，包括森林，草坪、溜冰場、露天劇場、小型動物園、美術館、可以泛舟的湖以及各類運動場地，甚至有專門供騎馬及散步的小徑，是繁忙都市中唯一的一塊淨地，每天吸引著大量的本地人及遊客前往。

在動物園的表演區看完海獅表演後，我們信步走向極圈區，那裏有個仿真的北極區，小企鵝們正搖晃著圓滾滾的身軀行走，可愛極了。

大概看到小動物觸發了安卓的心弦，他主動報料小敏生了兒子，有八斤重，母子平安。

小敏是他的前女友，我說如果當年兩人一起回國，搞不好他現在也當爹了。

"要當爹很容易，隨便找個女的就行，若不是有所追求，也不用等到現在。"他答。

這恰恰給了我測試他的材料。

"你喜歡小孩嗎？想生幾個？"我問。

"我很喜歡孩子，覺得他們個個是天使，既然是天使，當然越多越好。"

我萬分懊惱地表示自己大概連魔鬼也生不出來，因爲跟乍侖先生那一會兒玩太High, 得過髒病，醫生說恐怕以後很難受孕，還有，得婦科癌症的機率也會比別人高，我怕下半輩子會疾病纏身，拖累他人……

"這是確診嗎？"他問。

我答看過幾家大醫院，每位專家的說法不盡相同，但都推斷我是高危人群。

安卓聽完後陷入沈思。

"没有孩子很寂寞，一生不知爲誰辛苦爲誰忙……照顧癌症患者很辛苦，完全没有生活質量可言。"我繼續將自己往死裏整。

"別再鑽牛角尖了，要說得癌症，每個人都有機會，不光是妳。"

"話說的没錯，但我是高危人群呀！"

我還没加油添醋夠，已被安卓架起，他說想去公園內的戴拉寇特劇院看表演，今天演出的劇目是莎士比亞的《奧賽羅》。

對安卓的測試没有成功，我仍不知他是否"心口不一"，倒是傑森察覺到我的不悅，隔天中午不請自來，而不是像往常一樣先電話預約。

"不行，我訂外賣了，而且下午一點半有工作會議。"

聽我這麼一說，傑森推開我辦公室的門往外喊，大意是工作會議時間往後延一個小時，季老闆的外賣，誰想吃可代勞。

"嘿！你太没規矩了，到底誰是老闆？"我很不高興。

"我是妳的老闆。"他強拉著我出門。

我以爲傑森會帶我去某家餐廳吃飯，没想到車子一調頭往中央公園開去。

～

" 在台灣，這種放在盒子裏的食物被稱爲'便當'，也就是日語中的'Bento'，比盒飯精緻多了。"說完，他將兩個揚木盒子攤在野餐布上，再將一瓶冰鎮過的可樂丟給我。

我說他真有情調，竟吃起野餐來了。

" 那麼好的陽光，躲在室內多可惜？而且爲了彌補昨天沒來公園的遺憾，再怎麼也得走一遭。"他答。

其實我也有同感，坐在樹下邊吃午餐邊欣賞風景，乃人生一大樂事，可惜這種機會不常有。

我在藍色的野餐布上坐了下來，一打開木盒蓋子，香味馬上撲鼻。

便當裏的飯菜被壓得嚴嚴實實的，但不像日本便當那樣分格，而是由下而上層層鋪放，最底部是壽司米飯，上面壓著炸豬排、滷肉、高麗菜、滷蛋以及豆腐，米飯吸收了菜汁和肉汁的精華，味道反而更好。

吃完台灣便當，傑森給了我一個橘子，說是買便當贈的，我就地剝起橘子皮。

" 昨天……妳好像誤會了。"他說。

我問誤會什麼？

" 這就是問題所在，我不知道妳爲什麼突然沈下臉來，也許談話當中有讓妳誤解的地方，其實當時我想問的是妳願意未婚先孕嗎？畢竟我父母那一關還沒通過。"

我把昨天的會話內容在腦中過了一遍，的確有可能"說者無心，聽者有意"，看來我真的誤會他了。

" 怎麼不早說？害我生了一整天的悶氣。"

" 是妳要我別解釋，接著冷若冰霜，一副拒絕交談的樣子，我也不確定妳到底在氣什麼。"

誤會一解開，我頓時神清氣爽，心情大好地將剝好的橘子塞進傑森的嘴裏，說："吃完趕緊收拾一下吧！也許還來得及看一小會兒的青少年棒球比賽。"

中央公園內有不下15個棒球場，每塊場地無時無刻不在進行著比賽和訓練。

"我不知道妳還是個棒球迷。"他說。

哈！我哪是個棒球迷？只是助理說她家Kara正在中央公園受訓，我打算拍張照片，好回工作室賣個好價錢。

第六十四章/休年假的傑森

我正和VIP客戶面談，對方是土豪之女，非常驕縱無禮，一副趾高氣揚的樣子，溝通起來非常不順暢。

"錢不是問題，別給我俗麗的設計，若不是父母有古板的腦子，想在婚宴上看我穿中式新娘服的樣子，壓根兒我是不會上妳這兒來。"

若不是旁邊那位溫吞的男人忙著打圓場，我肯定噴她幾句。

"妳有什麼想法？說來聽聽。"我耐著性子問。

"我想要衣服上有很多蕾絲和花卉設計，這樣才浪漫。"她答。

中式結婚服的面料多用絲綢或香雲紗，連紮染布都少用，因爲要表現出華美及貴氣，如今那個目中無人的女子卻要我用蕾絲製作中式新娘服，簡直幼稚得可以，也太強人所難了。

"如果妳想吃T骨牛排，不該到拉麵店找，那是緣木求魚。"我冷冷地說。

"對不起，Tiffany 太没概念了，我們想聽聽專家的意見。"那女人的未來老公討好著說。

我望向Tiffany，她翻了個大白眼，没反駁。

"我不是什麼專家，只是在禮服設計上有一點兒心得。中式結婚服若加上蕾絲只會引來訕笑，同時也顯得不倫不類，不過新娘子提到的花卉倒不難植入，牡丹、荷花、蝴蝶蘭等的寓意都很好。顏色方面如果不喜歡大紅，可以選金黃或玫紅，同樣有喜慶的效果。"答完，我順手將設計過的圖片册遞了過去。

那對新人馬上翻閱起來，我看見新娘緊皺的眉頭終於舒展開，遂放下心來。

"什麼味道？"Tiffany 又皺起眉頭，並且用手捂住鼻子，"臭死了！"

我也隱約聞到中藥味，遂打開房門一探究竟，恰好看見助理向我招手。

"Excuse me."我道了聲抱歉後，往外走去。

"季老闆，法拉盛的同仁堂送來煎藥，說是受客戶委托，還附上了一張紙條。"助理解釋。

法拉盛（Flushing）位於皇后區，是紐約乃至全美最大的華人聚居地，北京的同仁堂飄洋過海而來，也就不足爲奇。

我拿出手提袋裏的4A紙，上面是龍飛鳳舞的字，像是臨時寫下的。

言言：

中醫師說妳的身體需要調理，吃完二十帖應該會有明顯的療效。我開伙不易，中藥味又濃，怕引起其他住戶抗議，所以由同仁堂代爲煎藥並外送，請趁熱喝。

· · ·

老天！安卓怕中藥味引來住戶抗議，怎麼不想想我的員工和客戶？這味道一天都去不掉。

我趕緊拿上中藥罐往大街上衝，並且撥打安卓的手機號。

"別再給我送這個鬼東西，我不會喝的！"我沒好氣地說。

安卓在手機那端苦口婆心地解釋調理身體的重要性，防範勝於治療，味是苦了點兒，他讓同仁堂又給了甘草片，吃完藥含在嘴裏能壓住苦味且不影響藥效……

"謝謝你的好意，但我的身體不需要調理，別再浪費錢了。"

"言言，妳看不出我關心妳嗎？若不是心中有妳，我何苦找罪受？生不生得出小東西不重要，但妳的身體很重要，有句話'留得青山在，不怕没柴燒'，這是亙古不變的道理。"

話都說到這個份上，再怎麼鐵石心腸，我也做不到冷默以對。

"好啦！收下你的心意，只此一次，下不爲例，也不想想中藥味把我的客人都嚇跑了？"

他樂呵呵地掛上手機。

望著手中500c容量的中藥罐，我很想隨手丟進路邊的垃圾桶內，但一想到安卓關愛的眼神，我躊躇了。

"哎～上輩子肯定欠他來著。"我邊說邊打開蓋子，然後捏緊鼻子一飲而盡。

"明天起，我休一個禮拜的年假。"傑森宣佈。

此時的我們正坐在時代廣場的一家餐廳大啖海鮮，桌上有蘇格蘭鮭魚配羊肚菌、軟殼蟹搭配黃辣醬、蛤什配魚子醬、清蒸虎頭蝦、綜合壽司以及新鮮牡蠣。

“爲什麼現在才說？接下來的一個禮拜，我每天都會很忙，根本抽不出空來。”我很懊惱。

傑森說沒關係，我忙我的，他不吵我。

我聞出了不尋常的味道，問他臨時休年假爲哪樁？

“我媽……我爸……要我上洛杉磯一趟。”

我的心糾了起來，趕緊問是否有緊急的事？

“也不算緊急，就是……他們又看上了幾位姑娘，如果我不飛過去相親，他們就要飛來押我過去。”

其實我早該料想得到邁過三十歲大關的傑森，家裏肯定拉警報。

“妳放心，我去去就回。”他對我微笑。

我忽然想到自己和傑森分開有大半年，問他是怎麼向父母解釋我的“不告而別”？

“我說妳的父母強迫妳和更有權勢、財力的人交往，他們聽了很失望，傷心了好一陣子。”

想到唐爸爸唐媽媽待我如同親生女兒，我卻攀高枝去了，實在不可原諒！

“難道這輩子我們都得偷偷摸摸地交往？”我問。

傑森沒馬上回答我，反而一心一意地剝起虎頭蝦，蝦殼堆成一座小山。

“吃！”他把剝好的一盤蝦肉遞給我，“沾點醋，味道會更好。”

“傑森～”我乾巴巴的聲音透露自己早已失去耐心。

他嘆了口氣說：“聽著，這次飛洛杉磯，我會把妳的情況酌情稟告父母，包括貧寒的出身，但乍侖先生的那一段得隱瞞起來，一旦說了，注定連最後的一點兒希望之火也滅了。”

傑森說得沒錯，任何一個家庭都不會接受曾經放浪形骸的女人，我不能要求唐爸爸唐媽媽像聖人一樣地原諒我骯髒的過往。

“謝謝！如果沒有你，我可能要單身一輩子。”我有感而發。

傑森聽完苦笑，他說我把自己貶低了，如果沒有他，我照樣能找到好歸宿，只要不捅破那層窗戶紙就行。

是呀！爲什麼如此之傻？世界上的謊言何其多，多我一椿又何妨？說穿了，一切都是自卑感在作祟。在我狹隘的想法裏，如果某人看了我的傷疤仍然要我，代表醜小鴨真正被接受，我才可能得到救贖。

“到了洛杉磯，你會不會被父母軟禁起來？”我問。

知道傑森帶著使命遠行，我太不放心了，開始想像那些狗血電視劇會有的情節。

“哈！太好了，那我就待在美國西海岸等著妳飛來解救我。”他笑說。

不知爲什麼，自從傑森飛洛杉磯後，我一直心神不寧，設計圖怎麼畫都不滿意，字紙簍裏早已堆滿無數張被揉成團的紙球。

安卓進來時，好不容易我才畫好一張。

“怎麼樣？還可以吧？”我把設計稿舉起來給他看。

他端詳了一會兒後，說我功力退步了。

我又再次審視手中畫，的確，“福”字的設計太一般，想用玻璃珠和膠閃片表現的線石設計也差強人意，不明說的話，還以爲這是實習生的稿子。

我氣餒地再次將紙揉成團扔進字紙簍裏。

“怎麼了？”他關心地問。

我心情低落地表示傑森今天飛西海岸探親去，不知爲什麼，我的眼皮直跳，好像會有什麼不好的事情發生……

“嘖嘖嘖！都什麼時候了，還以眼皮跳卜吉凶？這在西醫上稱爲眼瞼痙攣，是過勞或血虛所引起的。Well, 既然唐先生不在，跟我出去散散心吧！累積疲勞可不是好現象。”他說。

想到自己目前的確畫思枯竭，再畫下去只會更糟，何不出外走走，也許放鬆心情後能激發靈感。

“好，等我一下。”我站起身拿外套，再把腳伸進高跟鞋裏。

第六十五章/唐媽媽來訪

傑森到洛杉磯已經三天了，我問他事情進展得如何？他總是支支吾吾地表示還在找適當時機。

知道此事急不得，我轉而將心思擺在冬季婚紗秀上。安卓建議我也設計幾套中式新郎服，因爲他剛簽下幾名男模特兒，得找事讓他們做。

我的工作室一向只做新娘服，已經有很多客戶表示另做的新郎服看起來不搭，經安卓這麼一建議，正好讓我試試水，只是如此一來，人手肯定不夠，我又得多雇人。

正當我焦頭爛額地處理接踵而至的瑣事時，助理來敲門，說外頭有人找。

"是客戶嗎？我只接待VIP，其他客戶請轉交給小鍾他們。"我頭擡也不擡地說。

"不是客戶，是……唐先生的母親。"

我的腦子轉了兩下才反應過來，唐媽媽來了？傑森呢？

"快請她進辦公室。"我說。

～

“妳確定這是談話的好時機？我可以等妳下班後再談。”唐媽媽說。

我答没事。

助理送來茶水，我特別叮囑若無重要之事，談話期間請勿打擾。

再次面對唐媽媽，我很忐忑，她倒氣定神閒，慢悠悠地喝著茶，又仔細打量了我的辦公室。

“生意很好呀！我進來時後面還跟著兩家人。”她說。

我答工作室已經做出口碑，很多都是客戶拉著客戶過來，所以生意還不錯。

“起點高當然跑得比別人快，這是妳的鄉下父母給不了的。”

傑森說過他會把我的情況酌情稟告父母，包括貧寒的出身，想必他們已經知道我顯赫的家世是胡謅的。

“是的，他們給不了我這些。”我無奈承認。

“所以妳轉而向uncle求助，是嗎？”

唐媽媽這一問把我給問傻了，傑森是怎麼形容乍侖先生的？

“妳該不會忘記那位陪妳入學的大恩人吧？！”

我答没忘，怎麼可能忘？若不是他，我在紐約的事業不會走得那麼順遂……

“是無償幫忙嗎？這年頭就算親兄弟也得明算賬。”

唐媽媽一刀砍過來，我只好找空隙閃躲，說這幾年工作室營運狀況良好，我已經把……uncle的股份買下，算是兩清。

“兩清？”唐媽媽笑得好大聲，“有些事能兩清，有些事卻不能，妳確定兩清了？”

我擡起頭來看著傑森的母親，思忖著她到底知道了些什麼？怎麼話中有話，讓人摸不著頭腦？

唐媽媽又喝了口茶，似乎在爲接下來的談話做準備。

"我那個傻兒子說妳愛他，怕我和他爸看輕妳，所以編造了一些謊言。我聽了當然不高興，問他既然妳家窮，昂貴的學雜費又是怎麼來的？他一下子說跟親戚借的，一下子又說是妳在泰國打工攢的，我一聽知道有事不對勁，稍一佈個局，他的謊言便不攻自破。"

噢！可憐的傑森，我著急問他的去向。

"他現在待在洛杉磯被他父親24小時監控著，沒有我的允許，哪兒也去不了？"

沒想到我一語成讖，傑森果然被軟禁起來了。

"請不要爲難傑森，是我不好，不該欺騙在先。"

"妳也知道妳不好、不該欺騙在先？總算還沒泯滅人性。"她放下茶杯，"Well, 我的宗教要我寬恕敵人，放心，我寬恕妳了。"

沒想到事情急轉直下，這麼容易就解決棘手的事，我衷心感謝聖母瑪利亞的幫忙，哈路利亞！

然而下一秒，我又被打入萬劫不復的地獄裏。

"只要妳答應離開傑森、離開我們的生活圈子，我原諒妳曾有過的欺騙。"她說。

Oh no! 我趕緊掏心掏肺地表示自己無時無刻不在後悔曾有過的放蕩，我愛傑森不假，有句話"寧娶妓作妻，不娶妻作妓"，從今往後我會嚴以律己，做好自己的本份，不給唐家丟臉……

"妳知道罪犯再犯的機率比平常人都高嗎？我們唐家這座小廟供不起妳這位大神，"唐媽媽忽然握住我的手，很苦口婆心的，"言言，妳貌美，吸金能力又強，肯定很快能找到接盤手，我家傑森真的很不適合妳，放過他吧！算我求妳。”

我知道想讓唐爸爸唐媽媽接受“真實的我”有難度，但沒想到會這麼難，頓時大失方寸，只是一再強調我愛傑森，不能沒有他……

見我頑固不化，唐媽媽變臉了，她用力甩開我的手：“妳什麼時候想清楚，傑森什麼時候重獲自由，如果真不行，我讓他從此留在洛杉磯也不無可能，反正酒店的工作哪裏都有，犯不著在一棵樹上吊死。”

美國的東岸和西岸相距近4800公里，日夜不停地開車也要48個小時，我真的不想和愛人相隔1/4個地球。

“唐媽媽，一定還有其他的解決辦法，只要能和傑森在一起，什麼事我都願意去做、去改變，拜托妳別這麼狠心！”我幾乎要跪了下來。

“那麼重新投胎吧！”她冷冷地說，“我們唐家只接受聖潔的心靈及……行爲。”

～

我仍日夜忙碌，但已沒了幹勁，像機器無意識地運轉著。

“言言，妳怎麼了？”安卓和我開例行的週會，看我意興闌珊，遂問。

我答沒什麼，問他場地確定了沒？

“還說沒什麼？十分鐘前妳才問過我同樣的問題。”

噢！是嗎？我怎麼不記得了？

“妳現在的工作狀態不佳，一定得暫停。”說完，他拿上我的包，又將我從座位上拔起。

“幹嘛？”

“我們出去走走。”

∼

車子開到第59街時，安卓把方向盤一轉上了皇后區大橋，它橫跨東河，連接曼哈頓和皇后區。

"你這是要去哪兒？"我問。

他答我還沒到過他的新家，所以帶我熟悉一下。

安卓搬到皇后區，該區是紐約的五個行政區中最大的一個，人口多元，房價及房租較低，所以頗受曼哈頓城中白領的歡迎。

車子左拐右繞後，我們來到一棟灰撲撲的大樓前。

"別看它不起眼，裏面別有洞天。"安卓說。

果然進入後令人眼前一亮，大堂有大理石地板及時尚復古的牆面塗飾，樓上則是翻新後的寬敞住宅，樓裏甚至還有健身房。

"周邊有咖啡館、酒吧、連鎖店和小商鋪，搭地鐵到曼哈頓島很方便，非交通高峰期，開車到拉瓜迪亞機場也只需十幾分鐘。"他介紹完畢後，掏出門鑰匙。

我在有落地長窗的客廳坐下，安卓忙著煮開水泡茶。

"妳的唐先生呢？"他邊遞給我一杯熱騰騰的鐵觀音邊問。

我答我的唐先生探親去了，一時半會兒不會回來。

"那他的工作怎麼辦？"

"反正酒店的工作哪裏都有，犯不著在一棵樹上吊死。"連我都聽得出話中賭氣的味道。

安卓問我到底怎麼回事？

也許是他溫柔的語氣，也或許是自己壓抑太久，我把事情的始末都告訴他了。

“妳現在打算怎麼辦？”

“能怎麼辦？所有的聯繫方式都中斷了，總不能死皮賴臉地找上門去，不被轟出來才怪！”

安卓停了半晌後，問我傑森哪裏好？

不知爲什麼，聽他這麼一問，我好想哭。

“傑森就是好，他懂我、惜我，會在我得意時送上一束花，也會在我失意時爲我加油打氣。如果我的家庭不那麼卑微，如果我不曾遇見乍侖先生，我肯定有足夠的底氣和勇氣去爭取他，但現在……一切都太晚了，唐家嫌棄我很正常，我有什麼資格再訛上人家？”說完，我真的掉下幾滴傷心淚。

安卓起身去拿面紙，我胡亂擦了，心情down到谷底。

“別難過，一切都會好轉的。”他安慰我。

事情真的會好轉嗎？我苦笑。

第六十六章/聖誕禮物

"都十二月了，紐約怎麼還不下雪？看來白色聖誕節恐怕難以實現。"助理邊遞給我面料冊邊說。

"的確啊！今年大概是暖冬。"我打開面料冊，思忖著該用哪一塊綢緞，它們的光澤、厚薄、軟硬、飄垂、乃至紋路肌理皆有不同。

趁著我在思考，助理拉拉雜雜地說著瑣事，原來她家Kara想要一款戶外軍靴當聖誕禮物，又說來到美國被迫過聖誕節，親戚、朋友、上司、孩子的老師、有交情的鄰居......凡認識的都得送，害她大出血。

" 妳想要什麼聖誕禮物？說了吧！省得我猜。"上海女人果然直接。

其實我想要的禮物是見到傑森，我們已經近一個月没聯繫了，不知他過得好不好？

然而話到嘴邊卻成了："給我來盒巧克力吧！有堅果的。"

助理笑咪咪地說我是全世界最好侍候的主子，胃口真小，不過巧克力還是由男友送比較好......

她話音剛落，安卓就來敲門，雖然門没關。

“我走了。”助理很識時務。

我看見她經過安卓身邊時說了幾句悄悄話，後者的嘴角出現一抹難以解釋的笑容。

“她說什麼來著？”助理走後，我問。

“没什麼。”

“該不會你們合計謀殺我吧？！”

安卓答天地良心，助理不過是提醒他買聖誕禮物，最好是巧克力，帶堅果的。

看得出在兩個男人之間，助理更偏向安卓，也許跟他的經常到訪有關，我真正的男友可没那麼鞍前馬後。

我笑說自己不偏愛巧克力，而是這個東西到處都有，價格又不貴，助理問我想要什麼禮物，爲了不給她添麻煩，隨口說的。

“我想也是，巧克力太一般了，要送就送到心坎裏。”他走向窗口，望著窗外好一會兒，“都十二月了，還没下雪。”

“嗯！希望一直到冬季婚紗秀結束都不下雪。”

安卓曾和我有過約定，如果直至冬季婚紗秀結束，紐約都没下雪的話，他就留下來不回中國了。

“不下雪的聖誕節很没意思啊！”他有感而發。

“没有你的紐約很……”話說到此，我住嘴了。

安卓問我怎麼不說下去？

“有些話還是擱在心裏好。”我答。

～

再兩天就是聖誕節了，到處都是趕著做最後一分鐘購物的人群，上我店裏來的客人反而沒有，那是因爲聖誕長假市政廳不上班，很多餐廳也關門，加上天氣冷，選在這時候結婚的人少之又少的緣故。

然而我的員工依舊在加班，直到今天下午五點過後才能正式休假一個禮拜。沒辦法，冬季婚紗秀安排在一月中旬，意即元旦假期過後沒多久就得上場，我們必須趕在放假前把大部份的工作都完成。

安卓在員工都走得差不多的時候進來，我因爲和廠家通了電話，所以留到最後。

"衣服製作得差不多了吧？！"他問。

我答差不多了，只是我要的那款珍珠白亮片還卡在海關出不來，廠家說不是他們的錯，被抽檢到總不能說不吧？！只是這一來，恐怕得等到元旦過後才能拿到，我很擔心時間上來不及，因爲我的結婚服都是人工一針一線縫上去的。

"沒事，船到橋頭自然直，妳也累了，到我家吃飯吧！走秀老闆給了我一打的北海道毛蟹，我們提前慶祝聖誕節，嗯？"

日本北海道的毛蟹肉質飽滿而鮮嫩，蟹身雖小，但蟹味鮮甜，獨有的濃郁蟹膏更是老饕的大愛。

我喜歡吃蟹，聽安卓這麼一提議，立馬點頭同意。

"真厲害！會做壽司及蟹刺身。"看著一桌子的菜，我好興奮。

安卓謙虛地表示沒什麼了不起的，箱壽司有木製模具幫忙，只需把米飯和材料擺上一壓即成；製作蟹刺身也簡單，先把活毛蟹的蟹蓋打開，取走肺葉，再放入蒸籠蒸熟，待涼後速凍五至十分鐘，然後用強力吸水紙包裹，放入雪櫃冷凍即成。

我吃著以鯛魚、星鰻、蝦爲食材的箱壽司，再將蟹刺身沾點兒柚子醋入口，疲憊的身心立即得到最大程度的撫慰。

“不知道你的廚藝原來這麼好，真令人甘拜下風。”吃完，我忍不住讚美。

“妳若喜歡，以後天天煮給妳吃。”

聽安卓這麼一說，有什麼東西撩了我兩下，我將目光打在他身上。

他乾笑兩聲，尷尬地解釋：“我是說如果唐先生不反對的話。”

想到已許久不見傑森，安卓哪壺不開提哪壺，讓我陷入隱隱的憂傷之中。

見我又皺起眉頭，那個老實人自責自己不會說話，甘願自罰三杯，並且劍及履及，拿起白葡萄酒咕嚕嚕地連喝好幾口。

“你大可不必如此。”我也拿起酒杯一飲而盡，“一切都是命運的安排，沒啥好埋怨的。”

“但……妳想他。”

我的心因此刺痛了一下，我是想傑森，但想有什麼用？如果人間事都能心想事成，這世上就沒有可遺憾的事了。

“不，我不想他，真不想，想他幹嘛？想又不會是我的，唐爸爸唐媽媽怎麼可能讓我們相見，別做夢了，洗洗睡吧！呵呵！”我又連喝好幾杯，直到安卓把杯子搶了去。

我氣急敗壞地指責他不是好主人，哪有不讓客人喝盡興的道理？

“走！”他將我拉起，“送妳回家。”

我不肯，還想找酒喝，他遂將我扛起，將半醉的我送出門。

隔天我在自己的床上醒來，陽光已灑滿一地，看來今年注定沒有白色聖誕節。

打開冰箱，裏面除了兩個雞蛋、一根蔥，啥也沒有。

我草草給自己弄了盤蛋炒飯（用的還是超市賣的即食米飯），加上番茄醬，總算還可以入口。

想到今晚是聖誕夜，這樣的大日子，我卻連隻火雞腿也沒準備，把節過得如此慘淡，也沒那個誰了。

"對了，"我忽然靈光乍現，"五星級酒店的附設餐廳今晚肯定開，否則投宿的客人怎麼辦？何不把安卓叫出來一起吃聖誕晚餐？一個人過節很辛酸哪！"

手機響了好幾聲，安卓才接，我問他在幹嘛？

"在給妳準備聖誕禮物，昨晚送妳回家時，妳開口要的。"

我想不起自己曾說過的話，一定是迷迷糊糊當中隨口亂說的。

"我不要了，你別折騰，今晚我們上希爾頓吃火雞大餐，我請客。"

安卓答太遲了，他已經買到禮物，會替我送過去。

想到今天就能見到安卓，我很放心地掛上手機。

我正在看《The Big Bang Theory》，一個有名的美國情景喜劇，管家來電說我有訪客，我讓他放行，然後趕緊整理凌亂的頭髮，再爲不見血色的唇塗上口紅，省得嚇壞安卓。

“扣、扣、”

他來得可真快，我三、兩步跑去開門，然而看到來者時，我驚呆了。

“言言～”那久違的人喚我。

我的眼淚不爭氣地流了下來。

第六十七章/意外之旅

傑森擁住我，我抱著他流淚，千言萬語已化爲綿綿的情意，好想時空永遠定格於此，讓我完完全全擁有這個牽動我情緒起伏的男人。

"別哭，"他劃去我的淚水，"我來了，應該高興不是嗎？"

"對不起，太激動了，我也不想哭呀！"看著他，我高興地又流下兩行淚。

"還是進屋吧！省得鄰居以爲我欺負妳了。"他說。

～

原本還擔心待會兒安卓一來恐怕很難解釋，没想到傑森正是安卓送我的聖誕禮物，幾分鐘前他才駛離我的公寓。

"這是怎麼回事？"我問。

在接下來的談話中，我才明白事情始末。原來昨晚安卓載我回家後馬上搭機前往洛杉磯，也不知是從哪裏得來的地址，反正隔天一早他便去敲唐家的大門，表明自己是傑森的大學同學，出差順路過來拜訪他。

唐爸爸一聽是兒子的同學，立馬領進門，還讓劉阿姨切盤水果招待他。

突然的會面並沒有露出馬腳，因爲傑森在電視採訪中看過安卓，而安卓在一次不小心的"跟蹤"中意外見過傑森，所以雙方能將戲演得有模有樣。

"哈！你來了，好久不見。"

"是好久不見，如果不是Jack提起，我不知你也在洛杉磯。"

"Jack? 噢～那個Jack, 他好嗎？老婆生了幾個？"

"老婆？噢～那個老婆，生了，早生了，手上一個，另外兩個在地上爬。"

"呵呵！太好了。"

"是很好。"

……

唐爸爸看他們談得盡興便自行回房，把諾大的客廳交給兩位年輕人。

見監督的人離去，安卓趕緊表達來意，說出租車正在巷口等，動作快一點兒還能趕上三個小時後起飛的航班，我正在紐約等他……

噢！安卓，我該說什麼好？

"没想到你的Partner 這麼爲妳兩肋插刀，結婚時可別忘了請他坐主桌。"

那個矇在鼓裏的男人不知我差點兒和安卓走在一起，若真請他坐主桌，那才叫個尷尬。

"結不結婚還是未知數，以目前情勢來看並不樂觀。"我答。

傑森說他也沒想到父母比想像中還要頑固，但非常時期有非常作法，若真不行也只能先斬後奏，回頭再做修復的工作。

我和傑森已是成年人，隨時可以做結婚登記，市政廳甚至還提供小教堂讓拿到"結婚許可證"的雙方在牧師和第三方的見證下成爲合法夫妻。

"可是……我還是希望在那個神聖的時刻裏得到雙方家長的祝福，而不是偷偷摸摸，像做賊似的。"

"這個需要從長計議，眼前最重要的是趕緊打包走人，紐約對我們來說已經不安全了，我父母隨時會趕到，以他們神通廣大的媒體人伎倆，把整個紐約翻過來找也不無可能，我們還是快快上路躲開風暴吧！"

傑森說的不無道理，還好現在放聖誕長假，我可以心無旁鶩地出走。

等我打包好已是黃昏，我的敞篷跑車開出去，一路暢行無阻，大概因爲過節，大家都待在家裏享受天倫之樂的緣故吧？！

車子上了公路，原本往南開，想著南方比較溫暖，但電台忽然播報費城正迎來前所未有的暴風雪，爲了躲開自然災害，我們只好沿著87號公路往北行，路標顯示離美加邊境尚有四百多公里。

"去加拿大也行，我父母大概猜不到我們出國了。"傑森說。

我和傑森換手開，餓了、渴了，就在加油站或路邊小店解決，就這麼走走停停，終於在午夜前過了美加邊境，抵達加拿大第二大城—蒙特利爾。

"累了？"傑森撫著我剛洗完澡，尚未乾透的頭髮問。

連續坐在車裏八個小時，任誰都會累壞，一看見汽車旅館的閃亮招牌，幾乎不做考慮便開了過去。儘管衛浴狹小，床墊也不舒服，但我們只想洗過熱水澡後快快上床。

"嗯！累壞了，眼皮快睜不開。"我答。

傑森提醒我今天是聖誕夜，我們没吃火雞肉，也没爲對方準備禮物......

"So？"

"我想送妳禮物，妳也送我，好不？"他將嘴湊上來，順便將我壓在底下。

"不行，今天不是安全期。"

傑森答那更好，有了孩子多了個籌碼，談判更有優勢。

有那麼幾秒鐘我想到了安卓，想到他受傷的眼神，但被喚起的性慾很快壓過理智，當傑森進來時，我能感覺到沈睡的身體~甦醒了。

蒙特利爾是典型的英法雙語城市，閒適的生活情調多次被評爲全球最適宜人類居住的城市之一。

白天我們在舊城區、聖母大教堂、植物園、昆蟲館、地下城、唐人街......流連，到了晚上，我們便瘋狂做愛，像要把過去的空白全給補上似的。

"讓我們在這個城市生對雙胞胎吧！一個叫唐蒙特，另一個叫唐利爾。"傑森說。

我答那是男孩的名字，萬一生的是女孩呢？

"萬一是女孩，一個叫唐美加，另一個叫唐加美，紀念我們兩地奔波，"他撲過來啃我脖子，"最好一次生四胞胎，兩男兩女，哪個名字都沒落下。"

我笑他把我當成母豬了。

"誰說不是？妳是我最豐滿、最可口的豬夫人。"說完，他將我翻轉過來，再一次讓我沈浸在美妙的性愛裏不能自拔。

"爲什麼非得趕回去？我可以待在這個城市好幾個月不感無聊。"傑森很不滿。

我解釋冬季婚紗秀不久就要上場，我得回去趕工。

"那我怎麼辦？瑞吉酒店的工作早辭了，我又不能回列克星敦大道的家。"

我想了想，這幾天只能讓傑森暫時住我家，等忙完婚紗秀再坐下來想想未來的路該怎麼走。

主意一打定，我們開始整理行囊。

"秀禾服"爲清末民初女子所穿的襖裙，其特徵是上衣爲立領或圓領、採對襟或右衽，下服爲馬面裙。現在的新娘子穿秀禾服結婚的不少，但新郎穿長衫馬褂又顯誇張，我想了想，唯有改良後的中山裝能與新娘的裙褂相匹配。

就在我和設計師討論中山裝的暗花與刺繡時，安卓來了，我聽見助理在辦公室外和他寒暄的聲音。

"就這樣吧！你回座位思考一下，今天一定得出稿，否則來不及。"我說。

那個有些不自信的小男生唯唯諾諾地走了。

他一走，安卓正好進來。

"Happy New Year! "他說。

我答元旦已經過去了。

"Happy Chines New Year! "他轉而祝福我中國新年快樂。

中國新年在二月，他提前祝福，我無法反駁。

"聖誕假期去哪裏玩了？"我問。

他答哪裏也没去，待在家裏閉門思過。

我問他什麼意思？

"一送妳聖誕禮物我就後悔，天天後悔、無時無刻不在後悔，我真傻，是不？"他問。

"你不傻，我很感動。"

"讓妳感動不是我的初衷，我很希望聽到妳說在過去的一個禮拜裏，終於發現傑森不是妳的菜，是不是這樣的？快告訴我！"

哎～我該如何告訴他，在過去的七天裏，我和傑森過著"有實無名"的夫妻生活？

"你和傑森都是我生命中重要的人，我樂見你們兩人也能成爲朋友。"

安卓聽了很失望，但没再舊話重提，我們兩人很快討論起公事，直到助理來敲我門。

"What?"

"季老闆，妳最好聽聽電台是怎麼說的。"助理拿著手機，一臉慌張地對我說。

第六十八章/談判

我早注意到助理有偷聽手機音樂或電台的習慣，也當面說了她幾次，畢竟我雇用她不是爲了讓她神遊在自己的世界裏。

她唯唯諾諾地承認錯誤，但偶爾還是會犯，尤其當工作室無一位客人時……

"妳聽！"助理慌忙按下播放鍵。

花了我一分多鐘才搞清楚電台在說啥，原來這是個談話性節目，邀請了心理專家坐鎮，聽衆若有任何問題想提問，可撥打電話到電台諮詢。

顯然節目已經進行有一段時間了，心理專家正在做總結，他說A小姐不僅私生活紊亂還滿嘴跑火車，是華人之恥，請大家共同抵制……

"誰是A小姐？"我問。

"在曼哈頓開工作室，做的又是中式新娘服，畢業於NY服裝學院，這個月還有婚紗秀的人不會再有第二人了。"助理答。

敢情A小姐是我？我趕緊要助理把電台的談話內容原原本本、一五一十地全告訴我。

原來有個婦人打電話到電台求助，哭訴她的寶貝兒子被A小姐迷得神魂顛倒，現在家也不回，人也失去聯繫。

心理專家問她A小姐有哪裏做不對？會不會是她的個人偏見？此話一出，激起婦人的憤慨，她答不是她的個人偏見，而是A小姐的道行太深，家裏是社會最底層，卻被她吹噓成顯赫又多金，欺騙他家多年，這不打緊，她在泰國打工時還和雇主的老公搞七撚三，把原配活活氣死。還有還有，她的大學學費及開工作室的本金還是這個泰國男友給的，現在看到更好的就甩了人家另揀高枝，死死抓住她兒子不放，想飛上枝頭當鳳凰……

"我很少聽到心理專家這麼不中立，節目成了批鬥大會，竟然號召全美的華人到A小姐的工作室外拉橫幅抗議，這是什麼跟什麼？搞得像政治活動似的。"助理說。

我聽了心裏一沈，完了，什麼都沒有了。

"一定是有人看季老闆生意紅火所以惡意中傷，別當一回事。"安卓趕緊粉飾太平。

"就說嘛！季老闆怎麼可能是這樣的人？搶人家老公不說，還把原配氣死，簡直大逆不道！只是人言可畏，我怕流言會對工作室造成不利的影響。"

助理說的沒錯，小三很少被同情，幾乎人人喊打，我做的工作又是針對婚姻當中的原配，這下子死得更慘。

"別擔心，聽廣播的人不多，就算聽到了，各人自掃門前雪，不會有人吃飽撐著。"助理走後，安卓安慰我。

～

一回到家，傑森便洋洋得意地說他的"水果忍者"打了1300多分，不賴吧？！

"你一整天都在打遊戲？"我没好氣地問。

"不打遊戲幹什麼？"他一副莫名其妙的樣子，"對了，中午煮泡麵没留意，把鍋子燒壞了。"

我的眼光往垃圾桶望去，果然裏面躺著一個燒焦的屍體。

"那是我最喜歡的 Fissler 牌子，花了我一百刀。"我大冒肝火。

傑森像没事似地說週末上第五大道，他買整套的 Fissler 鍋送我……

"我不要，我就喜歡那一個，你還我！你……還我！"說完，我泣不成聲。

"這是怎麼了？"他趕緊扶我坐下，"大姨媽來了？"

我哭哭啼啼地說没來例假，而是他父母的華語電台把我曾做過的醜事全給掀了，現在全城的人都在議論紛紛，把它當成茶餘飯後的談資，我苦心經營的事業眼看就要化爲烏有……

傑森要我別鑽牛角尖，紐約州聽電台的人越來越少，否則他父母也不會另起爐灶，放心，媒體的力量没那麼大。

"告訴我，你抵得住壓力，即使我成了過街老鼠，你仍然站在我這邊。"我握緊他的手，像握住最後一根救命稻草。

"當然，我當然站在妳這邊，我們已經是實質上的夫妻了。"他答。

傑森錯了，媒體的力量很大很大，工作室剛打開大門營業，門外就有一行人拉橫幅，上面寫著：多行不義必自斃，小三趕出華人圈。

我把交頭接耳的員工全趕去工作，自己則佯裝鎮定地指揮大局。

"太可惡了，他們竟然遊說我們的客人別上門。"助理憤憤不平地指著門外說。

我往外探去，果然看到我的VIP客戶，她約了十點半試禮服，還有五分鐘就到約定時間，沒想到在店外被攔下，而且成功被洗腦，我看見她離去時憤怒的眼神。這是她的二婚，前任就是被小三奪走，讓她如鯁在喉，現在一聽幫她設計新娘服的正是可惡的小三，怎不讓她義憤填膺？

"去工作吧！縫線快沒了，茶水間的咖啡包也得添，把正事辦了要緊。"我對助理說。

她答知道了，轉身往茶水間走去，我也默默回到辦公室。

～

送外賣的小弟好奇地問："誰是小三？"

助理沒好氣地答："你媽。"

那小伙子放下盒飯，面色鐵青地走了。

"這年頭到底是怎麼回事？太喜歡挖人隱私了。"助理邊把我要的滑雞飯遞給我邊說。

"知道不對就別跟隨魔杖起舞。"我冷默地答。

其實也難怪送外賣的好奇，店外那群人好像是有組織的團體，已經喊了兩小時的口號，任誰都會好奇誰是小三。

"還是報警吧！這很影響我們做生意。"助理提議。

我想想也對，遂允許了。

果然吃完飯已聽不到口號聲，算是得到片刻安寧，我也能靜下心趕工，直到……

助理說有我的電話，我拿起座機，剛說了聲Hello, 對方像發射連珠炮似的，一連丟給我好幾道問題：

· · · ·

"有人報料妳被包養十年，賺的錢可以打一座金山，是真的嗎？"

"妳的泰國情人據說是黑道大哥，還讓妳接待他的兄弟，此事是否屬實？"

"被妳氣死的原配家人指控妳已破壞了好幾個家庭，是累犯，應該就地正法以正視聽，妳怎麼看？"

"聽說妳父母在放高利貸，是地方上的惡棍。"

"妳的新男友好像是小鮮肉，能不能提供照片？"

……

這個自稱《XX報》的記者，所提的問題都是蜚短流長的小道消息，有很多不屬實的地方，真懷疑他是狗仔非記者。

"No comment."我答了句"無可奉告"後掛上電話。

沒想到每隔一段時間就有報社來電要求做採訪，甚至有不認識的女人劈頭就給我一頓好罵，讓人不堪其擾。

我要助理別再轉電話進來，除非是舊識或客戶。

原以為高燒的人總有退燒的時候，沒想到越演越烈，而且成精了，警察來作鳥獸散，警察一走又聚集，堪比貓鼠遊戲。

"這是什麼時候的事？"安卓去了一趟歐洲，他不知道才幾天的功夫就已風雲變色。

"你剛走就這樣了，動作非常神速，可見策劃人很有行動力。"我答。

"不行，我出去轟走他們。"

我忙拉住他，說没用的，警察都趕不走，他一個人能有多大能耐？

"這麼下去生意還做不做？尤其後天就要走秀，他們該不會轉移陣地繼續胡鬧下去吧？！到時各大媒體都會前往採訪，流言若因此上了國家新聞，那就慘了。"

安卓的擔憂不無道理，我考慮了一下午，決定主動打電話給唐媽媽求見面。

"行，把我那個傻兒子也帶過來，我在列克星敦大道的家等你們，只等一小時，逾時不候。"

掛上手機，我毫不遲疑地拿上車鑰匙。

"季老闆，妳上哪兒？"助理問。

"談判去。"我答。

第六十九章/告解

"咳、咳、"我邊開車邊捂住嘴。

傑森問我怎麼了？

"這幾天壓力大，加上天氣不穩定，我感覺喉嚨發癢，怕是感冒了。"

"那麼找家店喝點兒熱的吧！"

我答不，他母親還在家裏等我們。

"我就是不想那麼快面對母親，妳不懂嗎？"

結果我們磨磨蹭蹭，直到約定時間快到了才上樓。

傑森用指紋啓動電梯，電梯門一打開，我就看到唐媽媽，整個23層都是唐家的，等於一跨出電梯就來到玄關。

"回來就好，你這個孩子就是這麼不讓人省心，外面壞人多，還是自己的家安全，知道不？"唐媽媽指桑罵槐，讓我很不舒服。

“唐媽媽好！咳、咳、”我不忘打招呼，但那個昔日對我疼愛有加的長輩卻充耳不聞，逕自拉著傑森走向客廳。

“咳、咳、”被人忽視很淒涼，我的感冒好像又加劇了。

“我給你倒杯水吧！”傑森起身。

回來時他的手上除了熱檸檬水外，還多了條印花絲巾，黃配藍，非常大膽的配色。

“天氣冷，還是圍著好。”說完，他在我光裸的脖子上繞了兩圈絲巾，再隨意打上個蝴蝶結，頓時感覺溫暖許多。

“那是Nancy的。”唐媽媽冷冷地說。

Nancy是傑森的弟妹，現在在新加坡，怕已生了小寶寶。

“不是Nancy的，是我買來打算送給言言當聖誕禮物的，只是陰錯陽差沒送出去。”傑森解釋。

“謝謝！咳、咳、”知道是自己的聖誕禮物，我更鍾愛它了。

傑森要我別說話，趕緊把熱檸檬水喝了吧！見我不積極還主動餵我喝。

“適可而止吧！季小姐的四肢健全著呢！”唐媽媽制止自己兒子的撒狗糧行爲，然後轉身面向我，“見面是妳提的，有什麼訴求請講，五點鐘我預約了洗頭。”

知道談判的時間已到，雖然喉嚨不舒服，我還是把來意說清楚，請求唐媽媽放過我，別再落井下石，尤其我們的團隊爲了冬季婚紗秀已經忙了好幾個月，不想被緋聞喧賓奪主，模糊了焦點......

“行，我把人員撤了，讓妳的人馬能安心走秀。”

“謝謝！太感謝了，咳、咳、”

唐媽媽要我別高興得太早，她還沒提條件呢！條件就是傑森跟她回洛杉磯，而且永不踏足紐約，除非我離開紐約。

"那麼……我能跟著傑森一起去洛杉磯嗎？咳、咳、"

唐媽媽問我要以什麼身份跟隨傑森？是妾還是保姆？兩者都太委屈我了。

"媽～妳怎能這麼說話？言言當然是我的老婆，這還用說嗎？"

傑森的媽嗤之以鼻："用二手貨還嫌寒磣，這不知經過多少男人蹂躪的身體，你也不嫌髒？"

"唐媽媽，我……"

那個一臉高傲的女人要我閉嘴，她在跟自己的兒子講話，沒我插嘴的份。

我望向那個愛我至深的男人，把所有的希望都押在他身上，期待他能表示一下立場。

"咳、咳、"他清了清喉嚨，"結婚是兩個人的事，只要我不嫌棄，別人……別人也不好說什麼，是不是？"

"別人？"唐媽媽揚起聲，"我是別人嗎？我懷胎九月、把屎把尿把你帶大，你竟然將我歸爲外人？好，你走，帶著你的狐狸精走，我們的母子情份到此爲止。"

見自己的母親真動了氣，傑森趕緊說好話，又是揉胸口，又是按摩肩膀的，總算唐媽媽不豫的臉色才稍有緩和。

"也罷，兒大不中留，既然你們彼此相愛，只要言言答應一件事，我便不再阻撓。"

沒想到事情竟然有了轉機，我當然點頭如搗蒜。

"要進唐家大門，誠信很重要，把妳的情史一一都交待了吧！不能有一丁點兒隱瞞。"她說。

傑森知道我曾有過荒唐歲月，但我們一直小心翼翼地避開它（或者說不願正視），如今唐媽媽要我當著愛人的面坦白，無疑是想測試傑森的接受度和忍耐力，這是非常下作的行爲。

"言言，如果不願意，妳可以不說。"他握住我的手，"還是不說吧！咱們回家。"

傑森的善良與體貼讓原本想"隱惡揚善"的我汗顏，我再次陷入無可救藥的自卑裏。

"我怎麼配得上他？我這隻醜小鴨！"我心想。

要談我的初戀並不困難，就是一般的情侶關係，但說起乍侖先生……

"剛開始是他強暴我，後來……我和他做了交易，讓他替我的留學夢買單，我則成了他的情人。"

說完，我沈默了近一分鐘。

"就這樣？季小姐還是不夠坦白呀！"唐媽媽顯然不滿意。

知道唐家接納我的條件是誠信，我索性放開來講。

"他……他還帶我參加'換妻俱樂部'，有時床上有多人同時進行……"

傑森痛苦地摀住臉要我別說了，然而"真心話"像開了閘的洪水，止了止不住，我甚至表示自己得過性病，乍侖先生還一度把我當成禮物送給工作上需要疏通的人……

"Shut up!"傑森大喊一聲，繼而甩了桌上我喝過的水杯，陶瓷片碎了一地，"丟不丟人呀妳！"

我嚇到了，嘴巴久久無法闔上。

此時最開心的莫過於唐媽媽，她呵呵呵地笑了起來："季小姐的過去真精彩，老的時候應該可以拿出來回味一番。我沒別的事要問，兒呀！送送現代豪放女。"

唐媽媽下逐客令，我正恨不得離開這個鬼地方，好回到我安全的窩。

“傑森～”我站起身，並且呼喚愛人。

然而與我的一廂情願不同，傑森似乎不願離去，他選擇不看我，讓我的心跌至谷底。

我獨自走向電梯，按下G鍵，他仍然紋風不動，直到電梯門即將關上，才終於見他起身，心中不禁一陣狂喜，然而唐媽媽以迅雷不及掩耳的速度一把抓住他，我知道完了，依然没能守住那個男人。

～

“還好鬧事的人没跟過來，真是謝天謝地！”安卓在後台忙活著，看見我來，很高興地說。

“是很好，咳、咳、”我捂住嘴。

“感冒還没好？妳就是這樣，不懂得照顧自己。”安卓撇下模特兒到茶水間給我倒了杯溫開水，“等走秀完畢，回家好好養病，這些日子累壞妳了。”

安卓不知道走秀完畢，我打算“人間蒸發”一陣子。

從列克星敦大道回來後，我無時無刻不在等待傑森歸來，哪怕只是一通報平安的電話也好，但兩天過去了，他依然無消無息。

我知道任何男人在聽到我的過往後都會選擇退出，但我以爲傑森不一樣，他說過我是他的老婆，無論如何都能抵得住壓力，即使成了過街老鼠，他仍然站在我這邊，然而……

不得不說“姜還是老的辣”，唐媽媽稍微一挑撥就成功讓我和傑森起內訌，得來全不費功夫。

“ Andrew, it's a show time.”那個高高的節目製作人對安卓喊“演出時間到了”。

他回答這就來，然後隨手抓來人台上的一條黃藍相間印花絲巾，快速在我的脖子上打了個結。

真是太巧了，後台竟然也有一條絲巾，和傑森送的一模一樣。

" Andrew, what are you doing?"製作人失去耐性了，聲音粗巴巴的。

安卓不理他，仍回頭對我說：" 好好保護妳的嗓子，喝口水，坐著等，妳只需在最後一刻現身。"

他的體貼無疑溫暖了我那早已千瘡百孔的心

" 別自作多情了，安卓對妳好是因爲没聽妳告解過，一旦知道了，跑得比誰都快。"一個聲音提出忠告。

瞬間我又跌入萬丈深淵，覺得這輩子再也不會有男人愛我，一切都没了盼頭。

第七十章/私奔（完結篇）

由於這次婚紗展首次有新郎服，所以音樂特別選擇有男女對唱的民歌，其嘹亮、悠長、親切、接地氣的曲調正撫慰著海外遊子的思鄉情。

我邊喝著溫開水邊閉目養神，四周是來來往往奔跑的模特兒，就在此起彼落的呼喊聲中，我的手機響了。

"是我。"

那聲音化成灰我都認得。

"我没錢了，你還是找別人吧！"聽到乍侖先生的聲音，我趕緊喊窮。

他哈哈大笑，說誰不知道季大師隨便畫幾筆就有不菲的收入？又問我在哪裏？我答在做出走前的冥想。

"既然要出走，來曼谷吧！那兩個Bitch被警方抓到，我的錢很快就會回籠，呵呵！天道酬勤，皇天不負苦心人，阿彌陀佛，善哉善哉！"

聽到Ann及雪花太太被抓，我反而開心不起來，爲什麼禍害總是遺千年？真令人不解。

"恭喜了，咳、咳、"我言不由衷。

"寶貝兒，怎麼了？生病了？我這就飛過去看妳。"

我趕緊阻止，說紐約正在經歷有史以來最大的暴風雪，他還是待在四季如夏的曼谷爲宜⋯⋯

"看過那麼多鶯鶯燕燕，就屬妳最重情義，到現在還關心我，妳等著，我坐最早的班機來看妳。"

在我做出"嚴正聲明"前，乍侖先生早已先一步掛機了。

"還好曼谷到紐約不是一蹴可及，我還來得及遁逃。"我心想。

"嘟⋯⋯嘟嘟⋯⋯"

沒五分鐘又有來電，我憤而按下接聽鍵，沒好氣地要對方別來，來了也不見！

"言言，是我。"

傑森選在這個時候打給我，讓人很驚訝，我半天開不了口。

他問我還在嗎？我答在。

"在哪裏？"

"在婚紗秀現場，咳、咳、"

"感冒還沒好？我現在就過去看妳。"

多少次魂牽夢縈就想見上傑森一面，一旦他要來，我反而退卻了。

"分手的話不用當面說，在電話裏說也一樣，咳、咳、"

"不，不是分手，我想過，只有私奔才能成全我們的愛情，當我們領著唐蒙特、唐利爾、唐美加、唐加美回來時，我的父母不看僧面也會看佛面，總不能讓孫子、孫女沒母親吧？！”

聽他這麼一說，我知道他打算向北行。

“你……難道不在意我的過去？咳、咳、”我問。

他答在意，那也是他躊躇多天的原因，但……他還是要我。

“約翰福音8.o1-8.11寫道：文士和法利賽人帶著一位婦人來見耶穌，說摩西在律法上吩咐用石頭把行淫的婦人打死，問耶穌該怎麼處置她？耶穌答你們當中誰沒有罪就可以拿石頭打她，結果從老到少一個個都出去了。”傑森拿宗教故事替我的罪行開脫，讓人很感動。

“你想好了嗎？”我不確定地一問。

他答想好了，問我何時能動身？

其實爲了逃避情感上的挫敗，我早買好到邁阿密的機票，就等著婚紗秀一結束立即啓身，行李已經擺進後車廂內。

傑森答那好，他現在就過來。

我跟著日本超模富永愛及中國超模何家穗上台，没錯，現在的我已非吳下阿蒙，辦起秀來連超模也趨之若鶩，再也無“臨陣脫逃”的現象發生，但這樣的成功對我而言已不再具有吸引力。

“婚紗秀得到很大的反響，《Beauty for wedding》、《EllE》及《Wedding 21》都想做專訪，等妳感冒好了，我陪妳一起去，嗯？”安卓興奮地說。

“我……不去了，突然覺得累，想休息一陣子。”

“也好，這場婚紗秀的確讓人身心俱疲，休息一陣子也好，轉眼夏季婚紗秀又要開始了。”

安卓以爲我只是處於職業倦怠期，殊不知我想"全身而退"，至少目前是。

"走，這裏結束了，我陪妳回家！"他說。

我要他先行一步，我……還要等人。

安卓問我等誰？我兜了半天，還是決定實話實說。

"不行，妳不能去蒙特利爾。"

"爲什麼？"

"因爲……因爲妳已經買好去邁阿密的機票，南方溫暖些，妳還感冒著，濕冷的北方不適合妳。"

我說傑森已經上路了，大概馬上就到。

"那還等什麼？"他拉我起身，"我沒去過邁阿密，剛好開開眼界。"

～

安卓開著我的車，就在收費處和傑森打上照面。

"去哪兒？"傑森按下車窗衝著我喊。

誰知安卓加速離去，不給我回答的機會。

～

"傑森還在後面。"望著後照鏡，我不安地說。

"別理他。"

十幾分鐘過去了，傑森仍緊咬住我們的車屁股，而且頻頻call我。

"別接，言言，他只會再次傷害妳，就像過去一樣。"

安卓提起往事，讓我更加糾結，傑森的確讓我心寒過，但互換角色，我不見得做得比他好。

"每個人都會犯錯，我不也是？傑森說他原諒我了，與其讓一個不明所以的男人重新認識我，倒不如跟著傑森，省得重頭來過、浪費口舌。"我說，明顯站到傑森那邊去。

"那我呢？我算什麼？"安卓的唇微微顫抖著。

我告訴他，他不會喜歡品行上有瑕疵的人，我已經是殘花敗柳，不想拖累他，更何況……我愛傑森。

話一說完，車速從120降到70，再降到30，然後歸零停在路肩。

"去吧！我看著妳走。"他說。

"那個男人還跟在後面。"傑森望著後照鏡說。

"別理他。"我答。

坐上傑森的車後，車頭往相反的方向開去，六個小時過去了，安卓仍緊咬住我們的車屁股，他該不會想一路跟著去蒙特利爾吧？！

"前面就是美加邊境了。"傑森提醒我。

六個小時足夠讓我思考很多事，安卓是個好人，對我一心一意，只可惜我們之間少了點兒火花。

我解下脖子上的黃藍相間印花絲巾，那是走秀開始前，安卓為我繫上的。

"妳幹嘛？"傑森問。

"跟安卓道別。"

我打開車窗，將絲巾往外扔去，那方黃藍相間的色塊在空中飛舞三巡過後，再也看不到蹤跡。

從後照鏡中，我看見我的敞篷跑車因此慢了下來，最後完全停住。

"那可是我送妳的絲巾？"傑森問。

"不是，是安卓給的。"我低下頭去，心情很沈重。

此時手機傳來聲響，我查看了短信，上面寫著："祝妳幸福！"

我摀住嘴，想抑制住排山倒海而來的哀傷。

"怎麼了？"他問。

我答没事，但心裏知道剛錯過了什麼。

當傑森遞上護照及登陸紙時，我下意識回頭看，可惜没有那個孤獨的影子。

" I wish you didn't leave anything in America."那位美國官員自以爲幽默地說希望我們没有遺留任何東西在美國。

" Certainly not."傑森答當然没有。

那官員緊接著將目光打向我。

" I ......I've left something important in America."我答我把某樣重要的東西遺留在美國了。

" What's that?"官員和傑森齊問。

看著他們好奇的眼神，我以Never mind 打發掉。

離開崗亭，我和傑森算是離境美國，當另一位官員說了句Bonjour時，我知道我們已在加拿大的國土上了。

我又回頭望去，黑魆魆的夜吹來一陣凜冽的風，似在述說著一位男子的衷情，如怨如慕、如泣如訴。

"是你嗎？安卓。"我的無聲問話在空中回蕩，久久沒有回音。

"來自美國的報導，今天凌晨五點有民眾報案，在87公路靠近美加邊境處，有位華人倒臥在血泊當中，手中緊握著一條絲巾，不遠處有個被壓碎的手機。敞篷跑車似乎是死者的，奇怪的是車子與屍體相距兩百米。警方已聯繫中國大使館，希望盡快找到死者家屬，同時調閱附近監控器，也許有助查到撞人後逃逸的車輛......"央視新聞主播說。

《完結》

【看不够嗎？B杜的《情定布拉格》正等著您，以下是前三章，先睹爲快。】

《情定布拉格》

第一章／查理大橋

我喜歡天矇矓亮的布拉格，古老、靜謐，彷彿披上一襲神秘的面紗，讓人流連忘返，可惜好景不長，當太陽一露臉，大批遊客紛至沓來後，一切就不一樣了。

"現在我們來到查理大橋，它被卡夫卡喻為生命的搖籃，建於1357年，是一座極具藝術價值的石橋。大橋橫跨伏爾塔瓦河，長520米，寬10米，有16座橋墩，没用一釘一木，全用石頭建成。兩端分別是布拉格城堡區和老城區，這裏還是歷代國王加冕遊行的必經之路。"我往前走幾步，繼續侃侃而談，"這座歐洲最古老、最長的橋上有30尊聖者雕像，都是17-18世紀捷克藝術大師的傑作，被譽為'歐洲的露天巴洛克塑像美術館'，據說只要用心觸摸雕像便會帶給你一生的好運與幸福……"

話剛落音，一群人開始伸手胡亂摸著雕像，我早已見怪不怪，逕自走到橋右側的第8尊聖約翰雕像前，它是查理大橋的守護者，圍欄中間刻著金色十字架處就是當年聖約翰被扔下的地點。

"這位紅衣大主教因為拒絕向國王透露王后的秘密，被下令扔進伏爾塔瓦河，成爲第一位爲保護宗教懺悔隱秘權而殉道的人。當他從河中被撈起時，人們發現聖約翰的頭上出現五顆星星，之後被教廷封爲聖人……"

我的介紹引來七嘴八舌的討論。

" 王后說她有痔瘡啦！"一位大叔自以爲有趣地喊著，引來訕笑。

" 媽的，還五顆星星，那是彈孔好不？"

" 哪來的彈孔？火藥都還沒發明呢！"

" 導遊，頭上那個是戒疤嗎？"

" 你耳朵聾了嗎？導遊剛剛才說是紅衣主教，信耶穌的……"

我懶得回答無厘頭的問話，要他們通通稍安勿躁，從現在起自由活動兩小時，想拍照的趕緊拍，想吃飯的趕緊吃，想上廁所的趕緊上，請自覺準時上大巴，下一站是德國的新天鵝堡，周杰倫和昆凌拍婚紗照的地方……

說完，我收起導遊專用的小旗子，走向橋一端的老城區，那裏有很多餐廳和咖啡館。

~

"結束了？"米星問。

"嗯！"我給自己泡了杯卡布其諾，上面加了好多肉桂粉。

"怎麼不跟老闆反映一下？這樣急就章，遊客根本無法欣賞到布拉格深沈的美麗。"

"妳以爲他不知道？"

我的老闆當然知道除了查理大橋外，天文鐘、布拉格城堡、黃金巷、跳舞的房子……都是很好的旅遊景點，奈何中國旅行團比的不是質而是量，能以最少的錢遊玩最多的國家才能吸引到顧客，所以當你看見"八天遊玩五個國家"的廣告時，千萬別驚訝，在歐洲團裏俯拾皆是。

"待會兒去哪個國家？"米星又問。

我答德國。

她說我可以回那家德國豬肘子店瞧瞧，也許前天晚上趕著上大巴而沒吃完的部份還留在桌上呢！

"呵呵！如果還在，我打包回來給妳吃哈！"我啜了一口卡布其諾，上面的奶泡很綿密。

嘻！再這麼進步下去，我可以在米星開的咖啡館對面另開一家與之抗衡了。

～

米星是我的髮小，從幼兒園開始，我們便秤不離砣。她的個頭嬌小，不到一米五，很瘦，留著俏麗的短髮，眼睛像漫畫裏的女孩一樣，又大又亮，更別說臉頰了，白裏透紅，好比陶瓷娃娃。

她曾不止一次地說起她的願望，那就是開個有品味的咖啡館及找個身高一米八的老公，因爲個頭矮小是原罪，她得爲下一代負責。

終於在大三那一年，她成功地抓住一位高佻的學長，爲了博他歡心，不僅當起免費的住家保姆，還早晚兩次溜他家半人高的金毛犬，更不用說買菜錢還是她出的。

"這樣好嗎？你們兩人到現在還沒親嘴，他倒好，不用請阿姨，連狗糧的錢也一併省了。"

米星說我不懂愛情，不是一加一都會等於二。

Well, 愛情的確不是一加一等於二，但也不能一加一等於一吧？！那小子從没正面承認過米星的女友地位，根據我的判斷，他肯定是騎驢找馬。

果不其然，一畢業他就找到良駒，還一把鼻涕一把淚地表示給不了米星幸福，寧願放手……

他奶奶的，誰不知道他的新女友是有雙大長腿的模特兒，兩人站在一塊兒那叫個"顏質相當"，米星以爲的"小鳥依人"在旁人看來不過是"長短腿之戀"罷了，難怪戀情會告吹。

"没事，生命那麼長，總會遇上幾個渣男，我不也單著？"我安慰她。

和米星的失戀不同，我愛的那個人從小就是"別人家的孩子"，不僅毫無意外地上了北京的最高學府，還拿到譽爲"本科生諾貝爾獎"的羅德獎學金，然而這樣優秀的男孩也有過不去的坎，就在一個春暖花開的季節裏，他從六樓高的出租屋一躍而下，結束23歲的生命，從此我心如止水，不肯輕易交付感情。

～

"我的前男友還不壞，把米勒送給我了。"米星說，臉上有淡淡的笑容。

米勒是渣男學長養的金毛，後來我總能見米星像對待戀人般地待狗，給它買進口的狗糧和天鵝絨做的床，連喝的水都來自天山的純淨水。這樣如履薄冰、亦步亦趨的照顧，没想到狗還是得了細小病毒，一命嗚呼了。

我從没看過米星如此傷心過，她抱著死去的米勒聲嘶力竭地哭喊著，有那麼片刻，我以爲她哭的是逝去的愛情而不是狗。

"難爲她忍了那麼久，怕有大半年了吧？！"我心想。

日子匆匆又過了數月，某天米星告訴我，她要環遊世界去，然後找一個看對眼的地方開咖啡館，兩個人生願望總得實現一個，不然就太可憐了。

"妳去找，找到了告訴我，我會飛過去當妳忠誠的店員。"

說這句話時，我還是世界五百強企業的其中一員，有大好的前程等著我，可想而知，我的承諾不過是一時興起開的空頭支票罷了。

沒想到五百強也有日薄西山的一天，當我走出陸家嘴金融區時，不禁仰天長嘆："哈！就這樣了，雲淡風輕。"

兩個禮拜後，當我寄出第十封求職信時，赫然收到米星的郵件，她說她在布拉格開了個咖啡館，目前不缺店員，但歡迎兼職者。

於是我拿著旅遊簽證，坐上飛往捷克的班機。

可想而知，我和米星又秤不離砣，她很慷慨地讓我住在她的二居室裏。

"我不知道妳這麼有錢，咖啡館買在遊客如織的老城區，連公寓也那麼舒適，任性到一個人也住二居室。"我羨慕地說。

米星的公寓距離查理大橋250米，屋內設計走的是雅致風，非常乾淨、清爽。廚房採開放式，有個中島；浴室很大，乾濕分離；兩個房間，一大一小……還有還有，打開落地窗從陽台望出去就能看見Sicily Café 的墨綠色招牌，那是米星的咖啡館。

想像無疑很美，無奈還得面對現實，現實就是米星沒那麼有錢。

"我買的不過是十年的經營權，每月還得交商舖租金，十年一到，經營權自動歸還原主人，至於公寓……那是此地華僑托我代管的，一旦有人想買，我分分鐘得搬。"

"這麼說，我們很快會像浮萍一樣流離失所了。"我唉聲嘆氣。

米星要我別洩氣，捷克人不像中國人那麼愛買房，他們更樂於租房，因爲可以無牽無掛地隨時轉移陣地，所以一時半會兒我們還不致於流落街頭……

由於米星一早表明她的咖啡館只需要兼職人員，意即我得另外找份正式的工作，才能長期待在布拉格。

就這麼湊巧，某天我在查理大橋閒晃，意外聽見大巴司機和導遊的對話，那個面容憔悴的女導遊說她每帶一個旅行團就得跑好幾個國家，真不是人幹的事，她要回中國結婚，再也不回來了……

"請問……你們公司缺人嗎？"我期期艾艾地問。

就這樣，我在簽證到期前順利謀得一份"不是人幹"的工作。

喝完卡布其諾，我幫米星洗碗盤，又替桌上的瓶瓶罐罐注入新的醬料，轉眼兩個小時就過了。

"什麼時候回來？"米星問。

"大後天的下午，剛好能把妳要的意大利麵醬買回來。"

"那好，回來我煮意大利麵給妳吃。"

"記得放很多羅勒葉喔！"我邊說邊推開咖啡館大門，往查理大橋走去。

第二章/放羊的孩子

從前有個人去布拉格，他在查理大橋上被偷了錢包，又在布拉格城堡被偷了護照，他想掏手機找人幫忙，發現手機也被偷了。無奈之下，他向當地警察局報案，可是他想不起來自己是誰，此時街對面一個大眼睛姑娘衝著他微笑，毫不費力地偷走他的心。

現在的他在布拉格賣烤豬蹄，那個姑娘負責賣啤酒和收錢，順便爲他擦汗。收工後，他將剩餘的啤酒全喝掉，然後醉眼朦朧地推著小車回家，沿途給大眼睛姑娘唱情歌……

當我初次聽到這個家喻戶曉的故事時，覺得實在太扯了，哪來那麼多的"巧合"？但在布拉格住久後，我驚覺這個故事真實得可怕！

首先，查理大橋和布拉格城堡的確小偷猖獗，扒手特別多；其次，布拉格的姑娘真如同故事所說特愛笑，分分鐘能抓住男人的心，而且不勢利，當愛情來臨時，没房没車也會嫁；再說飲食，啤酒是捷克人的最愛，餐餐少不了它，至於烤豬蹄，那是布拉格很接地氣的國民美食，與德國的烤豬肘不同，他們更熱衷食用豬手的部位。

"導遊，我的錢包不見了，剛剛還在呢！"一位大媽鐵青著臉求助。

我要她別慌，是不是只有錢不見？證件還在嗎？

她答錢包裏有一千多元人民幣及五千多捷克克朗，證件和銀行卡在另一個包裏，還好沒丟。

"聽著，現在妳有兩條路走，一是去報警，但十之八九錢是追不回來的；二是自認倒霉，繼續接下來的行程，就當花錢消災。"我理性分析。

"妳怎能這樣推卸責任？"大媽發火了，"丟的不是妳的錢，當然不著急，那可是我兒子的辛苦錢，再怎麼著也得找回來。"

最怕遇到這種是非不分的顧客了，錢被扒也怪我？而且她講錯了，剛來布拉格時我也丟過錢，知道丟錢的滋味，正因有此慘痛教訓，所以帶團前無不一再提醒小心扒手，但"言者諄諄，聽者藐藐"，丟錢、丟護照的事反覆發生，讓我疲於奔命。

沒辦法，爲了不被投訴，我只好把大批遊客丟下，陪她去報警，還好查理大橋就有駐地的警察局。

然而一到現場，大媽當下便決定吃啞巴虧，因爲排隊等報案的人群已經排到警察局外。

"不排了，什麼童話王國嘛！簡直就是賊窩，再也不來這個城市了！"她氣憤地說。

由於旅遊團裏有人丟了錢包，氣氛開始變得不安，我一說下一站是瑞士，大家竟然鼓起掌來，大概瑞士在印象中是個

“夜不閉戶”的誠信國家，所以急著想靠攏。

我又想起那則家喻戶曉的捷克故事，不禁失笑。誰會想到童話王國也有這些烏煙瘴氣的事？它應該只囊括世上所有美好的事物，像活在象牙塔裏，不食人間煙火。

～

“回來了？”米星在廚房裏做宵夜，空氣中有濃濃的蕃茄味。

“嗯！累死了，”我趕緊躺下，“還好晚上帶團員吃了頓好的，要不然這會兒還有人抓住我不放，抱怨某某團吃了米其林一星，而我只餵他們吃草……媽的，這能一樣嗎？人家是VIP團，繳的團費夠在歐洲流浪一年。”

我很少抱怨，大概今天被團員損了幾句，心裏不痛快所致。

“別想了，一行有一行的難處，吃完宵夜睡個好覺，明天又是嶄新的一天。”米星爲我捧來一碗蕃茄麵疙瘩，上面撒了胡椒粉、香油及細碎的蔥花，看了就有食慾。

“男人是不是全瞎了？放著妳這個宜室宜家的女人不追，反倒上相親節目，那叫緣木求魚。”我吸溜吸溜地吃著美食，順便拐個彎讚美廚子。

“話不能這麼說，相親也有好處，至少知道對方是奔著結婚去的，省得浪費大好青春卻是爲人作嫁。”

知道她和學長的那一段，我閉上嘴。是啊！相親也沒什麼不好，“快、狠、準”，看不對眼再換下一個，總有你喜歡的。

“他……還給妳發郵件嗎？”

米星口中的他是當我還是導遊菜鳥時的一位客人，瘦瘦高高的，一臉的書生相。

“早沒了，我要他別再發，發來我也不看。”我故作瀟灑。

"葳葳，妳總得走出來，要不然就看不到下一站的風景了。"

我知道米星說的是什麼，自己也想走出去，奈何戈墨不放我走，他曾說當北京不再下雪時，我才可以離開他……

"就我所知，２０１１年的北京整個冬天都沒下雪。"米星抓到小辮子。

"不是的，市區沒下，但香山肯定下，它的頂峯有２３００米。"

"妳親眼目睹了？"

"目睹倒沒有，但那麼高的山怎麼可能不下雪呢？"

米星說我作繭自縛，愛咋咋地，她不管了。

"妳呢？那老頭兒還來嗎？"我轉了話題。

米星的咖啡館最近來了個老頭兒，一坐就是一整天。

"還來。他說他在布爾諾有個大宅院，太太死了，現在和兒子住在布拉格，如果我願意，他馬上帶我回布爾諾，大宅院的草長高了，游泳池的水也該換了……"

我聽了笑個不停："他這是要妳去割草還是給游泳池換水？說得好像在找住家保姆。"

米星聳聳肩說當住家保姆也不錯，老頭兒雖老，但目測身高有一米八。

"米星，"我緊張起來，"妳可別爲了後代子孫去和番，況且那人這麼老了，能不能生還是個問題。"

這次換米星笑個不停，她說我太沒幽默感了，玩笑話也聽不出來，若想和番，她會找個年紀相當的，因爲帶孩子很累，她又挺沒耐心的，需要有人搭一手……

"嘟……嘟嘟……"麵疙瘩還沒吃完，團員就來電，我意興闌珊地接聽。

“導遊，我女兒肚子痛，怎麼辦？哪裏有醫院？我不會說外國話。”

知道不是洗澡水不熱或出門忘帶房卡之類的芝麻事，我趕緊問清細節，然後抓起防風衣。

“畢葳葳，妳去哪兒？宵夜還沒吃完呢！”米星喊著。

我答有突發事件等著我處理，回來再吃！

小女孩得的是急性腸胃炎，還好其他團員沒事，否則今晚的烤肉大餐便首當其衝成了禍首。

我問家長明天還去不去瑞士？若不去，我們從奧地利繞道回來後再去接他們。

那對父母眼神交會一番後，戴眼鏡的爸爸發話了：“還是去吧！花了那麼多錢不去看蘇黎世湖多可惜，何況拿了藥，應該沒事。”

看著臉色蒼白的小孩，我無語了，叮嚀他們早點兒就寢後，我拖著疲憊的步伐回家。

回到家，米星已睡下，我吃到一半的麵疙瘩還在桌上，上面覆蓋了保鮮膜。我將它送進微波爐裏加熱，這一晚折騰下來，我又饑腸轆轆了。

“妳有沒有做過被一群人追殺的夢？”戈墨問我。

“有啊！我夢到自己是《射雕英雄傳》裏面的梅超風，因爲盜走半部《九陰真經》而遭師弟追殺，不得不遠走大漠，然後就遇見了對我一往情深的蒙古王子……”我擁著男友說稚氣的話。

"我的夢不一樣，"戈墨一本正經，"我夢見被一群沒有五官的人追殺，他們要我的眼睛、鼻子、嘴巴和耳朵，連眉毛也想拔走。"

我聽了呵呵笑，說那群人真沒眼光，要追殺也應該選楊洋或吳亦凡那樣的小鮮肉，選個書呆子有什麼好的？

"書呆子的確不好，我都不知過去的二十幾年是怎麼熬過來的，每天就是讀書、讀書再讀書，沒有別的娛樂，真不知這樣活著有什麼意思？"

我要他別抱怨了，大家還不是這麼過來的？但可不是人人都能像他一樣拿羅德獎學金，而且獲得哈佛大學的青睞……

說這句話時，我有滿滿的幸福感，男友是人中蛟龍，眼看我就要"妻以夫爲貴"，怎不令人雀躍？

沒想到幾天後他什麼話也沒交待就往窗外一跳，讓我措手不及。

戈墨的父母認爲一定是我講了什麼話刺激到他，不然這麼優秀的人怎麼可能說沒就沒了？

Well, 也許我曾經描繪過未來的場景，有大房子、大車子還有三位小王子與小公主，但那是女孩們都會編織的夢，怎麼就刺激到他了？

話一說完，戈媽媽哭得肝腸寸斷："果然是妳，要他買房、買車，還想生三個孩子，戈墨怎麼負擔得起？只好早早結束生命，讓我們白髮人送黑髮人，嗚嗚嗚……"

有一陣子我苦逼到不行，和戈墨的母親同一陣線地指責自己愛慕虛榮、見錢眼開、急功近利……體重一度降到八十五斤，成了紙片人，還是王老師看不下去，挺身說出自己的學生有抑鬱症，很抱歉沒來得及阻止悲劇發生云云。

也許戈墨真的有抑鬱症，但我也有錯，無形中推波助瀾成了壓倒駱駝的最後一根稻草……

"不管妳了，愛自責去自責，等到妳也死了，大概我也活不成，別人肯定會說是我這個閨蜜說了什麼話刺激到妳。妳想死就快點兒死，學長不要我了，我剛好找到自盡的理由。"

看米星如此生氣與絕望，再想到我們兩人都是命運多舛的人，不禁與她抱頭痛哭。

"哭什麼哭？"米星邊捶打我邊淚如雨下，"不過是些臭男人……"

因爲有了革命情感，我和米星的友誼更加堅如磐石。

"葳葳，今天下午有人看房子，妳能四點鐘去開門嗎？"米星邊給客人泡 Espresso 邊問。

"没問題。"我答。

三個月後終於迎來第一個看房者，我二話不說地接下任務（雖然心中並不樂見房子被賣掉）。

"一定啊！那人特意從德國飛過來，不能讓人等。"

我要她放一百二十個心，我會準時在四點前放我的團員鴿子。

米星對我無力地笑了笑，那樣子像是再次看到了放羊的孩子。

第三章/巧合

千萬別誤會我是個不守信用的人，事實上在成爲導遊之前，我是盡可能地"言出必行"，奈何旅行團不可預測的成份居多，有時我真是"人在江湖，身不由己"啊！

好比現在，我剛要帶領團員走上查理大橋，經過市政廳，不巧塔樓上的天文鐘正在整點報時，悅耳的鐘聲告訴我～三點了。

我之所以說"不巧"是因爲這是一座享譽世界的天文鐘，每個整點時分，表盤上方的兩個玻璃窗會自動打開，讓耶穌的十二門徒列隊依次在窗口現身。當使徒走完一圈後，玻璃窗會在一聲雞鳴聲中關上，接著骷髏左手平舉的沙漏垂了下來，報時的鐘聲響起。

可想而知,來自世界各地的遊人都會在此聚集，爭睹天文鐘的報時表演，讓我和我的團員毫無意外地卡在人流裏。

"導遊，講講這個天文鐘的故事吧！看起來挺有趣的。"有人喊著。

"可是……"我想起我的四點鐘之約。

"講嘛！要不了多少時間，而且我兒子回去後還有三篇作文要交，總得讓他有東西寫吧？！"一位望子成龍的父親說。

此時他身旁的胖小子正睜著無邪的大眼睛，吧嗒吧嗒地看著我，讓人狠不下心說不。

"好吧！我快速講一下，布拉格天文鐘也稱布拉格占星時鐘，建於中世紀，是根據當年的地球中心原理設計。有上下兩個鐘，上面的鐘一天繞行一周，下面的鐘一年繞行一周……"

本來可以到此結束，我又情不自禁地八卦一下："傳說因爲天文鐘太過精美，爲了防止其他國家出現同樣的鐘，製鐘人的眼睛被活生生地挖了出來。多年後，那個可憐人要求在臨死前撫摸這座耗費他畢生心血的鐘，從此鐘的指針便停在他死亡的那一刻，直到1948年才又重新運轉起來。"

"爲什麼是1948年？"那個胖小子問。

"這個……我也不清楚，只是個故事，聽聽就好。"我答。

"可是……我得寫作業……"

"拜托，後面的故事就別寫了，跳過去吧！"我幾乎要跪了下來。

然而小男孩的爸爸不苟同，他認爲孩子有"追根究底"的精神值得鼓勵，話說天文鐘在1948年又開始運轉起來肯定有原因，也許進到塔樓裏便能找到答案……

經驗告訴我，遇見死磕到底的人，千萬別正面交鋒。

"行，我帶其他團員去查理大橋，你們隨後跟上。"我對胖子二人組說。

壞就壞在這是個親友旅行團，他們紛紛表示和那對父子共進退。這下好了，當他們從塔樓出來再聽完查理大橋上紅衣主教的光榮事跡後，時間已經指向16:10。

我氣喘吁吁地跑回家，跑得上氣不接下氣，果然還是沒趕上，公寓大門外沒有德國佬的影子，只有一張亞洲臉孔，我頓時洩了氣。

"請問……"那人開口了，說的還是普通話，"妳是不是房屋仲介？"

"不，不是的。"我馬上否認。

"真是奇怪，明明跟我約了四點……"那人掏出手機。

"等等，你是不是約了看302房？"我問。

他把手機放下，微愠地看著我。

~

"很抱歉，旅行團有突發狀況，所以來晚了。我不是仲介，算是替房東照看房子，你若有意向購買，請和房東接洽，能少一筆仲介費。"我開了302的房門，讓看房者進入。

今天早上五點不到我就坐大巴到皮爾森接客人，由於先拍拍屁股走人，不知屋內會不會像"浩劫後"，心裏很忐忑。還好門開後窗明几淨，連掛在浴室裏的內衣褲也沒忘了收起來，不禁鬆了一口氣。

"這裏可以看到伏爾塔瓦河。"男人站在陽台處往外望去，嘴巴喃喃自語著。

現在是傍晚時分，夕陽下的布拉格美得不似人間。

"是的，你若清晨來，景色又不一樣了，像素顏的美女。"我說。

"素顏的美女？"他笑了，"好久沒看到素顏的美女，聽妳這麼一說，明天一早我再過來一趟，嗯？"

~

聽到明天得早起，米星把我臭罵一頓。

"我怎麼知道他當真了？我也不想早起啊！"我唉聲嘆氣。

隔天天才朦朧亮，我就起床到樓下接買主，他倒精神奕奕，無一絲疲憊。

"果然像素顏的美女啊！"他站在陽台上感嘆，"我好久好久沒看到素顏的美女。"

那男人再次重申昨天說過的話，殊不知站在眼前的兩位女生正素顏著，顯然他並不把我和米星視為美女。

"Well, 布拉格最美的兩個時間段你都看過了，現在得跟你講講這房子的缺點：樓下的糕餅店又貴又難吃；查理大橋小偷橫行，警察和他們蛇鼠一窩；這附近一年三百六十五天遊客不斷，別想清靜度日；還有，物業費很貴，你倒不如去買獨棟別墅。"

雖然說的都是事實，但我的絮絮叨叨不諱言還是為了一己私慾（不想和米星露宿街頭），沒想到……

"我買了，"他還是說出殘忍的話，"就為了每天能看到素顏的美女。"

~

我們的事業剛起步，離安穩還有段距離，眼下又要搬家，房租是不小的負擔。

由於捷克人傾向租房不買房，所以房價在歐洲大陸算便宜的，但有利就有弊，租房的人一多，租金便水漲船高，好比我們現在住的二居，每月房租就要55000克朗左右，而我的薪水還不到37000克朗。

"誰讓妳說素顏美女來著？男人一浮想聯翩，當然就拍板定案了。"

“妳這是欲加之罪何患無辭，一個人看對眼了，母豬也會賽貂蟬。”

米星的不開心，我懂，現在她要付兩筆租金，一筆是咖啡館的，另一筆是睡覺用的。

“現在怎麼辦？妳我都這麼忙，誰去找房？”她說。

這是個問句，但聽起來像祈使句。

“是呀！誰去找房？”我把燙手山芋又扔回給她。

就那麼湊巧，兩天後我在老城廣場又看見那個熟悉的背影，他正在街頭等著他的Trdelink出爐。這是一道捷克的傳統小吃，把麵團往熱乎乎的鐵棍上一裹，炭火明烤，吃之前灑上細細的糖粉，份外的香脆可口！

“要我說，吃完Trdelink，轉角處的Palacinky也不容錯過。”我討好地說，因為心中有計劃。

“我不喜歡吃甜的。”他答。

啥？這不是耍我嗎？

“你買的可是卡路里很高的甜食。”我戳破他的謊言。

“我買給女朋友的。”

“妳女朋友人呢？”我邊問邊四下尋人。

他笑了笑沒回答，拿上Trdelink就走，我趕緊跟上。

“房子成交了沒？”

“快了，正在談。”

“你什麼時候搬進來？”

“成交了就搬。”

“能不能晚點兒搬？我和室友還没找到住的地。”

“那不是我的問題。”

眼見滿懷希望的小鳥已飛走，換來的只是現實的殘酷，我放慢了腳步，決定不再惹人厭，就在此時，我看到驚人的一幕：那個冷酷無情的男人把 TRDELINK 丟進伏爾塔瓦河裏，河面上巡遊的天鵝們馬上聚集過來，一口一個地吃掉那些好吃到爆的麵團。

好呀！竟然把天鵝說成是自己的女友，這是欺負我無知還是捉弄我愚蠢？兩者都讓我怒不可遏。

“你的女友好幸福呀！吃的還是人吃的食物。”我忍不住損他一句。

“她當然得吃人吃的食物，妳這不是廢話？”

呵！謊話還說得上崗上線，得，老娘陪你玩！

“天鵝都是一夫一妻制，你這是白費功夫，在天鵝的國度裏，你什麼都不是。”我說。

“謝謝妳告訴我天鵝是一夫一妻制，只是我不明白妳爲什麼要扯上天鵝？”

“你說 Trdelink 是買給女友的，我又看到天鵝吃了你買的 Trdelink，所以……”

“噢！不，天鵝不是我女友。”他哭笑不得，“我的她幾個月前來到布拉格，然後往伏爾塔瓦河縱身一跳淹死了，什麼話也没交待，到現在我還是不明白她爲什麼要這麼做，我們在慕尼黑住得好好的。”

我彷彿又看到戈墨，他跳上窗口回頭對我凄涼一笑……

“妳怎麼了？”那男人抓住我，因爲我差點兒不支倒地。

“真巧，一年前我的男友往六樓窗外縱身一跳摔死了，什麼話也没交待，到現在我還是不明白他爲什麼要這麼做，我們在北京住得好好的。”

半晌，那男人問：“妳男友是不是也得抑鬱症？”

作者介紹

在異國的背景下加入纏綿悱惻的愛情故事是B杜小說的一大特點，她的文筆清新、筆觸詼諧、畫面感很強，讀完小說有種看完一部愛情偶像劇的感覺，特別適合懷春少女及對愛情有憧憬的女性閱讀。

B杜創作了一系列異國戀情N部曲，包括《法蘭西情人》、《東瀛之愛》、《新西蘭之戀》、《英倫玫瑰》、《愛在暹羅》、《情定布拉格》、《獅城情緣》、《愛上比佛利》、《夢回楓葉國》……等作品，歡迎關注。

ALSO BY B杜

爱在暹罗（简体字） Love in Thailand (simplified character version)

《東瀛之愛》 Love in Japan

《法蘭西情人》 Love in France

《新西蘭之戀》 Love in New Zealand

《英倫玫瑰》 Love in England

《情定布拉格》 Love in Prague

《獅城情緣》 Love in Singapore

《愛上比佛利》 Love in Beverly Hills

《夢回楓葉國》Love in Canada

www.ingramcontent.com/pod-product-compliance
Lightning Source LLC
Chambersburg PA
CBHW070341170726
48291CB00001B/133

9 781913 080181